KB115177

新朝鮮
개혁의 파도

신조선: 개혁의 파도 2

백혁준 장편소설

초판 1쇄 찍은 날 § 2016년 12월 20일
초판 1쇄 펴낸 날 § 2016년 12월 30일

지은이 § 백혁준
펴낸이 § 서경석

편집책임 § 이지연
편집 § 김슬기, 배경근, 조은상, 최지원

펴낸곳 § 도서출판 청어람
등록번호 § 제387-1999-000006호
등록일자 § 1999. 5. 31
어람번호 § 제8-0084호

주소 § 경기도 부천시 부일로 483번길 40 서경B/D 3F (우) 14640
전화 § 032-656-4452 팩스 § 032-656-4453
http://www.chungeoram.com
E-mail § chungeorambook@daum.net

ⓒ 백혁준, 2016

ISBN 979-11-04-91078-4 04810
ISBN 979-11-04-91076-0 (세트)

※ 파본은 구입하신 서점에서 교환하여 드립니다.
※ 저자와 협의하여 인지를 붙이지 않습니다.
※ 저자의 요청으로 일부 표현에 비표준어를 사용하였습니다.
※ 이 책은 도서출판 청어람과 저작자의 계약에 의해 출판된 것이므로,
   무단 전재 및 유포·공유를 금합니다.

2

백혁준 장편소설

新朝鮮
신 조 선

개혁의 파도

청어람

新朝鮮

개혁의 파도

목차

23.
화폐 유통 그리고 상궁 김개시

　이, 호, 예, 병, 형, 공조의 6명의 판서와 이들과 같은 정2품 품계인 의정부의 좌, 우 참찬, 그리고 서울시장에 해당하는 한성 부윤이 모여 업무 협의를 하는 구경회의(九卿會議)가 열렸다.

　"대동법이 시행되면서 장시가 발달하고, 유통되는 물화의 양이 급증하는 상황에서 현재와 같이 쌀이나 면포로 대금을 지불하는 것이 대단히 불편하다는 것은 누구나 인정하고 있습니다. 그래서 호조에서는 일전에 논의가 있었던 신화폐의 발행을 더는 미룰 수가 없다는 결론을 내렸습니다."

　회의에서 화폐 발행에 대한 모두 발언을 하는 이는 호조판서인 김신국(金藎國)으로 전임 판서였던 이택돈이 명나라에 자기

나라 임금을 음해하는 탄원서를 내는 반역 행위로 처단되자 광해는 평안도 관찰사로 있던 그를 조선의 경제 수장으로 발탁했다.

조선 역사 전체를 통틀어 최고의 경제통으로 꼽히는 인물이다.

"일전에 논의는 있었지만 어떤 뚜렷한 결론은 내리지 못하였는데 호판께서는 구체적으로 어떤 화폐를 발행할 생각입니까?"

노대신인 이조판서 서병강이 40대 중반의 패기 넘치는 후배를 보며 물었다.

김신국은 임진왜란 때는 충주에서 의병을 일으키기도 했던 문무를 겸비한 인물로서 훤칠한 키에 떡 벌어진 어깨가 여러 대신들 가운데서도 단연 돋보였다.

"동전과 은전, 두 가지로 발행할 계획입니다."

"은전을요?"

잠시 회의장이 술렁거렸다. 동전이라면 조선 초부터 몇 차례 시도한 적이 있지만 은전은 처음이라서다.

김신국은 조금 크게 헛기침을 한번 하고는 부연 설명을 시작했다.

"동전만 주조할 경우 큰 거래를 할 때 무거운 동전 꾸러미를 이고 다녀야 하는 불편이 여전히 남게 됩니다. 다행히 자기와 인삼, 그리고 홍차의 수출로 인해 충분한 양의 은이 유입되어 우리 조선도 중국이나 왜국과 같이 은화의 발행이 가능하게 되었습니다. 구체적으로는 동전 100문이 동전 1전이 되고, 동전 10전이 은화 한 냥이 됩니다."

1전짜리 동전에는 은을 첨가하여 가치를 높인다.

"그렇게 되면 나라 재정에 도움이 되는 부분이 있겠습니까?"

좌참찬 고홍장이 중요한 질문을 던졌다.

지금까지의 화폐 발행은 상업 활동을 원활하게 한다는 본래의 취지보다는 국가 재정의 궁핍을 메우려는 의도로 발행되었었다.

즉, 재료값 100원을 들여 액면가 1,000원짜리 동전을 만들면 900원이라는 돈이 고스란히 국가의 재정에 보탬이 되는데, 구리 100원어치로 100원짜리 동전을 만들고, 은 한 냥을 들여 한 냥짜리 은화를 만들면 나라에 보탬이 될 게 없지 않느냐는 말이다.

"지금까지 발행된 조선통보, 십전통보와 같은 동전이나 지폐로 발행된 저화가 유통에 실패한 큰 이유가 화폐가 갖는 실제 가치보다 지나치게 비싸게 발행되었기 때문입니다. 백성들이 거래할 때 화폐를 거부하고 쌀이나 면포를 선호하는 이유가 바로 여기에 있습니다."

고종 때 흥선대원군은 시급한 재원 마련을 위해 중량은 상평통보의 5배에 불과한데 100배의 명목 가치를 부여한 '당백전(當百錢)'을 발행해 유통시켰다.

그 결과 폭발적인 인플레이션을 유발시켜 조선 사회를 엄청난 혼란 속에 몰아넣었다. 대원군의 대표적인 실책 중의 하나다.

백성들은 10,000원어치의 쌀을 팔면서 1,000원 가치의 동전을 받는 것을 불안해했다.

그럴 수밖에 없는 것이 만약 그 동전의 유통이 중지되면 별 쓸모없는 쇳덩어리만 잔뜩 끌어안게 되는 꼴인데 누가 그런 위험을 감수하려 하겠는가.

게다가 지폐인 저화의 경우, 지질이 낡은 지폐를 새 지폐로 교환할 때 반값만 쳐주는 경우도 있었으니 앉은 자리에서 재산의 반을 손해 본 백성들이 다시는 저화를 거래하지 않으려 하는 것은 당연했다.

그렇다고 액면 금액을 지나치게 내려서도 안 된다.

얼마 전 구(舊) 십 원짜리 동전을 몰래 녹여 구리로 판매한 사람이 구속된 것처럼 조선 시대에도 그런 일은 가능했다.

이런 이유로 김신국은 발행할 화폐의 실질 가치와 명목 가치를 최대한 일치시키려 하는 것이고, 은화의 주조가 이것을 가능하게 했다. 그리고 화폐 발행이란 방법으로 국가 재정을 굳이 보태지 않더라도 '충분하다'라는 자신감의 표현이기도 했다.

어느덧 조선의 재정은 과거 어느 때보다 양호한 상태를 보이고 있었다. 비록 이것을 가능케 한 주인공은 강화도에서 하루하루 눈물을 머금고 강제 노역에 시달리고 있지만 말이다.

"하, 이게 새로 나온 은화구먼."

장사꾼 한 사람이 반짝이는 은화 한 닢을 요리조리 돌려보며 신기해하고 있었다.

"그런데 거기 뭐라고 써 있는 건가?"

맞은편의 동패가 물었다.

"니나 내나 까막눈인 건 마찬가지인데 내라고 어떻게 알겠냐,

이눔아."

그러자 또 한 명의 동패가 끼어들었다.

"무식한 놈들, 그게 만인통보라고 쓰여 있는 거여."

새로 주조된 화폐는 많은 사람이 널리 쓰라는 뜻으로 만인통보(萬人通寶)라 이름 붙여졌다.

김신국의 예상대로 명목 가치와 실질 가치가 일치하는 이 화폐는 백성들에게 큰 거부감 없이 통용되기 시작했다.

대동법의 시행에 이어 신화폐의 발행으로 조선의 상업 발전 속도는 비약적으로 빨라졌다.

김신국은 새 화폐를 발행하면서 기존의 어음도 그대로 유통되도록 하였다. 비록 은화가 고액권이지만 아주 큰 단위의 거래에서는 여전히 어음이 편리하기 때문이다.

다만 한 가지 문제가 되는 것은 고쳐졌다.

『경국대전』의 「호전」 「미채」편에 보면 '사채(私債) 증서를 언문으로 썼다면 그 효력을 인정하지 않는다'라는 조항이 있다. 한자보다 한글이 위조가 쉽다는 것이 그 이유였다.

하지만 일반 백성들은 어려운 한자보다는 한글을 훨씬 많이 사용하는 게 현실인 만큼 이 조항은 문제의 소지가 있었다. 김신국은 이것을 놓치지 않았다.

이로써 백성들의 상업 활동은 더욱 편리해진 것은 물론이며, 역사상 가장 널리 쓰인 상평통보(常平通寶: 1678년, 숙종 4 발행)보다 60여 년이나 빨리 화폐 유통에 성공하게 되었다.

"마마님, 마마님, 큰일 났습니다."

나인 정옥이 숨이 턱에 닿은 채 달려왔다.

"웬 호들갑이냐?"

맑은 새소리에 자리에서 일어난 개시(介屎: 개똥이) 김 상궁은 비서 격인 나인 금월이의 도움을 받아 옥색 저고리에 남색 치마를 입은 후 당의를 걸쳤다. 그다음 어여머리[於由味]를 하였는데 조선 시대 상류층 부인들이 예장용으로 하던 머리 모양인 어여머리는 상궁 중에서 유일하게 지밀상궁만이 할 수 있었다.

그런데 그때 들려온 정옥의 다급한 목소리는 김 상궁의 미간을 찌푸리게 했다.

"연생이가… 연생이가……."

"연생이가 어쨌다고 아침부터 이 난리란 말이냐?"

몸을 떨며 말끝을 맺지 못하는 정옥의 모습에 답답한 김 상궁의 호통이었다.

"그… 그게 대전별감과 토… 통정을……."

김 상궁 밑에 있는 지밀나인인 연생이 어전 시위를 담당하는 별감과 간통을 하였다는 말이다.

이제는 김 상궁의 표정도 굳어졌다. 궁녀의 간통 사건은 보통 일이 아니다.

간통을 한 궁녀뿐만 아니라 그 상대방도 극형으로 다스리는 중죄였다. 또한 관리 소홀을 문제 삼아 상궁인 자신에게도 잘못하면 문책이 돌아올 수도 있다.

지금 정옥은 자신과 한 방을 쓰는 동무인 연생의 구명을 호소하고 있는 것이다.

"따라오너라."

얕은 신음 소리를 낸 개시 김 상궁은 연생과 정옥에게 짧게 말하고는 앞장섰다. 궁녀들의 비리를 담당하는 감찰상궁을 만나기 위해서다.

"오 상궁, 나요."

"아, 마마님께서 어쩐 일로……."

감찰상궁인 오 상궁은 아침 댓바람부터 쳐들어온 김개시를 보고 당황한 눈동자를 굴렸다. 물론 무슨 일 때문에 왔는지를 모를 리 없는 오 상궁이다.

"연생이와 같은 방을 쓰는 저 아이로부터 내 자세한 내막을 들었소."

잠시 말을 끊고 오 상궁의 얼굴을 한번 내려다본 김개시가 말을 이었다.

"내가 듣기로는 일을 마치고 나오는 연생이를 인적이 없는 곳에서 그 별감이란 흉악한 자가 싫다는 연생이의 손을 붙잡고 희롱하였다고 하더이다. 그렇지 않소?"

위압적인 김 상궁의 말에 질린 표정을 한 오 상궁이 겨우 입을 떼었다.

"그게… 자세한 것은 좀 더 조사를 해보아야지……."

지금까지 알아낸 바로는 둘이 서로 좋아 지낸 지가 이미 오래되었다고 한다.

"아니, 그럼 오 상궁은 내가 지금 허튼소리를 하고 있다는 게요?"

김개시의 찢어진 눈꼬리가 치켜 올라갔다.

"아… 아니, 그럴 리가요. 지밀상궁 마마님께서 어련히 알아보셨을 라고요."

오 상궁은 이내 꼬리를 내렸다. 얼굴에는 어색한 미소까지 띠고 있었다.

지금 자신 앞에 서서 사납게 노려보고 있는 이가 누구인가. 임금의 절대적인 총애를 받고 있으며 그야말로 마음만 먹으면 상궁 중의 최고 지위인 제조상궁도 얼마든지 될 수 있는 개시 김 상궁이다.

그녀에게 미운털이 박힌다면 어떻게 될지는 눈을 감지 않아도 머릿속에 그려졌다. 아무런 실권 없는 상궁으로 전락하여 평생을 허드렛일이나 담당하다 쓸쓸히 생을 마감할 것이 분명하다.

"그래요. 오 상궁이 알아서 잘 처리하겠지. 내가 괜히 아침부터 분주를 떨었구려."

오 상궁의 겁먹은 표정을 보자 그제야 얼굴을 펴고 슬쩍 웃음을 흘리는 김 상궁이었다.

김 상궁이 돌아간 지 얼마 되지 않아 하마터면 목숨을 잃을 뻔한 연생이 '몸가짐을 좀 더 잘하라' 라는 훈계와 함께 회초리 몇 대를 맞고 풀려났다.

처소로 돌아온 김 상궁은 자신을 위해 목숨을 바칠 이가 또 한 명 늘었다는 생각을 하며 가볍게 미소를 지었다.

작금의 지밀상궁인 김개시의 위세가 어떠한지를 여실히 보여주는 사건이었다.

과연 지밀이란 무엇이고, 상궁 김개시(金介屎)는 누구인가.

'지극히 은밀한 곳' 이란 뜻의 지밀(至密)은 바로 왕과 왕비를 비롯한 대비, 세자 등의 침소를 지칭한다. 이곳에서 지존의 옥체를 보호하고, 의식주 시중을 드는 궁녀와 상궁을 각각 지밀나인과 지밀상궁이라 부른다.

궁녀들이 일하는 처소가 여럿이 있는데 그중 가장 격이 높은 곳으로 전체 궁녀의 약 15%가 여기서 일한다.

공노비의 딸로 태어난 김개시는 광해가 세자일 때 동궁전 지밀로 들어와 광해군을 모시다가, 글솜씨가 뛰어나고 문서 처리에 능하다는 이유로 선조의 나인으로 발탁되어 대전으로 자리를 옮겼다.

정치적 감각이 탁월했던 그녀는 선조를 모실 때 광해군을 위해 여러 가지로 애를 썼다.

광해를 탐탁지 않게 여기던 선조에게 최대한 광해군의 장점을 부각시키려 노력했고, 선조의 심기를 광해에게 알리는 등 궁지에 몰려 있던 광해군 편에 서서 음양으로 많은 도움을 주었다.

명나라의 세자 책봉 고명을 받지 못했기에 세자가 아니라는 선조의 호통에 광해가 피를 토하고 쓰러졌을 때에도 부축해 주고, 정성을 다해 간호해 준 이가 바로 김 상궁이었다.

이런 전력이 있었기에 광해가 왕이 된 지금, 그 반대급부를 누리고 있다.

"마마님, 이것 좀 잡수어보세요."

비서인 금월이가 떡과 약밥이 정갈하게 차려진 작은 상을 내놓았다.

"웬 것이냐?"

"수방(繡房)의 생각시가 실수를 하여 낸 방굿례(放氣禮)입니다."

"저런, 쯧쯧."

김 상궁은 혀를 차고는 기름이 자르르 흐르는 쑥떡 하나를 집었다.

방굿례란 업무 중 애기나인이 실수를 하면 그 벌칙으로 본가에서 교자상에 떡 벌어지게 음식을 차려 상궁, 나인에게 대접하는 것을 말한다.

가난한 출신의 애기나인들로서는 자기 실수 때문에 안 그래도 없는 집안에 폐를 끼친다는 것도 부담이었고, 방굿례를 한다는 자체가 자신의 잘못이 널리 알려지는 것이었기에 이렇게 방굿례를 한번 하고 나면 다시는 실수하지 않으려고 상당히 조심하게 된다.

궁에 들어온 지 얼마 되지 않은 애기나인(애기항아)을 생각시라 불렀는데 '생'이란 생머리를 말하고 '각시'는 처녀란 뜻이다. 다만 지밀과 침방, 수방에서 일하는 애기나인만 생각시라 했고 다른 처소는 그냥 각시라 불렀다. 이들 세 처소가 상대적으로 격이 높다는 뜻이다.

"마마님, 여기."

김 상궁이 떡 두 개만 들고, 손에 묻은 기름을 명주 수건에 닦자 기다렸다는 듯이 금월이 장죽을 건넸고, 이어서 자신도 하나 입에 물었다.

궁에서 일하며 비교적 시간 여유가 많은 궁녀들에게 담배는 최고의 기호품이었다.

광해군 초부터 퍼진 담배는 이즈음 안 피우는 궁녀가 드물

정도였다. 하지만 궁녀가 담배를 피우기 위해서는 한 가지 시험을 통과해야만 했다.

그것은 상궁 앞에서 '그만하라' 할 때까지 줄담배를 피워야 하는 것이다.

보통 이각(30분) 넘게 피우게 해, 토하는 경우도 있었지만 일단 시험을 통과하면 상궁과 맞담배도 허용되었다.

김 상궁은 볕이 따뜻하게 비추는 대청에 나가 앉아 다시 장죽에 불을 붙이며 '이렇게 맛있는 것을 왜 주상 전하께서는 그렇게 싫어하시는지 모르겠네' 하는 생각을 했다.

담배는 당시 식후제일미(食後第一味)라 하여 모두 열광하였지만 유독 광해만 담배 냄새를 극도로 싫어해 자신 근처에서는 아무도 담배를 피우지 못하게 했다.

포근한 봄 햇살이 비단 이불처럼 온몸을 덮어와 절로 하품이 나왔다.

찔끔 솟은 눈물 사이로 지밀나인인 숙영이와 미금이가 예닐곱 명의 어린아이를 이끌고 가는 모습이 보였다.

엄마 닭을 쫓아가는 병아리마냥 천진난만한 애기들이 그렇게 귀엽게 보일 수가 없었다.

대여섯 살인 이들은 지밀로 궁에 들어온 아이들이다. 가장 깊이 일을 배워야 하는 지밀은 4~8세, 그 다음 침방과 수방은 6~13세, 그 외에는 12~13세에 입궁하는 게 보통이다.

아이들을 보며 미소 짓던 김 상궁은 아련하게 피어오르는 생각에 눈을 지그시 감았다.

'그게 언제더라. 그래, 열한 살이었으니 벌써 서른 하고도

세 해 전이구나.'

그녀는 다른 아이들보다 늦은 나이에 궁에 들어왔다.

'맞아, 그때도 이런 봄이었지.'

아지랑이 가물거리던 어느 봄날, 동궁전 상궁이 색장나인(色掌內人: 궁녀 후보자를 심사하는 나인)을 데리고 자기 집을 찾아왔던 기억이 이제는 세월에 바래 아슴푸레하다.

이들은 먼저 후보자의 가족 중에 범죄자나 병자가 있는지를 살폈다. 중병을 앓고 나은 경력이 있어도 안 된다. 또한 가족 가운데 기생이 있어도 궁녀가 될 수 없다.

이렇게 가족력을 먼저 살핀 후, 앞에 언급한 적이 있는 '앵무새 피를 이용한 처녀 감별법'으로 처녀임이 확인되면 최종 합격이 된다.

당시를 회상하던 김 상궁의 표정이 살짝 찡그려졌다.

어떤 이유에선지 김개시의 팔뚝에 떨어뜨린 앵무새 피가 흘러내리지는 않았지만 조금 번져 버렸다.

이를 보던 나인의 눈빛이 흐려졌다.

합격이라고 하기에도 그렇고, 불합격이라 확정 짓기에도 애매한 상황이었다.

불합격으로 판정되면 남자 근처에도 못 가본 김개시로서는 대단히 억울한 일이지만 당시의 수준이 그런데 어찌할 것인가.

"합격."

그녀의 못생긴 얼굴을 살핀 상궁이 판정을 내렸고, 그제야 어린 김개시는 안도의 숨을 내쉬었다. 얼굴이 반반한 궁녀는 왕의 총명을 흐릴 위험이 많다고 생각했던 궁궐이므로 그녀는 못난 외모의 도움을 받은 셈이다.

궁중에서 궁녀들이 일하는 곳은 기본 7부처와 4개의 부설 부처가 있다.

지존을 모시는 지밀을 비롯해, 왕실 가족의 옷을 짓는 침방, 의복과 장식물에 수를 놓는 수방, 일상 음식을 준비하는 내소주방, 잔치 음식을 만드는 외소주방, 음료나 과자를 만드는 생과방, 세탁을 담당하는 세답방이 7부처이고, 왕과 왕비의 세수와 목욕을 담당하는 세수간, 탕을 데워 수라상을 차리는 퇴선간, 아궁이에 불을 때는 복이처, 촛불을 담당하는 등촉방 등이 부설 부처이다.

이 중 3교대로 12시간씩 계속 교대 근무를 했던 지밀을 제외한 모든 부처는 하루 8시간을 일하고, 다음 날은 쉬는 격일제 근무를 했으니 여건은 상당히 좋았다고 할 수 있다.

궁녀의 총 수는 대략 500~600명 정도였는데, 이웃 명나라는 많은 인구답게 약 9,000명이었고, 일본은 상중하로 구분되는 여관(女官)이 1,000명 정도 있어 쇼군과 그 가족의 수발을 들었다.

궁에 들어온 지 15년이 지나면 평소 어머니라고 부르던 상궁이 직접 쪽머리를 해주고, 비녀를 꽂아주는 성인식인 계례식을 올린다.

평생 시집을 가지 못하고 살아야 하는 궁녀들에게 이 계례식은 특별한 의미가 있다. 관념적이나마 왕과 혼례를 올리는 의식이기 때문이다. 그래서 식을 치르는 궁녀의 기분은 마치 신부의 마음과 같았고, 방도 신방처럼 치장을 했다.

이날부터 생각시들은 정식 궁녀인 나인(內人)이 되었고, 방도 지급이 되었다. 보통 두 명이 같은 방을 썼다.

심부름하는 하녀도 배정되어 자신이 맡은 궁중 일에만 전념할 수 있도록 배려를 해주었다.

방 동무가 된 두 사람은 상궁이 될 때까지 십여 년을 같이 지내게 되는데 반드시 다른 처소의 나인들끼리 방을 쓰도록 했다. 같은 처소의 나인끼리면 너무 친해져서 대식(對食: 동성애)을 할 위험이 많아서다.

이렇게 해도 남자를 사귈 수 없는 궁녀들은 외로움에 궐내의 별감이나 내시들과 통정을 하거나 궁녀들끼리 동성애를 하는 경우가 심심치 않게 일어났다. 그에 대한 벌은 조선, 중국, 일본을 막론하고 공통적으로 사형이었다.

나인 생활을 한 후 다시 15년이 지나면 드디어 궁녀의 꽃이라는 상궁(정5품)이 된다.

복장도 저고리 위에 당의를 걸쳐 위엄이 있어 보이게 했다. 궁녀는 이렇듯 생각시, 나인을 거쳐 최종적으로 상궁으로 진급을 한다.

그런데 궁에는 이들 궁녀 외에도 허드렛일을 하는 하녀 계급이 있었으니 무수리, 비자, 방자가 그들이었다.

물을 긷고 궁녀들의 빨래도 해주던 무수리는 몽고어로 '소녀'라는 뜻이다.

비자는 궁궐 안팎의 연락을 담당하던 비정규직 궁녀였고, 『춘향전』에 등장하여 유명한 방자는 상궁이나 나인 방에 속하여 잔일을 하는 하녀로 각심이라고도 불렸다. 즉, 방자는 고

유명사가 아니라 직책을 뜻하는 말이다.

『춘향전』에 나오는 남자 방자의 이름은 '고두쇠'로 관청의 책방을 관리했다. 도서관 사서쯤 되었으니 꽤 유식했을지도 모른다.

그러면 궁궐에서는 궁녀 외에 왜 이런 비정규직을 따로 두었을까.

이유는 왕권과 관련이 있다.

궁녀나 내시는 오직 왕을 위해서만 존재한다. 즉, 내시나 궁녀의 수가 많으면 그만큼 왕권이 강화가 되고 신하들은 이를 탐탁하게 여기지 않았다. 따라서 신하들의 반대로 궁녀의 수를 늘리기 쉽지 않았던 왕들은 별도의 '유사 궁녀'를 두고자 했던 것이다.

이런 왕권과 신권의 다툼은 어느 왕조에나 있는 일이지만 사대부의 입김이 유난히 강했던 조선은 일부 시기를 제외하고는 거의 언제나 신권이 우세했다.

"마마님, 본가에서 손님이 오셨는데요."

갑자기 들려온 소리에 김 상궁은 회상에서 퍼뜩 깨어났다.

"마마님, 그간 무고하셨습니까?"

깊숙이 하정배를 드리는 이는 본가의 재산 관리를 맡아하는 박 서방이다.

"그래, 어서 오게."

광해군의 왕위 등극에 결정적인 역할을 하여 이제는 재상들도 함부로 대할 수 없을 정도로 권세를 누리고 있는 개시 김 상궁이니만큼 잘 좀 봐달라고 전국 곳곳에서 올라오는 재물로 대사동(大寺洞)에 있는 대저택의 곳간은 미어터질 정도였다.

불어나는 재산을 관리하기 위해 숫자에 밝고 신실한 인물을 추천받아 고용한 이가 바로 전직 송상 출신의 박 서방이다.

"이것이 요번에 매입한 금천현의 논밭 명문(明文: 부동산 매매 계약서)입니다. 경기 감영에 이미 입안(立案: 공증)을 마쳤습니다."

조선 시대 부동산 거래는 매도자의 수결이 찍힌 계약서를 받아 해당 관청에 공증을 해야 매매의 효력이 발생한다.

"애썼네. 그래, 총 얼마나 되던가?"

"논이 500마지기에 밭은 2,000마지기가 조금 넘습니다."

"2,000마지기라……."

음미하듯이 웅얼거리는 김 상궁의 표정이 마치 맛있는 사탕을 입에 넣고 천천히 녹여 먹는 듯했다.

"그리고 다른 일은 없었는가?"

김 상궁이 장죽을 끌어당겨 입에 물자 박 서방이 잽싸게 불을 붙였다.

"김류(金瑬)와 이괄(李适)이란 자가 거금을 보내왔습니다."

"김류라면 작년에 대간의 탄핵을 받고 쫓겨난 인물이 아닌가?"

후에 인조반정의 주역이 되는 김류는 북인들로부터 임금을 잊고 역적을 비호한다는 탄핵을 받아 벼슬에서 물러난 자다.

"그래, 얼마를 보내왔나?"

"만인통보 은화로 1,500냥을 실어 보냈습니다."

"1,500냥이나! 호오~ 제법이 아닌가."

은화 1,500냥이면 쌀이 1,000가마니요, 무명이 750필에

달한다.

조선 시대에 쌀 한 가마니는 15말이고, 한 말은 8kg이니 현재 가치로 환산하면 어림잡아도 3억 원에 달하는 돈이다.

"그리고 이, 누구라고?"

"예, 이괄이란 자인데 지금 태안 현감으로 있다고 합니다. 은 500냥을 가져왔습니다."

"이괄이라……."

이괄 역시 인조반정의 핵심 인물로 활약했고, 반정 후에는 논공행상에 불만을 품고 '이괄의 난'을 일으킨 자다.

김 상궁은 눈을 가늘게 뜨고 잠시 생각하더니 옆의 장에서 서랍을 열어 주머니 하나를 꺼냈다.

"자, 애썼으니 넣어두게."

철렁, 하며 앞에 떨어지는 돈주머니가 보기에도 묵직하다.

"아이고, 뭘 이런 걸 번번이……."

얼른 소매에 챙겨 넣으며 황감해하는 박 서방이다.

박 서방이 돌아간 후 김 상궁은 소금을 손가락에 묻혀 두세 번 꼼꼼하게 이를 닦았다. 저녁 식사 때 들라는 왕명이 있었으니 광해가 질색하는 담배 냄새를 풍겨서는 안 될 일이다.

"어서 오게."

큰절을 올리는 김 상궁을 바라보며 만면에 웃음을 띤 광해의 굵은 음성이 듣기 좋게 울려 나왔다.

"내 오랜만에 자네와 같이 밥을 먹고자 불렀네."

임금이니 상궁에게는 당연히 '해라' 체로 말해야 되겠지만 자신을 위해 애쓴 공로를 아는지라 '하게'로 대우해 주는 광해였다.

"광영이옵니다, 전하."

좀 떨어진 위치에 다소곳이 앉으며 김 상궁은 다시 살짝 고개를 숙였다.

김 상궁의 내력은 약간 특이하다. 일반적으로 지밀로 궁에 들어오면 그 상전을 위해 평생을 노력 봉사하다가 상전이 죽거나 하면 상을 치르고 궁을 나오는 것이 보통이다.

그런데 그녀는 세자였던 광해군을 모시다가 선조의 궁녀로 발탁되었고 그러다 선조가 죽고 광해가 왕위에 오르자 다시 광해를 모셨다.

"내게 했던 것처럼 세자를 부탁하네."

광해는 그런 그녀를 동궁의 지밀상궁으로 보내 지금은 세자를 보필하고 있다.

이러한 왕의 절대적인 신뢰를 등에 업은 상태에서 손만 내밀면 될 수도 있는 제조상궁을 그녀가 굳이 외면하는 데에는 이유가 있었다.

제조상궁은 내명부의 수장인 왕비를 보필한다. 따라서 왕비의 눈치를 살필 수밖에 없다. 그보다는 임금을 항상 옆에서 수행하는 대전상궁이나 차기의 대권 주자인 세자를 모시는 것이 훨씬 영양가가 높다는 치밀한 계산에 따른 것이다.

"그래, 요즈음 민심과 궐내 공기가 어떠한가?"

광해는 가끔 김 상궁을 불러 궁 안팎의 동향에 대해 묻고는 했다. 그녀의 뛰어난 두뇌와 정치 감각을 믿고 있었던 탓이다.

"백성들은 태평성대를 외치며 성군이 나셨다고 입을 모으고 있사옵니다."

"이런, 이런, 성군이라니… 당치 않구나."

말은 이렇게 하면서도 싫은 표정은 아니었다.

"조정의 신료들도 전하의 위엄에 감히 고개를 들지 못하고 있습니다. 다만……."

"다만?"

"대북파의 전횡이 다소 과하다는 여론이 있습니다. 일례로 작년에 파직된 김류는 청렴하고 대쪽 같은 성품의 선비인데 억울하게 탄핵을 받았다고 말들이 많습니다, 전하."

"흠~ 그래? 김류라……."

광해는 고개를 끄덕이며 김류라는 이름을 입안에서 다시 한 번 되뇌었다.

"그리고 현재 태안 현감으로 있는 이괄이란 자가 용력도 남다르고, 다들 말하기를 기상이 장군감이라 하니 중용하심이 좋을 듯하옵니다."

이만하면 뇌물값을 하고도 남았다.

"잘 알겠네, 시장하니 얘기는 밥을 먹은 다음 하도록 하지."

광해의 말이 떨어지자 곧 잘 차려진 수라상이 들어왔다.

임금 앞에는 커다란 둥근 밥상이 놓이고, 음식에 독이 들었는지를 검사하는 기미상궁 앞에는 작은 밥상이, 그리고 임금의 수라를 시중드는 수라상궁에게는 즉석 전골을 만들기 위한 채소와 달걀이 담겨진 네모난 책상반이 놓였다. 이른바 12첩 반상이다.

김 상궁에게는 7첩 반상이 고소하고 향긋한 내음을 풍기며 놓였다.

12첩이니, 7첩이니 하는 것은 반찬의 가짓수를 말함이다.

수저는 모두 은으로 만들어 음식에 독이 있는지를 알 수 있게 했으며 임금이 식사를 하는 동안 수라상궁은 옆에서 생선 가시를 발라주고, 전골을 끓여서 덜어주는 등 시중을 들었다.

광해와 저녁을 같이한 김 상궁은 며칠 후 발표된 인사 조치를 듣고 흐뭇한 미소를 머금었다.

김류는 가의대부로 승진되어 다시 조정에 들어왔고, 이괄 역시 한 등급 오른 군기시 별제가 됨으로써 한양으로 입성하게 되었다.

인조반정을 막으려고 몸부림치던 혁은 벌을 받아 떠나고, 그 사이 미래의 반정에 주역이 될 인물들이 속속 등장하고 있었다. 그러나 그런 사실을 알 리가 없는 혁은 여전히 서툰 낮질에 여념이 없었고, 만약 실제 역사처럼 반정이 일어난다면 온몸이 갈기갈기 찢기는 능지처사 형에 처해질 김 상궁 역시 자신에 대한 광해의 총애를 재확인한 지금 흥겨운 콧노래만 흥얼거리고 있는 실정이었다.

이런 실타래처럼 엉킨 세상사와 무관하게 하늘에는 별만 총총했다.

24.
대웅전과 자객

"아, 죽고 싶어."

방바닥이 내려앉을 것 같은 한숨과 함께 중얼거린 혼잣말처럼 요즈음 나미의 마음은 숨 쉬고 있는 것 자체가 고통이었다.

아무리 바빠도 한 달에 한두 번은 반드시 오던 혁이 발길을 끊은 지 벌써 여섯 달이 지났다.

처음 두어 달은 무슨 일이 생겼나, 하는 걱정이 앞섰으나 이제는 캄캄한 절망만이 가슴을 가득 메우고 있었다.

음률이라도 하면 답답한 마음이 조금이라도 나아질까 싶어 나미는 가야금을 가만히 들어 무릎에 놓았다.

문득 자신이 뜯는 가야금 소리를 비스듬히 누워 눈을 감은 채 고개를 끄덕이며 듣던 혁의 모습이 떠올랐다. 그러고는 채 연주가 끝나기도 전에 손목을 잡아끌던 생각에 나미는 귓불이 달아올랐다.

그러나 이런 아름다운 기억은 불붙은 종잇장처럼 확, 하고 타오르더니 이내 사그라지고 말았다.

'날 버리신 거야.'

나미로서는 그렇게 생각할 수밖에 없었다. 가끔씩 함께 오던 방덕수마저 비슷한 시기에 발걸음을 뚝 끊은 사실이 이런 나미의 추측을 뒷받침했다.

언제든지 싫증이 나면 헌신짝처럼 버림받는 천한 기생의 몸이 아닌가. 한때 그분이 자신을 사랑한다고 생각했던 것은 혼자만의 부질없는 착각이었다.

그분 마음속에 자신은 이제 바람이 지나간 자국처럼 그 흔적을 찾을 수 없을 것이라는 절망에 나미의 가슴은 천 갈래, 만 갈래로 찢어지고 있었다.

순간 나미는 가슴 안쪽에 매달았던 조그만 비단 주머니를 떼서 바닥에 내팽개쳤다.

암 여우의 음문이 든 주머니였다. 항시 몸에 지니면 정인으로부터 버림받지 않는다는 믿음 때문에 소중히 차고 있던 것인데 그것은 헛소리에 불과했다.

"으이구, 저… 저 청승. 아, 그만 잊어버리라니까. 사내가 어디 그치 하나뿐이야."

시도 때도 없이 멍하니 앉아 눈물 흘리고 있는 나미를 보다 못한 기생집 술어미가 소리쳤지만 나미의 귀에는 들어오지 않았다.

어떻게 그분을 잊는단 말인가. 세상에 태어나 처음으로 마음을 준 이다.

아무리 세월이 약이라지만 자신의 가슴 한가운데를 달군 쇠로 찍듯 깊숙이 낙인된 사랑은 결코 흐르는 시간이 거두어갈 것 같지가 않았다.

마당의 감나무 위에서 혼자 지저귀던 꾀꼬리가 짝을 찾으러 가는지 훌쩍 날아가는 모습을 좇는 나미의 눈에서는 다시 큼지막한 눈물방울이 또르르 흘러내렸다.

마지막 합장을 하는 혁의 이마에는 땀 기운이 살짝 배었다.

오늘도 108배로 하루를 시작하고 있다. 부처를 믿어서가 아니라 무언가를 의지하지 않고는 벼랑 끝에 아슬아슬하게 서 있는 듯한 현재의 삶이 언제 무너져 내릴지 모른다는 절박함 때문이다.

"절간에 목어를 두고, 풍경에 잉어를 매달아놓은 이유를 아십니까?"

어느새 다가온 일행 스님이 혁에게 물었다. 그러고는 대답을 기다리지 않고 말을 이었다.

"잘 때도 눈을 뜨고 자는 잉어처럼 부지런히 용맹 정진하여 깨달음을 이루라는 가르침을 무언으로 알리려는 것입니다. 거사님께서도 열심히 구하면 마음의 평화를 찾을 수 있습니다. 나무아미타불 관세음보살."

절에 처음 온 순간부터 이 스님이 이상하게 자신에게 신경을 써준다는 생각이 드는 혁이었다.

가볍게 합장하는 혁의 눈에 비친 스님의 잔잔한 미소가 마음을 편안하게 해주었다.

도형에 처해져 이 절에 온 지도 어느덧 일 년이 넘었다.

몸은 어느 정도 힘든 일에 적응하고 있지만 마음은 쉽게 되지 않았다.

아침 공양을 마친 혁이 일터로 향하는데 누군가 인사를 던져왔다.

"날씨가 참 좋습니다. 덥지도, 춥지도 않은 게 일하기 딱 좋지 않습니까."

갓 마흔을 넘긴 도편수 김 씨가 싱글벙글 웃는 낯으로 혁을 쳐다보고 있었다.

"김 씨는 항상 웃는 모습이라 보기가 좋습니다."

"하하, 그렇습니까."

혁의 말에 맑은 하늘로 웃음을 날린 김 씨가 이내 콧노래를 흥얼거리며 대패질을 시작했다.

작년 봄부터 시작된 대웅전 재건 공사의 기술 책임자다. 그가 마흔이 된 홀아비로 아랫마을의 주모와 정분이 나서 매일 싱글거린다고 혁에게 얘기해 준 것은 같이 도형수로 온 노비 양생이었다.

처음에는 적의 가득한 눈으로 혁을 보던 그가 생활하면서 차츰 지금까지 겪었던 양반들과는 다른 혁의 모습에 이제는 제법 살갑게 구는 사이가 되었다.

높은 기단을 만들고 그 위에 초석을 놓은 다음, 굵은 기둥을 안정감 있게 놓은 정면 3칸, 측면 3칸의 새 대웅전이 올라가는 모습을 바라보던 혁의 머리에 첫 겨울 유난히 북풍이 몰아치던 날, 어디에선가 큰 시주가 들어와 추위가 조금 풀리는 대로 대웅전 공사를 시작할 수 있겠다고 어린아이처럼 손을 잡고 좋아하던 일행 스님과 주지 스님의 모습이 떠올랐다.

철저한 유교 사회인 이 조선에서 그런 큰돈을 시주할 정도로 독실하게 불교를 믿는 사람이 아직 있구나, 하는 생각을 했던 기억이 새롭다.

오늘 할 작업은 초지통에서 닥풀과 원료를 막대기로 섞는 일이다.

두 사람이 대각선으로 마주 서서 풀대 막대기로 지료를 휘저어 골고루 섞는 작업으로 이러한 동작을 '팔개친다'라고 한다. 여기서 잘 섞은 다음, 우리나라 전통 방식인 '외발뜨기'로 종이를 뜬다.

이렇게 한 장, 한 장 정성을 다해 뜬 종이는 섬유질이 상하좌우로 서로 꽉 맞물려 그 질기기가 비할 데 없는 이른바 '천년을 가는 종이'가 만들어진다.

하지만 역시 지루하기 한정 없는 일로 기계가 하면 딱 들어맞는 그런 일이다.

마주 보며 풀대 막대기를 젓는 짝은 무전취식꾼 지형석이었다.

"지 씨는 언제나 그렇게 말이 없소?"

같이 고생한 지 일 년이 넘은 지금쯤은 친해질 때도 됐구만, 하는 생각에 혁이 말을 걸어보았다.

그러나 지 씨는 힐끗 한번 혁을 쳐다보고는 이내 고개를 돌리는 게 딱 보기에도 귀찮다는 기색이 역력하다. 공짜로 밥 먹는 것 외에는 모든 게 관심 밖인 모양이다.

'사람 하고는… 쯧.'

혀를 차고는 혁도 대화를 포기하고 말았다.

매미 소리가 지천을 울리고 가만히 서 있기만 해도 땀으로 멱을 감는 염하(炎夏)의 날씨다.

하루 종일 찜통 같은 작업장 안에서 비지땀을 흘린 혁이 물 먹은 행주 꼴로 터벅터벅 걸어 들어오는데 해가 길어 아직 어스름도 깔리지 않은 대웅전 공사장 구석에서 머리를 쥐어뜯으며 눈물을 흘리고 있는 도편수 김 씨가 보였다.

"아니, 김 씨, 무슨 일이오?"

언제나 헬렐레하던 그였던지라 놀란 혁이 물었지만 여전히 고개를 처박은 채 흐느끼기만 한다.

"김 씨 하고 죽자 살자 하던 아랫마을 주모가 줄행랑을 쳤대요. 그것도 그동안 김 씨가 공사하며 받은 돈 몽땅 들고 말이에요."

남의 불행이 뭐가 그리 신이 나는지 양생은 입에 버캐를 물며 혁의 궁금증을 풀어주었다.

김 씨는 주모와 혼인할 요량으로 받은 돈을 모두 주모에게 맡기고 있었다.

주모가 쳐놓은 거미줄에 김 씨가 뛰어든 건지, 아니면 김 씨가 받은 돈이 의외로 많자 견물생심으로 주모가 들고 튄 것인지는 몰라도 사랑도 잃고, 돈도 잃은 김 씨로서는 세상 살맛이 없을 것이다.

이틀을 더 밥도 안 먹고, 부릅뜬 눈으로 천장만 쳐다보던 김 씨가 앙 다문 입을 하고 무언가를 열심히 쪼고 있는데 그 모양이 요상했다.

"나부상(裸婦像: 벌거벗은 여인상)이요."

혁의 물음에 퉁명스러운 대꾸가 돌아왔다.

신성한 대웅전 건립에 웬 나부상이 필요할까?

혁은 고개를 갸웃했지만 더 이상 물어볼 분위기도 아닌지라 그냥 돌아섰다.

어떻게 복수를 할까 고민하던 김 씨는 주모를 닮은 네 개의 쪼그려 앉은 나부상을 만들어 무거운 처마를 힘겹게 떠받히게 했다. 고생하면서 부처의 설법을 듣고 개과천선하라는 것이다.

김씨의 복수 방법이 절묘한지라 혁은 감탄과 함께 슬며시 웃음이 나왔다. 그런데 그 순간 가슴 한편이 싸해오는 게 느껴졌다.

나부상 이야기가 지금쯤은 자신을 완전히 잊어버렸을지도 모를 나미를 떠오르게 한 까닭이다.

혁은 긴 한숨을 내쉬었다.

좌포도대장 정항은 어제 이이첨에게 불려갔던 일을 생각하며 이마에 잔뜩 주름을 잡고 있었다.

"그놈의 형기가 끝날 때가 다 되지 않았나? 자네는 진정 내가 그놈의 면상을 다시 보기를 원한다고 여기는 겐가?"

예의 그 차가운 눈빛을 쏘아대며 힐난하는 이이첨 앞에서 고개도 못 들고 돌아왔다.

자신도 항상 마음 구석에 찜찜함이 남아 있었지만 남은 형기까지 헤고 있는 이이첨의 집요함이 새삼 섬뜩하게 다가왔다.

'그때 끝냈으면 좋았을 것 아닌가, 쯧쯧쯧.'

속으로 혀를 차는 정항이지만 그 유혁이란 자가 원체 맷집이 좋은 건지, 아니면 때리는 놈이 그날따라 피죽도 못 먹어서 그랬는지는 몰라도 아무튼 때려죽이려던 계획은 돈만 날리고 실패하고 말았었다.

"설평수를 즉시 불러오너라."

한참을 고심하던 정항이 자신의 심복이자 좌포도청 내에서 검술이 뛰어나다는 설평수를 불렀다.

"찾으셨습니까?"

오래지 않아 정항 앞에 광대뼈가 유난히 튀어나온 한 사내가 절도 있게 고개를 숙였다.

일찍이 혁이 신촌의 양 노인을 찾아갔을 때 사헌부 서리를 사칭하며 혁의 뒤를 캐던 바로 그자다. 설평수가 혁의 얼굴을 알고 있다는 점도 그를 선택한 한 이유다.

"자네가 꼭 해줘야 할 일이 있네."

"하명만 하십시오."

"이 길로 강화도로 가게. 가서……."

귓전에 낮게 울리는 정항의 명을 듣는 설평수의 눈은 사냥감을 덮치기 직전의 들개의 그것처럼 빛나고 있었다.

새벽잠에서 깨어난 혁의 얼굴에는 밤새 나미의 그리움을 더 듬던 흔적이 역력했다.

만추(晩秋), 새벽의 한기가 옷 속으로 기어들어 진저리를 치게 만들었다. 이제 두 달만 지나면 형기가 만료된다.

자리를 걷고 일어난 혁은 108배를 드리러 보름 전에 완공된 대웅전으로 향했다.

내뿜는 입김마다 허연 안개가 되어 피어났다. 발에 밟혀 서 걱대는 낙엽 소리가 수정같이 맑은 새벽 공기 속에 서늘하게 울려 퍼졌다.

문득 '제대 말년에는 떨어진 낙엽도 밟지 말라'던 말이 생각나 혁은 쓴웃음을 지으면서 주모 닮은 나부상이 무거운 지붕을 지고 있는 대웅전으로 들어갔다.

또 하루가 시작된 것이다.

"왜 이리 어수선하지. 무슨 일이 있느냐?"

작업을 마치고 돌아온 혁이 항상 조용하던 절간이 여느 때와 달리 부산스러운 것을 보고 먼저 돌아와 있던 양생에게 물었다.

"강화 유수의 아들이 친구들과 단풍놀이 나왔다가 술에 취해 오늘 여기에서 묵겠다면서 들이닥쳤다고 합니다."

입을 댓 발이나 빼물고 인상을 구기고 있던 양생의 대답이었다.

양반이라면 색안경을 끼고 보는 양생에게 유수 아들의 예의 없는 행동이 어떻게 비칠지는 뻔한 것이지만 숭유 억불이 개국 이념인 조선에서 비교적 흔하게 벌어지는 일이었다.

조선 건국에 결정적인 역할을 한 정도전은 『불씨잡변』을 통해 석가를 이렇게 비난했다.

불교의 교주 석가모니는 왕 노릇을 사양함으로 군신의 도리를 저버리고, 아비의 자리를 이어받지 않아 부자의 도리를 못 했으며, 아내를 버리고 집을 나왔으니 부부의 도리마저 저버렸다.

조선의 사대부들이 불교를 비난한 데는 죽은 스승의 시신을 불태워 버리는 불교의 장례식인 다비가 인륜에 어긋난다는 것도 있었지만 가장 중요한 이유는 우리나라 불교의 교리에 있었다. 여색을 가까이해서는 안 되며 사유재산을 가져서도 안 되므로 걸식으로 연명해야 한다. 따라서 자식을 낳지 못하니 인구가 줄고, 생산적인 일을 하지 않으니 전부 굶어 죽을 수밖에 없다. 그러니 중이라는 존재는 세상에 전혀 쓸모가 없고 불교는 배척받아 마땅하다는 것이다.

그렇다면 불교의 맥이 완전히 끊어져야 마땅한데, 면면히 이어져 오는 데는 또 이유가 있었다.

유교에는 사후 세계가 없다는 사실이 바로 그것이다.

일찍이 공자는 제자 계로가 귀신 섬기는 것을 묻자 '사람을 섬기는 법도 제대로 익히지 못했는데 어떻게 귀신을 섬기겠느냐?'고 퉁명스럽게 대답했고, 계로가 다시 죽음에 대해 물으니 '삶도 아직 잘 모르는 상태에서 어찌 죽음에 대해 논할 수 있겠느냐?'며 대꾸했다.

죽음 이후에 대해서는 공자도 모른다 하니 아무리 유교를 신봉하는 사대부라 할지라도 착하게 살면 극락에 가고 악행을 저지르면 지옥의 불구덩이에 떨어진다는 알아듣기 쉬운 설명과 죽은 후에는 또한 윤회가 있다는 불교가 심적으로 끌릴 수밖에 없었다.

일반 백성이야 말할 필요도 없다. 하지만 억불의 원칙은 원칙. 조선 조정은 중들을 성을 쌓는 노역에 끌어 쓰고 승군을 징발하여 북한산성이나 남한산성 등에 근무시켰으며, 혁이 하는 일처럼 힘든 종이 제작 같은 일을 강제로 맡겼다.

양반들은 경치 좋은 산을 주유할 때 산사에서 승려들을 징발하여 남여를 메게 하였다.

3대 명산이라는 금강산, 묘향산, 지리산의 승려들은 고생이 막심했는데, 특히 우리나라 최고의 명산이라는 금강산의 장안사, 표훈사, 유점사의 중들은 허구한 날 징발되어 진땀을 흘리며 남여를 메고 가파른 산길을 올라야 했다.

"하이고, 요 머리 반들반들한 것 좀 보소."

강화 유수 아들을 따라온 하인 한 놈이 젊은 중의 머리를 만지며 장난을 치고 있다. 중은 하찮은 하인들에게도 놀림감이 되는 그런 존재였다.

"자, 이걸 선물로 드릴 테니 그만 그 스님을 놓아주시지요."

어디선가 나타난 일행 스님의 품에는 한 아름의 짚신과 미투리가 들려져 있었다.

볏짚으로 삼은 짚신과 삼으로 만든 미투리는 절에 들르는 양반이나 그 시종들의 선물로 흔히 쓰였다.

"어이고, 뭐 이런 걸 준다면 고맙게 받지요, 히히힛."

하인들이 당연하다는 듯이 그것들을 챙겨갔다. 이때 또 한 명의 젊은 중이 일행 스님을 향해 헐레벌떡 뛰어왔다.

"스님, 유수 자제분께서 포회를 열겠다고 하십니다."

포회(泡會)란 사대부들이 벗들을 불러 모아 두부를 먹는 연회를 말한다.

오늘날에는 콩나물과 함께 가장 저렴한 반찬 재료의 대명사가 된 두부지만 이 당시에는 아무나 먹을 수 없는 별미에 속했다. 그리고 이 두부를 만드는 곳이 바로 절이었다.

"어쩌겠는가. 원하시는 대로 두부를 갖다 드리게."

일행 스님이 가볍게 한숨을 쉬었다.

포회를 하더라도 콩을 가지고 와서 두부를 만들어 달라고 하는 것이 보통인데, 빈손으로 와서 다짜고짜 포회를 열겠다고 하니 이것도 일종의 행패였다.

저녁을 대충 때운 혁이 왁자지껄한 소리가 낭자한 곳을 돌아보니 평소 스님들이 쉬는 방이다.

유수 아들이 다시 술판을 벌인 모양이었다. 간간히 여인의 높은 웃음소리가 섞인 것을 보니 기생도 대동하고 아주 걸판지게 놀 태세다.

항상 고요해야 할 불도량에서 소란을 떠는 것도 잘못이지만 이런 양반 행차가 한번 있으면 축나는 절간 살림도 문제였다.

뒷날 정약용이 『목민심서』에서 지적하길, 잔치 한 번 치르면 절간 반년 경비가 들어간다고 할 정도였다.

얼굴을 찌푸린 혁은 평소 경내를 돌던 산보를 오늘은 산성을 돌기로 마음먹었다.

전등사는 삼랑성(三郎城)이라는 고대 토성으로 둘러싸여 있다.

풀벌레 소리만 요란한 산길에 마침 비추는 휘황한 보름달이 마음을 더욱 심란하게 했다.

'형기를 마치면 나는 어찌 되는가. 전하도, 허균 영감도 다 날 잊은 듯한데……'

서운한 마음이 일면서 한편으로 부강한 나라를 만들어 백성들이 모두 잘살 수 있도록 하고자 했던 꿈이 이대로 허망하게 끝나고 마는가, 하는 진한 아쉬움이 몰려왔다.

어느 날 갑자기 떨어진 이 조선 땅에서 자기를 굽고, 홍삼을 만들었고, 차를 수출하였다. 의사도 아닌 주제에 종두법까지 퍼뜨린다고 동분서주하고, 좌충우돌하던 일들이 마치 꿈속에서 일어난 일들처럼 아득하게 느껴졌다.

'그냥 장사나 하면서 여생을 보낼까?'

송상이나 내상을 찾아간다면 자신이 한 일을 잘 알고 있는 그들은 쌍수를 들고 반길 터였다.

'그렇게 하면 과연 내 마음이 편해지겠는가?'

아니다. 혁은 고개를 힘없이 저었다.

반정이 일어날 것이다. 그리고 최악의 암군인 인조가 보위에 오른다.

'까짓것 누가 왕이 되든 내가 무슨 상관이랴' 하던 게 도형을 받아 이곳에서 중노동으로 신음하던 초기의 솔직한 심정이었다.

억울함과 분노가 뒤섞인 의식은 모든 것을 비뚤게 보이도록 했다. 혁이 예수나 부처가 아닌 이상, 당연한 일이다.

그러던 이글거림이 이제는 체념으로 바뀌었다. 그냥 조용히 자기 몸 하나나 건사하면서 생을 마감하는 것도 나쁘지 않겠다는 것이 요즘에 와서 자주 드는 생각이다.

그러나 아무리 외면하려고 해도 걸리는 것이 있었다. 병자호란이다.

인조가 왕이 되면 알고 있는 역사대로 분명히 전란은 닥쳐올 것이고 백성들은 또다시 어육이 된다. 이를 막고자 노력을 기울이지 않는다면 죽을 때 분명히 후회할 것이다.

그리고 혁이 장사나 하며 쉽게 살자고 마음먹지 못하는 또 다른 이유는 자신으로 인해 이 나라 조선이 발전하고, 백성들의 생활이 나아지며, 역사가 바뀌어가는 데서 느끼는 희열은 그 무엇과도 비교할 수 없다는 점이다.

물론 그냥 버려진 지금의 처지로 봐서는 그럴 기회가 다시 올 것 같지는 않지만 말이다.

처음에 가졌던 광해나 허균에 대한 원망은 이제 거의 없다. 어찌 되었든 그들은 미래에서 왔다는 황당한 말을 믿어주었고, 이 척박한 조선이라는 땅에 자신이 뿌리를 내릴 수 있도록 해주었다.

게다가 자기 생각만 옳다면 아무 문제 없다는 식으로 국법을 어긴 것도 따지고 보면 본인이 아닌가.

또 한 번 한숨을 내쉬면서 혁은 요새 느는 건 한숨밖에 없다는 생각이 들었다. 바로 그 찰나.

"유 주부는 발길을 멈추시오."

돌연 나타난 한 사내의 모습에 혁은 귀신을 본 듯 머리칼이 쭈뼛 섰다.

홀로 걷는 밤길에 누군가 불쑥 나타난다면 놀라지 않을 사람이 있겠는가. 게다가 그 귀신의 손에는 달빛을 받아 싸늘하게 빛을 발하는 칼까지 들려 있음에랴.

"누… 누구시오?"

무술의 고수가 아니더라도 이런 경우에는 충분히 살기를 느낄 수 있다.

"당신에게 원한은 없지만 목숨을 거두어가야 할 사람이오. 날 너무 원망 마오."

아무런 감정도 실려 있지 않은 것 같은 자객의 말이 귓전을 울렸지만 혁은 자신이 조선 시대에까지 와서 칼에 베여 죽는다는 것이 너무나 비현실적으로 느껴졌다. 어이없이 이 조선이라는 시대에 떨어진 것처럼.

자객이 퍼렇게 보이는 칼을 치켜드는 모습을 보고 혁은 눈을 감았다.

그때 문득 저 칼을 맞고 죽으면 다시 떠나온 현대에서 눈을 뜨지 않을까, 하는 엉뚱한 생각이 뇌리를 스쳐갔다. 감은 눈에 힘이 들어갔다.

쨍깡!

고통을 기다리던 혁의 귀에 들린 것은 분명 칼이 부딪히는 소리였다.

반사적으로 뜬 눈에 두 사람이 칼날을 맞대고 있는 모습이 들어왔다.

'지 씨!'

달빛에 비친 얼굴은 분명 벙어리처럼 한마디 말도 없던 무전취식꾼 지형석이었다.

한참을 힘겨루기를 하다 떨어진 두 사람은 사력을 다해 서로에게 날카로운 칼날을 휘둘러댔다.

그렇다고 무협 영화에 나오는 식으로 공중을 붕붕 날거나 하지는 않았다.

칼날에서 튕겨져 나가 산산이 부서진 달빛의 파편들만이 얼마나 이들이 혼신의 힘을 다해 대결을 펼치고 있는지를 증명해 주고 있었다.

하지만 이것은 또 하나의 실감 나지 않는 광경이었을 뿐, 마치 자신과 전혀 무관한, 그저 환상을 보고 있는 것인지도 모른다는 생각이 혁의 머리를 어지럽혔다.

두 사람은 여러 합을 겨루다가 자객이 힘에 부친 듯 훌쩍 뒤로 물러서더니 그대로 내빼고 말았다.

"괜찮으십니까? 어디 다친 데는?"

자객이 멀리 사라진 것을 확인한 지형석이 급히 다가와 평소와는 전혀 다른 표정으로 혁의 안위를 물어왔다. 혁은 그런 그의 모습이 너무나 낯설었다.

"어떻게 지 씨가……."

궁금한 것이 한꺼번에 지나치게 많이 떠오르면 말문이 막힌다.

"소관의 불찰입니다. 여느 때처럼 경내를 도시는 줄 알고……. 하마터면 큰일 날 뻔했습니다. 소관의 실수를 용서해 주십시오."

2년 가까이 같이 지내며 한 것보다 더 많은 말을 한 번에 쏟아내는 지형석이었다.

둘은 편평한 바위를 찾아 앉았다.

"소관은 내금위 소속의 군관으로 유 주부의 신변을 보호하라는 주상 전하의 특명을 받았습니다."

"……!"

지형석의 말은 혁에게 천둥처럼 울려왔다.

'주상 전하의 특명이라니……. 그럼 전하는 나를 잊고 계셨던 게 아니란 말인가!'

무언가로 뒤통수를 호되게 맞은 듯했다.

지금까지 수도 없이 원망하고 절망하였는데 광해는 지형석을 옆에 붙여 항시 자신을 보살펴 왔다는 것이 아닌가. 목구멍이 아프게 조여 왔다.

"유 주부를 기다리고 계시다는 말씀을 때가 되면 전하라 하셨습니다."

물론 그 '때'란 도형을 마쳤을 때를 의미하는 것이겠지만 뜻하지 않은 일로 말미암아 조금 일찍 말하게 되었다.

지형석은 또 혁을 잘 보살펴 달라는 뜻으로 허균이 비밀리에 거금을 시주해 대웅전을 재건케 하였다는 사실도 덧붙였다.

유교를 믿고 앞장서 그 교리를 실천해야 하는 사대부가 절에 많은 돈을 시주하는 것도 문제가 될 수 있으므로 혁을 시기하는 무리들을 자극하지 않기 위해 모든 것은 비밀리에 할 수밖에 없었다는 것이다.

지형석은 국왕의 최측근 호위 부대인 내금위의 군관으로서 혁의 신변 보호 때문에 아무런 죄도 없이 거의 이 년 동안 강제 노역을 했다는 말이다.

혁은 지 씨가 힘을 좀 쓴다는 명목으로 종이 짐을 지고 가끔씩 절 밖으로 나가던 사실과 주지나 일행 스님이 유달리 자신에게 잘 대해주었던 이유를 이제야 깨달았다.

"전하……."

혁의 입에서 한동안 잊고 지냈던 단어가 저절로 흘러나왔다.

'여자는 사랑하는 남자를 위해 화장을 하고, 남자는 자신을 알아주는 이를 위해 목숨을 바친다' 는 흔한 말이 처음으로 절절하게 와 닿았다.

광해는 물론 허균도 자신을 잊지 않고 있었던 것이다.

교교하게 비추는 달빛 아래 살짝 젖은 혁의 눈동자가 은은하게 빛나고 있었다.

25.
조선옥을 열다

영원할 것 같던 2년간의 도형이 끝났다.

허균의 집으로 부지런히 발길을 옮기는 혁의 귓전에 헤어지면서 남긴 일행 스님의 감상 어린 말이 맴돌았다.

"소승은 거사님을 처음 뵈었을 때 기묘한 느낌이 들었습니다. 마치 전생에 뵌 분 같기도 하고, 먼 미래의 생에 다시 뵈올 분 같기도 한… 허허, 이상하지요. 역시 우리 중생들은 윤회의 수레바퀴를 벗어나지 못하기 때문인 듯합니다."

문득 발길을 멈춘 혁이 회색빛 하늘을 올려다보았다.

윤회… 그럼 나는 산 채로 윤회의 수레바퀴를 돌고 있단 말인가.

"어서 오게, 이 사람아. 고생이 자심했을 것이야."

대청마루까지 나온 허균이 혁의 두 손을 잡았다.

"그간 별고 없으셨습니까?"

"나야 무에 일이 있겠나. 자네가 고생했지. 미안하네, 미안해."

자리에 앉고서도 허균은 핼쑥해진 혁의 얼굴을 보며 연신 '미안하다'란 말을 되풀이했다.

혁이 몸에 익지 않은 노동일을 하는 사이 몇 가지 일이 있었다.

무엇보다 안타까운 것은 『동의보감』이라는 역작을 저술한 명의 허준이 혁이 강화도로 떠날 즈음 77세를 일기로 타계하였다는 사실이다.

그의 공을 기려 광해는 정1품 보국숭록대부 작위를 추증하였다.

허준이 수제자로 키운 은비는 왕비의 종기를 주위의 우려에도 불구하고 '거머리 요법'을 시행하여 완치시킴으로써 어의녀로 발탁되었다.

만주에서는 드디어 누르하치가 '칸'에 즉위하고 '금'이라는 국호를 공식적으로 사용하기에 이르렀다. 이 말은 곧 명나라의 지배를 받는 변방의 오랑캐가 아니라 대등한 관계임을 만천하에 공표한 것이며 이로써 중원에는 짙은 전운이 감돌기 시작했다.

궐내에서도 변화가 있었으니 바로 소북(小北)파의 등용이었다. 광해는 이충(李沖), 심돈(沈惇), 윤중삼(尹重三) 등의 소북파 신진 관료를 등용함으로써 조정의 분위기를 일신하고자 했다.

대북파가 정치적 색채가 짙은 반면 이들 소북파는 관료적 속성이 강했다. 물론 여기에는 갈수록 권력이 집중되는 대북파를 견제하려는 광해의 속내가 내포되어 있었다.

광해는 조정을 쥐고 흔들려는 이이첨의 지나친 야망에 서서히 염증을 느꼈다.

조선의 개혁에 반드시 필요한 유혁을 내치는 데 앞장선 이도 이이첨이다.

지형석의 보고에 따르면 혁은 하마터면 목숨을 잃을 뻔했다지 않는가. 가슴을 쓸어내린 광해는 그 후 내금위 소속의 젊은 무사 둘을 은밀히 붙여 항시 혁의 신변을 보호하도록 조치했다.

이이첨이 비록 즉위하는 데 일등 공신임은 부인할 수 없지만 이대로 두어서는 곤란하다고 생각한 광해는 이이첨을 홍문관의 대제학에 임명했다. 조선 전체에서 가장 학문이 뛰어나다는 이가 앉는 명예로운 자리인 정2품이므로 '대감'이라 불리지만 정치와는 거리가 있었다.

나라의 병권을 휘두르는 병조판서에는 허균이 임명되었다.

"저를 위해 많은 돈을 시주하셨다면서요. 감사합니다, 대감."

혁은 깊숙이 고개를 숙였다.

"그건 내가 한 게 아닐세. 전하께서 내리신 돈을 내가 전했을 뿐이네. 자네가 감사해야 할 분은 바로 전하일세."

허균이 부드럽게 웃음 띤 얼굴로 내막을 가르쳐 주었다.

"……!"

광해가 비밀리에 내린 내탕금을 허균 명의로 전달했던 것이다.

임금이 거액을 시주했다는 소문이라도 나면 전국의 유생들이 벌 떼처럼 들고 일어날 게 뻔하다.

혁은 다시 한 번 가슴이 뜨거워져 왔다.

"이제 돌아왔으니 전하와 이 나라를 위해서 분골쇄신해 주게. 그게 전하의 은혜에 보답하는 길이 아니겠나."

허균의 따뜻한 말을 들으며 혁은 가장 궁금했던 것을 물었다.

"대감, 일전의 그 책들과 제가 번역했던 종이들은 어찌 되었습니까?"

아쉽게 접은 그 일이 못내 마음에 걸렸었다. 조선이 세계적인 대국으로 발돋움하기 위해서는 언젠가 반드시 해내야 할 일이다.

"다 불태워졌네. 자네 뜻은 모르는 바가 아니나 앞으로는 절대 그런 경거망동을 해서는 안 되네. 알겠는가?"

혁의 얼굴을 쳐다보며 허균은 두 번, 세 번 다짐을 두었다.

어찌 모르겠는가. 죽음의 문턱까지 갔었는데. 혁도 자신의 경솔한 행동을 수없이 후회했었다.

그렇지만 마음 한구석에는 여전히 아쉬움이 남았다. 혁은 소리 없이 길게 숨을 내쉬었다.

"당분간은 여기서 지내도록 하게. 전하께서 여건이 되는 대로 부르실 것이야."

금방 형을 살고 온 이를 데려다 벼슬을 주는 것은 모양새도 좋지 않고 반발을 불러올 수도 있다.

혁이 형을 받아 떠나자 주인 없는 집은 자물쇠가 채워졌고, 수원댁도 허균의 집에서 일하고 있단다.

혁을 배신했던 막쇠는 소원하던 면천이 된 후 보부상을 따라 나섰다고 한다. 후에 만난 수원댁이 코를 훌쩍거리며 전해준 이야기지만 혁은 그다지 미움이 느껴지지 않았다.

매일같이 108배를 올리며 마음을 닦은 보람이 있었나 보다.

이어진 허균의 말로 인해 혁은 결국 가만히 한양에 머물러 있지 못하게 된다.

"얼마 전에 왜관에서 일어난 교간(交奸) 사건으로 인해 지금 조정이 뒤숭숭하다네."

허균이 착잡한 표정을 하고 내뱉은 교간 사건이란 조선 여인이 왜인과 간통한 사건으로 이를 이해하기 위해서는 먼저 왜관의 특성에 대해 살펴보아야 한다.

조선과 일본 간의 무역은 중간에 있는 대마도의 도주인 소우(宗)씨가 중계를 한다. 즉, 조일(朝日)간 직접 거래가 아니라 왜관에 파견 나와 있는 쓰시마 상인들이 조선에서 인삼이나 백사, 비단 등을 구입해 일본에다 팔고, 일본의 은이나 구리, 흑각(물소 뿔 활의 재료) 등을 가져다 조선에 파는 형식이다.

이를 위해 조선은 부산 인근에 특수 지역을 설정해 그 안에서 왜인들이 수출입 업무를 하도록 편의를 봐준 것이 바로 왜관이다.

처음 왜관이 설치된 때는 조선이 개국한 지 얼마 되지 않은 15세기 초로 부산포, 제포, 염포 등 삼포를 열어주었다가 왜인들이 난동(삼포왜란)을 부리자 이것을 모두 폐쇄하고 두모포에 작은 왜관을 열어 거래하게 하였다.

하지만 두모포 왜관은 장소가 협소하고 부두 시설이 미비한 점 등 여러 가지로 불편한 부분이 많았다. 이에 쓰시마 도주가 여러 차례 간청을 하여 새로운 장소로 옮겼으니 이것이 초량 왜관이다.

조선인 목수와 인부 등 연인원 125만 명과 일본인 기술자 2,000명이 삼 년간의 대공사 끝에 완공하였다.

원래 이 왜관은 1678년이 되어서야 세워질 것을 도자기 무역의 성공에 자신을 얻은 조선 조정이 쉽게 결정을 내림으로 해서 실제 역사보다 61년이나 빨리 지어지게 되었다.

신 왜관은 부산 용두산 일대에 세워졌다.

용두산을 가운데 두고, 항구 쪽이 동관으로 행정 건물과 무역을 담당하는 곳, 상업 시설, 유흥가 등이 몰려 있고, 산 뒤편의 서관은 외교사절과 그 수행원들이 머무는 건물이다.

전 두모포 왜관이 1만 평인데 반해, 신 왜관은 10만 평의 광활한 부지로, 후에 일본이 네델란드 상인의 특수 거주지로 조성한 나가사키의 데지마(Dejima, 出島)에 비해 무려 25배의 넓이였다.

이렇게 장소는 넓어졌지만 변하지 않는 것이 하나 있었으니 '금녀(禁女)의 공간'이라는 점이다.

남녀가 조화롭게 어울려 사는 것은 조물주의 뜻인데 이를 강제로 막아놓으니 사건이 생기지 않을 수가 없었다.

왜관 인근에 사는 이봉원이라는 자가 자신의 처와 딸, 그리고 여동생을 몰래 왜관에 들여보내 매춘을 시키다가 적발된 것이다.

조선 조정은 발칵 뒤집혔고, 예(禮)를 최고의 덕목으로 여기는 조선의 사대부답게 관련자 전원을 사형에 처하기로 결정을 하여 조선인들은 모두 처형 후 효수까지 하였으나 관련 일본인들은 전부 쓰시마로 도주해 버렸다.

왜관의 행정 책임자인 관수(館守)가 처형되지 않도록 빼돌린 것이다. 일본인들의 정서로는 간통을 했다는 이유 하나로 사형에 처한다는 것은 지나치다고 여겨서다.

이에 조선 조정은 닭 쫓던 개 꼴이 되어 체면이 말이 아닌데다가 앞으로 또 이런 일이 발생할 경우에도 왜인을 처벌할 마땅한 방법이 없어 전전긍긍하고 있는 상황이다.

"방법이 있습니다."

혁의 말에 허균의 눈이 번쩍 떠졌다.

혁은 예전에 두모포 왜관을 둘러보았을 때 생각했던 것이 있다.

남자만 사는 삭막한 공간, 술은 얼마든지 먹을 수 있으나 시키면 남자들끼리만 마셔야 하는 곳, 그래서 항상 싸움이 끊이지 않는 곳이 바로 왜관의 현실이다.

"왜관 안에 기방을 만들면 됩니다."

여자가 없이는 결코 해결될 문제가 아니라는 것이 혁의 생각이었다.

크게 떠졌던 허균의 눈이 찡그려졌다.

"이 사람아, 그곳은 금녀란 것을 모르나?"

"기생이 어디 여자라고 할 수 있습니까?"

허균의 질책에 지체 없이 나온 혁의 반문이었다.

조선의 사대부들은 예를 중시한다면서 기생을 끼고 노는 것은 괜찮았다.

왜냐하면 기생은 여자 축에 들지 못하는 천한 존재이기 때문이다. 그래서 기생과의 외도는 부부간의 예를 해치는 행위가 아니라는 것이 사대부들의 논리이다.

인상을 구겼던 허균이 이번에는 어안이 벙벙해졌다.

"거기다가 기생들이 벌어들이는 돈은 모두 왜인의 그것이니 나라에 보탬이 될 것이고, 기생이 있음으로 해서 사내들 간의 싸움이나 분란이 현저히 줄어들 것이 분명하니 관청의 고민도 해소되지 않겠습니까?"

왜관의 관할 관청인 동래부는 거의 매일이다시피 한 왜관 내 사건, 사고에 골머리를 앓고 있었다.

"흐음~"

이제 허균의 표정도 진지해졌다. 말이 되기 때문이다.

여항의 부녀자라면 논의 자체가 안 되지만 팔천(八賤: 여덟 가지 천한 직업)에 속하는 기생이라면 얘기가 달라진다.

'남녀칠세부동석'이라는 공자님 말씀도 이런 천민들에게는 별 상관이 없는 게 현실이다.

특이한 것은 사회 계급으로는 비록 천민에 속하지만 조선 중기인 이때의 기녀는 시와 글에 능한 교양인으로 대접받았다는 점이다.

대학자인 서경덕과 사랑을 한 황진이, 허균, 이귀 등과 시담(詩談)을 나눈 이매창(李梅窓), 퇴계 이황이 평생 마음에 품었던 두향(杜香), 그 밖에도 송이(松伊), 소춘풍(笑春風) 등 시조 시인으로 이름을 남긴 시기(詩妓)들이 많았다.

즉, 이때의 기녀란 손님이 원한다고 마음대로 안을 수 있는 존재가 아니라는 말이다.

기생이 매춘부와 동일시 여겨지게 된 때는 조선 말에 이르러서다.

"그리고 무엇보다 중요한 것은 기방에서 무심코 흘러나오는 이야기가 소중한 정보가 될 수 있다는 점입니다."

술에 취하면 말이 많아지고 입이 헤퍼지지 않는가.

현대를 살다 간 혁이기에 누구보다 정보의 중요성을 잘 알고 있었다. 그래서 혁은 기녀들을 활용한 정보 수집을 건의하고 있는 것이다.

"자네 말이 일리가 있네. 내 주상 전하를 뵙고 말씀을 드려봐야겠어. 만약 허락이 떨어지면 이 일은 자네가 맡아줄 수 있겠지?"

언제나 기발한 발상을 하는 혁이 맡는다면 광해도 쉽게 납득할 것이라는 게 허균의 생각이었다.

당장 할 일도 없는 혁이 마다할 이유도 없으므로 구체적인 이야기는 일사천리로 진행되었고 만족한 허균은 서둘러 입궐을 하였다.

어쩌면 뜻하지 않게 바빠질지도 모른다는 생각을 얼핏 하며 혁은 오궁골로 향했다.

오궁골. 몽매에도 잊지 못하던 나미가 있는 곳.

'어떻게 지냈을까. 지금도 날 보고 싶어 할까.'

그녀가 있는 곳이 가까워올수록 초조감에 가슴이 옥죄어 왔다.

드디어 기방 대문 앞에 선 혁이 아픔과도 같은 감회를 되씹고 있는데 삐그덕, 하며 문이 열렸다.

50대에 접어들면서 더욱 살이 오르기 시작한 기방 술어미였다.

멈칫하던 그녀가 이내 혁을 알아보더니 눈을 치켜떴다.

"아니, 이게 누구야? 그 잘난 나으리 아니슈. 2년간이나 종무소식이더니 이렇게 불쑥 나타나는 건 또 뭐유? 나미 애간장 다 녹여놓고 생각난다고 마음대로 쳐들어오면 단냥 말이오."

허구한 날 눈물 짜는 나미를 보며 속상했던 감정이 혁을 보자 마치 자신이 장모라도 된 듯 마구 터져 나왔다.

"아, 입이 있으면 말을 좀 해보슈. 천한 기생이라고 이렇게 막 대해도 되는 건지 말이오."

쏘아붙이는 술어미나 때아닌 소란에 몰려나온 하인들과 기생들의 눈초리도 곱지가 않았다.

밖에서 일어난 이런 야단법석이 방에 앉은 나미의 귀에라고 들리지 않겠는가.

후들후들 떨리는 다리로 일어선 나미는 와락 문을 열어젖히려다 멈칫했다.

혁은 아무 말도 없이 2년간이나 자신을 내팽개쳐 두었는데 지금 자신은 주인의 목소리를 듣고 마냥 좋아 꼬리를 흔들며 쫓아가는 강아지처럼 허둥지둥 달려 나가려 하고 있지 않은가.

나미는 아프도록 입술을 깨물었다.

"그만하세요, 어머니."

천천히 걸어 나온 나미가 마치 처음 보는 사람처럼 혁을 바라보았다. 둘러선 사람들의 웅성거림도 멈추었다.

"나으리께서도 발걸음을 말아 주세요. 소녀는 나으리를 잊은 지 오래입니다."

혁을 똑바로 쳐다보며 던진 '잊었다'는 나미의 한마디가 시퍼런 칼날이 되어 혁의 가슴에 꽂혔다.

이렇게 말을 던진 나미의 마음속에서는 수없는 물음이 물결치고 있었다.

'도대체 어찌 된 일이옵니까? 어째서 그동안 소녀를 찾지 않으셨나요? 저를 잊으려 하셨나요? 그런데 이처럼 다시 찾은 것은 왜인지요?'

퍼뜩 치켜뜬 혁의 눈에 나미의 수척한 얼굴이 와서 박히자 수천 번 혼자 되뇌었던 말은 입안에서만 뱅뱅 돌 뿐 나오지 않았다.

슬픈 눈빛으로 나미를 한동안 쳐다보던 혁은 말없이 돌아섰다.

멀어져 가는 혁의 굽어진 등 자락을 바라보는 나미의 머릿속이 아무것도 쓰여 있지 않은 백지마냥 새하얘졌다.

2년을 그리던 님을 자신이 쫓아낸 것이다. 이제는 혁을 영원히 볼 수 없게 되었다.

"내가… 내가 무슨 말을 한 거죠? 안 돼요. 누가… 누가 좀 불러주세요 네? 어서요!"

오열하며 혁을 쫓아가려는 나미를 옆의 기생들이 붙잡았다.

"나으리~ 나으리~ 으흐흐흑."

바닥에 주저앉은 나미는 그동안 숨죽여 혼자 눈물짓던 서러움까지 북받쳐 올라 대성통곡을 터뜨리고 말았다.

"에이구, 네년 팔자도 참……."

혁를 끌끌 차는 술어미의 눈가도 붉어졌다. 퇴기 출신인 그녀가 어찌 나미의 마음을 모르겠는가.

"방에 자리나 깔아줘라. 그리고 내 방에 탁배기 한 상 들이고."

술어미는 외출할 마음이 싹 가셔 낮술이나 푸기로 마음먹었다.

둘의 해후는 이렇게 끝나고 말았다.

논란 끝에 왜관에 기방을 설치하기로 결정이 난 것은 혁이 돌아온 지 한 달쯤 되어서였다.

가장 반대를 한 이는 이이첨으로 명목상은 '아무리 천한 기생일지언정 조선의 여인으로 하여금 왜놈들을 상대하게 할 수는 없다'는 것이었지만 내심은 혁의 재등장을 막으려는 것임은 물론이다.

그렇지만 이 안건이 통과된 데는 혁이 강조했던 정보 수집보다는 현실적인 부분이 오히려 좌우했다. 새로 지은 왜관의 규모가 워낙 컸기 때문에 그 유지비가 엄청났던 까닭이다.

기방을 두어 거기서 나오는 세금으로 유지비를 감당할 수 있다는 허균의 설명은 아직 정보의 중요성을 잘 모르는 많은 대신을 공감케 했고, 이런 현실적인 필요성이 공허한 명분론을 누를 수 있었다.

당장 벼슬을 주기는 어려우나 혁에게 무언가 일을 맡기고자 하는 광해의 적극적인 찬성과 새로 임용된 소북파 관료의 실리 추구도 한몫을 했다.

"어찌 이럴 수가 있단 말인가. 왜놈들에게 기방이라니. 허허, 이런 어처구니가 없는……."

인왕산 자락에 있는 이이첨의 대궐 같은 집에서는 지붕이 들썩거릴 정도로 탄식 소리가 터져 나오고 있었다.

"더군다나 또 유혁, 그놈의 이름이 거론되다니. 중죄를 지은 죄인에게 그런 일을 덥석 맡긴다는 게 말이 되냔 말이야. 아니 그런가?"

만약 앞에 혁이 있다면 씹어먹을 듯한 표정의 이이첨이 치켜뜬 눈을 하고 황오석에게 물었다.

좌포도대장이었던 정항이 혁을 처치하는 데 계속 실패하자 이이첨은 그를 함경도 오지로 보내 버리고, 그 후임으로 지금 앞에 고개를 숙이고 있는 황오석을 임명하도록 했던 것이다.

"지당하신 말씀입니다, 대감."

하관이 쭉 빠져 얍삽한 인상의 황오석이 재빠르게 화답했다. 변방의 일개 무관으로 별 볼 일 없던 자신을 일약 포도대장에 발탁해 준 이이첨인데 발바닥인들 못 핥을 소냐. 화약을 지고 불속에 뛰어들라 해도 마다치 않을 황오석이다.

이이첨의 심기는 지금 최악이다.

얼마 전 광해가 느닷없이 소북파를 등용하여 뒤통수를 치더니 승진이라는 명목으로 자신을 대제학에 임명을 하였고, 이번에는 그렇게 반대를 하는데도 유혁에게 왜관의 기방 설립을 맡겼다.

이이첨은 꽉 다문 이에 힘을 주었다.

'대제학? 지금 이 판국에 나더러 글이나 읽으며 자빠져 있으란 말인가. 누구 덕분에 임금 자리에 올랐는데… 이제는 날 견제하겠다 이 말씀이지.'

오만상을 찡그린 이이첨이 타구에 가래침을 뱉었다.

"절대 그놈이 기방을 짓게 두어서는 안 돼. 어떻게 해서든 막아."

씹어뱉듯이 말하고는 금으로 호화롭게 장식된 장죽을 물었다.

'제깟 놈이 날뛰어봤자 부처님 손바닥 안이지. 흥, 어디 뜻대로 되나 두고 봅시다, 주상.'

이이첨의 집을 나온 황오석은 신임을 받을 절호의 기회가 왔다는 것을 본능적으로 직감했다.

포도청으로 향하는 그의 머릿속은 요란하게 돌아가고 있었다.

기방을 짓는 데는 대략 은 2만 냥 정도가, 운영비로 1만 냥, 도합 3만 냥의 투자금이 필요하다.

쌀로 치면 2만 석에 달하는 거금이지만 조선의 상계도 많이 발전하여 큰 상단이라면 이 정도 자금을 대는 것이 그리 어려운 일은 아니다.

여러 상단 중 왜관이 내상들의 앞마당이니만큼 그들로 하여금 투자하게 하는 것이 알맞다고 혁은 판단했다.

내상의 대방인 김만복은 혁의 요청으로 한양에 올라와 있었다.

"아니, 돈을 못 대겠다고요?"

혁은 김만복의 뜻하지 않은 대답에 화들짝 놀랐다. 이 투자는 일종의 특혜인데 이를 마다한다는 것은 상상도 할 수 없었던 일이다.

"저라고 왜 기방을 짓는 데 참여하고 싶지 않겠습니까. 하지만 지금 자금이 전부 묶여 있어 그럴 여력이 안 됩니다. 좋은 제의를 받아들이지 못해 정말 송구합니다."

머리를 숙인 김만복은 사흘 전에 찾아온 포도대장 황오석을 떠올리며 이를 갈았다.

"내가 모시는 어른께서 유혁이란 자가 왜관에서 기방을 벌이는 것에 대해 대단히 불쾌하게 생각하고 계시네. 만약 내상이 눈앞의 이익에만 급급해 그 기방에 돈을 댔다가는 어떤 불이익이 생길지는 나도 모르네. 요즘 백사(帛絲)의 수출을 내상이 거의 독점하다시피 한다면서?"

황오석이 가늘게 뜬 눈으로 김만복을 노려보며 한 말이다.

백사는 인삼과 맞먹는 내상의 주요 수출품이다. 중국의 백사를 10냥을 주고 수입하여 일본에 넘길 때는 25냥을 받는다. 그야말로 엄청난 돈줄이 아닐 수 없다.

교토의 니시진(西陣)에는 비단 짜는 공방인 다카바타오리야가 길게 늘어서 있다. 여기에서 짜는 고급 비단의 원료로는 새

하얀 광택이 나고 매듭 하나 없이 이어져 있는 중국산 백사가 아니면 안 된다. 이 고급 비단으로 일본의 전통 의상인 기모노가 만들어진다.

그런데 황오석이 만약 내상이 말을 안 들을 경우 백사 수출에 제동을 걸겠다는 뜻을 내비쳤다.

예나 지금이나 관리들이란 장사를 잘되게는 못 하지만 마음만 먹으면 망하게 하는 재주는 비상한 족속이 아닌가.

도자기, 인삼에 이어 왜관의 기방까지 성공하면 자신의 입지는 더욱 공고해질 것은 명약관화한 사실인데 이를 받아들이지 못하는 김만복의 속은 한약을 삼킨 듯 쓰디쓰다.

그렇다고 내상이라는 거대 상단을 책임지는 대방의 입장에서 조직의 위험을 무릅쓰고 관리와 다툴 수는 없는 일이다.

김만복과 헤어져 송상의 대방인 최대식을 만나기 위해 개성으로 향하는 혁은 계속 고개를 갸웃거렸다. 내상 같은 상단이 그 정도 금액을 만들어내지 못한다는 것이 아무래도 납득하기 어려웠다.

무언가 찜찜한 느낌이 이빨에 뭐가 낀 것처럼 영 개운치가 않았다.

"아시다시피 송상의 모든 자금은 지금 인삼밭을 늘리는 데 들어가 있어 그런 거금을 댈 여유가 없습니다. 모처럼의 제의인데 참으로 안타깝습니다."

최대식이 흰 수염을 쓸며 미안해했다.

조선 최대의 상단인 송상이 아무리 인삼밭에 투자를 많이 하고 있다 하더라도 3만 냥을 염출하지 못한다는 것은 말이 되질 않는다.

드디어 혁은 '뭔가 있다'라는 확실한 낌새를 챘다.

"내상도 그렇고 송상마저 그 정도의 돈이 없어 투자를 못하겠다는 것은 믿을 수가 없습니다. 솔직히 말씀을 해주십시오. 대체 이유가 무엇입니까?"

"글쎄, 그것이……."

혁이 다그쳤지만 최대식은 난처한 듯 얼버무릴 뿐 시원한 대답이 나오질 않았다.

허탈한 발길로 돌아오는 혁의 뇌리에 허균의 말이 불현듯 떠올랐다.

"이이첨 대감을 조심하게. 아무래도 자네를 탐탁지 않게 여기는 듯하이."

이이첨이라면 대북파의 우두머리로 현 조정의 실세라는 것은 알고 있지만 그가 왜 나를 경원시한다는 것인가?

혁으로서는 전혀 이해가 되지를 않았다. 대북파는 광해를 즉위시키는 데 결정적 역할을 했을 뿐 아니라 지금도 임금의 정치적 배경이 되고 있는 세력이다. 혁이 믿고 의지하는 허균도 대북파가 아닌가.

난마처럼 얽힌 조정의 권력 다툼을 일개 하급 관리에 불과했던 혁이 꿰뚫어 보기는 불가능한 일이었다. 그러나 이번 투자 건 뒤에는 누군가 방해 세력이 있다는 것은 분명했다.

'도대체 누가? 정말 이이첨 대감이? 그렇다면 경상이나 만

상을 찾아가도 결과는 마찬가지란 말이 아닌가.'

아니나 다를까 한양의 경상 역시 같은 대답으로 혁을 좌절케 했다. 이런 상황에서 만상을 만나러 의주까지 그 먼 길을 간다는 것은 부질없는 짓이다.

혁은 풍선에서 바람 빠지듯이 맥이 탁 풀려왔다.

조선을 대표하는 상단들이 모두 안 된다면 방법이 없다. 3만 냥은 어느 한 개인이 부담하기에는 너무 큰돈이다.

광해에게 사정하여 내탕금을 이용하면 가능은 하겠지만 이는 안 될 말이다. 그랬다가는 왕이 기생 장사를 한다고 난리가 날 것은 뻔한 노릇이다.

과학 서적의 번역도 그렇고, 이번 사업도 조선을 위해 필요하다는 생각에 발 벗고 나선 것인데 번번이 벽에 부딪히니 울화가 치밀어 올랐다.

'한심하고 답답한 사람들.'

북적거리는 인파 속에서 혁은 눈에 띄는 주막에 걸터앉아 막걸리를 시켰다.

어느덧 종로 시전 거리로 들어선 것이다. 단숨에 한 잔을 들이켰지만 끓어오르는 속은 전혀 진정되질 않았다.

안 그래도 나미 일로 가슴이 미어지는 마당에 도와주지는 못할망정 누군가 자꾸 훼방을 놓고 있으니 천불이 났다.

'그냥 다 때려치워?'

광해를 생각하면 그럴 수도 없는 노릇이다.

두 번째 잔을 들어 마시려던 혁의 눈에 간판 하나가 먹구름을 뚫고 나온 한 줄기 빛살처럼 들어왔다.

睡蓮堂(수련당)

'그래, 저기라면 가능할 수도 있다!'

거칠게 술잔을 내려놓은 혁은 가슴이 빠르게 뛰는 것이 느껴졌다.

일면식도 없이 단지 젊은 여자가 운영한다는 정도만 아는 곳이지만 혁의 발은 벌써 가게 문턱을 넘고 있었다.

설명을 들은 수련은 한참 동안 눈을 내리뜬 채 말이 없었다.

혁은 손바닥이 끈적거려 왔다.

"장사꾼은 한 푼의 길미(이익)를 바라고, 십 리 물밑을 걷는다 하였습니다. 비록 힘에 부치는 금액이기는 하지만 기방을 열면 이익이 뻔히 보이는데 어찌 참여를 마다하겠습니까. 기꺼이 자금을 대겠습니다."

이제는 서른을 넘겨 예전같이 풋풋한 모습은 아니지만 대신 장사꾼 관록이 제법 붙은 수련이 미소 띤 얼굴로 승낙을 했다.

혁은 참았던 숨을 길게 내쉬었다. 드디어 왜관에 기방을 열 수 있게 되었다.

"한 가지 조건이 있습니다."

조건이란 말에 순간 흠칫했던 혁이 계속하란 듯 수련을 바라봤다.

"우리 애 하나를 관리인으로 써주십시오. 좋은 기회를 주신 마당에 이런 부탁을 드려 송구하오나 저 역시 일개 장사꾼에 불과하오니 너그럽게 이해해 주시길 바랍니다."

생판 모르는 마당에 거금을 투자하면서 관리인 하나를 박겠다는 것은 오히려 당연한 요구라 할 수 있다.

쾌히 승낙한 혁의 뇌리에 웃음 띤 광해의 얼굴이 떠올랐다 사라졌다.

"기방 건설 공사를 시작했다니, 대체 그게 무슨 소리야?"

이이첨의 노기 띤 음성이 다시 한 번 인왕산 자락에 울렸다.

"자금을 못 구하도록 4대 상단을 다 틀어막았는데⋯ 수련당이 돈을 대는 바람에⋯⋯."

황오석의 목소리가 기어 들어갔다.

그로서도 공을 세워 신임을 얻을 요량에 온갖 공갈, 협박을 동원해 가며 자금줄을 막았는데 수련당이라는 생각지도 못한 복병이 나타나 버렸다.

"수련당인가 뭔가 하는 곳이 장사를 못 하도록 해서 투자를 포기하도록 하면 될 게 아닌가? 장사치들이야 털면 전부 먼지 날리는 것들이고, 법 다 지키면서 장사하는 놈이 없다는 것은 세상 사람이 모두 아는 얘긴데 포도대장씩이나 되어서 그것도 못 해?"

이이첨의 카랑카랑한 목소리가 고개 숙이고 있는 황오석의 머리 위로 다시 바위처럼 떨어졌다.

"글쎄, 그게⋯ 아무리 조사해도 법을 어긴 적이 한 번도 없고, 세금도 한 푼 어김없이 꼬박꼬박 바쳐서 어떻게 할 수가 없었습니다, 대감."

"이런, 이런, 질정치 못한 위인을 보겠나. 그렇다고 손 처매고 가만히 있겠다는 말인가? 정 안 되면 가게 앞에 포졸이라도 여럿 세워 공포 분위기를 조성해. 그러면 제깟 것이 손을 안 들고 어쩌겠어."

이이첨이 한심하다는 눈길로 황오석을 내려다보았다.

"송구하오나 수련당은 대갓집 마나님들이 무시로 드나드는 곳이라 그랬다가는 난리가 납니다, 대감."

황오석의 이 말에 이이첨도 할 말을 잃었다. 무슨 그따위 가게가 다 있단 말인가.

왜관의 동관 아래쪽에서는 기방 건설 공사가 한창이다.

남녘의 따스한 봄바람을 맞으며 하루가 다르게 기방은 그 모습을 갖추어 나가고 있었다.

이 광경을 바라보는 왜인들의 가슴은 기대로 부풀어 올랐다.

왜관에 거주하는 왜인들은 짧게는 몇 달을, 길게는 일 년 넘게 홀아비로 생활한 이들이다. 외로움과 삭막함에 절은 이들에게 어여쁜 기녀들과 함께 술을 마실 수 있는 장소가 생긴다는 소식은 봄바람에 싱숭생숭해지는 처녀 가슴처럼 달뜨게 했다.

거기다가 잘하면 일본 여자와는 비교도 안 되게 아름다운 조선 여인을 안을 수 있는 행운이 자신에게도 올지 모른다는 상상은 이들로 하여금 밤잠을 설치게 만들기 충분했다.

혁은 동래부 소속의 기녀들뿐만 아니라 경상도 일원의 모든 기녀에게 면접을 볼 수 있는 기회를 주었다. 인물, 몸매, 재능 등 모든 면에서 최고의 기녀를 선발하기 위해서임은 물론이다.

보수가 두 배라는 말에 멀리 전라도와 충청도의 기녀들까지 삼삼오오 몰려오는 바람에 면접장은 분단장을 곱게 한 아리따운 여인들로 때아닌 복사꽃밭을 연출했다. 선발되기만 하면 소속을 동래부로 변경시켜 준다는 혁의 약속이 널리 소문이 나서다.

면천이라면 모를까 소속 변경 정도는 그다지 어려운 문제가 아니다. 임금의 허락을 받고 벌이는 사업인데 그런 일을 안 들어줄 간이 부은 지방관은 없다.

시대에 따라 여자를 보는 눈이 달라진다는 것을 알게 된 혁이 기녀를 뽑을 면접관으로 동래부사 원만기에게 참석 부탁을 하였고, 40대 후반의 원만기는 사람 좋은 웃음을 머금은 채 기꺼이 혁의 청을 들어주었다.

동래부 입장에서는 기방이 들어서서 골치 아픈 사건, 사고를 줄일 수 있고, 무엇보다도 막대한 왜관 유지비를 덜 수 있는 입장이어서 협조에 적극적일 수밖에 없었다.

왜관의 관수인 나카지마 도시이에를 초빙한 것은 앞으로 이곳 기방의 주 고객이 될 왜인들의 여성 선호도를 감안해야 한다는 동래부사 원만기의 충고 때문이다. 아울러 왜관의 일본인들을 총감독하는 관수에게 미리 기방과 기녀들을 선전하는 효과도 있다.

수백 명의 기녀를 보면서 면접관을 맡은 두 사람은 연신 침을 삼켜가며 벌린 입을 다물질 못했다. 아마도 두 사람 인생에 있어서 최고의 날이었으리라.

혁은 최종적으로 50명의 기녀를 선발하였다. 조선 어디에 내놔도 손색이 없을 미인들인 동시에 거문고나 가야금 연주, 시작(詩作) 등의 기예를 갖춘 여인들이다.

그중 단연 돋보이는 기녀는 원만기가 아끼던 애기(愛妓)인 소서시(小西施)였다.

심장병 때문에 손을 가슴에 대고 찡그리는 모습까지 아름다웠다는 중국의 절세미인 서시를 닮았다 하여 소서시로 이름 붙여진 기녀다.

원만기가 극력 말렸으나 고집을 부려 지원했다고 한다.

지금이야 부사의 사랑을 독차지하며 잘하면 첩으로 들어앉을 수도 있지만 늙으면 천대 속에 결국 쫓겨날 수밖에 없는 것이 기녀의 운명이라는 사실을 익히 아는 그녀로서는 당장의 아낌보다는 두 배라는 파격적인 돈을 벌 수 있는 기회를 이용해 천한 신분을 벗어나려고 하는 게 오히려 당연한 선택이었다.

소서시의 면접 때, 아쉬움에 연방 한숨을 내쉰 원만기지만 일개 기녀 때문에 대사를 그르칠 위인은 아니었다.

뽑힌 기녀들은 건설 공사가 진행되는 동안 동래부 소속 통사의 지도 아래 왜국 말을 배우게 했다. 아무리 예뻐도 술자리에서 손짓, 발짓만 해서는 곤란하지 않겠는가.

아름다운 화초와 옮겨 심은 노송이 우아한 풍치를 자랑하고, 은은하면서도 절제된 화려함이 살아 있는 조선의 건축 양식으로 설계된 기방이 날아갈 듯 그 수려한 모습을 드러낸 것은 늦더위의 끝자락도 물러가기 시작하는 9월 말이었다.

상호는 고심 끝에 이곳에 오면 마치 조선을 대표하는 곳에 온 듯 느끼라고 '조선옥'이라 지었다.

조선옥은 일반 기방보다 두 배나 비싼 요금을 받았다. 독점 영업이라는 점도 있지만 혁이 가려 뽑은 기녀들은 조선 최고의 수준이기 때문에 누구도 비싸다고 불평하는 이는 없었다.

현대의 술집을 아는 혁은 그야말로 최고의 품위와 격조를 갖춘 기방을 표방했고, 이러한 전략은 여지없이 적중했다.

안 그래도 치마만 둘렀다면 환장을 할 판에 최고의 시설에 선녀가 아닌지 착각할 만한 미녀들이 줄줄이 들어오자 왜인들은 거품을 물고 까무러칠 지경이 되었다.

거기다가 기녀들은 웬만한 일본 말도 다 할 줄 알아 그 앙증맞은 입으로 '아~ 쏘데쓰네~'하면서 살짝 눈웃음이라도 치면 왜인들은 그냥 자지러지고 말았다.

왜관에는 평상시 오백 명 정도의 일본인이 생활하는데 조선옥의 개관일에는 이 인원이 일시에 몰려들어 서로 들어가겠다고 난리를 치는 바람에 왜관 밖에서 수직하는 조선 군사들이 동원되어 질서를 잡아야 할 정도였다.

다음 날부터도 한번 기방에 와봤던 이들이 침이 마르도록 기녀들의 재주와 아름다움을 칭찬해 조선옥은 연일 밀려드는 손님으로 터져 나갈 지경이 되었고, 한번 술자리 잡기는 그야말로 하늘의 별 따기와 맞먹을 정도가 되어버렸다.

"아니, 10월 중에도 안 된다면 도대체 언제로 예약이 가능하다는 말이오?"

10월 말까지는 이미 예약이 꽉 찼다는 말에 한 왜인이 목소리를 높였다.

"글쎄, 지금 봐서는 11월도 중순이나 되어야 자리가 날 것 같소."

동래부 소속 통사로 있다가 조선옥의 관리 담당자로 옮겨 앉은 김돈수는 느긋하게 대꾸했다.

예전에 혁이 왜관에 와서 네덜란드 상인을 만날 때 통사를 맡았던 인연으로 조선옥의 관리 담당이 된 그는 요즘 아주 기분이 뿌듯하다.

통역을 하며 자식뻘밖에 안 되는 어린 관리들에게 굽신거리던 것에 비하면 젊고 예쁜 기녀들과 같이 근무하며 두둑한 보수까지 받는 이 새 직장은 이만저만 만족스러운 게 아니었다.

거기다 예약 좀 되게 해달라고 자신에게 많은 이가 아쉬운 소리를 하였고, 거기에는 왕년에 거만한 표정으로 자기를 손가락 끝으로 부리던 관리들도 있어 내심 느끼는 그 고소함이란 어디 비할 바가 없었다.

다만 마음만 먹으면 예약해 주는 대가로 얼마든지 뇌물도 챙길 수 있는 것을 만약 단 한 푼이라도 부정을 저지르는 이는 즉시 해고하겠다는 혁의 엄포 때문에 못 하는 게 조금 아쉬웠다.

조선옥에 대한 소문은 쓰시마는 물론이고 개업한 지 몇 달 되지 않아 일본 본토에까지 퍼져 지금까지 쓰시마에 통지를 보내 처리하던 문제를 직접 왜관에 와서 일을 보아야겠다는 본토의 관리들이 급속히 늘기 시작했다.

공무상 출장을 가겠다는데 누가 뭐라 할 것인가.

이리하여 조선옥은 해가 다 가기도 전에 조선 최고의 명소로 자리매김하였다.

26.
폭동이 일어나다

충청도 괴산에서 살던 김무필은 어린 아내 보령댁과 두 아이를 끌고 한양으로 올라온 지가 벌써 반년이 다 되었다.

자작농으로 살뜰하게 살던 무필이 고향을 등지고 도망을 쳐야 했던 이유는 다름 아닌 군포 징수 때문이다.

동징, 족징도 모자라 죽은 아비 몫에, 돌도 안 지난 아들에게까지 부과되던 군포는 이듬해 태어난 딸아이에게도 여지없이 부과되었다.

결국 얼마 안 되는 농토는 다 날아가고, 도저히 살 수 없게 된 무필은 피눈물을 흘리며 한양으로 도망쳐 왔다. 그래도 한양은 궁궐 공사가 있어 굶어 죽지는 않는다는 소문을 들어서다.

아니, 사실 그것보다도 정말 중요한 이유는 따로 있었다. 바로 '신문고'를 울리기 위해서였다.

그냥 참기에는 속이 문드러질 것 같아 누워도 잠이 오지 않던 무필은 자신이 당한 억울한 사연을 신문고를 두드려 왕에게 알린다면 혹시 구제받을 수 있지 않을까 하는 생각을 했던 것이다.

무필은 곰방대를 괴춤에서 꺼내 담배를 꾹꾹 눌러 잰 다음 불을 붙였다. 이놈을 피우면 그래도 조금이나마 쓰린 마음이 위로를 받는 것 같아 배운 담배가 이제는 유일한 위안처가 되어버렸다.

지금쯤 아내는 두 아이를 옆집에 맡긴 채 떡 행상을 나갔을 테고, 엄마 오기만 기다리는 어린아이들은 보나마나 눈물, 콧물로 범벅인 거지 행색을 하고 있을 게 뻔하다.

어린 아내의 곱던 얼굴도 불과 이삼 년간의 극심한 몸 고생, 마음고생으로 십 년은 훌쩍 늙어버린 듯 피부는 거칠어지고 얼굴에 윤기가 사라졌다.

햇빛에 바랜 듯한 아내의 얼굴을 애써 머리에서 지워 버린 무필은 한양에 올라와 신문고를 울리려고 했던 자신의 행동을 떠올리고는 쓴웃음을 지으며 길게 담배 연기를 내뿜었다.

"아니, 억울한 사연이 있어 그런다는데 어째서 못 들어간다는겨?"

물어물어 신문고가 걸려 있다는 의금부 당직청을 찾아온 무필을 지키고 있는 나장이 막아섰던 것이다.

"허, 이런 촌놈을 봤나. 신문고가 뭐 개나 소나 두드릴 수 있는 동네북인 줄 알아? 네놈은 어디서 올라온 촌것이야?"

무필은 다짜고짜 '호놈' 하는 나장의 행태에 속에서 욱하고 치밀어 올랐지만 아쉬운 입장이니 어찌하랴.

"충청도 괴산에서 왔구만유."

"그럼 먼저 괴산 수령에게 사정을 호소해 봤나?"

여전히 나장은 깔보는 말투로 무필에게 물었다.

"아니구만유. 거기에 말해서 될 것 같으면 여까지 뭐 하러 올라왔감유?"

말도 안 되는 군포 징수를 한 당사자가 바로 괴산 수령인데, 그 작자한테 호소해 봤냐고 묻는 나장의 말에 자기도 모르게 목소리가 커졌다.

"허, 이래서 촌놈 소리를 듣는 거야. 야, 이놈아! 지방에 사는 백성이 신문고를 울리려면 먼저 자기 고을 수령에게, 그 다음은 관찰사 영감한테, 그래도 해결이 안 되면 사헌부에 호소를 하고, 그것마저도 마음에 안 차면 그때서야 이 신문고를 치는 것이야. 뭔 소린지 알아듣겠냐? 이 촌놈아."

당직을 서는 나장은 하루에도 몇 명씩 무필과 같은 사람이 무시로 찾아왔기 때문에 애꿎은 무필에게 짜증을 부렸다.

백성들이 신문고를 울리려면 바로 이런 어마어마한 과정을 거쳐야 했다.

한양으로 쫓아 올라가 신문고를 둥둥 울리면 임금이 밥을 먹다 말고 얼른 뛰어나와 '어인 백성이 북을 울리느냐. 그래 네 억울한 사정을 말해보거라. 과인이 즉각 해결해 주리라'

할 줄 알았던 무필의 생각이 얼마나 순진한 것이었는지 깨닫는 데는 많은 시간이 필요하지 않았다.

기가 막힌 표정으로 서 있는 무필을 보며 속으로 은근한 쾌감을 느낀 나장이 한마디를 더했다.

"게다가 각 단계별로 전 부처의 관원에게서 그 건을 처리했다는 확인서를 받아서 제출해야지만 다음 부처로 넘어갈 수 있다고. 만약 이 절차를 안 따랐단 엄벌에 처해져, 이 촌놈아."

마지막 결정타를 날리듯 '엄벌'이란 말에 힘을 준 나장은 '이래도 네놈이 또 신문고 운운할 것이냐?'라는 가소로운 눈빛으로 무필을 바라보았다.

한양에 가서 신문고만 두드리면 그래도 뭔가 되지 않겠느냐는 막연한 희망을 안고 야반도주를 했던 김무필은 이제 자리에 서 있을 힘마저도 없었다.

나장의 말대로 그 절차라는 것을 따르자면 도로 괴산으로 내려가 자신에게서 말도 안 되는 온갖 구실로 군포를 뜯어간 이방을 만나 '그래, 내가 터무니없이 군포 징수를 했다'는 자술서를 받으란 말이 아닌가.

그걸 안 써주면 이번에는 충청도 관찰사를 찾아가 '우리 고을 수령이 군포로 토색질이 극심하니 이를 바로잡아 달라'고 사정을 하란다. 그러면 그 나물에 그 밥인 관찰사가 '오냐, 네가 참 억울한 일을 당했구나. 내가 그 수령 놈을 혼꾸멍을 내주마', 이러겠는가.

참으로 기가 막힌 절차가 아닐 수 없었다.

결국 무필은 나장의 싸늘한 웃음을 뒤로한 채 아내가 목 빠지게 기다리고 있는 허름한 주막집으로 터덜터덜 발걸음을 옮겼던 것이 바로 6개월 전의 일이다.

이렇듯 중국의 제도를 본떠 백성이 임금에게 직접 호소할 수 있게 만든 신문고는 실제로는 백성이 이용하기는 거의 불가능한 것, 즉 '그림의 떡'이었다.

억울한 백성이 신문고를 울리려고 하면 해당 수령이나 관찰사는 자신의 비리가 왕에게 알려지는 것이니만큼 온갖 압력과 회유로 신문고를 못 치게 만들었다.

천신만고 끝에 신문고 앞에 가도 이번에는 이를 지키는 의금부 관원들이 방해를 했다. 울려봐야 자신들만 피곤하기 때문이다. 역모에 관련된 사안이 아닌 한 힘없는 백성에게는 너무나 먼 곳에 있던 것이 바로 신문고였다.

신문고를 치는 것이 불가능하다는 것을 알게 된 무필은 다른 방법을 찾기 시작했다. 고향까지 버렸는데 이대로 단념할 수는 없었다.

1401년(태종 1)에 설치된 신문고는 세종대왕 때 조금 기능하더니, 16세기 접어들면서 완전히 유명무실해져 버려 백성들은 다른 방법, 즉 상언(上言)과 격쟁(擊錚)을 통해 자신의 억울함을 호소하고자 했다.

상언은 왕의 행차가 있을 때 그 앞에 나아가 억울함을 적은 글을 올리는 것이고, 격쟁이란 왕이 있는 곳 근처에서 징이나 꽹과리를 시끄럽게 울려 왕의 이목을 끈 다음 구두로 자신의 억울함을 호소하는 방법이다.

그러나 상언을 하려면 기본적으로 글을 알아야 한다는 한계가 있었고, 격쟁의 경우 임금에게 호소하기 전에 먼저 형조의 취조를 받아야 했다.

글을 모르는 무필로서는 상언이 불가능하여 격쟁을 통해 호소해 보려 하였으나, 형조의 취조를 먼저 받아야 한다는 말에 사색이 된 아내가 극구 만류하는 바람에 그것도 포기해야만 했다.

시골구석의 이방도 호랑이처럼 무서운데, 한양의 형조에 남편이 들어가야 된다는 말에 얼굴이 하얗게 된 보령댁이 징을 들고 나서는 무필의 바짓가랑이를 끌어안고 놔주지 않은 까닭이다.

멀지 않은 곳에서 점심시간이 끝난 것을 알리는 딱따기 소리가 들려왔다.

상념에서 깨어난 무필이 무거운 엉덩이를 떼었다. 오후 궁궐 공사가 시작되는 것이다. 그래도 이런 막노동이라도 있다는 것이 무필로서는 여간 다행한 일이 아니었다.

광해가 내수사 자금으로 벌인 궁궐 공사는 무필과 같은 많은 조선의 헐벗은 백성들을 구제하는 역할을 하고 있었다.

이 공사가 없었다면 자기들 네 식구는 이 엄동설한에 꼼짝없이 얼어 죽었을 것이라고 무필은 생각했다.

한때 수련의 시아버지였던 김자홍은 요즈음 아주 기분이 트릿하다.

저번의 인사이동으로 좌찬성에서 종친부 지종정경(知宗正卿)

으로 자리를 옮겼다.

같은 종1품의 벼슬이지만 종친부라는 데가 역대 왕의 계보와 초상화를 보관하고 왕과 왕비의 의복을 관리하는 것이 주된 업무이다 보니 별 할 일도 없고 실권도 없다.

하루 놀고, 하루 쉬어도 전혀 뭐라 할 사람이 없는 곳이다. 한마디로 끈 떨어진 조롱박 신세가 됐다.

예전에는 지방의 벼슬자리라도 하나 얻어보려고 바리바리 뇌물을 싸 들고 오던 사람들로 문전성시를 이루었는데 그런 것은 이제 삼국시대 적 얘기가 되고 말았다.

거기다 광해가 어사부를 만들어 뇌물 수수를 상시 감독하게 하는 바람에 지방의 수령들이 시시때때로 올려 보내던 수증(受贈)도 거의 끊어지다시피 했다.

이러다가 영원히 뒷방 늙은이 취급을 받는 게 아닌가 하는 초조감이 엄습하자 김자홍은 방문을 활짝 열고는 큰 소리로 차호성을 찾았다.

"네놈은 요즘 무얼 하고 다니는 게야?"

"……?"

점심 먹던 숟가락을 내던지고 부리나케 달려온 차호성은 김자홍의 첫 마디에 대감의 기분이 심상치 않다는 것을 알고 아연 긴장했다.

"네놈이 추천한 장석구인가 뭔가 하는 놈이 포목점을 말아먹었으면 다른 걸로 벌충을 해야 할 것 아닌가, 이 말이야."

수련당이 생긴 후 영업 부진에 헤매던 장석구의 포목점은 결국 쫄딱 망해 버렸는데, 김자홍은 그 얘기를 하는 것이다.

차호성은 장석구가 포목점을 맡은 것은 자신의 추천이 아니라 세미를 횡령한 공로를 치하하여 대감이 임명한 것 아니냐는 말이 목구멍까지 올라온 것을 꿀꺽 삼켰다. 여기서 괜히 항변했다가는 본전도 못 건진다.

"안 그래도 쉰네 생각한 바가 있습니다, 대감마님."

"……?"

"확실하게 큰돈을 벌 수 있는 방법입니다."

"뜸 들이지 말고 어서 말해봐."

퉁명스럽게 말했지만 김자홍의 목소리가 조금 누그러졌다.

"쌀을 매점하는 것입니다. 아시다시피 머지않아 춘궁기가 오면 쌀값이 오를 것은 자명한 일이 아니옵니까? 그 전에 황해도의 쌀을 매점하였다가 값이 올랐을 때 팔면 틀림없이 엄청난 이문을 남길 수 있습니다."

차호성의 말은 삼남 지방에서 올라오는 쌀의 양은 어차피 한정되어 있으니 한양과 가장 가까운 황해도 지방의 쌀을 자신이 잘 아는 미곡상들을 동원해 매점을 하자는 것이었다.

"흐음, 매점매석이라……."

분명 차호성의 계획은 가능성이 있어 보였다. 다만 다른 상품도 아니고 쌀의 매점이라면 막대한 자금이 필요하다는 것이 마음에 걸렸다.

"확실하겠지? 혹시라도 실패해서 낭패 볼 일은 없느냐, 이 말이야?"

차호성의 대답을 통해 한 가닥 불안감을 해소하고 싶은 김자홍의 물음이었다.

평소 같으면 아무리 돈 욕심이 많은 김자홍일지라도 쌀 매점 같은 모험을 하지는 않을 텐데, 시간이 지날수록 자신이 벼랑 끝으로 몰리고 있다는 초조감이 '하고 싶다' 라는 쪽으로 김자홍을 밀어붙였다.

"다른 것도 아니고 쌀인 만큼 확실합니다. 대감마님, 어디 밥 안 먹고 사는 사람이 있습니까?"

'그래, 밥 안 먹고 사는 놈은 없지.'

김자홍은 순간 마음을 정했다.

"좋다. 그럼 네게 모든 것을 맡길 테니 실수 없도록 잘해봐."

이렇게 하여 쌀을 매점매석하는 대작전이 시작되었다.

한양의 인구는 임진왜란을 겪으면서 10만 명 아래로까지 감소했다가 대동법의 실시와 금속 화폐의 전국적 유통 등으로 농민의 도시로의 이주가 시작되면서 급속히 증가했다. 한양은 소비 도시인만큼 대부분의 쌀은 지방에서 들여왔기 때문에 김자홍 등은 중간에서 이 물량을 매점함으로써 쌀값을 좌지우지할 수 있다는 계산을 한 것이다.

김자홍 이상으로 기분이 트릿한 이가 있었으니 바로 포목점을 말아먹은 장석구였다.

한때 드디어 자신의 팔자가 핀다고 좋아했던 장석구는 포목점이 망한 후부터는 부르는 데도 없고 할 일도 없어, 예전 같은 무뢰배 생활로 돌아가 있었으니 만사가 짜증나고 느는 건 욕밖에 없었다.

"니미럴, 재수 좋은 년은 자빠져도 가지밭에 자빠지고, 연못에 처넣어도 거시기로 붕어를 물고 나온다더니, 이런 젠장 할."

자기를 망하게 한 수련이 왜관의 기방에 투자해 또 떼돈을 벌어들이고 있다는 소문을 들은 것이다.

이를 득득 갈던 장석구는 곰방대를 꺼내 불을 붙였다.

긴 장죽을 물고 거만을 떨던 좋은 시절은 지나가고 구부리고 앉아 채신머리없이 짧은 곰방대를 빠는 자신의 모습에 또한 번 짜증이 났다.

그나마 담배값이 많이 싸져서 계속 피울 수 있지, 예전같이 비쌌다면 김달근이 불러주지도 않는 요즘 같은 때 피울 엄두도 못 냈을 것이다.

만년 한량 김달근도 제 아비가 매일 벌레 씹은 얼굴을 하고 있는 판에 대놓고 놀러 다니지는 못하고 장석구를 내버려 둔채 혼자서만 쥐새끼처럼 몰래 기방을 드나들고 있는 상황이니 말이다.

"니미럴, 그때가 좋았는데… 쩝."

김달근과 어울려 매일 밤 기방을 순례하던 시절을 떠올리니 지금의 신세가 더 처량하게 느껴졌다. 원래 사람이란 새로운 것에 대한 갈망보다 한 번 가졌다가 박탈된 것에 대한 그것이 훨씬 큰 법이다.

"내가 이년을 가만두나 봐라."

잘근잘근 씹듯이 말을 뱉은 장석구의 머릿속에는 활활 불타고 있는 수련당의 모습이 이미 그려지고 있었다.

가게에 진열된 수많은 옷감이 불타고 있는 광경은 상상만으로도 짜릿했다. 장석구는 수련당에 불을 지를 음모를 꾸미고 있었다.

며칠 후 오는 그믐날 실행에 옮길 계획을 짠 장석구는 그제야 끓던 속이 진정된 듯 차가운 웃음을 씩 웃고는 선배 차호성이 하는 객주로 발길을 옮겼다. 원대한 계획을 세우고 나니 문득 차호성은 어떻게 지내나 하는 생각이 들어서였다.

"아니, 호성이 형 얼굴이 왜 그러슈?"

오랜만에 들른 객주에서 누렇게 뜬 얼굴로 맥없이 앉아 있는 차호성을 본 장석구의 눈이 커졌다.

"왔냐?"

오랜만에 보는 장석구에게 짧게 한마디만 뱉고는 또 세상 고민 다 안은 표정으로 돌아가는 차호성이었다.

지금 그의 상황은 심각하다.

김자홍을 설득해 쌀의 매점매석이라는 거대한 작전을 펼친 것까지는 좋았는데 이게 지금 예상과는 달리 영 꼬이고 있었다.

예년 같았으면 벌써 쌀값이 오르기 시작해야 정상인데 오히려 가격이 내리고 있으니 차호성으로서는 환장할 지경이었다.

원인은 삼남 지방에서 올라오는 쌀의 양이 평년보다 많았기 때문인데 한마디로 재수가 없었다. 하지만 이게 '재수가 없다'란 말로 해결될 문제가 아니라는 것이 바로 문제였다.

이 작전이 실패하면 자신은 매타작 정도로 끝나지 않고 한강 어딘가에서 변사체로 떠오를 것이 틀림이 없다. 그러니 차호성의 얼굴이 외꽃이 피듯 노래져 있는 것이다.

"아, 뭔 일인지 말해보슈. 이 장석구가 도울 수 있을지 어떻게 알우, 엉? 참 답답하게시리……."

제 딴에는 위로랍시고 던지는 말이지만 차호성에게는 영 가당찮은 말일 뿐이다.

'주먹이나 쓰는 건달 놈이 돕기는 뭘…….'

속으로 혀를 차던 차호성의 뇌리에 번개같이 한 생각이 떠올랐다.

"야, 너 지금도 밑에 똘마니들 데리고 있지?"

"그야 당연한 거 아니우?"

주먹 쓰는 건달이 몰려다니는 거야 당연한 일인데, 거 무슨 자다가 봉창 뚜드리는 소리 하냐는 표정으로 장석구는 쳐다봤다.

"너, 일루 앉아서 내 말을 잘 들어봐. 이게 무슨 일인고 하니……."

갑자기 생기가 돌아온 차호성이 장석구를 앞에 앉히고는 지금까지의 매점매석 경과를 설명하고 장석구가 앞으로 해야 할 일을 주문했다.

"아, 그런 걸 가지고 뭘 고민하고 그러슈. 염려 마슈. 그건 이 장석구가 전문이니까."

주먹으로 가슴까지 탁탁 치면서 장담하는 장석구를 보면서 차호성은 기껏 차려준 포목점이나 말아먹은 한심한 놈이 오늘따라 갑자기 든든하게 느껴졌다.

"그래, 이번 일만 잘 해결하면 내가 대감께 말씀드려 다시 점포를 맡을 수 있도록 조치해 주마."

차호성의 약속까지 받은 장석구는 자신에게 다시 한 번 찾아 온 기회에 누런 이를 드러냈다.

이리하여 장석구의 '수련당 방화 계획'은 잠시 보류되었다.

"문을 닫으라니, 그게 무슨 말이오?"

"어허, 이치가 귓구멍에 말뚝을 박았나. 어째 사람 말을 그렇게 못 알아듣고 그랴."

장석구가 깡패 특유의 느글느글한 말투로 을러대고 있었다.

"아니, 다짜고짜 쌀집 문을 닫고 장사를 하지 말라니. 그게 될 말이냐, 그거요?"

대여섯이나 되는 우락부락한 건달들을 거느리고 들이닥친 장석구가 쌀집 영업을 하지 말라고 협박을 하니 주인이 기가 막혀 하는 건 당연했다.

"아, 누가 아주 닫으라 그랬나. 돌아가면서 한 집씩만 열란 말이여. 그러면 쌀값이 올라 이문도 많이 남을 게 아녀. 이게 바로 누이 좋고, 매부 좋은 것 아니냐고. 내 말이 틀렸나?"

차호성은 황해도의 쌀을 매점한 것만으로는 쌀값이 오르지 않자 장석구를 동원해 한양의 쌀집 영업을 통제함으로써 가격 등귀를 획책했다.

처음에는 반발하던 쌀집 주인들도 쌀값이 오르면 더 이득을 볼 수 있다는 말에 차츰 귀가 솔깃하기도 하고, 만약 말을 안 들었다가는 장석구 패거리가 가게를 다 둘러엎을 거조라 따르기로 하여 한양에 있는 열 곳의 쌀집은 하루에 한 곳씩만 돌아가며 열기로 하였다.

이 방법은 즉각 효과를 발휘하여 계속 약세이던 쌀값은 급등세로 돌아섰다. 그리고 불과 보름 만에 2배로 올라 차호성은 안도의 한숨을 내쉬었다.

"잘했다. 내일부터는 한 곳도 열지 말고 모조리 닫으라 그래."

희색이 만면한 차호성이 들어서는 장석구에게 지시했다.

"전부 닫으면 좀 시끄럽지 않겠수?"

장석구가 약간 불안한 표정으로 반문했으나 차호성은 자신만만했다.

"며칠만 닫으면 돼. 그렇게 확 끌어올린 다음, 우리 쌀을 슬슬 풀어 먹이는 거지."

이리하여 그나마 열던 한 곳의 쌀집마저 닫자 쌀을 못 구한 백성들이 아우성을 치기 시작했다.

궁궐 건축 공사장을 나선 김무필은 오늘은 꼭 쌀을 구해야겠다고 생각하고 문을 연 곳을 찾아 한양의 쌀집을 이곳저곳 헤매고 있었다.

집에 쌀이 떨어진 지가 벌써 이틀이 지나 어른은 어떻게든 버틴다 해도 어린것들이 배고파 보채는 것은 부모로서 도저히 못 볼 노릇이었다.

만인통보가 발행되고 나서는 궁궐 공사 일당으로 쌀 대신 돈으로 지급하고 있어 그 돈으로 쌀을 사야 되는데, 어떻게 된 것이 눈을 씻고 찾아봐도 문을 연 쌀집이 없었다.

빈한한 살림에 파는 음식도 한두 끼지, 이대로는 답이 보이질 않았다.

오늘은 한참을 걸어 칠패까지 와봤지만 여기 쌀집도 닫혀 있기는 마찬가지였다.

맥이 풀린 무필이 멍한 눈으로 둘러보니 그곳에는 자신뿐 아니라 쌀을 구하기 위해 나선 굶주린 백성들 여럿이 늘어서서 원망스러운 눈길로 그 쌀집을 쳐다보고 있었다.

"아니, 무필이 성님 아니우!"

귀에 익은 목소리에 돌아보니 궁궐 공사장에서 같이 일하는 고 씨였다. 고향이 같은 충청도라 더욱 살갑게 지내는 사이였다.

"아니, 고 씨도 여기까지 쌀 구하러 왔는감?"

"아, 새끼들이 밥 달라고 빽빽 우는데 빈손으로 어떻게 집에 들어가유. 오늘은 어떻게든 한 됫박이라도 사 들고 가야 하는데, 이 빌어 처먹을 놈들이 그만큼 올렸으면 좀 팔지 도대체 얼마나 올려먹겠다는 심뽄지 모르겠구만유."

굳게 닫힌 쌀집을 노려보며 내뱉는 고 씨의 말에 무필의 눈이 놀람으로 커졌다.

"아니, 그게 뭔 소린겨? 그럼 쌀이 떨어져서가 아니라 쌀값 올리려고 일부러 닫았단 말인감?"

"허~ 성님은 어디 딴 데 살다 왔남유? 저것들이 쌀을 잔뜩 재어놓고 계속 값을 올리고 있단 말이유, 시방. 에라이, 천벌을 받을 놈들 같으니."

고 씨는 쌀집을 향해 침을 뱉었지만 이 말을 들은 무필의 눈에는 불똥이 튀었다.

'내 재산을 다 떨어먹은 이방 놈이나 남들은 굶든 말든 지배만 불리겠다고 문 처닫고 있는 저놈들이나 똑같은 놈들이여. 전부 사람이 아니라 버러지여. 아니, 버러지보다도 못한 것들이여.'

쥐털 수염을 만지작거리며 자신의 행복한 삶을 무참히 망가뜨린 이방 놈의 얼굴이 문 닫은 쌀집 위로 겹쳐지자 무필은 가슴이 터져 버릴 것 같았다.

"이런 놈은 그냥 둬선 안 뒤어. 모조리 불을 싸질러 버려야 혀."

벌게진 얼굴로 중얼거린 무필은 근처에 있는 민가로 들어가더니 불붙은 장작개비를 들고 나왔다.

"성님, 어쩔라구유?"

놀란 고 씨가 무필을 말리려 했지만 이미 장작개비는 시원한 욕지거리와 함께 날아간 뒤였다.

"에라이, 이 쌍노무 새끼들아! 이거나 처먹어라."

불길이 닿은 초가지붕은 순식간에 타올랐다. 훨훨 타오르는 불꽃은 사람을 흥분하게 만든다. 여기저기서 찬탄과 함성이 터져 나왔다.

"어, 시원하게 잘~ 탄다."

"아이고, 십 년 묵은 체증이 다 내려가네."

처음에는 말리려던 고 씨의 눈에도 열기가 번뜩였다.

"성님 잘했슈. 이놈만 그렇게 아니라 문 닫은 쌀집은 다 태워 버려야 되는 것 아니유?"

"그려 깡그리 태워 버려야 혀. 여러분~ 문 닫아걸고 우리 목줄을 조이던 놈들을 모조리 혼내줍시다. 나하고 같이 가서 모조리 불태워 버립시다!"

평소의 무필이 아니었다. 지금까지 구박과 멸시 속에 당하기만 하면서 한 겹, 한 겹 가슴 밑바닥에 쌓인 그 무엇이 화산 터지듯 폭발해 버렸다.

"와~ 갑시다!"

"다 태워 버립시다!"

무필의 가슴만 터진 게 아니었다. 모여 있던 사람들은 무필과 똑같이 당하기만 하던 힘없는 백성들이었다. 순식간에 솟구쳐 오른 이들의 열기는 쌀집을 태우고 있는 불길보다 더 뜨거웠다.

앞장선 무필을 따라 몰려간 백성들은 차례로 한양의 문을 닫아걸고 있던 쌀집들을 불태웠다.

시간이 지날수록 무리의 숫자는 계속 불어나 마지막 쌀집을 태울 때는 백수십 명을 헤아리게 되었다. 진압하러 오던 포졸 댓 명이 기겁을 하고 도망을 치자 이들의 사기는 더욱 충천했다.

"쌀집만 태울 게 아니라 한강 변에 있는 창고도 다 태워야 합니다."

누군가가 외치자 여기저기서 옳다는 함성이 울려 퍼졌다.

한강 변에는 차호성 등이 매점해 놓은 수만 석의 쌀을 보관해 놓고 있는 창고 15개가 있었다.

"갑시다, 한강으로!"

이제는 무필이 나서지 않아도 노도(怒濤)로 변한 무리는 거칠 것 없이 치달았다.

누구보다 앞서 한강 변 창고에 도착한 무필은 알 수 없는 흥분으로 온몸을 떨며 불붙은 장작을 있는 힘껏 집어 던졌다.

쌀이 잔뜩 쌓여 있던 창고들이 차례차례 불덩어리로 변하였다. 화광이 치솟으며 매캐한 연기 속에 수만 석의 쌀이 타는 냄새가 온 천지에 진동했다.

모조리 태워 버렸다.

무필은 자신도 모르게 털썩 주저앉았다. 이제 모두 끝났다는 생각에 온몸의 힘이 다 빠져 나가 자신이 마치 허깨비가 된 듯한 느낌이었다.

코로 스며드는 쌀 탄내를 맡자 무필은 문득 아깝다는 생각이 들었다. 저 많은 쌀 중에 조금만 자신에게 주어졌다면 예전의 행복을 찾을 수 있었을 텐데, 하는 생각이 뜬금없이 든 것이다.

무필은 곰방대를 꺼내 물었다.

폐 깊숙이 삼켰다가 토해내는 연기 사이로 괴산에서의 행복했던 시절이 아련히 떠올랐다. 자신은 돌이 채 안 된 첫애를 어르고 있었고, 베를 짜던 어여쁜 아내는 솜사탕 같은 미소를 피어 올리고 있지 않았던가.

그런데 왜 지금 이런 상황이 되었나 자문하던 무필은 고개를 절레절레 흔들었다. 이제 모든 게 끝나 버렸는데 다시 생각해 본들 무엇 하겠는가.

멀리서 폭동을 진압하기 위해 나선 군졸들의 함성과 말 울음소리가 들려왔다.

무필은 도망칠 생각이 들질 않았다. 아내와 자식을 내팽개치고, 아는 데도 없는 이 한양 바닥에서 어디로 간단 말인가.

게다가 몸은 물먹은 솜처럼 무겁기가 천근만근이다. 손가락 하나 까딱하기가 싫었다.

무필은 다시 한 번 아내의 얼굴을 떠올리며 쓸쓸하게 웃었다.

'미안하네, 참말로 자네한테 미안하구먼.'

그날 저녁, 무필과 고 씨는 폭동의 주동자로 잡혀 참수되었다.

이 쌀 폭동을 진압하기 위해 좌우 양 포도청의 군졸들이 총출동을 해야 했으며 폭동으로 인한 재산 손실은 어마어마했다.

포도청의 조사 결과 객주를 운영하던 차호성이 시장의 무뢰배인 장석구와 함께 쌀의 매점매석을 통해 부당한 폭리를 취하려다 발생하였다는 사실이 드러났다.

장석구는 자신은 그저 시킨 대로 조금 도운 것뿐 폭동과는 전혀 상관없다고 기를 쓰고 우겼지만 차호성과 더불어 처형을 면치 못했다.

"어찌 일개 객주인이 그처럼 막대한 쌀을 매점할 수가 있는가? 이는 필시 뒤에서 조종한 이가 있음이 틀림이 없다. 다시 조사하여 그 배후까지 샅샅이 밝히도록 하라."

사건의 전모를 보고받은 광해는 차호성이 독자적으로 저질렀다는 것은 말이 안 된다며 의금부로 하여금 재조사를 하도록 지시함으로써 드디어 쌀 폭동 사건의 원인이 된 매점매석의 최종 배후자로 김자홍이 드러났다.

차호성과 장석구가 처형된 후 집 안에 틀어박혀 덜덜 떨고 있던 김자홍이 결국 의금부 나졸의 오랏줄에 묶여 옥에 갇혔다.

매점매석은 흔한 일인데 조정 대신에게 너무 가혹하다는 신하들의 만류에도 불구하고, 광해는 다음과 같은 판결문을 낭독하고 멀리 제주도로 귀양 보내는 중형을 선고했다.

"무릇 사람이 하루를 굶으면 거짓말을 하고, 이틀을 굶으면 남의 집 담을 넘으며, 사흘을 굶으면 살인을 한다는 말이 있다. 그만큼 먹는 일은 우리네 삶에 있어 무엇보다 중요한 것이다. 헌데 누구보다도 모범이 되어야 할 고위 관료가 백성들의 목숨을 담보로 먹거리를 가지고 부당한 사익을 추구했다는 사실은 결코 용납될 수 없는 문제이다. 이에 김자홍을 유배형에 처하고 그동안 부당하게 모은 재물인 그의 재산은 전부 몰수하도록 하라."

떵떵거리던 김자홍은 중죄인이 되었고, 전 재산이 몰수되는 바람에 그의 아내 양 씨와 매일 한량으로 놀고먹던 아들 달근은 하루아침에 거지가 되고 말았다.

김자홍의 유배지인 제주도는 쫓아낸 며느리 수련의 모친이 노비로 고생하다 숨을 거둔 곳이다.

정치 문제가 아닌 부정부패로 유배된 김자홍이 살아생전 사면되어 제주도를 벗어날 가능성은 전혀 없었다.

인생유전(人生流轉)이란 말은 이래서 있는 모양이다.

27.
군포제 혁신과 인삼 모종

향교와 서원의 학생들에게 베풀던 군역 면제의 특권을 없애려다 강력한 반대에 부딪혀 3년간 시행을 유예했었는데 이제 그 시한이 다 되었다.

광해는 이번만큼은 반드시 이 문제를 해결하리라 마음먹었다.

앞서 김무필의 경우에서 보았듯이 군역을 둘러싼 비리와 군포의 부당 징수 등으로 인한 폐해가 더 이상 방치할 수 없는 지경에 이르렀다. 그렇지만 유생들은 그리 호락호락하게 자신들의 특권을 내놓으려 하지 않았다.

"주상께서 또 군역 문제를 꺼내셨다는군."

"아니, 우리가 그렇게 반대를 했는데도 다시 그 문제를 들먹인단 말인가?"

광해가 학생들의 군역 면제 특권을 없애려 한다는 소식에 성균관의 유생들이 다시 들썩이기 시작했다.

지방의 서원 등에서 이번에도 절대 반대하여 시행을 무산시키라는 사주가 학생들에게 득달같이 올라온 것은 물론이다.

"자, 우리 식당에 모입시다."

장의(掌議: 총학생회장)를 맡고 있는 유생이 두 손을 입에 모으고 소리를 쳤다. 소두를 뽑고, 유소를 작성하여 다시 시위에 들어가기 위해서다.

"성균관 유생들이 군역 문제로 또 시위를 벌인다고 하네."

"저런, 아무리 유생들이라지만 정말 너무들 하는군. 우리 백성들은 군역을 지느라 등골이 휘는데 자기들만 계속 특혜를 보겠다니… 쯧쯧."

성균관 인근의 상인들이 가게 문을 닫으면서 이들의 이기적인 행동에 혀를 찼다.

한편 성균관 유생들이 궁궐 앞에서 연좌 농성에 들어갔다는 소식을 듣자 광해의 짙은 눈썹이 꿈틀했다.

"이자들이……! 끝까지 자신들의 특권은 못 내려놓겠다, 이거지."

이제는 광해도 지방의 서원들과 성균관 유생들의 끈끈한 유착 관계를 파악하고 있었다.

광해는 유소를 일언지하에 내쳤고, 당연한 수순이라는 듯 유생들은 수업 거부에 들어갔다.

"수많은 백성이 군역 때문에 애를 먹고 있는 현 상황에서 잘못된 제도를 그대로 방치할 수는 결코 없다."

이번만큼은 어떠한 일이 있어도 관철시키겠다는 광해의 윤음(綸音: 임금이 신하나 백성에게 내리는 말)이 떨어지자 유생들은 오히려 조소를 머금으며 성균관을 비우고 집으로 가버리는 최후의 투쟁 방법인 공관을 행했다.

"행동으로 주상의 그릇된 생각을 깨우쳐 줍시다."

"옳소, 옳소."

성균관이 텅 비어버리는 초유의 사태가 벌어졌다.

역대 왕들을 통틀어 이 공관에 맞서 이긴 임금은 없었다.

'그래? 너희들이 정 그렇게 나온다면……'

광해는 꽉 다문 이에 지그시 힘을 주었다.

"도승지는 들으시오. 성균관을 떠난 유생들을 전부 퇴학시키고 빠른 시일 내로 별시(別試)를 치러 새로운 인재들을 뽑도록 하시오. 아울러 금번의 별시는 선발 인원을 평소의 두 배로 하시오."

광해는 초강수로 맞섰다. 언제까지나 이들에게 끌려다닐 수는 없는 일이다. 이는 민심이 자기편이라는 자신감이 있었기에 가능했다.

전혀 예상 밖의 발표에 공관을 행한 유생들의 얼굴은 흙빛이 되었고, 지방에서 올라오던 상소문은 뚝 끊겼다.

천신만고 끝에 소과에 합격하여 입학한 성균관인데 퇴학당하면 다시 시험을 치러야 했기에 유생들은 뜨거운 물을 삼킨 표정이 되었고, 이들의 시위를 지지하던 지방 유생들의 상소문이 갑자기 사라진 이유는 기존 유생들을 전부 퇴출시키고 평소의 두 배인 200명의 유생을 새로 뽑는다면 과거 시험에 합격할 수 있는 절호의 기회가 되기 때문이다.

3년에 한 번 열리는 식년시를 기다리지 않아도 되고, 합격 가능성도 두 배로 올라갔는데 머리 싸매고 공부해야지 상소문이나 끄적거리고 있을 때가 아니다. 원래 양반이라는 부류가 달면 삼키고, 쓰면 뱉는 이가 많다.

조정 대신들도 쉽게 유생들의 편을 들 수가 없었다. 이들이라고 현재의 민심이 어떤지 모르겠는가.

뒤늦게 유생들은 공관을 철회하였으나 광해는 이들을 받아들이지 않았다.

유생들은 땅을 치며 후회했지만 백성들의 비웃음만 살 뿐이었다.

"호조판서 김신국을 들라 하라."

김신국이라면 만인통보를 성공적으로 유통시킨 조선 최고의 경제통이다.

"백성들의 군포 부담을 줄여주어야 할 텐데, 호판이 볼 때 어느 정도까지 가능할 것 같소?"

결코 쉽게 대답할 수 없는 광해의 이 물음에 김신국은 별로 뜸을 들이지 않고 대답했다.

평소에 깊이 생각해 둔 바가 있었다.

"도자기와 홍차 교역으로 들어오는 돈을 감안하면 한 가지 조건이 갖춰진다는 가정하에 양인 일 인당 군포 징수량을 기존의 절반인 한 필로 줄일 수 있습니다."

양인들이 세금을 반만 내도록 할 수 있다는 김신국의 대답은 예상을 뛰어넘는 엄청난 것이었다.

광해의 눈이 빛났다.

"그 한 가지 조건이란?"

"양반과 노비에게도 군포를 부과하는 것입니다."

김신국의 계획은 이러했다.

양반 자제들에게 주어지던 군역 혜택이 이번 기회에 사라진다면 당연히 군포를 징수할 수 있으며 원래 양반도 군역의 의무가 있으므로 이번 기회에 징수를 철저히 한다.

그동안 양반들은 온갖 이유로 군포 징수에서 제외되었었다.

또한 노비에게도 양인의 절반에 해당하는 양의 군포를 징수하되 그 소유주가 부담하도록 한다는 계획이었다.

임진왜란을 극복하고자 조성된 속오군에는 양인과 천민을 구분하지 않았다. 하지만 자신들의 재산인 노비들이 농사를 짓지 않고 군대에 매이는 것을 싫어한 양반들에 의해 슬그머니 빠져나가고 평민들만 군역의 주 대상으로 남게 되었다.

이 안이 시행된다면 평민들에게는 파격적인 혜택이 돌아가지만 양반들의 거센 저항은 불을 보듯 뻔했다.

안 내던 군포를 내야 되는 데다가 양반이라면 대부분 노비를 여럿 소유하고 있게 마련인데 이 노비들의 몫까지 내라면 과연 순순히 받아들이겠는가.

이마에 주름이 잡힌 채 턱을 괸 광해는 말이 없었다.

김신국의 주장은 분명 획기적이다. 다만 기득권층의 반발을 어떻게 할 것인가가 문제다.

한 식경을 고민하던 광해가 이윽고 고개를 들었다.

"경의 계획대로 즉각 시행토록 하시오. 아울러 군포 징수에 있어 농간을 부리는 지방 수령들과 아전들을 엄벌에 처하여 백성들의 원성이 없도록 조처하시오."

"삼가 받들겠나이다, 전하."

광해는 정면 돌파를 선택했다. 언젠가는 해야 할 일이고, 또 반드시 해내야만 할 일이다.

이 조치가 발표되자 온 나라가 난리가 났다.

백성들은 거리로 쏟아져 나와 덩실덩실 춤을 추었고, 양반들은 모여 앉아 분통을 터뜨렸다.

앞으로 어사부 소속의 암행어사들이 눈에 불을 켜고 군포 징수 시의 부정을 색출한다는 소식에 비리 지방관과 아전들은 코가 쑥 빠졌다.

"이대로 앉아서 당할 수는 없소."

"그렇습니다. 아니, 우리 양반이 봉입니까? 강력하게 항의해야 합니다."

"갑시다. 대궐 앞에 가서 이번 조치를 철회하도록 요구합시다."

흥분한 백여 명의 한양과 경기 지방의 양반들이 창덕궁 앞에 모여 조치 철회를 요구하는 연좌 농성에 들어갔다. 상소를 쓰는 것보다 직접 행동에 나서는 게 더 강력한 압박이 되기 때문이다.

"호조판서 김신국을 벌하시고, 이번의 말도 안 되는 조치를 즉각 철회하여 주시옵소서.”

“철회하여 주시옵소서.”

예상은 했던 일이지만 궁궐 앞이 시끌벅적한 것은 어쨌든 모양새가 좋지 않다. 거기다가 소위 사회 지도층이라는 양반들이 임금이 결정한 사항을 번복하라고 요구하고 있는 실정이니 왕의 입장에서는 큰 부담이 된다.

“지금 궁궐 앞에 양반네들이 모여 앉아 이번 조치를 철회하라고 난리라는구먼.”

“뭐시여? 아니, 나라님께서 우리 백성들 숨통 좀 트이라고 큰 결단을 혔는디 고것을 철회하라고라?”

“지들은 날 때부터 곳간에 평생 먹을 걸 쟁여놓고 나와서는 그래, 그까짓 군포 몇 필 내는 게 그렇게 아깝다는 것이야?”

주막거리에 모여선 백성들이 양반들의 농성 소식에 혈압을 올리고 있었다. 만약 임금이 이들의 압박에 못 이겨 조치를 철회라도 한다면 큰일이다.

“이럴 게 아니라 우리도 궁궐로 갑시다. 가서 우리들 의견도 말하자구요.”

“그래요, 우리도 입 달린 사람인데 가서 한마디라도 합시다.”

이렇게 시작된 군중들의 행렬은 궁궐이 가까워 올수록 그 수가 불어나 창덕궁 정문에 도착했을 때는 수천을 헤아리게 되었다. 그만큼 이 문제는 백성들에게 있어 생사와 직결될 만큼 중요한 문제였다.

기세등등하게 몰려간 것까지는 좋았지만 농성 중인 양반들과 맞닥뜨리자 선뜻 입을 여는 사람이 없었다.

머릿수는 압도적으로 많다. 하지만 상대는 양반이었다. 평생을 피지배층으로 살아온 이들이기에 귀신같이 무서운 양반 앞에 서게 되자 말문이 막혀 버렸다.

"네놈들은 뭣 하는 놈들이냐? 어서 썩 꺼지지 못할까?"

웅성거리며 몰려온 백성들을 보자 처음에는 어리둥절하던 양반들이 이들이 왜 왔는지를 알고는 큰 소리로 호통을 쳤다.

이 소리에 선두에 선 백성들의 고개가 벌써 떨구어졌다. 이대로 두면 전부 흐지부지 흩어지고 말 것이다.

그런데 바로 그때 대열 어딘가에서 우렁찬 소리가 들려왔다.

"상감마마 천세~"

이 소리에 주춤하던 백성들은 서로 얼굴을 쳐다보았다. 가장 외치고 싶던 말이 아닌가. 더 이상 엉거주춤하고 있을 이유가 없다.

상기된 표정을 서로 확인한 백성들은 두 팔을 하늘 높이 뻗었다.

"상감마마 천세~"

"상감마마 천세~ 천천세~"

외침은 밀려오는 파도처럼 끝없이 이어졌다.

수천 명이 목청껏 외치는 소리에 앉아 있던 양반들의 귀가 벌써 먹먹해졌다.

이제 겁날 게 없었다. 제일 앞줄의 백성들도 고개를 빳빳이 들고 양반들에게 눈을 부라리며 '상감마마 천세'를 외쳤다.

난생처음으로 양반을 똑바로 쳐다보며 소리를 지르고 있었다.

"이… 이런… 발칙한 놈들이 있나."

"네 이놈들! 여기가 감히 어느 안전이라고……."

기가 막힌 양반들이 눈을 치켜뜨고 수염을 부들부들 떨었지만 산을 울리는 백성들의 함성 소리에 묻혀 이들의 목소리는 전혀 들리지 않았다.

그래도 한참을 더 '철회하여 주시옵소서'를 읊었지만 자기 귀에조차 잘 들리지 않는 판국에 무의미한 짓이었다.

거기다 수천 명이나 되는 상것들이 자칫 흥분하여 패악이라도 부리면 고상한 양반 체면에 똥칠을 할 위험도 있다.

"허~ 이런 낭패가 있나."

양반들이 하나둘 질린 표정으로 자리를 뜨며 뱉은 말이다.

결국 농성을 하던 양반들은 모조리 사라졌고, 백성들이 외치는 천세 소리는 궁궐 처마가 들썩일 정도로 더욱 커졌다.

대동법으로 공물 문제가 없어진 이래로 가장 백성들을 괴롭히던 군포 문제가 이로써 해결되었다.

왜관을 주 근거지로 하는 동래상인(내상)의 대방인 김만복의 사무실 문이 벌컥 열리며 차인 한 명이 숨이 턱에 닿은 채 뛰어 들어왔다.

"크… 큰일 났습니다."

"어허, 웬 소란이냐?"

이제는 관록이 쌓여 최고 경영자로서의 풍모가 여실히 드러나는 김만복이 점잖게 나무랐다.

"명나라 상인들이 백사를 팔지 않겠다고 합니다."

백사라면 비단의 원료로, 중국에서 수입하여 일본에 팔아

넘김으로써 막대한 이문을 남기는 내상의 주요 거래 품목이 아닌가. 그런데 갑자기 팔지 않겠다니.

김만복이 자리에서 벌떡 일어났다.

"상세히 말해보거라."

"중국 상인들이 은화를 녹여 은을 추출하는 과정에서 언제부턴가 은의 함량이 자꾸 줄어든다는 의심이 들어 정밀하게 측정해 본 결과, 우리가 백사 대금으로 결제한 왜은(倭銀)의 문제로 밝혀졌다 합니다."

차인이 숨을 헐떡거려 가며 자초지종을 설명했다.

"왜은이라면 우리가 인삼을 판 대금 조로 대마도 상인으로부터 받은 것이 아니냐? 그런데 그게 어째서 문제라는 말이냐?"

김만복은 수출 대금으로 받은 은화를 그대로 수입 대금으로 지불한 것인데 왜 중국 상인들이 백사를 못 팔겠다는 것인지 아직 이해가 되질 않았다.

"그것이… 왜은을 녹여본 결과, 은의 함량이 고작 6할밖에 되지 않는다고 합니다."

"6할?"

김만복이 놀라는 것이나 명나라 상인들이 왜은을 받지 않겠다 하는 것은 당연했다. 60%밖에 은이 포함되어 있지 않다면 은화라고 부르기 곤란할 정도다.

조선은 일본에서 받은 은화를 그대로 수입 대금으로 사용하였기 때문에 몰랐으나 은의 최종 소비지인 명나라에서는 이 은화를 녹여 여러 가지를 만들었기에 어느 때부터인가 은의 함유량이 줄어들고 있다는 것을 알아챘다.

일본이 원래 긴자(銀座: 은화 주조소가 있었던 곳)에서 주조한 것은 게이쵸우(慶長)은이라 하여 순도 80%짜리 고급 은화였으나 매장된 은이 차츰 고갈되어 가자 순도 64%의 겐로쿠(元祿)은을 제조하여 유통시켰던 것이다—이후 은의 함량은 계속 내려가 1711년(숙종 57)에는 요츠호(四寶)은이라 하여 순도 20%짜리 은화가 발행되기에 이른다—.

'악화(惡貨)는 양화(良貨)를 구축(驅逐)한다(Bad money drives out good)'라는 그레셤의 법칙대로 함량 미달의 겐로쿠은은 차츰 게이쵸우은을 밀어냈다.

한동안 멍한 표정으로 있던 김만복이 정신을 차린 듯 다급하게 외쳤다.

"너는 지금 즉시 대마도행 배에 실린 인삼 전부를 도로 내리도록 해, 어서!"

"예, 대방어른."

차인이 상황이 상황인지라 부리나케 뛰어나갔다. 그런 불량 은화를 받고 인삼을 넘겨줄 수는 없는 일이다.

김만복은 이런 악화가 유통되고 있다는 사실을 숨긴 대마도 상인들을 떠올리자 둥근 얼굴이 붉게 달아올랐다.

"이런, 왜놈 새끼들을 그냥… 어디 두고 보자. 내가 인삼 한 뿌리라도 넘겨주나."

김만복은 움켜진 주먹을 부르르 떨었다.

막부가 아무런 사전 예고 없이 겐로쿠은을 유통시켰지만, 대마도에서는 이게 악화라는 것을 금방 알아차렸다. 하지만 이 사실이 조선이나 중국에 알려지면 당장 무역에 큰 혼란을 초래할 것이 뻔해 당분간 숨기기로 하였는데 이것이 어영부영하다가 그만 실토할 기회를 놓쳐 버렸다.

조선이 인삼의 수출을 중지하자 이번에는 일본 열도가 뒤집어졌다.

원래 조선의 인삼은 죽은 사람도 살린다는 영약으로 소문이 나 불티나게 팔리는 상황에서 여기에 기름을 부은 것은 다름 아닌 허준의 『동의보감』이었다.

동양 의학 사상 최고의 의학서로 꼽히는 이 책은 중국과 일본에도 소개가 되었는데, 여기에 인삼을 주 약재로 한 처방 안이 무려 653가지나 되었던 것이다.

조선 인삼에 대한 믿음은 더욱 깊어지고, 인삼을 구하려는 사람이 폭증하는 상황에서 공급이 끊겨 버렸다.

일본 백성들은 에도의 인삼좌에 연일 몰려들어 아우성을 쳤지만 이미 재고가 다 떨어진 마당에 인삼좌라고 해서 별 뾰족한 수가 있을 리 만무했다.

이제는 인삼을 못 먹어 죽는 이보다 인삼을 더 이상 못 구한다는 사실에 충격을 받아 심장마비를 일으키거나 인삼이 재료로 들어간 약을 못 먹어 죽게 될 것이라는 절망감에 할복자살을 하는 백성이 더 많은 지경에 이르렀다.

이러한 혼란을 접한 지배층은 당황했다.

작년에 죽은 도쿠가와 이에야스(德川家康)에 이어 에도막부의 제2대 쇼군으로 실질적인 권한을 행사하게 된 도쿠가와 히데타다(德川秀忠)는 부랴부랴 재정 담당관인 혼다 히데마사를 불러들였다.

"그대의 의견을 받아들여 겐로쿠은을 주조하여 통용시킨

결과가 지금 민란이 일어날 지경이 되어버렸다. 경은 이 사태를 어찌 수습할 것인가?"

내년이면 불혹(不惑)의 나이가 되는 주군의 준엄한 추궁에 혼다는 식은땀이 흘러내렸다.

인삼 수입 대금으로 유출되는 은의 양이 엄청난 데 반해, 산출량은 자꾸 감소하고 있다는 보고에 순도를 낮춘 겐로쿠은을 주조하자고 건의했던 것인데 이게 기대와는 영 딴판으로 상황이 흘러갔다.

당초 혼다는 겐로쿠은이 본격 유통될 시점에는 조선 인삼 열풍도 잦아들리라 예상하였으나 잦아들기는커녕 『동의보감』 발행 이후 도리어 요원의 불길처럼 더욱 뜨겁게 달아올라 버렸다. 이대로 두었다가는 정말 민란이 일어날지도 모를 일이다.

"소신이 책임지겠습니다."

"어떻게 하겠다는 말이냐?"

어쩌긴 뭘 어쩌겠는가. 예전과 같은 순도 80%짜리 은화가 아니면 인삼을 안 팔겠다는데.

"게이쵸우은과 같은 함량의 은화를 새로 주조할 수밖에 없을 듯합니다."

혼다는 굴욕감에 얼굴이 벌겋게 달아올랐다.

"그리하면 또 다른 혼란이 생기지 않겠는가?"

인상을 잔뜩 쓴 히데타다의 힐문이었다. 통화 정책이 왔다 갔다 하면 시장에 극심한 혼란이 온다.

"시중에 유통시키지 않고 오직 인삼 구입용으로만 쓰는 은화를 만들겠습니다."

이리하여 새로이 주조된 은화가 순도 80%인 '인삼대왕고은(人蔘對住古銀: 닌징다이오고깅)'이다.

오로지 인삼 수입 대금 결제에 쓰기 위해 발행한 화폐로서 일반 백성들은 이런 화폐가 있는 줄도 몰랐다.

이런 특수 화폐를 발행해야 할 만큼 일본인들의 조선 인삼에 대한 믿음은 절대적이었고, 그 수요는 헤아릴 수가 없었다.

혼다 히데마사는 끓는 속을 진정시키기 위해 심호흡을 수십 번이나 하고 차(茶)도 세 잔이나 거푸 마셨다.

나라의 재정을 관장하는 입장에서 아무리 생각해도 인삼대로 유출되는 어마어마한 양의 은(銀)은 어떻게든 해결해야 될 국가적 문제였다.

'국내에서 인삼을 생산해야 해. 그 방법 외에는 없어.'

혼다는 다시 한 번 조선 인삼의 국내 재배밖에는 이 문제를 해결할 방법이 없다는 생각이 들었다.

그러기 위해서는 인삼의 모종을 들여와야 하는데 인삼 모종의 국외 유출은 조선 조정이 엄격히 금하고 있다.

혼다는 책상에 앉아서 고민할 것이 아니라 자기가 직접 조선에 가서 모종을 훔쳐 오든지, 어쩌든지 방법을 찾아야 되겠다고 결심했다.

"이봐, 내가 직접 조선의 왜관으로 출장을 가야겠으니 수속을 밟도록 해."

혼다는 물품 수입을 담당하다가 이제는 자신의 직속 부하가 된 고구리 다이로쿠에게 말했다.

"드디어 재무관님도 소식을 들으셨군요."

혼다의 지시를 받은 다이로쿠가 야릇한 웃음을 흘리며 대꾸했다.

"……?"

어리둥절한 표정의 혼다에게 다이로쿠가 게슴츠레한 눈을 했다.

"조선옥에 가시려는 거 아닙니까. 요즈음 너도나도 거기 가보려고 출장 신청이 줄을 잇는다는데……."

부러워하는 다이로쿠에게 불벼락을 내렸지만 그렇게 유명한 곳이라면 한번쯤 들러보는 것도 나쁘지 않겠다는 생각이 혼다의 머릿속에 슬그머니 일었다.

쓰시마를 거쳐 마치다이칸(무역 업무 담당자)으로 신분을 위장한 혼다가 왜관에 도착한 것은 에도를 떠난 지 두 달이 지나서였다.

먼저 왜관의 행정 책임자인 관수를 찾아갔다.

"아이고, 어서 오십시오. 그렇지 않아도 기다리고 있었습니다."

관수는 본국의 고위 관료인 혼다에게 깍듯하게 인사를 올렸다.

"관수께서도 잘 알다시피 내가 신분을 감추고 온 이상, 절대 부하들이나 조선 관리들이 눈치채지 못하게 해야 합니다."

상대국에 통보도 없이 고위 관료가 몰래 방문하는 것은 외교상 큰 결례이다.

그렇지만 혼다가 조선을 방문한 목적이 인삼 모종의 유출이니만큼 극비로 해야만 한다. 이 목적은 관수도 모른다.

"여부가 있겠습니까. 본국의 대상인이 온 것으로 해놓았으니 염려 마십시오."

왜관의 관수는 오늘날 다른 나라에 파견되는 대사나 공사와 같은 외교관 역할이므로 정보 수집이나 본국의 의뢰에 협조할 의무가 있다.

"먼 길에 노고가 심하셨을 테니 오늘은 제가 왜관의 명물인 조선옥으로 모셔 객고를 풀어드리도록 하겠습니다."

관수 입장에서는 혼다와 같은 고위층과 친해지는 것이 장래 입신양명을 위해 대단히 중요하다.

여색을 그리 밝히지 않는 혼다라 처음에는 거절하려 했지만 고구리 다이로쿠가 말한 그 유명한 '조선옥'인지라 생각을 고쳐먹었다.

"관수께서 이리 환대해 주시니 감사합니다."

관수인 나카지마 도시이에는 본국의 재무관이 온다는 소식에 급히 조선옥에 연락하여 방을 잡아놓았다.

조선옥에 아무 때나 예약할 수 있는 사람이라고는 조선옥 최고의 단골인 관수와 조선의 고위 관료인 동래부사와 경상도 관찰사 정도이다. 그 외에는 무조건 순서를 기다려야 한다.

처음에는 아예 이런 예외도 인정하지 않으려다가 혁은 마음을 바꿨다. 비록 여러 가지 국가적 이유로 조선옥을 운영하지만 어쨌든 술장사인데 너무 빡빡하면 곤란하지 않겠는가.

방으로 차례차례 들어오는 기녀들을 본 순간, 혼다는 체면도 잊고 입을 딱 벌렸다.

순간 하늘 나라의 생활에 싫증 난 선녀들이 집단 나들이를 온 게 아닌가, 하는 생각이 들었다.

다소곳이 큰절을 올리는 기녀들을 앞에 두고 관수가 혼다를 돌아보며 웃음을 지었다.

"어떻습니까?"

혼다는 얼른 벌어진 입을 다물고 헛기침을 했다.

"과연 명불허전(名不虛傳: 그만큼 유명해진 데는 다 이유가 있음)이군요."

들어온 선녀 중에서도 가장 뛰어난 미모의 여인이 자신의 옆에 앉자 혼다의 입이 귀에 걸렸다.

"네 이름이 무엇이냐?"

"소서시라 하옵니다."

물론 일본 말이다.

"참으로 아름답구나."

소서시가 대꾸 없이 하얗고 고른 이를 살짝 드러내며 웃자, 평소 근엄하기로 소문난 혼다도 얼이 빠지고 말았다.

미모에다가 피부는 또 어찌 그리 고운지 '백옥 같다'라는 말을 처음 실감하는 혼다였다.

조선옥을 지으면서 혁이 특별히 신경을 쓴 것이 하나 있다. 바로 목욕탕이다. 조선에는 목욕이란 개념이 아예 없다고 보면 된다. 따라서 집 안에 욕실을 둔다는 것은 상상도 못 할 일이다.

그저 여름에 냇가에 가서 멱을 감는 게 다다. 그러니 위로는 왕으로부터 아래로는 남녀노소, 양반, 상놈 가릴 것 없이 종기 같은 피부병이 만연했다.

조선 왕조 27명의 왕 가운데 공식적으로 다섯 명이 이 종기로 죽었다. 문종, 성종, 효종, 현종, 그리고 정조다.

태종, 세종, 세조, 중종, 숙종 등은 살아생전 이 종기로 말미암아 생고생을 한 왕들이다.

왕이 이 정도이니 일반 백성들이야 말해 무엇하겠는가.

하지만 온천이 많고 습도가 높아 목욕 문화가 발달한 일본은 웬만큼 사는 형편이면 집 안에 고에몬부로(五右衛門風呂)라 하여 목욕 시설을 갖추었다.

왜관 내 시설도 예외가 아니어서 일본의 건축 양식으로 설계된 왜관의 건물들은 모두 목욕탕이 완비되어 있었다.

목욕이 위생상 얼마나 중요한가를 잘 아는 혁인지라 조선옥에 대형 목욕탕을 설치한 것은 당연하였고, 매일 더운물에 목욕을 하니 기녀들의 피부에는 윤기가 흘렀다.

이어서 들어온 음식상을 본 혼다의 눈이 다시 휘둥그레졌다. 요리를 조금씩 나누어서 찔끔찔끔 내놓는 일본과 달리 상다리가 휘어질 정도로 푸짐하게 차린 조선식 요리가 들어온 것이다.

일본인들이 가장 좋아하는 스키야키는 물론이며, 왜관에서만 맛볼 수 있는 돼지고기 편육이나 소, 돼지의 곱창, 소족발 등이 눈길을 끌었으며, 그중에서도 압권은 화전(花煎: 가세)이었다.

음식을 눈으로 먹는다는 일본인들의 습성에 딱 들어맞게끔 찹쌀과 메밀을 조금 섞은 것에다 진달래 꽃잎이나 장미꽃 꽃잎을 살짝 올린 다음 기름에다가 바삭바삭할 때까지 지진 후,

조금 식혀서 벌꿀을 끼얹은 별미였다.

이런 호화찬란한 음식에다가 독주를 못 마시는 일본인들을 위해 술은 주로 청주가 나왔으니 한산 소곡주(素穀酒), 김천 과하주(過夏酒)에다가 두견주(杜鵑酒), 하향주(荷香酒) 같은 명주가 제각기 맛을 뽐냈고, 계피, 생강, 꿀 등을 넣어 맛을 부드럽게 한 소주인 계강주(桂薑酒)와 오홍로(烏紅露)가 특유의 그윽한 향을 뿜어내고 있었다.

이런 진수성찬에 아리따운 기녀들의 가무가 있는데 어찌 술판이 흥겹지 않겠는가.

하늘에 휘영청 뜬 왜관의 달이 높아갈수록 분위기는 더욱 무르익어 갔다.

"내가 지병이 있는데 이 병에는 조선의 인삼이 특효라더군. 네가 혹시 잘 아는 의원이 있으면 소개를 시켜주면 좋겠구나."

술이 여러 순배 돌고 여기저기서 크게 웃고 떠드는 등 분위기는 어수선해졌지만 혼다는 역시 한 나라의 재정을 맡은 자답게 술에 취해도 자신의 목적을 잊지 않았다.

소서시는 진짜 서시인 양 살짝 찡그린 얼굴로 잠시 생각하더니 곧 고개를 끄덕였다.

혼다는 자신이 하려는 일이 관수에게도 말할 수 없는 극비사항이니만큼 스스로 찾아볼 참이다.

다음 날, 에도에서부터 대동한 조선어 통사와 함께 혼다는 소서시가 '가장 인삼을 많이 취급한다'고 알려준 의원을 찾아 숙취로 인한 두통으로 오만상을 찡그리면서도 새벽부터 왜관을 나섰다. 조선이 난출(闌出: 함부로 경계 밖으로 나가는 것)을 엄격히 규제하므로 당일로 돌아와야 하기 때문이다.

"우리가 취급하고 있는 것은 최고 품질의 개성 인삼입니다. 얼마나 필요하십니까?"

마흔이 채 안 돼 보이는 의원은 자부심이 가득한 얼굴로 인삼을 꺼내 보였다.

같은 인삼이라도 송상이 재배한 개성 인삼은 한 수 더 쳐주었고, 이를 취급하는 의원이나 상인들 역시 자부심이 대단했다.

"아니, 내가 구하고자 하는 것은 아주 어린 인삼의 생초요."

"어린 생초? 아니, 그걸 뭐하시게?"

의외라는 표정으로 의원은 앞에 앉은 점잖은 왜인을 쳐다보았다.

"내가 툭하면 가슴이 뛰고 손발이 심하게 저리는 데 인삼의 생초가 특효라 해서……."

"아니, 누가 그런 말도 안 되는 소리를 한단 말이오? 인삼은 6년 근이 최고라는 건 어린애도 아는 사실인데."

의원은 펄쩍 뛰었지만 혼다는 어떻게든 인삼 모종을 구해야만 한다.

"그래도 구해볼 방법이 없겠소?"

"없소. 개성 인삼은 6년 근이 아니면 아예 출하하질 않소."

의원은 일언지하에 혼다의 말을 잘랐지만, 그의 절박해 보이는 얼굴에 자신의 말이 너무 매정했다는 생각이 슬며시 들었다. 아픈 사람은 원래 지푸라기라도 잡으려 하지 않는가.

"혹여 이곳 경상도에서 재배하는 나삼(羅蔘)이라면 생초를 구할 수 있을지도 모르겠소만……."

나삼이란 말에 혼다의 눈이 순간 번쩍했지만 의원은 보지 못했다.

설사 보았더라도 그 번뜩임이 조선 최고 수출품인 인삼의 명운을 바꾸려는 혼다의 의지가 실린 눈빛이라는 것을 일개 지방 의원이 깨닫기는 어려운 일이었다.

"왜관 인근에서 나삼을 취급하는 의원이 어디인가?"

왜관으로 돌아온 혼다는 나삼 취급점을 찾는 일에 착수했다.

여기에는 쓰시마에서 유학을 온 학생들이 유용했다. 이 당시 조선은 문화 선진국으로서 쓰시마로부터 많은 학생이 왜관으로 유학을 왔는데, 대부분이 어학 연수(고토바케이코)나 뛰어난 의술을 배우려는 의학 연수(케이코이시)였다.

어렵지 않게 나삼 취급점을 알아낸 혼다는 다음 날 일찍 다시 왜관을 나섰다.

"잘~ 오셨수. 아, 말이야 바른 말이지, 개성 인삼이나 우리 나삼이나 약효는 거기서 거긴데 뭐하러 훨씬 비싼 돈을 주고 개성 인삼을 사먹는단 말이오. 손님은 아주 제대로 찾아오신 거요."

눈이 옆으로 쭉 째지고 짧은 여덟팔 자 수염이 더욱 얍삽하게 보이는 인상의 송상룡은 돈 많아 보이는 왜인 손님을 보며 거품을 물었다.

아비에게서 물려받은 기술로 고약이나 만들어 팔면서 근근이 살아오다가 나삼을 취급하면서부터 제대로 된 의원 행세를 하게 된 송상룡이다.

"나삼의 모종을 구할 수 있겠소?"

목소리를 낮춘 혼다의 말에 송상룡의 작은 눈이 두 배로 커졌다.

왜인이 인삼 모종을 찾는다는 것은 왜국으로 가져가기 위함이 아닌가.

"아니, 이 양반이 누구 잡을 일이 있나? 그랬다가는 이렇게 된다는 걸 모르시오?"

의원이 손으로 자기 목을 긋는 시늉을 했다. 인삼 모종의 밀반출은 당연히 사형이다.

"한 본(本)에 은 이십 냥을 주겠소."

송상룡의 눈이 더 커졌고 목젖이 볼록 올라갔다가 내려왔다.

이십 냥이면 인삼 한 근 값이 아닌가. 터무니없는 요구란 생각이 반쯤 사라졌다.

"어… 얼마나 필요하신지?"

"가다가 죽는 것도 있을 테니 백 본은 있어야 될 것 같소."

혼다도 일본으로 가져간다는 사실을 굳이 숨기지 않았다. 밀반출할 게 아니라면 이런 미친 가격을 불렀을 리가 없다.

"백 본!"

놀란 송상룡이 다시 소리가 나게 침을 삼켰다.

백 본이면 이천 냥이 아닌가. 죽었다 깨어나도 만져볼 수 없는 거금이다.

'그래, 까짓것 한 번 죽지, 두 번 죽냐.'

만약 모종을 밀반출해 간 일본이 인삼 재배에 성공한다면 현재 인삼 수출로 일본으로부터 많은 돈을 벌어들이고 있는 조선이 엄청난 타격을 입게 된다는 것을 인삼을 취급하는 송상룡이 모를 리 없다. 그러니 나라에서도 모종 밀반출을 극형으로 다스리고 있지 않은가.

그렇지만 언제나 돈만 준다면 나라 팔아먹을 인간이 숱하게 널린 게 현실이다.

"준비되는 대로 왜관으로 연락을 드리지요."

이리하여 모종 유출은 초읽기에 들어갔다.

"언니, 아무리 봐도 그 사람은 장사꾼이 아닌 것 같아."

"왜?"

"언니도 알다시피 내가 높은 관리를 많이 상대해 봤잖아. 그런데 그 사람한테서 바로 그 관리 냄새가 나. 그것도 꽤 높은 관리."

하루가 멀다 하고 찾아오는 혼다를 두고 소서시가 경옥에게 하는 말이다.

담으로 둘러싸인 왜관은 밤이 되면 딱히 할 일이 없다. 그래서 혼다 역시 인삼 모종이 준비될 때까지 시간을 죽이러 조선옥으로 출근하다시피 했고, 상대는 물론 조선옥에서도 가장 예쁜 기생인 소서시였다.

경옥은 방물점을 맡아 운영하다가 새로운 경험을 쌓으라는 수련의 명에 따라 관리인의 한 사람으로 조선옥에서 일하고 있는 중이었다.

"관리였던 사람이 상인이 되었나 보지."

"그런가……."

조선이 아니라 왜국이라면 높은 관리였다가 대상인이 될 수도 있지 않겠느냐는 막연한 상상을 하는 두 사람이었다.

"여기 이것입니다."

준비되었다는 송상룡의 연락을 받고 부리나케 쫓아온 혼다 앞에 큼지막한 오동나무 상자가 놓여 있었다. 사방에 군데군데 구멍이 뚫려 있는 것은 말할 것도 없이 인삼 모종이 숨을 쉴 수 있게 하기 위함이다.

혼다가 조심스레 뚜껑을 열었다.

인삼을 재배한 밭의 흙을 제일 밑에 깔고 표면이 마르지 않도록 이끼를 덮었는데 그 위에 영롱한 서기가 어린 인삼 모종 백 본이 마치 갓난아기처럼 조용히 잠자고 있었다.

혼다는 숨을 들이켰다.

그렇게 애써 구하던 인삼 모종이 바로 코앞에 있다는 게 신기하게 느껴지면서 가슴이 심하게 뛰었다. 이제 일본도 인삼을 생산할 수 있게 되었다.

이천 냥짜리 어음을 황송해하는 송상룡에게 쥐어주고 혼다는 의원을 나섰다. 모종이 들어 있는 오동나무 상자를 짊어진 통사가 발걸음도 조심스럽게 그 뒤를 따른 것은 물론이다.

혼다의 머릿속에는 벌써 일본 땅에 드넓게 펼쳐진 인삼밭이 떠올랐다.

엄청난 수입 대체 효과와 더불어 일본 백성들은 더 이상 조선 인삼을 구하려고 에도의 인삼좌에서 아우성치지 않아도 된다.

혼다의 입가에 흐뭇한 미소가 번졌다.

"거, 짐 좀 봅시다."

어디서 나타났는지 벙거지를 쓴 포졸 넷과 장교 복색의 군관 하나가 다가왔다.

미소 짓던 혼다의 얼굴이 삽시간에 잿빛이 되었다. 외교사절로 온 게 아닌 상황에서 조선 군졸들의 검문에 불응할 방법이 없었다.

"아니, 이것은 인삼 모종이 아닌가."

어떤 왜인이 밀거래를 하려 한다는 제보에 처음에는 '그런 놈이 어디 한둘인가' 하고 가벼운 마음으로 출동했던 군관의 태도가 상자를 열어본 순간, 벼락 맞은 얼굴로 바뀌었다.

왜인이 왜관 밖에서 백 본이나 되는 인삼 모종을 들고 간다는 것은 역모 다음 가는 엄청난 사건이다.

혼다와 통사는 즉시 체포되었고, 사안이 사안이니만큼 동래부가 아닌 경상 감영으로 끌려갔다.

소서시로부터 좀 이상하다는 이야기를 들은 경옥은 처음에는 별로 대수롭지 않게 생각하다가 혁이 평소에 강조하던 말이 떠올랐다.

"이곳 왜관은 특수 지역이다. 여기에 사는 왜인들은 모두 왜국의 첩자라는 사실을 잊어서는 안 된다는 말이다. 남자가 술에 취하면 말이 헤퍼지고 자신도 모르게 비밀을 발설할 수 있으니 반드시 귀담아 듣고, 조금이라도 이상하면 꼭 내게 전하도록 하라."

한참을 고심하던 경옥은 결국 혁을 찾았다.

"나으리, 아무래도 이상한 점이 있습니다."

"……?"

영업이 끝난 야심한 시각에 자신을 찾아온 경옥의 말에 혁이 자세를 바로 했다.

"대상인이라 하지만 말투나 행동거지가 고위 관료 같다고 합니다. 더군다나 여러 차례 인삼을 언급한 것이 마음에 걸립니다."

명석한 경옥이다. 그리고 그녀가 똑똑하다는 사실을 혁은 알고 있었다. 이리하여 똘똘한 아이로 미행을 붙였던 결과가 이렇게 나타났다.

혼다의 정체와 목적이 조사 끝에 모두 드러났지만, 타국의 고위 관리를 처형할 수는 없는지라 조선 조정은 엄중한 항의 서한과 함께 왜국으로 쫓아 보냈다. 그리고 송상룡의 목은 동래성문 위에 효수되었다.

혼다가 비록 애국심에서 한 일이지만 막심한 외교적 결례를 저질렀고, 조선의 항의가 워낙 거센지라 막부에서도 혼다를 파면하지 않을 수 없었다.

사건의 전후를 보면서 일단 다행이라 여기며 한숨을 돌린 혁이지만 잘 팔리는 상품이 있으면 반드시 모방품이나 경쟁 제품이 나온다는 것을 잘 아는 그로서는 일본의 이러한 시도가 이번 한 번으로 결코 그치지 않으리라는 생각이 들었다.

마땅한 수출품이 없는 조선의 입장에서는 인삼은 꼭 지켜야 할 상품이다.

'얼마나 이런 호조가 계속될 수 있을까? 조금이라도 더 길게 지속되면 좋을 텐데.'

오래지 않아 현재의 좋은 상황이 끝날지 모른다는 불안에 혁의 마음은 어두워졌다.

혁의 우려대로 울분을 머금고 낙향한 혼다의 집념은 멈추지 않았다. 그의 조선 인삼 재배 의지는 아들에게 이어지고, 손자로 이어져 마침내 18세기 중반에 그 결실을 맺게 된다.

조선에서 가져간 인삼 모종을 기후와 토질이 적합한 닛코(日光)에서 재배하여 성공을 거두었던 것이다. 일본의 국산 인삼 '오타네닌징(お種人參)'의 대량 재배가 그것이었다.

물론 그 후 조선 인삼의 대일 수출은 막을 내리게 된다.

28.
목욕탕을 짓다

사방에 저녁 어스름이 내리고 밥 굶은 까마귀 두어 마리가 재수 없게 깍깍 울어대고 있었다.

툇마루에 앉아 있다가 소리 난 쪽으로 고개를 한번 휘둘러 본 혁은 일본에서는 까마귀가 길조라는데 왜 조선은 흉조의 대명사가 되었을까, 하는 생각이 문득 들었다.

'다른 것이 어디 까마귀뿐인가.'

우리나라와 일본을 가깝고도 먼 나라라고 할 만큼 국민성에는 차이가 많다. 우리는 표현이 직선적인데 반해 일본은 우회적이고 간접적이다. 그러면서도 문(文)을 숭상한 우리와 반대로 일본은 사무라이로 대표되는 무(武)의 문화다.

아마도 반도와 섬이라는 지형적 차이 때문이 아닐까, 하는 생각이 드는 혁이었다.

조선옥이 궤도에 오른 요즈음 혁이 고민하는 것이 하나 있다. 일본에는 있는데 조선에는 없는 것, 바로 목욕탕이다. 아니, 조선에도 있기는 있다. 조선옥에 혁이 지은 단 하나의 목욕탕.

조선에 온 이래로 혁을 가장 괴롭힌 것은 바로 악취였다. 마주치는 백성들의 입과 몸에서는 예외 없이 썩는 냄새가 풍겨왔다. 물론 남자가 더 심했다.

이를 닦는다든가 목욕을 한다는 개념이 거의 없으니 당연한 일이다.

조선에 떨어진 이래로 예전에 매일 하던 더운물 샤워는 어림도 없는 일이 되었다. 그랬다가는 비싼 땔감 때문에 밥을 굶어야 한다.

강화도로 도형을 떠나기 전까지 혁은 닷새에 한 번은 목욕을 하려고 노력했다.

이런 혁을 이상한 눈으로 쳐다보는 수원댁이었지만 물 데우는 것을 귀찮아하지는 않았다. 혁이 하고 난 물로 다음은 자신이 목욕을 하는 까닭이다.

수원댁은 비록 혁이 시킨 거지만 비싼 소금으로 매일 양치질까지 하고 종년 주제에 닷새마다 때를 미는 자신이 조선에서 가장 깔끔한 노비라 확신했다.

씻기를 등한시하는 이런 현상이 조선에만 국한된 것은 물론 아니었다.

유럽은 중세 시대에 목욕 자체를 죄악시했다. 특히 남녀를 불문하고 음부를 씻는 것은 음욕을 채우기 위한 행위로 여겨져 금기시되었다.

17세기인 이때에 들어와서도 크게 달라진 것은 없었다. 프랑스의 태양왕 루이 14세는 태어나 5살이 되어서 처음 목욕을 했고, 평생을 통틀어 딱 3번 목욕했다고 한다. 그러니 왕이나 귀족 할 것 없이 악취를 풀풀 풍겼고, 이를 감추기 위해 발달한 것이 향수였다.

유럽이 이 모양이라고 조선까지 꼭 그래야 할 이유는 없다는 것이 혁의 생각이었다.

만약 조선옥처럼 나라 곳곳에 목욕탕이 지어진다면 위생 측면에서 거의 혁명적인 일이 될 것이다.

왕부터 시작해서 귀천을 가릴 것 없이 모두가 고통받고 있는 피부병을 예방할 수 있고, 나아가 백성들의 위생 의식이 높아져 수시로 찾아오는 역병도 현저히 줄 것이 틀림없다.

그런데 이게 생각처럼 만만치가 않았다.

당장 먹을 것도 없는 백성들이 과연 돈을 내고 목욕을 하겠는가. 게다가 물을 데우려면 하루 종일 불을 때야 하므로 소요되는 땔감의 양이 어마어마하다.

나라가 부자라서 척척 지어 공짜로 이용하게 해주면 좋겠지만 지금 조선의 형편을 감안하면 꿈같은 얘기다.

양반들 전용으로 하는 목욕탕을 짓는다면 돈 문제는 걱정을 안 하겠지만 전 국민의 위생 혁신이라는 본래의 취지가 퇴색될 뿐만 아니라 체면을 중시하는 양반들이 옷을 벗고 여럿이 같이 탕에 들어가겠는가를 생각해 보면 역시 고개가 저어졌다.

'무슨 수가 없을까.'

꼭 벌여보고 싶은 일인데 도무지 방법이 보이질 않았다.

"까악, 까악."

다시 들려온 까마귀 울음소리는 불현듯 현대에서 여행한 일본의 벳부를 떠올리게 했다. 벳부는 일본의 유명한 온천 지대이고, 그곳 역시 까마귀가 지천이었다.

순간 머리 한쪽이 형광등이 켜지듯이 환해졌다.

'그래, 온천이 있지 않은가!'

온천이라면 비싼 땔감을 안 때도 뜨거운 물이 무진장 올라온다. 즉, 아주 저렴한 입장료로도 목욕탕의 운영이 가능하다는 말이다.

날이 밝자마자 혁은 똘똘하고 믿음직한 경옥에게 조선옥의 운영을 잠시 맡기고 허겁지겁 한양으로 향했다. 사업 감각이 있고, 왜관의 기방 사업을 하며, 뜻이 쉽게 통한 수련을 만나기 위해서다.

"목욕탕 사업을 벌이자구요?"

수련이 아닌 밤중에 홍두깨 내밀듯 나타난 혁을 멀뚱히 쳐다봤다.

목욕이란 말이 거의 생소한 이 시대에 대중목욕탕을 만들어 사업을 하자는 혁의 말이 어떻게 들릴지는 뻔했다.

"손님이 들겠습니까?"

어차피 양반들은 천한 상것들과 홀딱 벗고 같이 목욕을 한다는 말만 들어도 기절을 할 것이므로 논외로 치고, 주 고객은 일반 백성들인데 과연 이들이 비싼 돈을 내고 목욕을 할까 하는 의구심이 드는 것은 지극히 당연한 일이었다.

"온천 지대에 지으면 가격을 싸게 할 수가 있습니다."

온천을 이용해 연료비를 절감한다면 수지를 맞추는 게 어렵지 않다는 혁의 설명에 그제야 고개를 끄덕인 수련이 다시 물었다.

"그렇지만 온천을 찾는 비용이 더 들지 않겠습니까?"

정곡을 찌르는 말이다. 목욕탕 짓는 돈이야 얼마 안 들겠지만 온천이 어디 있는지를 찾는 개발비가 오히려 월등할 테니 배보다 배꼽이 컸다.

"그건 전혀 걱정할 필요가 없습니다."

혁이 누구인가. 현대 세상을 살다 온 사람이 아닌가. 우리나라 어디 어디에 온천이 있는지 쫙 꿰고 있다는 말이다.

온양, 도고, 유성, 수안보, 좀 멀리는 경상도 백암 온천과 창녕의 부곡 하와이가 있고, 가까이는 경기도 이천과 포천이 온천으로 유명하다.

그래도 수련의 얼굴은 쉽게 펴지질 않았다. 우리나라 역사상 처음으로 벌이는 사업인데 오죽하겠는가.

백성들의 위생 향상을 위해서는 목욕보다 더 좋은 것이 없다는 말이 목구멍까지 올라왔지만 혁은 그냥 삼켜 버렸다. 장사꾼한테 그런 얘기는 '개 풀 뜯어 먹는 소리'에 지나지 않는다.

수련은 망설였지만 혁은 가격만 싸다면 분명 올 사람이 있다고 확신했다.

바로 아픈 사람들이다.

이 당시에도 이미 온양은 온천 개발이 되어 태조, 세종, 세조 등 주로 왕들이 눈병이나 피부병을 치료하러 내려오곤 했다.

"먼저 병자들이 올 겁니다."

"아~"

가늘게 감탄사를 내뱉는 수련이었다. 드디어 가능성을 본 것이다.

그래도 남는 문제가 있다. 바로 요금을 얼마로 할 것인가 하는 부분이다. 비싸면 손님이 들지 않을 것이고, 혁이 생각하는 것처럼 싸게 하면 이익이 없다.

"대신 저는 이익 배분을 받지 않겠습니다."

일반 백성들이 저렴한 가격으로 이용할 수 있도록 하는 대신 온천지를 찾은 공에 대한 보상을 포기하겠다는 혁의 말이다.

혁이 저런 조건까지 내거는데 마다할 이유는 없다.

"알겠습니다. 뜻에 따르지요."

수련이 희미한 미소를 띤 채 고개를 끄덕였고, 이리하여 조선에서의 목욕탕 사업이 시작되었다.

혁이 현대의 목욕탕 구조를 떠올리며 대충 그린 설계도를 바탕으로 우선 사람들에게 가장 널리 알려졌고 물이 좋기로 소문난 온양에다 목욕탕을 짓기 시작했다.

조선 최초의 대중목욕탕이 지어지는 만큼 소문이 나는 것은 당연지사다.

"이보게들, 우리 같은 사람들도 들어갈 수 있는 온천탕이 만들어진다는군."

기존에 있는 온천탕은 아주 작고 임금 전용이라 일반 백성들의 이용은 어림도 없는 일이었다.

"만들면 뭐하나. 가난뱅이들이 어찌 온천에 들어간단 말인가?"

온천은 귀한 사람들이나 이용하는 곳. 따라서 비싼 곳이란 인식이 깔려 있었으므로 이런 자조 섞인 말이 흘러나왔다.

"입장료가 3문이라는데."

3문이라면 불과 쌀 3홉 어치에 불과하다. 대식가인 조선 사람이 한 끼에 7홉을 먹는다고 말하지 않았는가.

"뭐 그렇게 싸? 그렇다면……."

슬그머니 그는 자신의 팔다리에 난 부스럼을 쳐다봤다.

개업 첫날부터 인근의 사람들이 두셋씩 짝을 지어 몰려오기 시작했다.

대부분이 병자였다. 피부병뿐만 아니라 안질, 신경통, 류마티스 등의 질병으로 평소 골골하던 이들이 소문을 들은 것이다.

당시의 웬만한 약재나 허접한 고약보다 온천물이 훨씬 효험이 있다는 사실은 누구나 알고 있었다. 다만 이용할 수 있는 마땅한 시설이 없었을 따름이다.

"허어~ 좋구만, 좋아."

"어이구, 극락이 따로 없구먼."

널찍한 욕조에 온몸을 담근 사람들의 입에서는 흡족한 감탄사가 절로 나왔다. 그도 그럴 것이 이런 푸근함과 아늑함은 지금까지 어느 누구도 느껴보지 못한 감촉이다. 한마디로 살맛이 났다.

소문은 급속도로 퍼져 나갔고, 이제는 제법 떨어진 곳에서도 지팡이를 짚고, 또는 자식에게 업혀서도 찾아왔다.

사람들이 모여들자 이들을 위한 숙박 시설과 식당이 생겨나기 시작했다.

피부병이나 신경통이 하루 이틀 만에 낫는 병이 아니지 않는가. 한 열흘 정도 마음먹고 온 병자는 인근에서 잠자리를 마련해야 했다.

"우리 여각에 들면 온천탕 입장료를 반값에 할인해 드립니다."

머리 잘 돌아가는 한 장사꾼이 할인을 미끼로 호객을 하자 여각과 식당을 동시에 운영하는 업자는 아예 패키지 상품을 내놓았다.

"우리 여각에서 10박을 하시면 입장료 5할 할인은 물론, 매일 밥값도 3할 깎아드립니다."

세상 모든 것은 경쟁을 통해 발전한다지 않는가.

병자들이 몰려온다는 소식에 눈치 빠른 의원들도 들어와 자리 잡기 시작했다.

이들은 침을 놓고 탕약을 처방하고는 말미에 반드시 다음과 같은 말을 덧붙였다.

"매일 탕에 들어가 온천물에 푹 지지시오. 그래야 더 빨리 낫소."

의원들이니만큼 온천물 좋은지는 더 잘 알았다.

"그렇게 안 낫던 것이 여기 의원이 지은 약 먹고 멀쩡해졌다네."

"허~ 거참, 신통한 의원이구먼."

약이 좋아 나은 것인지, 물이 좋아 나은 건지는 몰라도 온천 인근의 의원들에게서 처방을 받으면 잘 낫는다는 소문이 퍼져 나가 더욱 사람들이 모여들었다.

목욕탕 하나로는 몰려드는 인파를 모두 수용할 수 없어 옆에 두 번째 탕을 지을 때는 고을 수령도 나와 만면에 웃음을 띤 채 인부들을 격려했다.

처음에는 괜히 칠푼이 팔푼이들이 몰려와서 병이나 퍼뜨리지 않을까 염려했었는데, 이용객들이 늘어나면서 따라 들어선 숙박 업체와 요식 업체들로부터 거두어들이는 세금이 예상외로 상당하자 그제야 온천 사업을 보는 시선이 달라졌다.

1호 목욕탕의 성공에서 자신을 얻은 혁과 수련은 곧 전국으로 확대해 나갔다.

수안보와 유성에 온천탕이 들어섰다.

우리나라에서 가장 수질이 좋다는 평을 받는 수안보 온천은 원래 1725년에 발견되는데, 혁에 의해 100년 이상 일찍 개발이 되었다.

대전 중심가에서 그리 멀리 떨어지지 않은 곳에 있는 유성 온천은 태조 이성계와 태종 이방원이 머물며 온천욕을 했던 유서 깊은 곳이다. 그러나 그 후 오고 가는 스님들이나 간간이 들러 목욕하던 한촌으로 1920년대까지 남게 될 운명이었는데, 이 역시 바뀌어 유성은 일찌감치 온천 도시로 발전하게 된다.

온양에서의 성공담을 들은 지역 수령들은 앞다투어 유치에 나섰다. 부지 매입에도 적극 나서 저렴한 가격에 살 수 있도록 도움을 아끼지 않았다.

온천탕이 들어와서 지역 경제가 살아난다면 이곳 백성들이나 관아 모두에게 득이 된다는 사실을 이제 이들도 깨달았다.

온양, 수안보, 유성에 이어 신라 때부터 약수로 이름이 났던 도고를 찍고, 백암, 부곡을 돌아 세종대왕 시절부터 논에서 온수가 솟아나 유명해진 이천, 그리고 포천까지 거침없이 척척 들어서는 온천탕을 보면서 송상을 비롯한 이 땅의 상단들은 쩍 벌린 입을 다물지 못했다.

도대체 어떻게 수련당이 가서 땅만 파면 펄펄 끓는 온천물이 솟아 나오는지 이들로서는 도저히 이해할 수가 없었다.

그중에서도 온천탕 사업의 성공을 지켜보며 특히 질시의 눈초리를 보내는 곳이 있었으니 바로 같은 한양을 근거로 둔 경상이었다. 송상이나 만상, 내상과 달리 경상은 수련당과 연고지가 같은, 이를테면 가장 경쟁 관계에 있는 사이라 할 수 있다.

"거참, 도깨비 방망이를 가진 것도 아닐 테고… 희한한 노릇이 아닌가."

경상의 대방인 허인술은 미간에 잔뜩 힘을 준 채 수련당이 족집게로 집듯이 온천지를 찾아내는 것을 보며 배가 심하게 아파왔다.

온양에서의 첫 온천탕 건설 이후 수련당은 식당과 여각 등을 목욕탕과 함께 건설해 짭짤하게 돈을 벌어들이고 있었다.

올해 쉰다섯인 허인술은 장사하는 사람이 대부분 그렇듯 돈이라면 물불을 가리지 않는 이들 중 하나였다. 당초 소규모로 나누어져 있던 경강(京江)의 상인들을 휘어잡아 지금의 경상이라는 대규모 상단을 만든 것도 온전히 그의 이런 성격에 힘입어서다.

"자네가 하는 일을 알려주면 은 100냥을 주겠네, 어떤가?"

수련당의 온천탕 건설 책임자를 몰래 술집으로 불러낸 허인술은 은화가 담긴 주머니를 탁자에 소리 나게 꺼내놓았다.

보기에도 묵직한 돈주머니에 시선이 간 담당자는 침을 꼴깍 삼켰다.

"저… 제가 하는 일만 말씀드리면 이 돈을 정말 가져도 되는 거지요?"

"그럼, 그럼. 사내대장부가 한 입으로 두말하겠나."

허인술이 만족한 웃음을 띠며 재촉했다. 온천을 찾는 비법만 캐내면 자신들도 얼마든지 할 수가 있다.

이윽고 돈을 챙긴 건설 책임자의 말을 들은 허인술은 기절할 것 같은 얼굴이 되었다.

"그게… 저희는 가라는 데에 가서 몇 군데 파면 그냥 나오던데요."

그냥 가서 파면 나온다는데 어쩌겠는가.

실제로 혁이 말한 지역에 가서 오래 산 주민들을 만나 얘기를 들어보고 몇 군데 곡괭이질을 하면 온천수가 솟구쳐 나왔으니 건설 책임자인 자신도 신기하기는 마찬가지라는 것이다.

온천탕의 성공에 자신을 얻은 혁은 한양에 대중탕을 만들기로 했다. 온천 지역에만 탕이 있어서는 전 백성의 위생 향상이라는 본래의 취지에 미치지 못한다.

"이제 한양에도 목욕탕을 만듭시다."

"한양에도 온천이 있습니까?"

지금껏 기가 막히게 온천을 찾아내는 혁을 감탄 섞인 눈초리로 바라보던 수련이 물었다.

물론 한양에는 마땅한 온천이 없다. 하지만 전국에 온천탕을 세우며 혁은 사람이 많고 값만 맞으면 온천이 아닌 일반 목욕탕도 충분히 가능할 거란 확신이 들었다.

"아니요, 하지만 그냥 데운 물로서도 충분할 겁니다."

뜨거운 물로 목욕을 하고 나면 피로가 풀리고 누구나 기분이 상쾌해지지 않는가.

온천물이 아니라는 혁의 설명에 수련의 안색이 흐려졌다. 그렇다고 기대에 찬 혁의 표정에 말리기도 애매했다.

혁은 대형 대장간을 이용한 목욕탕을 한양에 건설했다.

대장간은 어차피 하루 종일 불을 피워 연장을 만드는 곳이니 이 화력을 이용해 물을 끓이고 그 물로 목욕을 하는 것이다.

화덕의 열로 물을 데우고 이 물을 종업원이 옮겨서 옆에 있는 목욕탕의 욕조에 채우는 아주 원시적인 형태이지만 연료비 절감을 고려하면 획기적이라 할 만했다.

'한양 목욕탕'이라는 근사한 간판까지 내건 조선 최초의 목욕탕이 문을 연 첫날 기대에 찬 혁의 눈이 입구를 뚫어지게 바라보고 있었다.

그런데 혁이 야심차게 세운 목욕탕에는 지나가다 손가락으로 가리키며 뭐라 하는 사람만 몇 있었지 단 한 명의 손님도 들지 않았다.

먹고살기 위해 아등바등해야 하는 백성들로서는 뜨끈한 물에 몸이나 담그고 있을 시간도, 돈도 없었던 것이다.

그나마 여유가 있는 계층은 양반들인데 아무리 추워도 곁불을 쬐지 않고, 한여름에도 버선을 신고, 대님을 매는 양반들이 옷을 다 벗고 여럿이 탕에 들어간다는 것은 상상도 할 수 없는 일이었다.

시기상조라고나 할까. 백성들의 생활 수준에 비해 혁이 너무 앞서 나간 셈이다.

혁은 쓴 입맛을 다시며 결국 지은 지 한 달도 안 되어 탕을 폐쇄했지만 머지않아 반드시 조선 땅 곳곳에 목욕탕을 세울 것을 숙제로 마음에 담았다.

온천탕은 대성공을 거두었으니 그것을 위안으로 삼으며 왜관으로 도로 내려가려 할 때 예상 밖의 인물이 혁을 찾아왔다.

"유 주부, 유 주부, 나 좀 봅시다."

길 떠날 차비를 한 혁이 애마인 군만두에 오르려는데 누군가 다급히 부르는 소리가 들렸다.

"유 주부 만나기가 정승 보기보다 어렵구려."

숨을 헐떡이며 다가온 이는 현재 어의를 맡고 있는 배명국이었다.

도형을 마치고 와서는 바로 왜관으로 내려갔고 그 다음에는 온천탕을 짓는다고 정신없이 돌아다녔으니 혁을 만나기가 어렵긴 했을 것이다.

"그런데 어의께서 어쩐 일로……?"

비록 혁이 한때 내의원 직장 벼슬을 겸한 적은 있지만 종두법 시행 이후에는 특별히 내의원에 들를 일이 없었고, 인삼이나 홍차 등 내의원과는 연관 없는 일로 바쁘게 지냈기 때문에 어의의 방문은 좀 뜻밖이었다.

"우선 좀 앉읍시다."

몇 마디 간단히 전하고 갈 요량하고는 거리가 먼 모양인지 배명국은 혁을 데리고 근처의 주막으로 향했다.

"허준 대감께서 돌아가신 건 알고 있지요?"

물론 안다. 도형을 마치고 허균의 집에 갔을 때 가장 먼저 들은 소식이다.

"허 대감께서 유 주부가 도형에 처해진 사실을 알고 참으로 안타까워하셨소. 아무리 국법이 지엄하다 할지라도 유 주부가 하는 일을 막아서는 안 된다고 하시면서 말이오."

혁의 정체를 알고 있는 허준으로서는 혁이 어떤 특별한 이유 때문에 법을 어기면서까지 뭔가를 도모했으리라 짐작했던 모양이다.

"그래서 급히 은비를 보내 유 주부에게 자중자애하라는 말을 전하려고 했지만 이미 강화도로 출발한 다음이었다오."

오늘도 사실 은비와 함께 오려고 했으나 은비의 의술을 지극히 신뢰하는 중전 유씨가 시도 때도 없이 그녀를 찾는 바람에 어쩔 수 없이 혼자 왔다는 말을 덧붙였다.

"내가 이렇게 유 주부를 찾은 이유는 다름 아니라 허 대감의 유언 때문이라오."

"허준 대감의 유언이라고요?"

갑자기 허준의 유언이 자신과 관련이 있다는 말에 궁금한 표정을 지은 혁이 물었다.

"그렇소. 그분이 말씀하시길 유 주부가 다시 돌아오면 꼭 만나서 의술에 관해 알고 있는 어떤 사소한 것이라도 귀담아 듣고 시행하면 조선의 의술 발전에 지대한 도움이 될 것이라 하셨소."

말을 들은 혁의 고개가 천천히 끄덕여졌다.

살날이 얼마 남지 않았다는 사실을 깨달은 허준은 혁으로부터 미래의 앞선 의료 지식을 조금이라도 더 전달받아야 된다고 생각했지만 혁이 이미 도형을 떠난 것을 알고는 후계자격인 배명국에게 유언으로 남긴 것이다.

그렇다. 혁 자신은 아무렇지도 않게 여기는 하찮은 상식이라도 여기서는 아주 중요한 지식이 될 수가 있다.

이곳 사람들이 알아봐야 무의미하다고 치부했던 것들이 머지않은 장래에 뜻밖의 도움이 되지 말란 법은 없다. 그리고 무엇보다 중요한 사실은 혁 혼자만이 알고 있다는 점이다.

즉, 혁이 중병에 걸려 죽어버린다면, 아니면 이미 혼이 난 것처럼 누군가에 의해 죽임을 당한다면, 이 세상 누구도 모르는 지식은 고스란히 땅속으로 묻히고 만다는 말이다.

유언을 들은 배명국은 내심 허준이 왜 의원도 아닌 혁에게 그런 부탁을 하라고 했는지 의아했던 것이 사실이다.

존경해 마지않는 스승의 명인 데다가 스승이 그렇게 아끼던 은비마저 오늘 함께 가지 못하는 것을 심히 아쉬워하는 것을 보고 뭔가 이유가 있겠거니, 하며 약간의 기대를 가지고 온 것에 지나지 않는다.

"글쎄요, 제가 알고 있는 것들이 얼마나 도움이 될지……. 허 대감께서 그리 말씀하셨다니 일단 얘기를 해보지요."

이렇게 말을 하면서도 혁은 과연 배명국이 자신의 말을 얼마나 믿어줄 것인가 하는 걱정이 앞섰으나 다른 이도 아니고 허준의 유언이 아닌가.

서둘러 지필묵을 꺼내는 배명국을 보며 혁이 입을 열었다.

"음, 우선 임부(임산부)에 관해 얘기를 할까요."

혁은 주막에 들어와서 본 설거지하던 아낙의 불룩한 배를 떠올리며 입을 열었다.

"임신 중에 오리고기를 먹으면 아기의 손가락이 육손이 되고, 닭고기를 먹으면 아기의 피부가 닭살과 같이 된다는 것은 말도 안 되는 소리입니다."

이것 말고도 토끼 고기를 먹으면 언청이를 낳고, 염소 고기를 먹으면 아기의 머리카락과 눈썹이 희어진다는 것도 있었다.

물론 의원인 배명국이 이런 미신을 믿고 있지는 않겠지만 많은 백성이 사실인 양 알고 있기에 절대 그렇지 않다고 혁은 강하게 부정한 것이다.

"임신 중에 정말로 조심하고 금해야 하는 것은 술과 남초입니다. 이거야말로 절대로 피해야 할 것들 입니다."

이 말은 금시초문인지라 배명국은 얼른 받아 적었다. 아직
도 담배가 몸에 좋은 걸로 알려져 있던 때였다.

"가능한 한 빨리 백성들이 남초를 가까이하지 않도록 하는
조치를 시행해야 합니다."

일개 어의가 금연 정책을 시행하기란 거의 불가능하다는 생
각이 들었지만 혁은 희망 사항을 담아 얘기했다. 그리고 일찍
이 허균에게 했던 담배의 해악에 대해 자세히 설명을 하자 배
명국의 눈이 커지며 얼굴이 상기되었다.

그제야 왜 스승이 혁의 말을 들어보라 하였는지를 깨달은
듯 앞으로 바싹 다가와 앉았다.

혁 역시 현대에서 의사가 아니었으니 지극히 상식적인 사항
만 얘기할 수밖에 없었다.

"중풍(뇌졸중)은 머릿속의 혈관이 터지거나 혈관이 막혀서 생
기는 병입니다."

겨우 낫는다 하더라도 반신불수가 되기 쉬운 중풍은 현대에
서도 무서운 병이다.

『동의보감』에는 중풍이 화(熱) 때문에 생긴다고 설명하고 있
다. 즉, '습(濕)이 담(痰)을 생기게 하고, 담이 열을 생기게 하며,
열이 풍을 생기게 한다' 라고 했다.

비록 과학적인 설명과는 거리가 있지만 사람이 화가 나서
극히 흥분 상태가 되면 혈압이 올라가 뇌출혈을 일으킬 수도
있으니 일리가 있는 말이다.

이 시대에 흔히 '풍을 맞았다' 라고 표현되던 중풍이 뇌 속

의 혈관과 관계된다는 것을 혁이 알려 주었고, 그것이 존경하는 스승의 저술과 정확히 일치하지는 않았지만 배명국은 열심히 적어나갔다.

이 당시 아픈 사람이 가장 먼저 찾는 이는 의원이 아니라 무당임을 아는 혁이 미신 타파에 대해 언급하려다가 멈칫했다. 이를 단지 미신이라 치부하기는 어렵다는 생각이 들어서였다.

신들린 무당이 작두를 타거나 귀신을 쫓아내 실성한 사람을 치료한 사례가 있다는 것을 들먹이지 않더라도 환자의 마음을 어루만져 준다는 점은 종교의 기능과 통하는 것이 있기 때문이다.

어쩌면 이 시대에는 변변찮은 약보다 굿이나 부적으로 인한 심적 안정이 더 효과가 클 수도 있다는 생각에 무당이나 성황당 같은 것에 대한 얘기는 일단 보류하기로 마음먹었다.

하지만 이 미신만큼은 없애야겠다는 생각에 혁은 입술을 떼었다.

"이(蝨)는 여러 가지 병을 옮기는 해충이므로 반드시 옷을 삶고 목욕을 자주하여 이것을 없애도록 해야 합니다."

죽은 사람의 몸에는 당연히 이가 없기 때문에 이가 있어야 오래 산다는 미신을 다들 믿고 있었다. 그래서 양반이든 상놈이든 가릴 것 없이 머리며 옷에 온통 이가 득시글거렸다.

이 말을 하고 나니 한양 목욕탕이 성공하지 못한 것이 더욱 아쉽게 다가왔다.

위생과 질병과의 상관관계를 모르는 이 나라 백성들이 얼마나 더 시간이 지나야 이런 사실을 깨달을까 하는 생각에 혁은 짧은 한숨을 내쉬었다.

"모든 역병은 눈에 보이지 않는 작은 벌레에 의해 발생하는 것이고, 이 벌레는 대부분 열에 약합니다. 따라서 물과 음식을 끓여 먹는 게 무엇보다 중요합니다."

허준에게도 한번 역설한 적이 있는 사항이다.

광견병이나 소아마비, 독감같이 바이러스에 의한 감염은 해당 사항이 없지만 장티푸스, 이질, 콜레라, 식중독 등 박테리아로 인한 수많은 질병에 큰 효과가 있다.

이것만이라도 제대로 시행된다면 앞으로도 끊임없이 닥쳐올 역병으로부터 수많은 생명을 구할 것이므로 다시 강조한 혁이었다.

현미경이 있어 직접 세균을 볼 수 있다면 더욱 효과적일 텐데 하는 생각이 들었지만 현미경은 1590년경 네덜란드에서 안경을 만드는 일을 하던 얀센 부자에 의해 최초로 만들어졌고 배율은 고작 10배에 불과했다.

따라서 혁이 생각하는 그런 현미경은 좀 더 세월이 지나야 된다.

여기까지 말을 마친 혁이 배명국이 펼쳐놓은 종이 한 장을 집어 원통형으로 둥글게 말았다.

"이것을 가슴에 대고 소리를 들으면 그냥 맨 귀로 듣는 것보다 심장에서 나는 소리가 훨씬 잘 들립니다."

혁은 가장 원시적인 청진기를 만들어 보인 것이다.

이것이 대나무 통으로 발전하고 나중에는 오늘날 보는 청진기가 된다.

손으로 맥을 짚는 것도 중요하지만 이렇게 심장박동 소리를 들으면 보다 진찰에 도움이 될 것은 분명하다.

어느새 어둠이 깔려 내려가기를 포기한 혁이 믿든 안 믿든 적혈구와 백혈구의 역할이며, 공기 중의 산소가 사람뿐만 아니라 모든 동물의 생명 유지에 필수적이란 것까지 세세하게 설명했다.

배명국은 난생처음 듣는 희한한 얘기에 가끔씩 입을 쩍 벌리기도 하고, 도무지 믿기지 않는다는 듯 고개를 연신 갸우뚱거리면서도 받아 적는 것을 게을리하지는 않았다.

오늘 말한 모든 내용이 조선의 의학 발전에 소용이 될지, 아니면 그냥 내의원 서고에 처박혀 먼지를 뒤집어쓴 채 사장되고 말지는 모르는 일이지만 늦은 시각까지 자신이 알고 있는 의학 상식들을 다 털어놓은 혁은 마음이 편안해졌다.

'이제는 죽어도 여한이 없는 건가?'

문득 든 뜬금없는 생각에 쓴웃음을 한번 짓는 혁이었다.

멀리서 부엉이 우는 소리와 개 짖는 소리가 번갈아 들려오며 밤이 깊어갔다.

29.
종남, 도망을 치다

　올해 75세의 고령인 만복은 방구들이 내려앉으라는 듯 깊은 한숨을 내쉬었다.

　호두 껍데기만큼이나 깊게 파인 이마의 주름과 거친 손마디마디는 그가 얼마나 고된 삶을 살아왔는지를 대변하고 있었다.

　수원에 사는 양반 유효손(柳孝孫)의 사노(私奴)인 만복은 어제 온 주인의 통보에 머리를 싸안은 채 맥없이 한숨만 내쉬고 있었다.

　노비(奴婢)의 노(奴)는 사내종을, 비(婢)는 계집종을 말한다.

　조선 중기인 이때 전체 인구의 절반 가깝게 차지하고 있는 노비는 크게 관청 등 국가 기관에 소속된 공노비와 개인에게 매어 있는 사노비로 구분이 된다.

사노비는 다시 주인집에 함께 살면서 온갖 허드렛일을 하는 솔거노비와 주인과 떨어져 전국 각지에 살면서 농사를 지어 일정량을 주인에게 바치고—이를 신공(身貢)이라 한다—나머지로 생활을 영위하는 외거노비로 나눠진다.

양반들 입장에서는 먹여주고 입혀줘야 하는 솔거노비보다는 신공을 바치는 외거노비가 훨씬 이득이 되었기 때문에 생활에 꼭 필요한 노비를 빼고는 대부분 외거노비로 운영을 하여 전체 사노비 중 외거노비가 차지하는 비중은 70%에 달했다.

이런 외거노비 중에는 성실하게 일해 상당한 재산을 모은 노비도 있었으니 바로 만복이 그러했다.

유효손의 선친 때 제금나와(주인집에서 나와 따로 살림을 차림) 그 후 뼈 빠지게 일한 결과, 이제는 제법 농토도 마련하였고 윤택한 살림이 되었다.

아내는 일찍 죽었고, 소생인 두 딸은 주인집에서 계집종으로 고생하며 살고 있어 이제 몸도 늙고 해서 재산을 두 딸에게 상속하기로 마음을 먹었다.

아무리 주인집에 매어 있는 종의 신세라 해도 재산이 있으면 살기가 훨씬 편하다.

몸이 아프다고 해서 주인이 노비에게 약첩을 사줄 리는 만무하고, 배고프다고 밥 한 끼 더 주지는 않는다.

그런데 문제가 생겼다.

이런 사실을 눈치챈 유효손이 만복의 두 딸을 자신의 여동생들에게 각각 분할해 상속하겠다고 통보해 온 것이다.

"끄으응~"

만복의 목구멍에서는 처량한 신음 소리만 흘러나왔다.

두 딸이 분할상속이 돼버리면 유효손의 호적에는 만복만 남게 된다. 즉, 만복에게는 재산을 물려줄 수 있는 가족이 없어진다는 말이다.

상속할 가족이 없는 상태에서 노비가 죽게 되면 그의 재산은 모두 주인에게 귀속된다. 유효손이 노린 것은 바로 이것이었다.

매년 노비가 애써 경작한 작물을 신공이라는 명목으로 꼬박꼬박 챙겨먹고, 그가 평생에 걸쳐 모은 재산까지 빼앗으려드는 것이 이 나라 조선 양반들의 관행적인 행태였다.

만복은 사정을 한번 해볼까 하는 생각을 하다가 이태 전 보았던 끔찍한 광경이 떠오르자 이내 고개를 저었다. 그의 주인인 유효손은 사정해서 될 사람이 아니었다.

두 해 전 가을, 여느 해처럼 신공을 바치러 수원에 있는 주인댁을 방문했을 때였다.

"아아아악!"

여인의 낭자한 비명 소리가 온 마당에 울려 퍼지고 있었다.

"네년이 도망을 가? 어디 또 도망갈 수 있나 보자."

아귀 같은 형상을 한 유효손이 벌겋게 단 인두를 들고 계집종의 종아리를 지졌다.

홍금이라는 계집종이 도망을 쳤다가 잡혀와 맷돌 아래 온몸이 묶인 채 주인의 모진 사형(私刑)을 받고 있었다.

작년에 유효손과 혼인한 아씨마님의 몸종으로 따라온 홍금은 날이 갈수록 자신을 바라보는 주인마님의 눈길이 심상치 않다는 것을 느꼈다.

뱀처럼 휘감겨 오는 그 끈적끈적한 눈길이 무엇을 의미하는지는 비록 16살의 처녀인 홍금일지언정 알기에 충분했다.

'계집종을 겁탈하는 것은 누운 소 타기와 같다(妍婢臥牛乘)'라는 말이 있을 정도인 세상에서 홍금은 조만간 자신에게 닥칠 무서운 일을 피할 수 없다는 것을 예감했다.

그것은 죽기보다 싫은 일일뿐더러 자기가 모시는 아씨마님에게도 용서받을 수 없는 죄를 짓는 것이라 생각한 홍금은 결국 도망치기로 작정하였다.

그러나 어린 계집종의 도망이 어디 말처럼 쉬운 일인가. 한나절 만에 나루터에서 기찰포교에게 잡힌 그녀는 즉각 주인집으로 끌려왔다.

"서방님, 제발 용서해 주세요."

유효손의 처 이 씨는 자신이 데리고 온 홍금이 뻘건 인두에 지져질 때마다 마치 자신의 몸이 타는 것 같아 몸서리를 쳤다.

이제 시집온 지 고작 일 년밖에 안 된 새댁이지만 신혼의 단꿈은커녕 자신을 대하는 남편과 시어머니의 싸늘한 냉대 속에서 하루하루 외줄을 타는 심정으로 살아가는 터에 유일하게 속마음을 얘기할 수 있는 홍금이 벌을 받는 모습을 지켜보는 것은 못 견딜 노릇이었다.

이 씨는 어떻게 해서든 벌을 멈추게 하려고 무릎까지 꿇고 빌었다.

"데리고 온 주인이 저 모양이니까 종년이 도망이나 치고 하지. 남정네가 하는 일에 자발없이 계집이 끼어드는 것은 어디서 배워먹은 못된 버릇이야?"

어디서 나타났는지 시어머니인 강 씨의 싸늘한 호통이었다.

"저리 비키지 못해?!"

자신의 다리를 붙잡으려는 아내를 발로 차듯이 밀친 유효손은 다시 화로에 담아 두었던 인두를 집어 들었다.

"아아악!"

단말마의 비명과 함께 살 타는 냄새가 또다시 진동을 했고 도망치면 어떻게 되는지 보라고 불러 모은 집안의 노비들은 전부 고개를 돌렸다.

유효손의 입장에서는 자신이 잔뜩 눈독을 들이고 있는 것을 뻔히 알면서 여 보란 듯이 도망을 친 홍금은 고귀한 양반의 자존심을 산산조각 낸 몹쓸 년이었다.

"네놈은 가서 송곳을 가져와."

인두로 근육을 지져 한쪽 다리를 완전히 못 쓰게 만든 유효손은 무슨 생각에선지 늘어선 종들 중 하나에게 송곳을 가져오라고 시켰다.

송곳이 가진 무시무시한 의미에 바짝 얼어버린 종은 낯짝이 새하얗게 된 채 머뭇거렸다.

"이놈의 새끼가 귓구멍이 막혔나. 네놈도 지져주랴?"

야차 같은 유효손의 말에 기겁을 한 종이 부리나케 뛰어가 소의 코뚜레를 꿸 때 쓰는 길쭉한 송곳을 대령했다.

"이년, 이래도 도망치나 보자."

유효손은 송곳을 잡은 손에 힘을 줘 홍금의 왼발 뒤꿈치를 뚫었다.

하늘을 찢는 비명과 함께 홍금의 고개가 꺾였다. 기절해 버린 것이다.

뚫린 구멍에 삼끈을 꿰어 기둥에 묶은 유효손은 그제야 만족한 듯 입가에 차가운 웃음을 머금었다.

이 광경을 지켜본 만복은 자신의 온몸이 와들와들 떨리고 있다는 것을 알아채지도 못했다.

나라에서는 노비에게 지나친 체벌을 가하지 말라고 하지만 그것은 단지 말뿐이었고 노비의 생살여탈권은 전적으로 그 소유주에게 있었다.

말을 안 듣는다며 화살 쏘는 과녁 대신 그 노비를 세운 이도 있었고, 남편의 아낌을 받는 계집종을 질시한 나머지 음부를 도려내 죽인 양반집 마님도 있었다.

만약 노비가 주인을 때렸다면 사형에 처했으며, 실수로 주인에게 상처를 입히면 장 100대에 3,000리 유형이라는 중형이 내려졌다. 노비가 양인을 구타하면 양인이 노비를 구타한 것에 비해 한 등급을 더했고, 양인과 싸우면 노비에게만 태형을 가하고 양인에게는 아무런 처벌을 하지 않았다. 또한 노비는 역모가 아닌 한 주인의 잘못을 관가에 고발하면 교수형에 처한다고 『경국대전』에 명시되어 있다.

한마디로 노비는 사람이 아니었다.

이태 전의 일이 마치 어제 본 것처럼 생생히 떠오르자 만복은 다시 한 번 진저리를 쳤다.

그런 주인에게 사정을 한다는 것이 얼마나 부질없는 짓인지는 너무나 분명했다.

만복은 다시 땅이 꺼져라 한숨을 내쉬었다.

"이게 무엇이냐?"

유효손은 만복이 내민 종이 꾸러미를 흘깃 쳐다보았다.

"소인이 가진 땅뙈기의 절반이올시다."

"그래서?"

"소인의 소생들을 분할상속하신다는 말씀을 거두어주십시오."

아무리 머리를 싸매고 고민해도 방법이 없다는 것을 안 만복은 결국 자신의 재산의 반을 바치기로 결정하였다.

"일 없으니 도로 가져가."

"……?"

만복은 어리둥절했다. 보통은 재산의 삼분지 일을 바치는데, 자신은 주인의 잔인하고 인정머리 없는 성격을 고려하여 땅문서 절반을 가져왔건만 안 된다니.

전 재산을 바치라는 것은 말이 되질 않는다. 아무리 노비라 하더라도 재산을 소유할 수 없다는 말이 법에 명시되어 있지 않기 때문에 주인이 무조건 노비의 재산을 강탈하지는 못한다. 노비 입장에서는 몽땅 주인에게 빼앗기느니 전부 탕진하고 말 일이다.

"네놈 집에 소가 두 마리 있다면서?"

"……!"

만복은 이를 악물었다. 지독한 놈이다.

"내일 한 마리를 가져 오겠습니다."

"그래? 그렇게까지 생각한다면 내 받아두지."

그제야 땅문서를 장죽으로 슬그머니 끌어가는 유효손이었다.

유효손의 아내 이 씨녀는 벼슬은 변변찮지만 삼천 석 부자인 집에 나서 자랐다.

그녀는 시집올 때 노비 여럿과 수백 마지기의 논밭을 지참금 조로 가져왔다.

그렇게 해야 한 데는 그녀가 십여 세 때 마마를 앓아 얼굴이 얽은 것이 이유다.

못생긴 여자를 박색(薄色)이라고 하는데, 이것은 본래 얽었다는 뜻의 박색(縛色)에서 온 말이다.

시집온 다음 날부터 유효손의 박대가 시작되었다.

"지지리도 못생긴 것이……."

"못나도 어찌 저리 못났을까."

"내가 전생에 뭔 죄를 져서 저런 못생긴 걸 만났나, 으이구."

아무렇지도 않게 내뱉는 유효손의 말은 이 씨녀의 가슴을 칼로 후벼 파는 듯했다.

자신의 얽은 얼굴을 비관해 혼인을 하지 않으려는 것을 많은 지참금을 쥐어주며 부모가 달래서 하게 됐지만 이제는 후회해도 소용이 없게 되었다.

남편의 박대는 날이 갈수록 심해져 이제는 손찌검도 예사로 한다.

여기에 한술 더 뜨는 것이 시어머니인 강 씨였다.

"누가 한미한 집안 출신 아니랄까 봐 저리 티를 내나."

"인물이 못생겼으면 음전하기라도 해야지. 도대체 교육을 어떻게 받은 게야."

시집올 때 가져온 엄청난 혼수에 입이 광주리만큼 벌어졌던 그녀는 며칠 만에 표변해 틈만 나면 친정까지 헐뜯어 이 씨녀를 괴롭게 했다.

밥을 먹어도 살로 안 가는 이 씨녀는 매일 눈물과 함께 말라 갔다.

이런 상황을 집안에 있는 노비들도 전부 안다. 아무리 안채와 사랑채가 나뉘어 있다 하더라도 하루 이틀도 아닌데 어찌 모를 수가 있겠는가.

그중 누구보다도 그녀의 사정을 가슴 아파하고 있는 이가 있었으니 이 씨녀가 혼인할 때 친정에서 데려온 노비 종남이었다.

이 씨녀보다 3살 많은 종남은 어려서부터 그녀와 함께 자랐다. 나비, 잠자리도 잡아주고 나무 위의 감도 따주며 어린 시절을 같이 지낸 종남에게 이 씨녀는 영원한 아씨요, 우상이었다.

눈만 감으면 마마를 앓기 전의 아리따운 얼굴까지 선하게 떠오르는 종남은 자금의 그녀를 생각할 때마다 미칠 것처럼 안타까운 마음에 자다가도 벌떡벌떡 일어나곤 했다.

그러나 일개 노비 신세인 그가 해줄 수 있는 일은 아무것도 없었다. 그저 속만 태울 뿐이다.

"야, 이놈아, 업어라."

못난 마누라 타령하는 남자가 갈 곳은 뻔한 법.

오늘도 기방에서 술에 절어 있는 주인마님을 모시러 온 종남에게 유효손이 한 말이다.

만취한 유효손은 종남에게 업히고도 주사를 멈추지 않았다.

"내 이년을 오늘 가만 안 놔두리라. 어디 오늘 제대로 한번 맞아봐라."

업힌 채 손짓, 발짓 용을 써가며 혼자 얼러대는 소리가 이 씨녀를 그러겠다는 건지, 홍금을 패겠다는 말인지 알 수는 없지만 종남의 가슴은 답답해져 왔다.

안채의 계집종들이 수군대는 소리에 의하면 수시로 이 씨녀 눈 주위가 시퍼렇게 멍이 든다지 않는가. 마음 같아서는 그냥 땅바닥에 패대기를 치고 싶지만 그랬다가는 목숨을 부지할 수가 없다.

또 뭐라고 중얼거리며 용을 쓰자 유효손의 몸이 기우뚱해져 종남은 기겁을 했다.

다리를 잡은 손에 힘을 주어 간신히 떨어지는 것을 면했지만 만약 떨어지기라도 한다면 자기가 지랄한 것은 생각지 않고 종남만 죽일 놈으로 몰아붙일 게 뻔했다.

종남은 조심스레 숨을 내쉬었다.

집으로 가는 길에는 내(川)가 하나 있는데 걸린 다리는 여느 조선의 다리와 마찬가지로 한두 사람이 겨우 건너갈 정도로 좁게 얼기설기 엮어진 나무다리다. 지금은 비가 오지 않는 계절이라 그렇지 여름에는 제법 물이 많아 다리의 높이는 10자(약 3m)

나 되었다.

다리에 들어선 종남이 양팔을 단단히 한 것은 업힌 유효손이 또 발광하면 정말 위험하기 때문이다.

아니나 다를까 다리를 거의 다 건넜을 즈음 욕설이 터져 나왔다.

"이 곰보 년을 때려죽여야 돼. 오늘은 내 기필코 패 죽이고 말 것이야."

곰보 년이 누구를 지칭하는지는 분명하다. 하늘 같은 아씨를 패 죽인단다.

욕설과 함께 시작된 몸부림으로 유효손의 몸이 비스듬히 기울었다. 그 찰나의 순간에 종남의 머리에는 두 가지 생각이 부딪혀 불꽃을 튀겼다.

'여기서 떨어지면 큰일이다. 빨리 바로잡아야 한다.'

'이런 인간은 죽는 게 낫다. 그냥 떨어지게 내버려 두자.'

귓구멍을 뚫고 들어온 '곰보 년'이란 말은 후자 쪽에 무게를 실어주었다.

유효손의 다리를 잡고 있던 팔에 힘이 들어가질 않았다.

"어… 어… 어……."

퍽, 하고 박 깨지는 소리가 한 번 나고는 더 이상 아무런 소음도 없이 사위는 조용했다.

그제야 제정신이 돌아온 종남이 다리 아래로 미끄러지듯 쫓아 내려갔지만 물이 말라 바닥에 비죽비죽 드러난 바위에 머리를 박은 유효손은 이미 절명해 있었다.

종남은 반사적으로 주위를 둘러보았지만 하늘에 뜬 반달을 제외하고는 이 광경을 본 이는 아무도 없었다.

당황하여 혼이 반이나 빠져나간 종남의 머릿속에는 오직 한 가지 생각만이 떠올랐다.

'아씨에게 말하고 같이 도망가자. 이곳에 아씨를 계속 둘 수는 없다.'

종남은 왠지 자신이 말하면 아씨가 선뜻 동의할 것 같은 기분이 들었다.

서둘러 일어난 종남은 유효손의 시신을 버려둔 채 집을 향해 뛰었다.

"그게 무슨 말이냐?"

아닌 밤중에 내당에 몰래 숨어든 종남으로부터 자초지종을 들은 이 씨녀는 기겁을 했지만 이내 정신을 차리고 평상시의 모습으로 돌아왔다. 큰일이 일어났을 때 의외로 여자가 남자보다 침착한 경우가 많다.

안절부절못하는 종남을 앞에 두고 이 씨녀는 골똘히 생각에 잠겼다.

이제 자신을 괴롭히던 남편은 죽고 자기는 청상과부가 되어 버렸다. 그리고 남편 못지않은 시어미와 한 지붕 아래서 평생을 수절하며 살아야 한다.

자신과 도망가자는 종남의 마음은 잘 안다. 함께 자라오면서 자기가 말하면 무엇이든 들어주었던 종남. 나무 꼭대기에 달린 과일도 그녀가 원하면 위험을 무릅쓰고 기어이 따다주었고, 혼자 놀다가도 뒤통수에 따가운 기운이 느껴져 돌아보면 넋을 잃고 자기를 바라보고 있는 종남을 본 적이 여러 차례였다.

사실 노비의 신분이어서 그렇지 힘든 일로 단련된 구릿빛 단단한 몸뚱이에 어디 내놔도 빠지지 않는 인물은 사내로서 손색이 없었다. 그렇지만 자신이 종남과 도망가면 부모에게 돌아올 세상의 손가락질은 어떻게 할 것인가. 얼른 답이 나오지 않는 이 씨녀였다.

"우선 청지기한테 서방님을 못 찾았다고 말하고 아무 일도 없었던 것처럼 태연히 행동해라. 지금 움직이면 네가 살범(殺犯)으로 오인받을 것이다. 조금 더 지켜보자꾸나."

술 취해 나오다가 또 다른 데 가서 밤새 퍼마시고 집에 안 들어오는 경우가 적지 않았던지라 주인을 못 만났다는 종남의 말에 나이 지긋한 청지기는 그저 그러려니 했다.

다음 날 다리 밑에 떨어져 있는 유효손의 시신이 발견되면서 집안은 발칵 뒤집혔다.

"저놈, 저놈이 내 아들을 죽였어~"

종남을 손가락 끝으로 가리키며 시어미 강 씨는 거품을 물었다.

어미의 본능인지, 아니면 누구라도 범인이 있어야 원수를 갚는다는 마음에선지 강 씨는 유효손을 마중 나갔던 종남을 살인범으로 몰아붙였다.

허둥대며 손사래 치던 종남은 다른 종들에 의해 묶여 관가로 끌려갔다.

일단 종남을 옥에 가둔 수령은 검시를 하기 위해 현장으로 향했다. 그 뒤를 의원과 법관(율생), 그리고 오작사령(시체 검안을 전 조선 시대의 살인 사건은 관할 지역 수령의 지휘하에 1차 검시가 이루어지고, 신중을 기하기 위해 2차 검시를 했으며, 그것도 부족하다고 생각되면 3차, 4차에 걸쳐 검시가 이루어졌다.

수사에 공정을 기하기 위해 2차 검시는 다른 고을의 수령에게, 그 이후는 주로 해당 도의 관찰사가 맡았다.

"네놈이 주인을 다리에서 밀어 떨어뜨려 죽였지?"

고을 수령은 일단 종남을 다그쳐 보기로 했다.

현장을 둘러본 자기가 보기에는 술에 취해 실족사한 것으로 생각되지만 죽은 이가 양반이고, 또 그 어미가 계속 종남이 죽였다고 게거품을 물고 있는 상황이니 어쨌든 종남을 족쳐봐야 했다.

하지만 살인범으로 결정되면 참수형이 확실한데 어느 정신 나간 놈이 '내가 죽였소' 하겠는가.

극구 부인하는 종남에게 태 50대를 안겼지만 별다른 소득이 없었다.

독약을 먹고 몸부림치다 떨어졌을 경우도 고려해 독극물 검사도 빼놓지 않았다.

음독을 확인하는 방법으로는 보통 은비녀를 이용하였다. 죽은 이의 목구멍에 은비녀를 넣은 다음, 한참 후 꺼냈을 때 비녀의 색이 검게 변하면 독살로 판정된다.

2차 검시까지 마친 결과는 실족사였다.

만약 누군가가 떠밀었다면 지금 시신이 떨어진 자리보다 최소한 두세 자는 더 다리에서 먼 위치에 시신이 있어야 한다는 것이다.

종남은 석방되었지만 시어미 강 씨는 여전히 종남을 살인자 취급을 했고, 며느리인 이 씨녀를 볼 때마다 폭언과 저주를 퍼부었다.

"이 서방 잡아먹은 년! 네년이 저놈을 사주해 내 아들을 죽였지. 난 다 알아. 이 천벌을 받을 년! 내가 네년을 평생을 두고 갈아 먹고 말 것이야."

이런 소리를 들으며 평생을 청상과부로 살 생각을 하니 이 씨녀는 숨이 막혀왔다.

"도망간다면 살 데가 있느냐?"

밤이 이슥해 홍금을 시켜 몰래 부른 종남에게 이 씨녀가 물었다. 이대로는 도저히 살 수가 없다는 결론을 내린 것이다.

"있습니다. 무주 구천동이라는 데에 가면 도망친 노비들이 모여 마을을 이루어 평화롭게 살고 있다는 소문을 들었습니다."

오래전부터 이런 날을 꿈꾸어 왔는지 종남은 들뜬 표정으로 얼른 대답을 했다.

"휴우~"

긴 한숨과 함께 이 씨녀의 얼굴에 체념인지 기대인지 모를 빛이 어렸다.

"이것으로 필요한 것을 마련토록 하게."

이 씨녀가 내어놓은 것은 시집올 때 가지고 온 패물과 얼마 안 되는 은화였다.

집안의 경제권은 전적으로 시어미인 강 씨가 쥐고 있었지만 이 씨녀가 그 눈을 피해 어렵사리 모아놓았던 돈이다.

그리고 종남에게 자신도 모르게 '해라'에서 '하게'로 말을 올렸다. 앞으로 같이 살게 될 것이라는 사실에 저절로 그리되어 버렸다.

그로부터 열흘 후, 달이 없는 그믐밤에 대문을 나와 조용히 뒷산을 넘는 희끗한 그림자가 셋이 있었으니 앞에 손을 잡고 걸어가는 남녀는 종남과 이 씨녀이고, 바로 뒤에 절뚝거리며 열심히 쫓아가는 이는 홍금이었다.

이날 이후 그들을 보았다는 사람은 어디에도 없었다.

한편 아들이 죽고, 며느리가 종놈과 야반도주하자 그 자리에서 까무러친 시어미 강 씨는 풍을 맞아 반신불수가 되어 똥오줌을 못 가리게 되었다고 한다.

水原居私奴從男, 非徒大賊其上典妻寡婦, 潛奸率逃云云, 極爲駭愕。

수원에 사는 사노(私奴) 종남(從男)은 대적(大賊)일 뿐만이 아니라 상전의 처인 과부와 몰래 간통한 뒤, 데리고 도망갔다 하기에 지극히 놀라웠습니다.

『조선왕조실록』 광해군 10년(1618년) 6월 25일

이 일은 조정에서도 문제가 되었다. 안 그래도 노비들의 잦은 도망으로 골머리를 앓고 있던 양반들인데 사대부가의 여인이 종과 도망을 쳤다는 사실은 충격이었다.

"노비추쇄도감을 만들어 도망친 노비들을 잡아들이도록 해야 합니다."

한 흥분한 대신이 추노를 전문으로 하는 기관을 만들자는 안을 제시했다. 노비추쇄도감은 조선 초에 몇 차례 설치되었었고, 1556년(명종 11)이 그 마지막이었다.

하지만 이것은 시대를 역행하는 발상이었다. 이미 노비들의 도망은 추노꾼을 동원한다고 해결될 문제가 아닐 정도로 광범위하게 퍼진 사회현상이었다.

신분의 질곡에서 벗어나려는 노비들은 목숨을 걸었기 때문에 이들을 도로 잡아 온다는 것은 엄청난 위험을 동반한 일이었다. 추노꾼 고용 자체도 많은 비용이 드는 일이었지만 노비를 추쇄하던 추노꾼이 외려 도망친 노비들에게 살해되는 일이 비일비재했다.

"경은 노비들이 왜 목숨을 걸고 도망을 치는지에 대해 생각을 해본 적이 있소? 그것은 천년, 만년 세월이 흘러도 천한 신분에서 벗어날 수가 없고, 자기네들의 자식들 또한 비천한 신분을 물려받기 때문이오."

나라를 다스리는 임금의 입장에서는 노비들을 전부 해방시켜 양인을 만들고 싶은 마음이 굴뚝같다. 그렇게만 된다면 세수는 두 배가 될 것이요, 균역을 부담하는 이가 많아져 국방을 튼튼히 할 수도 있는 그야말로 부국강병으로 가는 지름길이다.

그렇지만 아무리 왕이라도 섣불리 거론할 문제가 아니다. 그만큼 양반들에게 있어서 노비 문제는 민감한 사항이었다.

율곡 이이는 『만언봉사(萬言封事)』에서 '도대체 자기 나라의 같은 민족을 이렇게도 많이 노비로 부리며 사고파는 나라가 동서고금에 또 어디 있단 말인가?' 하고 비판했지만 이런 생각을 가진 양반은 드물었다.

도리어 '귀한 것은 천한 것 위에 군림하고, 천한 것은 귀한 것을 받들며, 위는 아래를 부리고 아래는 위를 섬기는 것이 곧 하늘의 이치와 백성의 도리로서 당연한 것이다', 또는 '노비는 선비의 수족일 뿐만 아니라 우리나라에 노비가 있음으로 해서 풍속 교화에 크게 도움이 되나니 내외를 엄하게 하여 예의가 차려지는 까닭은 여기에서 비롯된다'라고 주장하는 이가 대부분이었다.

뜨거운 태양 아래 팥죽 같은 땀을 흘리며 고통스럽게 일하는 자가 있어야 나무 그늘 아래서 부채를 부치며 노는 이가 있을 수 있다.

일찍이 홍문관의 부제학(정3품)을 지낸 이맹현(李孟賢)이란 자는 청백리로 이름이 높았다. 그런데 어처구니없게도 그가 소유한 노비가 자그마치 752구였고, 「어부사시사」와 「오우가」가 유명한 윤선도는 난리를 피해 보길도라는 섬에 가서 상속받은 660구나 되는 노비들을 부리며 호화로운 정자와 정원을 꾸미고 25채의 건물을 지어 왕처럼 살았다.

한마디로 노비들의 희생이 없이는 양반들의 풍족하고 고상한 생활은 꿈도 꿀 수가 없었다.

그래서 어떻게 해서든 노비를 늘리려는 양반들의 행태는 끈질기고도 집요했다.

고리대를 놓고 이를 제때에 못 갚으면 강제로 노비로 삼는 압량위천(壓良爲賤)이 대표적인 방법이었고, 암록(暗綠)이라 하여 일부 음흉한 양반들은 양인을 임의로 자신의 호적에 노비로 등재시킨 후 공적 서류를 위조하기도 하였다.

이러저러한 이유로 한 번 노비가 되면 그 신분에서 벗어나기는 거의 불가능했고, 광해가 지적한 것처럼 대대로 천한 신분은 대물림되었다.

"양반의 자식은 양반이 되고, 노비의 자식은 노비가 되는 것은 하늘이 정한 이치이온데 그것이 무에 이상하다고 말씀하시는지 소신은 알지를 못하겠사옵니다."

모르는 게 당연하고 설사 알아도 모른 척할 것이다.

일천즉천(一賤則賤), 즉 부모 중 한쪽만 천민이면 그 자식은 천민이 된다.

이것이 가장 큰 문제였다.

양인 남자와 계집종 사이에 난 아이나 양인 여자와 사내종 사이의 아이도 모두 노비가 되었으니 납세의 의무와 군역을 지는 사회 중심 계층인 양인의 수가 계속 줄어 나라의 근본이 흔들릴 지경이었다.

노비는 통일신라 시대에는 6%에 불과했고, 고려 초만 하더라도 10%를 넘지 않았다. 그러던 것이 고려 말에 와서는 30%로 증가하였고, 17세기에 접어든 지금은 무려 50%에 달하고 있으니 그만큼 양인의 숫자는 급감한 것이다.

'로마제국' 하면 노예제로 유명하다. 영화에서 많이 보던 검투사들도 모두 노예다. 이런 로마조차도 인구의 40%만이 노예였으니 이것만 보면 조선은 세계 제국 로마를 능가한 나라다. 물론 노예와 노비가 똑같지는 않지만 그렇다고 큰 차이도 없었다.

천자수모법(賤者隨母法)이라 하여 최 진사댁 사내종과 김 선달네 계집종이 혼인하여 자식을 낳으면 그 소유권은 계집종의 주인인 김 선달에게 있었으니, 사내종을 가진 주인 입장에서는 다른 집 계집종과의 혼인을 막고 양인 여자와의 혼인을 부추겨 이런 현상을 더욱 심화시켰다.

가난한 양인들은 입 하나를 줄이기 위해 부유한 대갓집 종에게 딸을 내주곤 했다. 심지어 일부 악독한 양반들은 자신의 사내종을 시켜 몰락한 집안의 양인 여자를 강간하게 하여 노비 자식을 낳게 하기도 하였다.

"우리 조선이 상국으로 모시는 명나라는 이미 노비제를 혁파하고 고공(雇工: 머슴)제로 전환하였소. 게다가 미개하다고 손가락질을 받는 왜국마저도 노비 신분을 당대로 제한하고 있소. 그런데 우리 조선은 인의(仁義)를 숭상한다는 사대부들이 어찌 이런 노비 제도를 계속 고집한단 말이오?"

광해의 통렬한 물음이었다. 조선 양반들의 이율배반성을 정확하게 지적한 것이다.

"……."

묵묵부답. 아무리 그래도 노비제는 결코 내려놓을 수 없다는 것이 양반인 대소 신료들의 공통된 마음이다.

"나라의 기틀을 튼튼히 하기 위해서는 일천즉천의 원칙을 일양즉양(一良則良: 부모 중 한쪽이 양인이면 자식은 양인이 됨)으로 바꾸는 것이 옳다고 사료되옵니다, 전하."

호조판서 김신국이다. 머리가 깬 양반이 아주 없는 것은 아니다.

"소신도 호판의 견해가 옳다고 여겨지옵니다. 혜량하여 주시옵소서, 전하."

병조판서 허균이 힘을 보탰다.

"오, 그리들 생각하시오?"

광해의 얼굴이 환해졌다. 그러나 다른 중신들은 똥 씹은 표정이 되었다.

그렇다고 대놓고 반대할 명분이 마땅찮다. 이미 태조 때부터 얼자의 신분을 천민으로 하지 않는다는 법을 시행했던 전례가 있기 때문이다.

게다가 전란의 피폐에서 허덕이던 조선은 광해의 치하에서 탄탄한 내실을 보이고 있으며 백성들은 '성군이 났다'며 입을 모으고 있는 실정이 아닌가.

이 조치에 대해 크게 반대의 목소리가 나오지 않은 데는 이런 사정 외에도 숨어 있던 양반들 나름의 고민도 한몫을 했다.

계집종이나 기생과 관계하여 낳은 자식(얼자, 얼녀)의 경우 비록 양반인 자기의 핏줄이지만 제도상 천한 신분이 될 수밖에 없으므로 이를 지켜보는 아비의 입장에서 안타까운 것은 사실이었다.

홍길동의 아비 홍 판서가 길동이 차별을 못 이겨 집을 떠나려 할 때 마음 아파하며 아비라 부를 것을 허락한 것도 이런 맥락이다.

이제 '일양즉양'으로 제도가 바뀌면 자기 자식이 천민이 되는 것을 보는 고통은 덜 수 있다.

이 조치가 발표되자 전국은 울음바다가 되었다. 감격에 찬 울음이다.

"임자, 우리 새끼는 이제 상놈이 아니라네."

"그게 무슨 말씀이래요?"

"나라에서 법을 바꿔 부모 둘 중에 한 사람만 양인이면 그 자식은 양인으로 해준다고 하네."

"아니, 그게 참말입니까? 세상에 이런 일이… 흐흑."

노비인 구봉이와 혼인한 양인 점례는 북받쳐 오르는 감격에 저절로 울음이 터져 나왔다. 점례의 두 손을 맞잡은 구봉의 눈에도 굵은 눈물방울이 흘러내렸다.

"이놈, 수돌아, 넌 이제 천한 노비가 아니란다. 어엿한 양인이야, 양인."

이제 겨우 돌을 지난 아들을 돌아보며 구봉은 떨리는 목소리로 일러주었다. 아비가 무슨 말을 하는지 알 턱이 없는 아기는 그저 생글생글 웃을 뿐이다.

양인 신분의 여자가 낳은 자식은 아무런 문제가 없었으나, 혼인하지 않은 계집종이 낳은 자식의 경우는 아비가 누군지 분명치 않을 때가 많았다. 이런 경우는 그 아비 되는 이가 양반이나 중인 또는 평민이면 자신이 친부라는 사실을 관가에 문서로 제출함으로써 아이의 신분을 양인으로 할 수 있었다.

수많은 천민이 혜택을 받았고 그 감사한 마음은 임금에 대한 충성심으로 연결이 되었다.

이번 조치로 혜택을 받은 이가 또 있었으니, 바로 사내종들이었다. 천자수모법 때문에 양인 처를 얻도록 압력을 받던 이들이 늙도록 혼인을 못 하는 경우가 허다했는데 이제는 싫으나 좋으나 노비 수를 늘리려면 노비들끼리 혼인을 시키는 수밖에 없으므로 사내종 입장에서는 아내를 얻기가 훨씬 수월해져 총각 귀신이 될 염려가 많이 줄어들었다.

비록 첫 걸음이지만 노비제 혁파를 위한 한 발자국을 내디뎠다. 이렇게 한 단계, 한 단계 나아가는 것이다.

문을 활짝 열고 인정전을 힘차게 나서자 초여름의 싱그러움이 광해의 온몸을 감쌌다.

눈부신 햇살 아래 광해는 천천히 고개를 들고 깊게 숨을 들이마셨다. 전국 각지에서 백성들이 환호하는 소리가 들려오는 듯했다.

광해의 입가에 은은한 미소가 어렸다.

30.
대륙에서 울리는 북소리

여진족의 추장 누르하치가 칸에 즉위한 데 이어 국호를 금으로 바꾸자 중원의 공기는 급속도로 냉각되었다. 팽팽했던 긴장은 드디어 누르하치의 무순(撫順) 공격이라는 불길이 되어 타올랐다.

1618년(광해 10)의 일이다.

"전하, 노추(奴酋: 누르하치)가 무순을 점령하였다 하옵니다."

어전통사인 하세국(河世國)이 굳어진 표정으로 광해에게 보고했다.

"으음~ 기어이……."

광해는 신음을 내뱉었지만 그다지 놀라지는 않았다. 오늘이냐, 내일이냐가 문제였을 뿐 조만간 터지리라 예상했던 일이다.

광해는 즉위한 이래 주변국에 대한 정보 수집을 한시도 게을리한 적이 없다. 역대 왕 중에서 광해만큼 정보의 중요성을 깨닫고 있던 임금은 없었다. 전쟁을 몸소 겪으면서 저절로 체득된 것이다.

창덕궁의 정전인 인정전에서 지금 광해 앞에 고개를 숙이고 있는 역관 하세국의 경우도 1611년(광해 3)에 첩자로 활동하던 중 여진족에게 포로로 잡혀 억류 생활을 하다가 겨우 풀려난 경험이 있다.

이때 광해는 적에게 세뇌되었을지도 모른다는 주변의 반대를 무릅쓰고 그에게 관직을 주었다. 그의 여진에서의 억류 경험을 활용하기 위해서다.

"분명 무순이라 하였느냐?"

"예, 전하. 무순이 틀림없다 하옵니다."

누르하치의 무순 점령이 갖는 의미를 알고 있는 하세국은 광해의 물음에 더욱 얼굴이 굳어졌다.

정치 경제적 요충지인 무순은 본래 누르하치가 명나라 상인들에게서 생필품을 구입하던 교역 장소였다. 그런데 그런 무순성을 쳤다는 것은 누르하치의 후금이 '돌아올 수 없는 다리를 건넜다'는 뜻이다.

광해 역시 잔뜩 굳은 표정이기는 마찬가지였다.

전쟁의 불꽃은 중원에서 피어올랐지만 명의 '속국'인 조선으로 그 불똥이 튀는 것은 단지 시간문제라는 것을 너무나 잘 알고 있었다.

임진왜란이 끝난 지 이제 고작 20년. 아직 그 벌어진 상처가 다 아물지 못했는데 고래 싸움에 끼어 또 전화에 휩싸인다는 것은 상상도 하기 싫은 일이다.

그동안 광해는 누르하치의 건주여진에 대한 대응 방법으로 기미책(羈?策)을 취했다.

'기미'란 본래 중국이 주변의 오랑캐들을 대하는 방식으로 '미개한 오랑캐'에게 의리와 명분을 얘기해 봤자 '소 귀에 경 읽기'밖에 안 되니 잘 다독거려 평화를 유지하자는 방안이다.

그리고 한편으로는 군사력을 키워 이들의 침략에 대비한다는 지극히 현실적인 방법으로 전란의 피폐에서 채 벗어나지 못한 조선이 취할 수 있는 최선의 방책이라 할 수 있다.

그런데 도자기와 인삼 수출의 호조에 힘입어 겨우 나라 꼴이 자리를 잡아가는가 싶은 마당에 항시 우려했던 일이 너무 빨리 현실화되어 버렸다.

명나라 조정이 발칵 뒤집어진 것은 말할 필요도 없다.

감히 사자의 코털을 뽑은 누르하치를 토벌하기 위해 명은 즉각 원정군을 편성하였다.

문제는 이 원정군에 조선도 참여하라는 요구가 날아왔다는 사실이다. 1618년 윤 4월의 일로 광해의 우려가 현실이 된 순간이다. 물론 그 명분은 우리가 너희를 도왔으니 이제 너희가 그 재조지은(再造之恩)을 갚을 차례라는 것이다.

이러한 명의 요구 속에는 중국의 전통적 주변 정책이 녹아 있었다.

바로 이이제이(以夷制夷) 정책이다.

말 잘 듣는 순이(順夷)인 조선을 사사건건 대드는 역이(逆夷)인 누르하치를 치는 데 이용한다는 전략이다.

이런 사정이 눈에 훤히 보이는 광해로서는 어떻게든 파병을 막을 생각에 여념이 없는데, 오히려 기뻐 날뛰는 자들이 있었으니 성리학의 명분론에 취해 사는 이 땅의 사대부들이었다. 드디어 상국의 은혜에 보답할 기회가 왔다는 것이다.

"어버이의 고통을 자식이 모른 척한다는 것은 말이 안 되는 일이지. 아니 그런가?"

"그럼, 은혜를 저버리고 의리를 모른다면 그게 어디 사람인가, 짐승이지."

자신의 처지와 역량도 모른 채 '주둥이'만 나불대는 이런 인간들이 역사상 수없이 나라를 말아먹었다. 그러나 조정 신료들의 대부분이 이런 생각을 가지고 있다는 것이 문제였다.

서인들은 물론이고, 조정의 실권을 장악하고 있는 대북파까지 모두 파병을 지지하고 나섰고, 소북파 일부만이 광해의 편을 들 뿐이었다.

"무슨 좋은 방법이 없겠소?"

병조판서 허균을 불러 답답한 마음을 드러낸 광해의 물음이었다. 답답하기로는 광해와 별 차이가 없는 허균이 명이 보낸 국서를 찬찬히 살피다가 별안간 눈을 번뜩였다.

"전하, 이 국서를 보낸 주체는 병부(兵部)와 요동도사(遼東都司)입니다."

허균의 외침에 광해의 상체가 앞으로 쏠렸다.

허균의 지적은 황제가 정식으로 보낸 칙서가 아니므로 절차상 하자가 있다는 뜻이다.

파병을 거부할 빌미를 찾았다.

광해는 즉시 북경으로 줄줄이 사신들을 보냈다. 이겸, 박정길, 윤휘, 신식 등이 광해의 친서를 품에 간직한 채 차례로 먼 길을 떠났다.

광해가 보낸 국서에는 임진왜란의 영향을 아직 벗어나지 못한 조선의 피폐한 경제 사정, 믿을 수 있는 군대라고는 훈련도감 하나뿐인 약한 군사력, 언제 또 있을지 모르는 일본의 재침위험, 그리고 결정적으로 황제의 칙서가 없다는 절차상 하자 등이 적혀 있었다.

물론 결론은 파병을 못 하겠다는 것이다. 하지만 명이라고 그렇게 바지, 저고리만 있겠는가.

북경에 성절사로 갔다가 돌아온 윤휘(尹暉)의 손에 '즉각 원병을 출동시키라'는 황제의 칙서가 쥐어져 있었다. 거기다 자꾸 뒤로 빼면 무역을 중단시키겠다는 협박이 덧붙었다. 대중국 무역에서 인삼 수출과 백사의 중계 무역으로 얻는 막대한 이익이 끊긴다면 조선이 받는 충격은 크다.

황제가 칙서까지 보냈다는 소식에 조정 신료들의 파병 채근도 더욱 심해졌다. 광해로서는 진퇴양난에 빠진 형국이 되었지만 그렇다고 순순히 명의 요구를 들어줄 수는 없었다.

다시 한 번 사신을 보내 파병은 하되 압록강을 건너지 않고 시위만 하겠다는 것과 '명나라도 경솔하게 정벌에 나서지 말고 다시 헤아려 만전을 기해야 한다'라는 내용의 국서를 보냈다.

광해는 수집한 모든 정보를 종합해 볼 때 현재 명의 병력으로 누르하치를 제압하기는 불가능하다고 보았기 때문에 '신중하라'는 충고를 한 것이다.

그러자 어디 감히 속국의 처지에 상국에 대해 이래라저래라 하느냐고 조정의 신하들이 난리가 났다. 이런 신료들을 바라보는 광해는 속에서 천불이 났지만 그렇다고 마땅한 해법도 보이질 않았다.

명의 입장도 단호했다.

초지일관 광해가 심혈을 기울여 키운 조선군 조총병 1만을 즉각 파병하라고 요구해 왔다.

여기에는 명의 속 깊은 고민이 숨어 있었다.

누르하치의 기병은 '강철 같은 기마대'라는 뜻의 '철기(鐵騎)'라 불렸다. 그만큼 기동력과 파괴력이 엄청났다. 그런데 명의 기병은 여기에 대면 '말 탄 보병' 수준에 불과해 일대일로 붙으면 한마디로 상대가 안 되었다.

따라서 명의 입장에서 당시 가장 사격술이 우수하다고 소문 난 조선의 조총병은 누르하치의 철기를 막을 수 있는 비장의 무기로 여겨졌다.

게다가 조선군은 총검이라는 것을 개발하여 근접전에서는 창병으로 활용할 수도 있다니 명이 군침을 흘리는 것도 전혀 이상하지 않았다.

광해가 계속 오만 가지 이유를 대며 파병을 회피하자 참다못한 명은 칙사를 파견하기에 이르렀다.

"조선 국왕은 어찌 황제 폐하의 명을 거역하려 하시오."

상황이 상황이니만큼 명도 평소 보내던 환관 대신 산해관 총병인 두송(杜松)을 칙사로 보냈다.

육척 장신인 두송은 부리부리한 두 눈을 희번덕거리며 목청을 높였다.

"황제 폐하의 명을 어기려는 게 아니라 칙사께서도 잘 아시다시피 조선의 군졸은 명의 군대와 달리 강하지 못합니다."

광해는 일단 약한 모습을 보였다.

"하하하, 조선 국왕께서는 너무 겁이 많으십니다. 이번 원정에는 우리 대명의 정예병 50만이 출동하니 전혀 염려하실 필요가 없습니다."

두송은 호탕하게 웃었다. 그 모습을 가늘게 뜬 눈으로 지켜보던 광해가 입을 열었다.

"정병 50만이라면 그까짓 한 줌밖에 안 되는 조선군 1만이 더해진들 무슨 의미가 있겠습니까? 아니 그렇습니까?"

사실이 아닌가. 50만이나 51만이나 뭔 차이가 있겠는가.

"아니, 그것이… 그게 아니라……."

두송이 말을 계속 더듬었다. 허풍을 쳐도 너무 쳐버렸다.

명군의 실제 병력은 겨우 7만이었다. 그나마도 정예병은커녕 전국 각지에서 급히 모은 어중이떠중이들로 구성되어 있었으니 조선의 정예 조총병 1만은 그들의 전체 전력과 맞먹을 정도였다.

이런 상황이니 명에서는 눈에 불을 켜고 조선군 파병을 독촉하고 있었던 것이다.

명에 맞서는 후금군의 병력은 대략 6만이었다.

조선군 1만 외 누르하치와 적대 관계인 예혜부족의 원군 2만 5천을 더해도 명의 원정군은 10만을 겨우 넘는 정도였으니, 공격을 하려면 방어하는 쪽보다 군사 수에 있어서 적어도 3배는 되어야 한다는 병법의 기본마저 무시했다.

이러한 상황에서 금싸라기보다 귀한 조총병 1만을 용맹무쌍하기가 호랑이 같다는 '철기'의 입안으로 털어 넣어야 하는 광해의 속은 새카맣게 타들어갔다.

밤이 깊어가도 침울한 표정의 광해는 꼿꼿이 앉아 고민에 고민을 거듭했다.

사실 광해는 명에 대한 감정이 과히 좋지 않았다.

아무리 도우러 왔다고는 하지만 마치 자신이 주인이라도 되는 양 한없이 거만을 떨던 명나라 장수들, 그리고 일국의 왕이면서도 그저 이들에게 굽실대기만 하던 아비 선조의 모습을 보며 느끼던 모멸감, 둘째라 하여 왕위를 인정하지 않아 겪었던 수모 등등 그동안 쌓인 감정의 골은 깊었다.

'저들은 은혜를 갚으라지만 임진왜란 때 원병을 보내준 것은 저희 나라를 전쟁터로 만들지 않기 위해서지 어찌 오로지 우리 조선을 돕기 위해서였단 말인가. 평양성 전투 후 명군이 전투다운 전투를 단 한 번도 하지 않고 휴전만 서두른 것은 이를 증명하는 것이 아닌가. 게다가 시시때때로 들이닥친 칙사란 것들은 이 가난한 나라에서 수만 냥씩 은을 갈취해 갔다. 그런데도 원군을 파병해야 한다니…….'

이미 조정 대신들은 파병을 당연한 것으로 알고 있다.

대북파의 수장인 이이첨도 앞장서 원군 파병의 당위성을 역설했고, 광해가 정신적 지주로 삼고 있던 정인홍마저도 원군의 수를 최소화하는 것을 전제로 파병에 동조하고 있는 실정이다.

북경을 다녀온 사신에 의하면 '이런 식으로 계속 삐딱선을 타면 조선을 먼저 손봐주자' 는 얘기도 나오고 있다고 하니 이제 파병을 거부한다는 것은 불가능하다.

이윽고 숙이고 있던 광해의 머리가 천천히 들렸다.

"밖의 내관은 지금 즉시 강홍립을 들라 하라."

납덩이보다 무거운 광해의 음성이 선정전 방바닥에 떨어졌다.

강홍립은 허균과 초시 동기이며 어전통사를 맡았을 정도로 중국 말에 능한 장수다.

어려운 상황을 헤쳐 나가려면 명군과 우선 말이 통해야 한다고 생각한 광해의 인선이었다.

"그대가 무거운 임무를 맡아줘야겠다."

"하명만 하신다면 소장 불구덩이인들 마다하지 않겠사옵니다, 전하."

내년이면 예순을 바라보는 노장은 자신에게 도원수 직책을 맡기려는 광해의 고심을 잘 안다는 듯이 담담하게 대답했다.

"그대가 데려갈 1만은 조선의 최정예병이며 현재 우리 조선 전력의 전부라 해도 과언이 아니다. 그러니 그대는 명군 장수들의 명령을 그대로 따르지 말고 신중하게 처신하여 오직 패하지 않는 전투가 되도록 하라."

'이기는 전투' 가 아니라 '패하지 않는 전투' 를 주문하는 광해의 심정이 절절하게 강홍립의 마음에 와 닿았다.

"소장, 신명을 다해 전하의 뜻을 관철시키도록 하겠사옵니다."

자신이 맡게 된 임무가 얼마나 실행하는 데 있어 어려운가를 아는지, 모르는지 노장은 그저 무겁게 고개를 숙일 뿐이었다.

"하세국을 데려가도록 하라. 그는 여진 말에 능하다."

여진 말에 능한 통사를 대동하라는 광해의 말은 무엇을 의미하는가.

잠시 고개를 들어 광해의 표정을 살핀 강홍립은 이윽고 어전을 물러 나왔다.

강홍립이 나가고 다시 홀로 된 광해의 머릿속에는 10년 전 혁의 외침이 커다랗게 메아리치고 있었다.

"명나라는 머지않아 멸망합니다. 절대로 후금과 적대 관계가 되어서는 안 됩니다."

과연 그렇게 될 것인가. 광해는 힘없이 머리를 절레절레 흔들었다.

강홍립을 도원수로 하는 조선군은 좌영, 우영, 중영의 3영으로 구성되어 1619년 2월 살을 에는 추위 속에 압록강을 건넜다. 조선군은 우익남로군 사령관 유정(劉綎)의 휘하에 배속되었다.

조선군의 배속을 두고도 명군 장수들 사이에 극심한 혼란이 있었다. 서로 데려가겠다고 아귀다툼을 했던 것이다. 특히 좌익중로군 사령관 두송은 자신이 조선에 칙사로까지 가서 원군을 데려온 만큼 자기 휘하에 두는 게 맞다고 끝까지 우기는 바람에 험악한 분위기가 연출되기도 했다.

우여곡절 끝에 유정의 휘하로 결정되었지만, 원정의 주도 격인 명군이 처음부터 조선 조총병에 의지하려는 모습은 이 전쟁의 결과가 어찌될지 미리 예견케 해주는 대목이 아닐 수 없다.

명나라가 이 원정에 파견한 장수들의 진용은 화려했다. 병부시랑이었던 양호(楊鎬)가 총사령관이 되었고, 요동 사정에 밝은 이여백(李如栢)이 우익중로군을 맡았다. 이여백은 임진왜란 당시 명군의 우두머리였던 이여송의 친동생이다. 그 외에도 두송, 왕선(王宣), 마림(馬林), 유정 등 전부 나름 이름을 떨치고 있던 장수들이었다.

그런데 문제는 총대장을 맡은 양호의 성격이 우유부단한 데다 각 장수들의 실력이 비슷비슷하고, 서로 경쟁심이 강해 단합이 안 되고 있다는 점이었다.

어찌 되었든 원정군은 만력 47년(1619년) 3월 1일 십여만 명의 군대를 네 갈래로 나누어 후금의 수도인 허투알라(興京)를 향해 기세 좋게 진공했다.

그러나 이때 벌써 조선군의 사기가 바닥을 기고 있었으니, 바로 추위와 굶주림 때문이었다.

말을 탄 명군에 비해 보병인 조선군은 그냥 쫓아가기도 버거운데, 무거운 조총과 침구까지 짊어져 체력 소모가 엄청났고, 거기다 보급까지 제대로 되지 않았다.

지친 조선군의 행군 속도는 자꾸 느려지는데, 사령관 유정이 파견한 명군장교 교일기(喬一奇)와 우승은(于承恩)의 재촉은 칼날 같았다.

이들은 만약 여유를 주면 참전을 꺼려했던 조선군이니만큼 탈영병이 나올 것을 우려했다.

병사들이 많이 지쳤으니 행군을 좀 늦추어 달라는 강홍립의 요청은 묵살되었고, 명군에 소속되어 독자적인 작전권이 없던 조선군으로서는 그들의 명령을 따를 수밖에 없었다.

이런 와중에도 조선군은 3월 2일 처음 마주친 후금의 기마병 600명을 격퇴시키는 전과를 올렸다.

그렇지만 여전히 보급 문제가 해결이 되지 않아 굶주린 조선군은 여진족의 민가를 뒤져 허기를 때워 나가는 형편이었다.

이런 상황에서 좌익 중로군 사령관 두송이 역사에 남을 대형 사고를 쳤다. 공명심에 눈이 먼 두송이 약속 시간보다 먼저 출발하여 1만을 이끌고 혼자서 혼하(渾河)를 건넌 것이다.

두송의 움직임을 예의 주시하던 누르하치는 강을 건너지 않고 후방인 사르후에 남아 있던 2만의 명군을 먼저 급습하였다.

예상치 못한 공격에 명군은 혼란에 빠져 제대로 된 응전 한번 못 한 채 전멸해 버렸고, 이 패전 소식에 전의를 상실한 두송군을 후금의 복병이 공격하니 두송은 화살에 맞아 전사하고 그가 이끌던 군대는 대패하고 만다.

사르후(薩爾滸) 전투라 불리는 이 전투가 명청 전쟁의 향배를 결정했다.

두송군을 전멸시킨 누르하치의 군대는 이어서 마림의 북로군과 유정의 동로군 그리고 이여백의 남로군을 각개격파해 버렸다. 결국 마림은 도주하고, 유정은 전사, 이여백은 자진하고 만다.

유정 휘하에서 허투알라를 향해 힘겨운 진격을 하던 강홍립의 조선군도 심하(深河)에서 후금군 기마대의 기습을 받는다.

먼저 공격을 받은 좌영은 선천군수 김응하(金應河)의 지휘로 고군분투하였으나 역부족이었다. 필사적으로 대항하였으나 엎친 데 덮친 격으로 역풍이 불면서 먼지가 조총병들의 시야를 완전히 가리고 말았다. 우왕좌왕하는 사이 들이닥친 후금의 기마대에 의해 좌영이 속절없이 무너져 내렸다.

전세를 만회하려고 안간힘을 쏟고 있는 강홍립에게 숨이 턱에 닿은 좌영 소속 군졸 하나가 달려온 것은 바로 이때였다.

"적이 좌영에 와서 계속 역관을 찾고 있습니다."

"역관?"

이상한 낌새를 느낀 강홍립은 즉시 역관 황연해(黃連海)를 좌영으로 보냈다.

"우리는 명과 원한이 있지 너희 조선과는 아무런 상관이 없는데 너희는 어찌하여 우리를 공격하러 왔는가?"

황연해를 본 후금의 장수가 눈을 부릅뜨고 목소리를 높였다.

"우리 조선 역시 후금에 원한이 없소. 다만 조선은 명의 속국인 관계로 어쩔 수 없이 온 것뿐이오."

황연해가 전혀 두려움 없이 당당히 조선의 상황을 설명하자 후금 장수의 표정이 좀 누그러졌다.

"그렇다면 너희 대장에게 알려 싸움을 중지하고 화약을 맺자고 전하도록 하라."

황연해의 보고를 들은 강홍립은 광해의 당부를 떠올렸다.

"그대의 사명은 어떻게 해서든 우리 병사들을 무사히 귀환시키는 것임을 명심하라."

이 말을 들을 때 보았던 광해의 그 간절한 눈빛이 선하게 떠오르는 강홍립이었다.

이리하여 조선군은 전투를 멈추고 후금군에게 투항하게 된다. 만약 싸움을 계속하였다면 조선군 역시 명군과 함께 궤멸을 면치 못했을 것이다.

3월 5일 강홍립과 전투에서 살아남은 약 8천의 조선군은 누르하치가 있는 홍경노성으로 끌려갔다.

조선군 포로를 본 누르하치는 희색이 만면했다. 원래 머릿수가 많지 않은 여진족은 포로가 된 명나라 병사들도 자기편으로 삼는 형편인데 막강한 조선의 조총병을 8천이나 확보했다는 사실은 더없이 흐뭇한 일이 아닐 수 없었다.

"너를 우리 군의 장수로 임명할 터이니 조총병을 지휘하여 우리의 대업이 성취되는 데 일조하도록 하라."

무릎을 꿇고 있는 강홍립에게 누르하치는 승자의 오만한 목소리로 명을 내렸다.

"올릴 것이 있습니다."

강홍립이 무겁게 입을 열었다.

"……?"

강홍립 옆에 꿇고 있던 하세국이 품에서 꺼낸 서찰을 어리둥절한 표정의 누르하치에게 전했다.

만약의 사태에 대비해 준비한 광해의 밀지였다.

"농우(農牛), 목면(木綿)과 차(茶)를!"

거기에는 포로가 된 조선군을 모두 풀어준다면 소와 면포, 그리고 차를 대신 보내주겠다는 내용이 적혀 있었다.

후금이 명나라와 전면전을 시작한 이상 교역으로 식량과 의복을 조달할 길은 없어졌다. 따라서 후금도 중국 전토를 통일하는 그날까지는 농사를 짓고 목화를 길러 먹을 것과 입을 것을 마련해야만 한다.

소는 농사에 꼭 필요하며 만주는 기온이 낮아 목화 농사가 어려운 만큼 어디에선가 면포를 조달할 필요가 있다.

차는 앞서도 언급하였듯이 배열병에 걸리지 않으려면 반드시 음용해야 할 생존 필수품이다.

그 세 가지를 콕 찍어 제시한 광해의 조건에 누르하치는 마음이 흔들렸다. 하지만 조총병 8천은 돌려보내기에는 너무 아까운 군사 자원이었다.

소, 면포, 차도 중요하지만 우선 전쟁에서 이기고 봐야 할 일이 아닌가.

"아니 된다. 너희 조선군은 지금부터 우리 후금군에 배속되어 같이 싸워야 한다."

누르하치의 거절에 강홍립은 광해의 낭패해하는 모습이 떠올랐다.

"아버님, 저들을 돌려보내는 게 나을 듯합니다."

갑자기 들려온 목소리에 강홍립과 하세국의 놀란 눈이 소리

난 쪽을 향했다.

목소리의 주인공은 젊은이였다. 눈썹이 얇고 눈꼬리는 약간 처진 듯 보였으나 눈빛이 맑고 강했으며 입술에는 윤기가 흘렀다.

누르하치의 8번째 아들로 장차 청나라의 제2대 황제가 되는 홍타이지(皇太極)였다.

실제 역사대로 흘러간다면 병자호란을 일으켜 순식간에 조선을 점령, 인조로부터 치욕적인 항복을 받아낸 자로 우리에게는 청 태종으로 잘 알려진 인물이다.

"돌려보내라니?"

다른 사람도 아니고 자신이 가장 신임하는 아들이었기에 누르하치는 더 의아한 표정을 지었다.

"전황이 이렇게 될 줄 예측하고 앞으로 우리가 꼭 필요한 세 가지를 선정하여 제시할 정도로 안목이 있는 자를 적으로 돌리는 것은 바람직하지 않아 보입니다."

홍타이지는 강홍립과 하세국을 힐끗 쳐다본 뒤 다시 말을 이었다.

"우리가 명을 완전히 무너뜨리기 위해서는 먼저 조선을 힘으로 제압하거나 우리 편으로 만들어야 합니다. 지금 우리가 조선으로 힘을 분산시키지 못할 상황이니만큼 저들의 요구를 들어주어 우호 관계를 맺는 것도 나쁘지 않을 듯싶습니다."

후금에게 있어서 조선의 지정학적 위치는 바로 옆구리에 들이댄 창날과 같았다.

이런 조선을 어떻게든 정리를 하지 않고서는 마음 놓고 명을 공격할 수 없다는 것을 홍타이지는 말하고 있었다.

8번째 아들이면서도 훗날 황제에 오를 만큼 그는 날카로운 직관을 지녔다.

"흐음~ 우호 관계라……."

누르하치의 손이 턱수염을 잡아 뜯듯이 쓸어내렸다. 고민할 때의 버릇이다.

그의 고민은 오래 가지 않았다.

"네 말에 일리가 있다. 좋다. 이들을 풀어주도록 하라."

누르하치는 담백한 성격의 소유자다. 체면 때문에 똥고집을 부리는 성격이 아니라는 말이다.

"단, 대장인 너는 이곳에 남는다."

손끝으로 강홍립을 가리킨 누르하치의 명령이었다. 이리하여 도원수 강홍립을 제외한 조선군 8천은 무사히 조선으로 귀환할 수 있게 되었다.

"걱정할 것 없다. 너를 포로가 아닌 손님으로 대우해 주겠다."

누르하치가 나가자 강홍립에게 다가온 홍타이지의 말이었다.

"이미 늙은 이 몸, 무슨 걱정이 있사오리까. 우리 임금의 청을 들어준 것에 대해 그저 감사할 따름이오이다."

강홍립은 비록 나이는 어리지만 대담한 결정을 내려준 홍타이지에게 남자 대 남자로서 진심 어린 감사를 표했다.

"너를 이곳에 남긴 것은 너희 조선의 왕과 연결 고리를 유지하려 함이다. 이미 명은 우리의 적수가 못 된다. 이곳에 머물면서 너희 왕에게 네가 보고 듣는 사실을 고해 조선이 그릇된 판단을 하지 않도록 하라."

홍타이지는 강홍립이 하세국을 통해 후금의 사정을 적어 보내는 것을 굳이 막지 않았다.

이미 대세는 결정되었다는 자신감의 표출이자 강홍립을 매개로 한 광해와의 극비 핫라인의 구축이었다.

한편 조선에서는 의견이 분분했다.

"수치스럽게도 오랑캐에게 항복한 강홍립은 역적에 버금가는 자이옵니다. 그의 식솔들을 모조리 처형하여야 마땅하옵니다."

"그렇습니다. 만약 그대로 두면 명나라가 우리 조선이 일부러 항복했다고 오해할 소지가 있습니다. 식솔들을 처형하여 그런 오해를 미연에 방지함이 옳은 줄 아옵니다, 전하."

이런 신료들의 주장이 전혀 근거 없는 것은 아니었다. 실제로 명은 조선군의 투항에 대해 의혹의 눈초리를 보내고 있었다.

특히 대포와 조총 등을 이용하는 서양 전술을 강력히 진언했던 서광계(徐光啓)는 상소를 올려 조선에 다시 원병을 요청하고 만약 말을 듣지 않는다면 대관을 파견해 직접 조선을 통치하자는 조선감호론(朝鮮監護論)까지 주장하는 상황이었다.

"아니 되오. 강홍립의 투항은 전황이 여의치 않아 우리 군사들의 희생을 최소화하려는 고육지책일 텐데 그의 식솔들을 처형할 수는 없는 일이오."

광해는 신료들의 주장을 일언지하에 거부하고, 오히려 많은 쌀과 은을 내려 그의 가족들의 살림을 보살피게 했다.

8천 명이나마 무사히 귀환하게 된 것은 전적으로 강홍립의 공이라 여겨서이다. 그리고 앞으로 그가 보내올 후금의 내부 사정은 대륙의 정세를 판단하는 데 더없이 소중한 정보가 될 것이다.

명을 의식해서 광해가 취한 조치는 심하 전투에서 거의 진영이 무너진 상황에서도 끝까지 분전하고, 죽어가면서도 칼을 놓지 않아 후금군조차 경의를 표한 선천군수 김응하(金應河)에 대한 추모 사업이었다.

그에게 호조판서를 추서하고 명나라 사신들이 오가는 길목에다가 김응하의 사당과 추모비를 거창하게 세우고 사신이 지나갈 때는 수많은 여인으로 하여금 소복을 입고 곡을 하게 하였다.

이곳을 지나가는 명나라 사신은 젊은 여인들이 하얀 소복 차림을 한 채 떼거지로 울고 있으니 이유가 자못 궁금하였다.

"어인 연유로 많은 여인이 저리 슬피 울고 있는가?"

그러면 수행하는 조선의 통사는 세상에서 가장 슬픈 표정으로 대답하였다.

"저 여인들은 심하 전투에서 전사한 조선 병사들의 미망인들입니다. 남편의 죽음을 슬퍼한 나머지 항시 저리 울고 있습니다."

"허~ 어, 저런 애통할 데가 있나, 쯧쯧."

서럽게 울고 있는 여인들을 바라보며 명의 사신도 혀를 차면서 자신들의 전쟁 때문에 조선 백성들이 겪는 고통이 생각보다 훨씬 심하다고 느끼게 된다.

이렇듯 광해는 '봐라, 조선은 너희 명을 위해 싸우다 죽은 장수를 이리 성대하게 추모하고 있으며 많은 여인이 그 고통으로 괴로워하지 않느냐' 하는 일종의 연극을 대대적으로 벌인 것이다.

이런 광해의 조치에 대해 사대주의에 물든 일부 대신들은 불만을 표시했지만 광해는 눈도 깜짝하지 않았다.

추가 파병을 막기 위해서는 연극이 아니라 그보다 더한 짓도 할 각오가 되어 있는 광해였다.

명의 원정군을 격파한 누르하치는 여세를 몰아 개원과 철령을 함락시켰다. 다급해진 명의 조정은 조선에 다시 원병을 요청했다.

광해는 단호하게 이 요청을 거부하면서 당연히 원병을 파견해야 한다고 떠드는 신료들에게 일갈했다.

"과인이 명의 원정이 실패할 것을 예견하고 그렇게 파병을 반대했음에도 경들이 우긴 결과 애꿎은 이천여 병졸의 목숨만 날리지 않았소? 그나마도 투항하지 않았으면 전멸했을 것이 뻔하오. 그런데도 또 파병을 하자는 말이 입 밖으로 나온단 말이오?"

광해의 말이 지당하였기에 이번에는 신료들도 강하게 주장하지는 못하고 입만 서 발 빼물 뿐이었다.

이들을 물리친 광해는 심각한 고민에 빠졌다.

'저런 사대주의와 명분론에만 젖어 있는 신하들을 데리고 과연 조선을 개혁할 수 있을까?'

광해는 천천히 고개를 흔들었다. 어렵다는 답이 나온 것이다.

뭔가 획기적인 조치가 없이는 안 된다는 생각을 광해가 처음으로 한 순간이었다.

하세국이 면포 60동(3,000필)과 여러 상자에 담긴 홍차를 실은 3,000마리의 소를 끌고 압록강을 다시 건넌 것은 조선군 8천 명이 귀환하고 얼마 되지 않아서다.

후금과의 약속을 지키기 위한 1차분의 출발이었다.

앞으로 5년간 나누어 보낼 예정으로, 국경의 평화를 유지하기 위한 대가로는 그리 큰 물량은 아니었다.

그의 품속 깊숙이 '조선은 후금과 다툴 생각이 전혀 없으며 양국은 선린 관계를 유지하자'는 광해의 밀서가 감추어져 있다는 사실을 아는 사람은 아무도 없었다.

신의를 중시하는 조선의 사대부들이라 후금과의 약속을 깨자는 의견이 안 나온 것이 그나마 다행이라면 다행이었다.

명이 이런 조선의 태도를 어떤 시각으로 보느냐 하는 것은 광해로서도 신경이 쓰이는 부분이었다.

명의 입장에서는 불쾌한 감정이 끓어올랐지만 현재 사방이 후금군에 밀리고 있는 상황에서 조선에 대해 강한 불만을 제기하기는 어려웠다. 명은 명대로 만약 조선이 후금과 손을 잡고 우수한 조선의 해군력으로 산둥반도 쪽을 공격할 수도 있다는 우려를 했기 때문이다.

얼마간의 시간을 번 조선은 이제 서둘러 군비를 강화해야 할 숙제가 남았다.

누르하치에게 마지막으로 저항하던 해서여진의 예허부마저 평정되는 등 중원에서의 사정은 갈수록 후금 쪽으로 기울어가며 1619년이 저물었다.

31.
개발을 추진하다

1620년(광해 12) 원숭이해는 경사스러운 일로 시작되었다.

6년간의 공사 끝에 경덕궁과 인경궁이 완공되어 왕실의 위엄을 드높인 것이다.

그 기간 동안 지급된 노임으로 인해 백성들은 굶주림에 허덕이던 춘궁기를 처음으로 건너뛰었고, 그 결과는 한양과 경기 지방의 대폭적인 인구 증가로 나타났다.

한양은 인구 20만을 헤아리는 대도시가 되었고 인구 증가에 따른 장시 발달은 상업의 융성을 가져왔다. 여기에 자신감을 얻은 광해가 실제 역사보다 88년이나 빨리 대동법의 전국 확대를 실시하여 비록 걸음마 단계지만 이 땅에 처음으로 판매를 위한 수공업이 싹트는 계기로 작용했다.

따뜻한 남쪽 나라로 갔던 제비가 미처 돌아오기도 전인 2월에 혁은 드디어 광해의 부름을 받았다.

"네가 왜관에서 이루어놓은 일에 대해서는 상세한 보고를 받았다. 이제 과인의 옆에서 일을 돕도록 하라."

혁은 무겁게 고개를 숙이며 입술을 떼었다.

"최선을 다하겠습니다."

광해는 혁에게 전보다 2단계 올린 종5품 판관 벼슬을 하사하고, 경제 전반에 관련된 기획과 조언을 하도록 하였다. 오늘날로 치면 청와대 경제 비서관과 비슷한 역할이다.

왜관의 조선옥은 이제 완전히 조선의 명물이 되었고, 혁이 없어도 굴러가는 데 별문제가 없도록 체제를 갖추었다. 혁은 자신의 후임으로 경옥을 임명하고 정들었던 왜관을 하직했다.

"궁궐 공사가 순조롭게 완료되었으니 다음에는 어떤 일을 벌이는 게 좋을 듯싶으냐?"

중원의 전쟁으로 인해 명나라로 수출하던 인삼의 양은 줄었지만 대신 왜국으로의 수출량이 획기적으로 늘어 인삼으로 들어오는 수익금 총액은 도리어 증가했다.

이 돈을 백성들을 위해 어떻게 쓸 것인가를 연구하는 것은 광해의 즐거운 고민이었다.

"소 목장을 신설하고 제주도의 말 목장을 크게 확장할 필요가 있습니다."

"소 목장과 말 목장이라?"

"그렇습니다. 앞으로 4년간 후금으로 보낼 소의 사육뿐만 아니라 농업 생산력을 올리기 위해 소는 필수입니다. 소를 대량으로 길러 영세한 농가에 분양한다면 크게 도움이 될 것입니다."

농경 사회인 조선에 있어 소의 중요성은 말할 나위가 없다. 또 후금과의 평화 유지에도 당장 필요한 품목이다.

"저번 후금과의 심하 전투에서 조선군이 고전을 면치 못한 데는 장시간의 행군으로 인한 피로와 보급의 부족이 가장 큰 이유였습니다. 충분한 말이 있었다면 식량이나 무거운 조총을 직접 휴대할 필요가 없었습니다."

"군마로 쓸 수가 있겠느냐?"

광해가 제주도에서 기르는 말들을 군마로 사용할 수 있겠느냐고 묻는 데는 그럴 만한 이유가 있다. 제주도의 목장은 몽고가 고려를 점령하고 일본 정벌을 위해 필요한 군마를 키우기 위해 설립되었다.

제주도를 선택한 이유는 제주도에는 호랑이가 없기 때문이다.

고려나 조선 시대나 호랑이에 의한 피해는 전국적으로 상상 이상이었다.

『태종실록』에 보면 겨울에서 봄에 이르는 한철 동안 경상도에서만 수백 명이 호랑이에게 물려 죽었다는 기록이 있고, 1년 365일 호랑이만 잡으러 다니는 착호군(捉虎軍)이라는 군대가 조직되어 있을 정도였다.

그래서 호랑이가 살지 않는 제주도가 말 목장으로 적지인 것은 좋은데 문제는 이 말들이 전부 조랑말(Pony)이어서 기마병용으로 쓰기는 부적합하다는 사실이다.

이유는 알 수가 없지만 덩치가 큰 말을 중국에서 들여와도 새끼들이 대를 거듭할수록 작아졌다.

지금 제주도의 목장에서 사육하는 말들은 모두 말을 탄 채로 과일나무 밑을 지날 수 있을 정도로 작다고 해서 과하마(果下馬)라 이름 붙여진 조랑말이다.

"조선군의 주력은 총병이며, 총병은 말을 타고 달리며 사격을 하지는 않습니다. 비록 조랑말이라도 행군할 때는 충분히 탈 수 있으며 무거운 짐을 싣기에도 문제가 없다고 합니다."

덩치는 볼품이 없는 이 조랑말이 보기보다는 굉장히 강인해 형편없는 사료를 먹고도 90kg의 짐을 싣고 하루에 50km를 간다는 사실을 듣고 온 혁이다.

이리하여 제주도에는 세 곳의 말 목장 증설이 추진되고, 강원도의 횡성과 송파(가락동)에는 대규모 소 목장이 건설되어 그 책임자로는 나라의 말과 목장을 담당하는 부서인 사복시(司僕寺)의 정(正 정3품)이 겸임하도록 하였다.

이곳에서 사육될 수만 마리의 소와 말은 조선 변혁의 밑거름이 될 것이다.

"그리고 이것을 시행하고자 합니다."

혁이 안건이 적힌 두루마리를 광해에게 올렸다.

"흐음~ 황무지의 개간이라……."

농업 발전을 위해 혁은 소 목장의 건설과 함께 '황무지 개간법'의 시행을 건의하였다.

주변에 널려 있는 국가 소유의 황무지를 개간하는 백성은 그 땅에서 나는 소출의 절반을 10년 동안 세금으로 내고 그 개간지를 자신의 소유로 할 수 있게 하였다. 물론 그 대상은 남의 땅을 부쳐 먹는 소작농과 비록 자기 땅이 있더라도 50결 이하 농지를 보유한 영세한 자작농에 한해서이다.

"참으로 명안이로다. 즉시 시행토록 하라."

눈이 번쩍 뜨인 광해의 허락이 떨어졌고 개간만 하면 10년 후 자기 땅이 된다는 이 법이 공표되자 전국의 농투성이들은 환호성을 질렀다.

송곳 하나 꽂을 땅이 없는 이가 다수인 마당에 노력만 기울이면 꿈에 그리던 내 땅을 마련할 수 있다는데 환장하지 않을 이가 어디 있겠는가.

"나는 긍께 저짝 비탈을 개간하기로 혀부렀어. 자네는 워쩌키로 혔능가?"

"잉, 난 쩌그 개울 건너 돌 많은 데 있지라. 거길루 결정혔지."

"아, 고짝은 자갈밭이 아녀? 심들틴디."

"심이사 들것지. 그래도 거가 내(川)가 가찬께로 가물 때 물대긴 좋응께."

"잉, 그라고 봉께 자네 말이 솔찮으시. 잘해보드라고."

비록 입성은 남루했지만 두 농부의 얼굴에는 빛이 어려 있었다. 바로 희망이었다.

대대로 이어져 내려온 가난은 하늘이 내린 천형(天刑)이었다. 사람의 힘으로는 아무리 애를 써도 결코 벗어날 수 없는 그것. 하지만 이제는 뭔가 바뀌고 있었다.

백성들의 목줄을 죄던 가혹한 세금은 대동법과 군포제 개편으로 대폭 완화되었다.

거기다 자신이 부지런하기만 하면 내 땅을 마련하고 조상 대대로 물려져 온 그 지긋지긋한 가난의 사슬을 끊을 수 있다는 희망이 보였다.

새벽 별을 보고 일어난 백성들은 서산에 해가 꼴깍 넘어가고서도 희미한 여명 아래 곡괭이질과 호미질을 멈추지 않았다.

임진왜란을 겪은 지 얼마 지나지 않은 조선 강토는 사방에 황무지가 널렸고, 남들보다 부지런해야 조금이라도 집 가까운 곳에, 좀 더 비옥한 농토를 마련할 수 있기에 백성들은 앞다투어 일하러 나갔고, 잠자는 시간마저도 아까워했다.

삼천리 방방곡곡에는 1970년대에 귀가 따갑도록 들은 '새벽종이 울렸네, 새 아침이 밝았네……' 하는 노랫소리가 울려 퍼지는 듯했다.

여기에 아직은 사육한 마릿수가 충분치 않아 마을 단위로 배분된 소가 황무지 개간에 큰 힘이 된 것은 물론이다. 앞으로 그 수가 충분해지면 영세 농가마다 분양될 예정이다.

일단 선분양 후, 그 소가 낳는 송아지 두 마리를 나라에 바치는 것으로 대금을 상계할 것이므로 농가에 엄청난 혜택이 될 터이다. 물론 수소인 경우는 송아지 두 마리에 해당하는 돈을 납부하면 된다.

경제적인 문제도 중요하지만 중원의 사정이 긴박한 만큼 국방 문제가 무엇보다 중요한 사안이었다.

광해는 7월의 불볕더위 아래 광취무과(廣取武科)를 실시해 3,200명의 군관을 선발했다.

일반적으로 식년에 치르는 무과가 고작 28명을 뽑는 것에 비하면 얼마만 한 숫자인지 짐작할 수 있다. 이들은 오늘날로 치면 하사 정도의 계급으로 분대장 역할을 맡게 된다.

이번 무과 선발에는 신분의 차별을 두지 않아 상당수의 천민들도 합격하여 초급 군관이 되었다. 이들은 이제 공을 세움으로써 천민의 신분에서 벗어날 수 있는 기회를 잡았다.

조정 대신들이 이런 조치에 반대하지 않은 것은 군세를 키워 상국인 명을 괴롭히는 오랑캐를 견제하고 방어하는 일이기 때문이다.

임진왜란 후 신설한 군대인 훈련도감의 확대 개편이 동시에 이루어졌다.

기존의 5천 명을 3만 명으로 대폭 늘리고 대부분을 총으로 무장시켰다.

월급을 받는 직업군인인 훈련도감 병사들을 이렇게 늘렸다는 말은 이제 조선도 이 정도의 군대를 유지할 돈이 있다는 말이다.

3년간 함경도와 평안도의 변방 근무를 마친 방덕수가 훈련도감의 부사직(副司直: 종5품)에 임명되어 다시 한양으로 돌아온 것도 이때였다.

"엉? 애월이가 양반집 첩으로 들어가 뿟다고?"

3년 만에 오궁골 기방을 찾은 방덕수가 좋아하던 기녀인 애월을 불렀으나 이미 어느 양반의 첩으로 들어앉았다는 말에 김이 빠진 얼굴이 되었다.

방덕수는 한양에 오자마자 혁과 김석균을 찾았지만 김석

균은 강원도 어느 고을의 현령으로 부임한 상태고, 혁은 송파에 새로 지은 소 목장을 시찰하러 가서 밤이나 되어야 돌아온단다.

우선 고팠던 술부터 해결하고자 발길을 오궁골로 돌린 방덕수였다.

하는 수 없이 그냥 그런 기생을 옆에 앉힌 방덕수가 연방 독한 소주를 들이켰다.

함경도 산골짜기에서 텁텁한 막걸리만 마시며 생고생을 하다가 온 그인지라 비록 찾던 여인은 아니지만 옆에서 분 내음을 풍기며 따라주는 기녀의 소주는 달기만 했다.

"아이, 천천히 드시와요. 밤은 길답니다."

기방에서 그다지 인기가 없던 향난이라는 기녀는 단단한 체격에 호방한 말투의 방덕수가 마음에 들었는지 콧소리를 높이며 애교를 부렸다.

"나미는 그대로 있제? 이왕 온 김에 나미 가도 좀 보자. 들어오라 캐라."

혁과 나미의 현재 상태를 알 턱이 없는 방덕수의 호기로운 주문이었다. 순간 향난의 눈가에 살짝 주름이 잡혔지만, 예나 지금이나 고객은 왕이다.

나미는 마침 혼자 있었다.

방덕수에게 큰절을 올린 나미가 윗목에 나붓이 앉자 방덕수의 눈이 커졌다.

"아니, 니 얼굴이 와 그렇노? 어디 아프나?"

시든 꽃처럼 생기가 없는 나미의 얼굴을 본 방덕수의 목소리가 평소보다 더 커졌다.

아무 말 없이 고개만 숙이고 있는 나미에게 방덕수의 말이 이어졌다.

"나는 인자 혁이 그 친구 형기도 끝나고 해서 견우, 직녀 해후하고 깨가 쏟아질 줄 알았더이 니 얼굴 보니 영 아닌 것 같대이, 그것참."

방덕수가 혀를 끌끌 찼다.

"형기? 형기라니요?"

벙어리인 양 말 한마디 없이 머리를 떨구고 있던 나미의 고개가 번쩍 들렸다.

"가가 2년 동안 강화도에서 도형 산 거 말이다."

"도형이요? 2년을요? 그게… 그게 정말이어요?"

나미의 심장이 미친 듯이 쿵쾅거렸다.

"야가 참말로 카나, 부로 카나. 니 진짜 몰랐나?"

방덕수의 고개가 갸웃했다.

"거참 이상하대이. 니한테 전하라고 내 분명 애월이한테 말했는데……."

함경도로 발령이 난 방덕수는 차마 나미의 낙담하는 모습을 볼 수가 없어 애월이에게 혁의 도형 소식을 대신 전해 달라는 말을 남기고 떠났지만 평소 혁과 나미 사이를 질시한 애월은 그 부탁을 깨끗이 무시해 버렸다.

방덕수가 주절대는 말이 더 이상 나미의 귀에는 들어오지 않았다.

"어떻게… 그런 일이……. 세상에, 어떻게……."

나미의 입에서 숨넘어가기 직전의 유언처럼 한마디 한마디가 띄엄띄엄 흘러나왔다. 그러다 갑자기 무슨 생각이라도 난 듯 벌떡 일어난 나미는 다리에 힘이 풀려 도로 주저앉고 말았다.

"그런 것도 모르고… 흐흐흑, 아~ 이 일을 어찌하나……."

2년 동안 자기를 그리워하다 찾아온 정인(情人)의 가슴에 대못을 박고 문전박대를 한 자신의 어리석음에 나미는 가슴이 갈가리 찢어지는 듯했다.

그때 자기를 쳐다보던 혁의 슬픈 눈망울이 선하게 떠올랐다.

자기를 얼마나 원망했을까, 하는 생각이 들자 나미는 입술을 깨물었고 복받쳐 오르는 안타까움에 눈물이 뺨을 타고 흘러내렸다.

이런 나미를 안타깝게 쳐다보던 향난이 방덕수에게 그간 있었던 일을 설명하자 빗물 같은 눈물만 줄줄 흘리고 있는 나미를 보며 방덕수가 다시 혀를 찼다.

"허허이, 일이 그래 됐나, 그것참……."

마음 같아서는 일을 이렇게 만든 애월이를 몇 대 쥐어박고 싶었지만 이미 당사자가 사라진 마당이다.

무슨 생각을 하는지 잠시 고개를 숙이고 있던 방덕수가 잔에 담긴 술을 한 번에 들이켜더니 벌떡 일어났다.

"이라고 있을 때가 아이다. 니는 날 따라 나서거라. 어여, 혁이한테 가잔 말이다."

젖은 눈으로 방덕수를 아연한 듯 쳐다보던 나미도 부스스 몸을 일으켰다.

'무슨 낯으로 그분을 뵙나' 하는 생각도 들었지만 그보다는 쿵쿵거리는 가슴의 박동과 함께 무언지 모를 기대와 희망이 뒤엉킨 채 용솟음쳐 올라왔다.

방덕수의 빠른 걸음을 헐떡거리며 나미는 열심히 쫓아갔다.

"혁이 있나?"

창거리에 있는 혁의 집에 당도한 방덕수가 걸게 혁을 불렀다.

곧 덜컹하고 여닫이문 밖으로 혁의 얼굴이 나타났다. 송파에서 갓 돌아온 혁이 친구의 반가운 목소리에 뛸 듯이 튀어나왔다.

만면에 웃음을 담고 서둘러 나온 혁이 갑자기 우뚝 섰다. 방덕수의 뒤편에 다소곳이 서 있는 나미를 본 것이다.

"아니, 나미야."

혁의 입에서 이름이 불려지는 것과 동시에 나미는 혁의 발치에 몸을 던졌다.

"나으리, 제발 소녀를… 소녀를 용서해 주십시오."

갑자기 벌어진 일에 어리둥절해하는 혁에게 방덕수의 말이 귓전을 때렸다.

"자네가 도형 살러간 줄 몰랐다 카네."

그 한마디는 모든 것을 설명했다.

잠시 하늘을 쳐다보며 짧게 한숨을 내쉰 혁이 입을 열었다.

"용서하고 말고 할 것이 어디 있겠느냐. 다 오해에서 생긴 일인데……."

나미를 일으켜 세운 혁의 얼굴이 붉게 달아 있었다.

"여기서 이럴 게 아니라 방으로 들어가자. 자네도 어서 들어

가세."

"아이다. 오작교 놔줬으면 까마구는 이만 사라지는 게 맞대이."

방덕수는 혁의 만류도 못 들은 척하고 휘적휘적 돌아서 가 버렸다. 부족한 술이라도 마저 채우러 가는 모양이다.

혁은 호롱불의 심지를 올렸다. 나미의 얼굴을 잘 보기 위해서다.

"참으로 오랜만에 이렇게 마주 앉는구나."

혁의 목소리가 가늘게 떨려 나왔다.

"소녀, 진정 몰랐사옵니다. 나으리께서……."

"그만, 쉬."

혁의 검지가 나미의 입술에 살짝 닿았다.

"이제 다 괜찮아졌지 않느냐."

양어깨를 잡은 혁의 손에 가볍게 힘이 들어가자 기다렸다는 듯 나미가 가슴에 안겨왔다.

나미의 심장 고동이 은은히 전해져 왔다. 아마 혁의 쿵쾅거림도 그대로 느껴질 것이다.

"네 생각을 참… 참 많이 했다."

강화도의 달을 보며 매일 밤 그리움에 사무쳐 했던 나날들이 머리를 스쳐 지나갔다.

"2년 동안 널 생각하지 않은 날이 없었다. 단 하루도."

가슴이 먹먹하고 코끝이 매워왔다.

'너의 눈, 코, 입, 손 그리고 발, 그 하나하나의 기억을 난 매일 되새겼단다. 너와 나눈 한마디 한마디를 떠올리지 못했다면 그 적막한 날들을 결코 견디지 못했으리라. 네가 내 가슴 속에 숨 쉬고 있어 내가 살 수 있었단다, 나미야.'

"소녀도 나으리를 한시도 잊은 적이 없사옵니다."

나미의 젖은 목소리가 떨리는 입술을 비집고 흘러나왔다.

"삐걱하고 대문 소리가 날 때마다 천둥소리에 놀란 토끼마냥 소녀는 귀를 세웠고, 나으리 목소리와 닮은 소리가 어딘가에서 들릴라치면 제 가슴은 철렁 내려앉았답니다."

나미의 뺨에는 다시 두 줄기 눈물이 소리 없이 흐르고 있었다. 혁은 자신도 모르게 나미를 안은 팔에 힘을 주었고, 나미는 다시 찾아온 행복에 작은 새처럼 몸을 떨었다.

'나으리, 이제는 소녀를 떠나지 마세요. 만약 또다시 그런 일이 생기면 소녀는 살아갈 자신이 없답니다. 천지신명이시여, 제발 이 행복을 저에게서 앗아가지 마시옵소서.'

볼에 느껴지는 혁의 따스한 체온과 부둥켜안은 팔에서 전달되는 아늑함에 나미는 감은 눈에 더욱 힘을 주었다.

"오늘은 여기서 자고 가렴."

보이지는 않지만 나미의 끄덕거림이 느껴졌다.

심지를 한껏 키워 방을 밝히던 호롱불이 꺼지고 두 개의 숨결은 곧 하나가 되었다.

칠흑 같은 밤하늘에는 그 어느 날보다 맑은 미리내가 은은히 흘러가고 있었다.

송파에 짓고 있는 소 목장을 둘러보느라 지친 몸으로 혁이 집에 돌아온 시각은 이경에 접어들 즈음(밤 9시)이었다. 비록 몸은 물 먹은 솜처럼 늘어졌지만 이제 뭔가 제대로 되고 있다는 생각에 마음만은 푸근했다.

수원댁이 차려준 늦은 저녁을 먹고 책상에 앉아 며칠 전에 광해와 나눈 이야기를 되새겼다.

"그것이 그토록 필요하다는 말이냐?"

"그렇습니다, 전하. 조선이 중국의 속국에서 벗어나고, 왜국의 침략에 대한 우려를 영원히 불식시키기 위해서도 반드시 해내야 할 일입니다."

혁이 광해에게 요청한 것은 자신의 목숨까지도 위태롭게 하였던 바로 '증기기관의 개발'이었다.

그러기 위해서는 다시 서양의 과학 서적을 들여와서 번역을 하여야 한다. 이 일을 혁은 합법적으로 할 수 있도록 해달라는 것이다.

조선이 중국의 변방 속국이 아닌, 세계 속의 선진국이 되기 위해서는 증기기관 개발을 통한 산업혁명이 필수 불가결하다는 것이 변치 않는 혁의 생각이었다.

하지만 혁의 주청을 들은 광해의 입장은 달랐다. 우선 바로 이 일로 말미암아 온 조정이 떠들썩했는데 다시 들먹인다는 자체가 난감하게 느껴졌다.

조정 대신들의 반대의 목소리가 벌써 들려오는 듯했다. 그렇다고 나라를 위해 꼭 필요하다는 혁의 주장을 무시할 수도 없는 일이다.

지금까지 어느 누구보다도 많은 일을 해낸 혁이 오죽하면 다시 이 건을 끄집어내었겠는가.

그리고 임금의 입장에서 중국의 간섭을 받지 않는 자주국
이란 말이 무엇보다 매력적으로 다가왔다.

"네 말대로 그 기계가 만들어지면 우리 조선이 속국의 처지
에서 벗어날 수 있겠느냐?"

확신을 얻고 싶은 마음에 던진 질문이다.

"분명 그리될 것입니다, 전하."

대답하는 혁의 마음속에는 이미 유럽 국가들과는 과학 수
준이 몇 광년은 떨어져 있는 조선의 수준을 빨리 끌어올려야
한다는 조급함이 물결치고 있었다.

지금 서둘지 않으면 조선은 영원히 낙후성을 면치 못하고
역사가 흘러간 대로 후진국으로 전전하다가 결국 일본의 식민
지가 될 것이 분명하다.

혁의 우려대로 세계는 무섭게 발전과 변화를 거듭하고 있
었다.

작년(1619년)에는 독일의 천문학자인 케플러가 『우주의 조
화』라는 책을 출판하여 행성의 운동과 거리의 관계, 태양계
의 운동과 구조의 관계를 정립하여 '케플러의 법칙'을 완성
하였고 올해에는 영국의 철학자 베이컨이 과학적 귀납법을
제창했다.

필그림 파더스(Pilgrim Fathers)라 불리는 102명의 청교도가 메
이플라워(Mayflower)호를 타고 신대륙에 도착한 것도 그해의 일
이다.

이제 뉴턴이 그 유명한 법칙들을 쏟아낼 날도 얼마 남지 않
았다.

"좋다. 일단 내일 공론에 붙여보도록 하자."

혁이 이토록 확신한다면 죽이 되든 밥이 되든 한번 부딪혀 보자고 광해는 마음먹었다.

"천부당만부당한 일이옵니다, 전하."

"그러하옵니다. 어찌 오랑캐의 문물을 함부로 들여와 공맹의 도리를 어지럽힐 수 있사옵니까. 절대 불가한 일입니다. 굽어 통촉하시옵소서."

예상대로 마치 서양의 학문을 들여오면 당장 나라가 망하기라도 하는 것처럼 난리가 났다.

특히 혁을 쏘아보며 내뱉는 이이첨의 말은 인정전에 갑자기 찬 서리가 내리기라도 한 듯 오싹함마저 느끼게 만들었다.

"그대는 도형을 살고 와서도 잘못을 뉘우치지 못하고 허튼 소리를 아뢰어 주상 전하의 심기를 어지럽히고 있다. 정령 죽기를 자처하겠다는 것이냐?"

혁이 회의 첫머리에 왜 서양의 학문을 들여와야 하고, 만들려는 증기기관이 얼마나 유용한가에 대한 설명을 했음에도 마치 담벼락에다 말한 것처럼 씨알도 먹히지 않았으며, 오히려 왕의 총명을 흐린다며 혁을 추궁하고 나서는 대신들이었다.

광해는 오른손으로 이마를 짚었다.

걱정은 했지만 이토록 완강한 반대에 부딪히자 한숨이 저절로 나왔다. 그런데 바로 그때 뜻밖의 일이 벌어졌다.

"소신은 유 판관의 의견이 일리가 있다고 사료되옵니다, 전하."

반대 의견 일색인 상황에 찬성의 목소리가 돌연 튀어나온 것이다.

늘어선 신료들의 놀란 눈들이 일제히 소리 난 곳으로 향했다. 정5품으로 푸른 관복을 입은 젊은 관료인 공조 정랑 천효준이었다.

험악한 눈을 한 이이첨이 무슨 말도 안 되는 소리냐고 외치려는 순간.

"신 관상감(觀象監: 천문, 지리, 역학, 계측 등을 맡아 보던 기관) 첨정 박상경 아뢰옵니다. 소신의 생각도 천 정랑과 같사옵니다. 유 판관의 의견은 시대의 흐름을 정확히 지적한 것이옵니다. 성리학도 물론 중요하지만 우리 조선이 부족한 부분은 비록 그것이 서양 오랑캐의 학문이라 할지라도 과감히 받아들여 배울 점은 배워야 할 것으로 생각하옵니다, 전하."

그러자 연이어 '소신도 같은 생각이옵니다', '유 판관의 말이 맞사옵니다' 하는 말이 동시에 튀어나왔다. 모두 푸른 관복의 소장파 관료들이다.

당상관(堂上官: 정3품 통정대부 이상)은 붉은색 관복을 입고, 당하관은 푸른색을 입는다. 이는 붉은색은 불(火)을 의미하고 푸른색은 나무(木)를 나타내므로 주역의 木生火(여기서는 당하관은 당상관을 돕는다는 뜻)의 원칙에 따른 것이다.

성리학을 고집하는 사대부들이라도 나라 형편이 조금씩 나아지고 있다는 것은 온몸으로 느낄 수 있었다. 거기에는 상공업의 발달이 바탕이 되었다는 사실을 이들도 부인할 수는 없었다.

거기다 그동안 알게 모르게 조금씩 전해진 서양의 지식도 젊은 사대부들의 의식을 바꾸어 놓는 데 한몫을 했다.

세상 땅의 70%를 차지하는 중국과 그 옆에 중국 땅덩어리의 오분지 일이나 되게 조선을 그려놓은 '혼일강리역(混一疆理歷) 지도'만 보던 이들에게, 실제 세상은 둥글고 중국은 그 세상의 일부분일 뿐이라는 사실은 충격이었다.

지구(地球)라는 말은 사대주의의 근간이 되는 중화사상(中華思想: 중국이 세상의 중심이라는 생각)에 치명적 결함이 있다는 것을 깨우쳐 주었다.

세상이 둥근 구(球) 모양이라면 지구상에 중심 국가란 존재할 수 없다. 즉, 중화사상이란 허구에 불과하다는 사실이 많은 사대부를 당혹스럽게 했고, 성리학이 아닌 다른 학문에도 귀를 기울여야 한다는 필요성을 제공하였다.

이러한 흐름은 얼마 뒤 공리공론에만 치우친 성리학을 비판하고, 실제 소용되는 학문을 하자는 실학파를 낳게 된다.

갑자기 벌어진 상황에 당황해하는 대신들 속에서 굵직한 목소리가 울려 나왔다.

"신 영의정 박승종 아뢰옵니다."

"오! 영상, 말씀해 보시오."

돌연 반전된 분위기에 고무된 광해가 상체를 앞으로 내민 채, 이이첨을 견제하기 위해 작년에 영의정으로 임명한 박승종(朴承宗)을 쳐다봤다.

"신의 생각으로도 서양의 학문을 참고하는 정도라면 무방하리라 사료되옵니다."

"영상도 그리 생각하시오? 하하하!"

광해의 만족한 웃음이 탑전에 울렸다.

박승종은 이이첨과는 오랜 정치적 라이벌이었다.

그가 찬성한 이유는 이이첨이 반대했기 때문이다. 만약 이이첨이 찬성했다면 거꾸로 반대했을지도 모른다. 어찌 되었든 시임(현직) 영의정의 찬성이 갖는 무게는 컸다.

여기에 병조판서 허균의 한마디가 보태졌다.

"신 또한 유 판관의 의견이 옳다고 생각하는 바, 다수의 견해가 일치하므로 이 안건은 전하께옵서 가납하시는 게 지당한 줄 아뢰옵니다."

종지부를 찍자는 말이다.

"경들의 의견은 잘 알겠소. 과인 역시 생각이 다르지 않으니 이 사안은 그대로 진행토록 하시오."

"성은이 망극하옵니다, 전하."

광해가 결정을 내버리자 이이첨 등 반대론자들은 입술만 부들부들 떨 뿐, 더 이상 말을 할 수 없었다. 그러나 혁을 노려보는 이이첨의 눈에는 살기가 가득 차 있었다.

드디어 고대하던 '증기기관 개발'이라는 대역사의 물꼬가 트였다.

다음 날 바로 북경에 갈 사신의 인선이 이루어졌다. 이 사신은 공식 업무 외에 다른 중요한 임무를 띠었으니 한문으로 번역된 서양의 과학 서적을 들여오는 일이었다.

이 당시 이미 수리, 천문, 기계, 화학 등에 관한 많은 과학 서적들이 중국에 들어와 번역되고 있었다. 이런 일은 마테오

리치(Matteo Ricci)와 같은 예수회 선교사들이 앞장섰다. 발달한 신문물을 매개로 포교 활동을 한 것이다.

이렇게 간행된 많은 서적은 중국을 왕래하는 사신이나 통사들을 통해 조금씩이나마 조선으로 전해져 젊은 식자층으로 하여금 새로운 문물을 접할 기회를 제공했다.

북경을 향해 떠나는 사신 행렬을 보며 혁은 가슴이 벅차올랐다.

산업 부국으로 세계에 우뚝 선 조선의 모습이 벌써 머릿속에 그려졌다. 동쪽 끄트머리의 이름 없는 소국이 세계를 호령할 날이 올지도 모른다.

그렇지만 증기기관의 개발이라는 것이 혁의 생각처럼 그리 쉬운 일이 아니란 게 나중에 증명된다.

"다시 뵈니 반갑기가 한량없습니다, 판관어른."

안경석은 목이 메었다. 눈가도 불그레하다.

몇 해 만에 만난 이들의 분위기는 남북 이산가족 상봉 못지않았다. 그만큼 정이 깊게 들었던 것이다.

스물다섯의 앳된 젊은이일 때 만난 안경석은 삼십 대 중반의 중년이 되어 완전히 사옹원의 터줏대감으로 자리를 굳혔다.

오늘의 그가 있게 한 혁의 존재는 안경석에게 있어 우상 그 자체였다.

"홍모이 상인들의 자기 주문량이 계속 늘고 있습니다. 듣기로는 명나라에서 수출하는 양이 갈수록 줄어들어 그렇다고 합니다."

그럴 수밖에 없을 것이다. 명은 지금 후금과의 사활이 걸린 전쟁으로 정신을 못 차리는 상태다.

따라서 도자기 산지인 경덕진에 쏟아붓던 황실 후원금이 거의 끊겼다.

조선으로서는 절호의 기회다.

"생산은 별문제가 없는가?"

첫 업무를 사옹원에서 시작한 이래 십 년째 도자기 관련 일만 해서 이제 조선에서 도자기 하면 관리로서는 안경석을 꼽을 만큼 성장한 후배를 보는 혁의 시선에는 대견함이 배어 있었다.

"지금은 탄벌리 요지에서 자리를 옮겨 상림리, 선동리, 송정리 등 세 곳에 요지를 열고 있는데 수요가 자꾸 증가해서 유사리에도 새로 짓고 있습니다."

자기를 굽는 데는 많은 땔감이 필요하기 때문에 몇 년 단위로 자리를 옮겨야 한다.

"그동안 새로 개발한 상품은 있나?"

오랜만에 들른 혁으로서는 궁금한 게 많았다. 조선에 와서 처음으로 일으킨 사업이 아닌가. 만약 그때 철화백자를 생산하지 못했다면 현재 조선의 도자기 산업은 있을 수 없다.

"뭔가 획기적인 것을 만들어 명나라의 교역분까지 몽땅 차지하고 싶은데 쉽지가 않네요."

웃음을 머금은 채 말하는 안경석에게서는 왕성한 의욕이 느껴졌으나 신상품 개발이라는 게 그리 쉬운 일이 아니다.

안경석의 어깨를 두드려 주고 왜관으로 내려가는 혁의 머리에는 '신상품 개발'이라는 새로운 화두가 자리 잡았다.

혁이 고민해 봤던 신제품으로 '본 차이나(Bone china)'가 있었다. 현대에서 우리가 흔히 접하는 상표 이름이자 자기의 한 종류다.

본 차이나는 가루 낸 소뼈를 흙과 반반 정도 섞어서 만들기 때문에 골회자기(骨灰瓷器)라고도 불리는데, 현대 찻잔의 주류를 이루고 있다.

소뼈를 원료로 했기에 가볍고 단단한 이것은 자기의 패러다임을 다시 한 번 바꾸었다고 평할 만한 자기다.

오늘날 세계 자기 시장을 휘젓는 영국의 웨지우드와 로열 알버트, 덴마크의 로열 코펜하겐, 그리고 일본의 노리다케 제품이 바로 그것이다.

아직 유럽의 여러 나라들이 개발하지 못한 상태이니 조선이 선점한다면 채색 자기에 버금가는 또 하나의 히트작이 되겠지만 문제는 재료에 있었다.

유럽이야 소고기를 항상 먹는 나라이니만큼 소뼈가 도자기의 재료로 쓰일 정도로 흔하지만 일 년 열두 달 가야 소고기 구경 한 번 하기 어려운 조선은 설사 소뼈가 있다 하더라도 푹푹 고아서 우려먹어야지 재료로 쓸 수가 없다.

거기다 조선은 농사에 필수인 소의 도축을 엄격히 제한하고 있다.

혁이 아쉽지만 단념한 이유다.

지금 혁이 왜관으로 가는 것은 영국인 항해사 제임스를 만나기 위해서다.

"어서 오시와요, 나으리."

조선옥에 도착한 혁을 50명이나 되는 기녀가 달려 나와 환영하는 바람에 한동안 평안 감사 도임 행차를 방불케 했다.

혁이 떠난 후에도 조선옥은 더욱 소문이 나서 혁이 있을 때보다 더 성황을 이루고 있었다. 자리를 차지하지 못한 손님들의 불만이 쌓이고 있을 정도였다.

경옥이 착실하게 제 역할을 한 덕분이다.

한 가지 사건이 있었다면 예약을 담당하던 전 통사 김돈수가 혁이 떠난 뒤, 나이 어린 여자가 운영하고 있는 것을 기화로 뇌물을 받아 챙기다가 들통이 나서 파면당한 정도이다.

김돈수는 딸뻘 되는 경옥에게 싹싹 빌었지만 경옥은 용서하지 않았다.

'한 번 신의를 배신한 사람은 다시 배신한다'라는 혁의 당부를 마음에 새겼던 까닭이다.

"세상에, 이런 곳이 다 있군요."

조선옥에 온 제임스는 눈이 보름달처럼 휘둥그레졌다.

방에 앉아서도 주위를 훑어보며 계속 혀를 내둘렀다.

"허~ 배에서 고생하고 있을 동료들이 생각나는군요. 그들에게도 이런 파라다이스를 보여준다면 얼마나 좋아할까."

안타까움에 한숨까지 짓는 제임스였다.

오랜 항해 끝에 나가사키에 도착한 외국의 선원들은 물건을 내리고, 싣고 하며 교역을 하는 동안도 그렇고, 돌아가기 알맞은 바람을 기다릴 때도 육지에서 기거하지 못하고 배에서 지루하게 두세 달을 보내야 했다. 아직 이들을 위한 육지의 숙식 시설이 마땅치 않아서였다.

일본이 네덜란드 상인을 위한 인공 섬, 데지마를 건설한 것은 1636년, 즉 앞으로 16년 후의 일이다.

제임스의 한탄을 들은 혁은 왜 지금까지 그 생각을 못 했는지 자책하면서 속으로 이마를 쳤다.

네덜란드 상인들도 왜관에서 거래할 수 있게 하면 되는 것이 아닌가!

광해에게 의논하기 위해 마음은 벌써 한양으로 달려가고 있었지만 여기서 해야 할 일은 마쳐야 한다.

단지 유럽의 과학 서적을 부탁할 목적이라면 내상을 통해 서찰을 보내면 되었다. 그런데 굳이 혁이 왜관까지 내려온 것은 또 하나의 중대한 일이 있어서다.

"제임스, 이것을 봐주시오."

혁이 둘둘 말려 있는 종이 두루마리 하나를 건넸다.

"아니, 이건 지도가 아닙니까?"

두루마리를 펼쳐 찬찬히 살펴보던 제임스가 이윽고 고개를 들었는데 놀란 토끼 눈이다.

"이렇게 정밀한 지도가 있다니⋯⋯. 어떻게 이런 지도가 조선에 있을 수가 있습니까?"

조선을 완전히 무시하는 물음이었지만 도무지 이해가 가지 않는 제임스의 입장에서는 당연한 일이었다.

당시 세계의 바다를 주름잡고 있는 유럽의 여러 나라에 비해 그 존재조차 거의 알려져 있지 않은 중국 끄트머리의 작은 나라, 조선. 그런 조선에서 자기들조차 명확히 모르는 아메리카의 지형까지 세세히 그려져 있는 지도를 봤으니 놀람에 앞서 황당한 느낌마저 들 것이다.

"조선을 너무 과소평가하지 마십시오."

"아, 아니, 그런 뜻으로 말한 것은 아닌데… 제발 저의 실례를 용서해 주십시오."

혁이 얼굴을 굳히고 한마디 하자 어쩔 줄을 몰라 하는 제임스다.

속으로 웃음을 삼키며 혁이 다시 입을 열었다.

"보시다시피 이 지도에는 위도, 경도뿐만 아니라 전 세계 모든 지역이 정확하게 그려져 있습니다. 현재 이 세상에 존재하는 어떤 지도보다도 정밀하고 정확하다는 것은 항해사인 당신이 더 잘 알 것입니다."

제임스는 말이 없다. 펼쳐놓은 지도를 보며 아직 충격에서 못 헤어나고 있었다.

혁이 현대에서 조선으로 떨어질 때 몸에 지녔던 몇 안 되는 물품 중에는 작은 수첩이 있었다.

보통 수첩의 마지막 장에는 컬러로 인쇄된 지도가 반으로 접혀 있는데 전면은 우리나라 전도이고, 뒤는 세계 전도가 일반적이다.

그 지도를 도화서에 의뢰하여 크게 그렸으니 혁의 말마따나 현존하는 가장 정밀한 지도임은 틀림없다.

도형을 마치고 창거리에 있는 집에 돌아왔을 때 벽장 구석에 먼지를 덮어쓰고 있는 수첩과 볼펜을 발견하고 혁은 반가움에 눈물이 나올 뻔했다.

막쇠가 과학 서적들을 훔쳐갈 때 급히 서두르느라 구석진 곳에 있던 이것들을 미처 발견하지 못했던 것이다.

"이 지도를 영국 정부에 드리겠습니다."

제임스의 눈의 다시 휘둥그레진 것은 당연한 일. '바다를 지배하는 자가 세계를 지배한다' 라는 말이 상식으로 통하는 시절이다.

바다를 지배하기 위해서 가장 필요한 것은 총도 아니고 대포도 아니다.

바로 정밀한 지도다. 잘못 표기된 지도를 믿고 항해하다가는 식량이나 물이 떨어져 몰사하기 십상이다.

정확한 지도는 이런 위험을 없애주고 항행 거리를 줄여준다. 그래서 세계 각국은 정확한 지도를 만들기 위해 탐험대를 운용하는데, 그 비용은 천문학적이다.

이런 마당에 이 중요한 것을 영국에 준다니…….

"한 가지 조건이 있습니다."

그럼 그렇지. 이런 귀중한 지도를 거저 주는 미친놈이 어디 있겠는가.

제임스는 귀를 바짝 세웠다.

"보시는 지도가 얼마나 정확한지를 판별하는 데는 일 년이면 충분할 것입니다. 그 가치를 확인한 다음 수석총(燧石銃: Flint gun)의 설계도를 달라고 전해주십시오."

지금 무엇보다 시급한 것이 군사력의 강화다. 그러기 위해서는 최신 무기로의 무장이 절실하다.

일본이 최근에 영국에서 발명된 수석총이라는 최신식 소총 몇 정을 어렵게 들여와 연구하고 있다는 정보가 간자를 통해 입수되었다.

"저 호전적인 왜국이 신무기를 들여와 자체적으로 만들려고 한다니 심히 걱정일세."

병조판서인 허균이 어두운 얼굴을 한 채 일러준 말이다.

일본과 당장 전쟁이 일어날 가능성은 없지만 언제나 경계해야 할 나라임은 틀림없다. 물론 작금의 최대 관심사는 만주의 후금이다.

"방법이… 방법이 있을 듯도 합니다."

허균의 우려 섞인 말을 들은 혁이 무언가를 곰곰이 생각한 끝에 입을 떼었다.

"허어~ 이것이 정녕 세상의 참모습이란 말인가?"

광해는 혁이 펼쳐 보인 세계 전도를 보고 경탄을 금치 못했다. 이렇게 상세한 지도는 처음 보았으니 놀라는 것은 당연했다.

"그래, 이 지도와 수석총의 설계도를 맞바꾸는 협상을 하겠다는 말이지?"

"그렇습니다, 전하."

허균의 걱정을 듣고 나서 도화서에서 확대해서 그린 지도를 광해에게 보인 혁이었다.

만약 수석총의 설계도만 확보할 수 있다면 일본보다 훨씬 빨리 신식 총의 제작이 가능하고 후금의 기마병을 제압할 수 있는 최고의 무기가 될 것이다.

그러나 영국이 그 설계도를 조선에 줄 가능성은 0.1%도 없고 그렇다고 비싼 수석총을 대량으로 구입할 형편도 안 된다.

고심 끝에 혁은 정밀한 지도와 설계도의 교환이라는 방안을 생각해 내었다.

"허나 이리 정확한 지도가 저들의 손에 들어가게 된다면 지금도 세계를 종횡무진하고 있는 저들에게 날개를 달아주는 격이 되질 않겠느냐?"

영토와 식민지 확장에 혈안이 되어 있는 영국에게 이런 지도를 준다는 것은 큰 위험이 따를지도 모른다는 광해의 예리한 지적이었다.

"그렇습니다, 전하. 그래서……."

물론 그대로 줘서는 안 된다. 그랬다가는 광해의 말처럼 나중에 낭패를 볼 수도 있다. 그런 이유로 지도를 확대해서 그릴 때 이미 손을 좀 봐두었다.

즉, 광해나 제임스가 볼 때는 정확하기 이를 데 없는 지도이지만 혁의 시각에서는 아니라는 뜻이다.

광해와의 대화를 잠시 떠올렸던 혁에게 제임스의 물음이 들려왔다.

"하지만 지도를 받은 우리 정부가 약속을 지킨다는 보장이 없지 않습니까?"

정직한 제임스의 우려는 일리가 있었다. 이미 지도를 손에 쥔 마당에 이 먼 동방의 약소국을 위해 영국 정부가 신의를 지킬 것인가는 의문이다.

혁도 고민해 봤지만 지금으로서는 믿는 방법 외에는 도리가 없었다. 영국이 약속을 어긴다면 그건 그때 가서 생각하기로 했다.

"조선은 영국이 신사의 나라라는 것을 믿습니다."

현실적으로는 전혀 영양가가 없는 한마디를 날렸다. 물론 속으로는 다른 말이 올라왔다.

'신사는 개뿔……'

해적왕 드레이크에게 기사 작위까지 하사한 나라가 작금의 영국이다. 한마디로 지금의 영국은 신사는커녕 세계 최고의 해적 국가라는 평가가 어울릴 때였다. 하지만 돈 안 드는 말로 칭찬 좀 해주면 어떤가.

이로써 공적인 일을 마무리 지은 혁이 술상을 들이라고 이르자 기다렸다는 듯이 산해진미가 줄줄이 들어오고, 조선옥이 자랑하는 미녀들이 꽃 같은 미소를 머금고 옆에 사뿐히 자리를 잡았다.

그녀들이 술을 따르자 입이 사발만큼이나 벌어진 제임스는 여기가 진정 파라다이스라는 말을 세 번이나 했다.

처음에는 그 이름조차 알지 못했던 나라, 조선. 그런데 철화백자에 이어 유럽을 깜짝 놀라게 만든 총천연색 자기를 만들었다. 거기다 현재 자신의 조국인 영국은 귀족과 평민 가릴 것 없이 조선에서 수입한 티백 홍차에 열광하고 있는 상황이 아닌가.

교역 책임자라는 사람은 영어를 구사해 또 놀라게 만들더니 이번에는 세계에서 가장 정확하다는 지도를 내놓았다.

도대체 이 괴물 같은 나라의 정체는 뭔가 하는 의문이 새삼 제임스의 머리에 떠올랐지만 그는 이내 머리를 흔들었다.

앞으로도 얼마나 더 놀랄지 모르는데 지금부터 고민해 봤자 부질없다는 생각이 들었다.

32.
계약을 체결하다

비가 오질 않았다.

몇십 년 만의 최악이라는 봄 가뭄으로 모내기를 못 한 조선
의 농부들은 구름 한 점 없는 맑디맑은 하늘만 원망스럽게 쳐
다보고 있었다.

나라를 다스리는 왕의 입장도 타들어가는 농부의 가슴과
매한가지였다.

"금일부터 감선할 것이며 고기반찬도 올리지 말라."

감선(減膳)이란 임금이 근신하는 뜻으로 수라상의 반찬 가짓
수를 줄이는 것을 말한다.

이 시대에는 천재지변이 생기면 임금이 나라를 잘못 다스려

하늘이 벌을 내리는 것이니만큼 겸허하게 반성을 하고 그 노여움을 풀기 위해 노력해야 했다. 또한 후궁의 처소에도 들지 않고 항시 경건한 마음을 유지하려고 애썼다.

"한강에서 용왕제를 지내고 종묘와 사직에서 기우제를 지낼 준비를 하라."

무당이 굿을 하는 용왕제는 유교적 율법에 맞는 것은 아니지만 불가피한 상황에서 시행하는 것이니만큼 묵인되었다.

한강에 배를 띄워 국무당이 혼신을 바쳐 용왕의 노여움을 풀기 위한 굿을 하였고 이를 지켜보는 수많은 백성도 두 손을 비비며 기원을 올렸다.

광해는 종묘와 사직에 나가 예전(禮典)에 정해진 대로 기우제를 집전했다.

그래도 비는 오지 않았다.

이대로 열흘만 더 지나면 파종 시기를 놓쳐 올 한해 농사를 몽땅 망칠 위기에 직면했고, 조정은 팽팽한 긴장에 휩싸였다.

흉년이 들어 기근이 발생하면 그것이 기근 하나만으로 끝나는 것이 아니었다.

굶주린 백성들은 식량을 찾아 마을을 버리고 유리걸식하게 되고, 이들은 결국 굶어 죽거나 도적이 되어 민란의 소지가 되었다.

그리고 기근이 들면 반드시 뒤따르는 것이 있다. 바로 역병이다. 굶어 죽은 시신들이 도처에 널리고 여기서 발생한 역병은 전국을 휩쓸게 된다.

못 먹어 면역력이 약해진 백성들은 병을 이기지 못하고 속수무책으로 쓰러져 갔으니 조정에 섬뜩한 위기감이 도는 것이 당연했다.

"무슨 방법이 없겠소? 어떤 의견이든 내놓아보시오."

정전에서 열리는 회의 분위기는 숨쉬기조차 힘들 정도로 무거웠다.

비가 오고, 안 오고는 자연현상인데 애닳아 한들 무슨 소용이냐고 치부할 수는 없다. 어떤 해결책이라도 만들어내야 하는 게 통치자의 도리다.

입이 붙어버린 듯 길가의 장승처럼 서 있기만 하는 신하들의 모습에 답답해진 광해는 주먹 쥔 손으로 의자를 연거푸 내려쳤다.

"정녕 아무런 방법이 없단 말이오?"

"전하, 이런 방법을 한번 써보심이 어떠할지……."

이조판서 서병강이 주위를 한번 둘러보더니 어렵게 운을 뗐다.

"오, 이판, 어서 말씀을 해보시오."

지푸라기라도 잡고 싶은 광해다. 노대신을 바라보는 눈빛이 간절하다.

"궁녀들을 출궁시켜 보소서."

"궁녀들을 내보내라고요?"

뜨악한 표정의 광해가 반문을 했다. 뜬금없이 여기서 왜 궁녀 얘기가 나오는가.

"일찍이 음양의 조화가 맞지 않으면 가뭄이 온다는 말이 있사옵니다. 시집을 못 간 궁녀들의 한이 하늘에 닿아 가뭄을 몰고 온 것이니 일부 궁녀들을 출궁시킴으로써 그것을 진정시켜 보고자 하는 바입니다."

듣기에는 황당한 말이지만 그렇다고 그냥 내칠 수도 없는 상황이다.

"전례가 있소?"

아직 떨떠름한 표정을 풀지 못한 광해의 물음이었다.

"태종대왕 15년(1415년)에 가뭄으로 4명의 궁녀를 방출하였고, 세종대왕 때도 두 번에 걸쳐 궁녀 39명과 무수리 6명을 출궁시킨 예가 있사옵니다."

허균이 전례가 있음을 아뢰었다.

광해는 '그래서 비가 왔소?' 하고 물으려다 멈칫했다. 비를 내리고, 안 내리고는 하늘이 결정할 문제이고 자신은 어떤 방법이라도 시행해 봐야 하는 입장이다.

"알겠소. 과인이 중전과 상의하여 결정하겠소."

궁녀들은 내명부 소속이므로 왕비가 결정권자다.

사흘 후 발표된 내용에 신료들은 자신의 귀를 의심했다.

"내자시(內資寺), 내섬시(內贍寺), 예빈시(禮賓寺), 사도시(司寺), 사재감(司宰監)을 모두 통합하여 내자시가 그 일을 맡게 하고, 내, 외소주방과 생과방을 소주방 하나로 합쳐 일을 보게 한다. 부처의 축소로 남은 인원 중 궁녀 55인과 무수리 10인을 출궁시키도록 하라."

광해는 궁녀의 출궁만 결정한 것이 아니라 이 기회에 궁중의 중첩 부서에 대한 대대적인 구조 조정도 함께 단행해 버렸다.

내자시로 통합된 5개 부처의 맡은 일은 모두 궁중에서 소요되는 술과 음식에 관한 일이고, 소주방이 맡게 된 일 역시 궁녀들이 수라상을 만들고 기타 음식과 다과를 만드는 일이었다.

역대 왕들이 왕권을 의식해 확장만 했던 부처를 광해는 단호하게 축소하는 모범을 보인 것이다. 이런 일을 과감히 펼칠 수 있게 된 근저에는 이제 궁녀나 내시의 숫자에 의존하지 않아도 된다는 자신감이 있었기에 가능했다.

이번에 나가게 된 궁녀들은 출궁을 간절히 원하는 자들을 우선 선발하였고, 다음으로 궁중에 들어온 지 오래된 순서로 지원을 받았다.

이들은 출궁하게 된 것 말고도 다른 하나의 이유로 인해 환호를 하였는데 다름 아니라 혼인이 허락되었다는 사실이다.

원래 가뭄 때문에 나오든 늙고 병들어서 출궁을 하든 한번 궁중에 있었던 여인들은 나와서도 평생을 혼자 살아야 했으나 광해는 이를 가혹한 처사라 여겼다.

65명의 여인이 지화자를 외치며 궁을 나갔고, 광해는 여전히 불타고 있는 해를 보며 길게 숨을 내뱉었다. 진인사 대천명이다.

시간이 흘러 해는 서산으로 졌건만 뜨는 달이 보이지를 않았다.

점점 어두워지는 하늘을 쳐다보는 사람들의 눈에 한지에 먹물 번지듯이 시커먼 먹구름이 스멀스멀 하늘을 뒤덮는 모습이

들어왔다.

그리고 빗방울이 떨어지기 시작했다.

한두 방울 땅바닥의 메마른 흙먼지를 풀썩이던 빗줄기는 이윽고 우동 가락같이 굵어졌다.

방방곡곡에서 쏟아져 나온 백성들의 환호성 소리는 빗소리보다 더 크게 천지를 울렸다.

"홍모이 상인들도 왜관에서 직접 거래를 할 수 있게 하자는 말이렷다?"

가뭄이 해결되어 한숨 돌린 광해에게 혁이 제임스와 만날 때 생각한 것을 건의하였다.

"그렇습니다, 전하. 그렇게 된다면 대마도 상인에게 지급하는 거래 수수료를 절감할 수 있을 뿐만 아니라 홍모이 상인들이 체류하면서 쓰는 비용이 고스란히 우리 조선에 떨어지게 됩니다."

어디 그것뿐이랴. 네덜란드 상인들이 조선과는 단지 도자기와 홍차, 두 가지를 거래하고 있지만, 다른 많은 네덜란드 상인은 다양한 물품을 거래하면서 일본 나가사키를 드나들고 있다.

이들 역시 배 안에서 빈둥거리며 시간을 때우고 있는 현 상황에서 왜관이 열린다면 전부 몰려올 공산이 크다.

혁이 얘기했듯이 대마도 상인들은 왜관에서 나가사키까지의 물품 운송을 책임지면서 5%의 수수료를 챙긴다. 이를 절약한다는 것은 영원한 라이벌인 일본으로 흘러 들어가는 돈

줄을 막는 부수적인 효과가 있다.

"호오~ 그것참 좋은 생각이로다. 지금은 내가 보기에도 적기이니라."

광해의 얼굴에도 희색이 만면하다. 혁의 의도를 즉시 간파한 것이다.

광해가 적기라고 표현한 것은 속국 처지인 조선이 예전 같으면 이런 일도 명의 눈치를 살폈을 테지만 후금과의 전쟁으로 지금 발등에 불이 떨어진 명나라는 조선이 네덜란드와의 거래가 아니라 설사 국교를 체결한다고 하더라도 대놓고 간섭하기는 쉽지 않은 까닭이다.

광해의 흔쾌한 승낙을 받고 대전을 물러나온 혁의 눈에 다가오고 있는 한 여인의 모습이 들어왔다.

상궁 복색의 그녀가 스쳐 지나칠 때 혁을 힐끗 쳐다보는 눈매는 접시를 깨먹은 전처 자식을 보듯이 대단히 매서웠다.

혁도 언젠가 그녀를 한 번 본 적이 있다는 사실이 떠올랐다. 단 한 번 봤지만 그녀의 얼굴을 기억하는 것은 용모가 독특했기 때문인데 길쭉한 얼굴에 코까지 긴 전형적인 말(馬) 상에다가 턱까지 튀어나온지라 쉬 잊히지 않아서다.

바로 동궁전 지밀상궁인 개시 김 상궁이었다.

주로 늦은 밤에만 광해를 만났던 혁으로서는 그녀를 볼 기회가 드물었고, 김 상궁이 동궁전으로 자리를 옮긴 뒤로는 만날 일이 없었다.

대사동에 자리한 그녀의 사가는 웬만한 정승 집 뺨 칠 정도로 으리으리했으며 여전히 전국에서 올라오는 온갖 선물 보다리를 실은 부담마들이 무시로 드나들고 있었다.

이회(李澥) 등이 김상궁의 매관매직을 탄핵하는 상소를 올리기도 하였으나 뛰어난 정치력으로 보필해 온 그녀에 대한 광해의 믿음은 여전히 깊었다.

혁은 처음에는 자신을 보고 싱긋 웃던 그녀가 지금은 왜 눈을 까뒤집고 째려보는지 의아했지만 알 수 없는 일이었다. 다만 조심해야 될 상대라고 마음의 경고등이 켜졌다.

혁을 노려보던 눈길을 아쉽게 거둔 김 상궁이 두 명의 나인이 공손하게 열어준 문을 들어서서 광해에게 절을 올리고는 마치 자기 집에 온 것같이 자연스럽게 자리를 잡았다.

"전하, 요즈음은 저를 부르는 것이 어째 그리 뜸하시옵니까?"

김 상궁이 아니면 감히 이런 말을 할 수가 없다.

"내가 자네를 덜 부를수록 정치가 잘되어간다는 뜻이 아니겠는가, 하하하."

김 상궁의 물음에 호탕한 웃음으로 답하는 광해였다.

나랏일이 뜻대로 풀리지 않아 괴로울 때는 자주 김 상궁을 들라 하여 위로를 받았지만 근자 들어 그녀와 마주 앉는 횟수가 가물에 콩 나듯 했다.

거기에는 궁궐을 신축하여 왕실의 권위를 높이고, 군사력을 키워 왕권을 강화하니 신하들의 반발이 눈에 띄게 준 것도 이유지만 무엇보다도 그동안의 선정으로 백성들로부터 절대적인 지지를 받고 있다는 점이 더 크게 작용했다. 하지만 김 상궁은 그렇게 받아들이지 않았다.

그녀는 처음 혁을 보았을 때 '과인을 돕는 기특한 녀석'이란 광해의 말이 생각나 웃음을 머금었지만 지금은 상황이 달라졌다. 임금의 총애를 온통 앗아가 버린 것이다.

그러니 이이첨의 경우처럼 혁을 보는 김 상궁의 눈초리 역시 독기가 서릴 수밖에 없었다.

광해가 자신을 멀리하는 이유는 오로지 혁이란 존재가 임금 주변에서 얼쩡대고 있어서다.

"어인 일로 대감께서 저를 다 찾아계시옵니까?"

"허허, 왜 내가 못 부를 사람을 불렀나?"

"그런 뜻이 아니라 하도 오랜만에 뵈오니 그렇지요, 호호호."

이이첨의 초청으로 인왕산 자락의 대궐 같은 집에 찾아온 개시 김 상궁과 이이첨의 대화는 화기애애하다. 그도 그럴 것이 둘은 합천에 은거하고 있는 정인홍과 함께 뜻을 합쳐 광해가 왕이 되는 데 결정적인 기여를 한 공로자들이다.

"내 자네를 보자 한 것은 요즘 돌아가는 판이 하도 어처구니가 없어서야."

"어처구니가 없다 하심은?"

김 상궁은 내심 이이첨의 말뜻을 모르는 바 아니나 넌지시 물음을 던졌다.

"천하의 김 상궁이 내 말을 모르지는 않을 터, 오늘은 서로 속내를 털어놓고 상의를 해보세. 어떤가?"

이이첨의 날카로운 눈빛이 김 상궁의 못났지만 꾀 많아 보이는 얼굴에 머물렀다.

"말씀을 하시지요, 대감."

이제 김 상궁도 웃음을 거두고 정색한 얼굴이 되었다.

"작금의 주상 전하의 거조를 자네는 어찌 보는가?"

"심히 우려되옵니다."

묻는 이이첨의 속내를 꿰뚫어 보기라도 하듯 단호히 대답하는 김 상궁이었다.

"그렇지? 자네 생각도 그럴 것이야."

김 상궁의 반응에 적이 만족한 이이첨은 고개를 끄덕였다.

"내가 볼 때 주상의 총명을 가리는 간신배 한 놈의 영향이 크다고 생각하네. 물론 자네도 잘 알다시피 유혁이라는 놈이지."

유혁이란 이름이 나오자 김 상궁의 표정이 싸늘하게 굳어졌다.

"대감의 말씀이 지극히 온당하옵니다. 더 이상 조정을 농단하고 주상 전하의 눈을 가리기 전에 처치를 하여야 하옵니다."

그녀의 반응은 오뉴월 서릿발 같았다.

"호오~ 역시 김 상궁은 나하고 생각이 통해. 나 역시 그놈을 그냥 두고는 밥이 목구멍으로 넘어가질 않아. 하지만 지금 주상이 그놈을 극히 신임하고 있는 상황이니 직접적으로 행동을 취하기에는 어려움이 있네."

"허면?"

"우리가 뜻을 합친 마당에 두려울 게 무엇이 있겠는가? 서둘 것 없이 우리 말이라면 껌뻑 죽는 놈들을 더욱 늘려야 하네. 그러기 위해서는 자네의 도움이 필요하다는 말씀이야."

이이첨이 지명하는 인물을 천거하고 기회가 있을 때마다 임금에게 최대한 치켜세우라는 주문이다.

김 상궁의 조언에 대한 광해의 신뢰는 여전히 막강하다. 즉, 인물에 대한 그녀의 평가가 임금의 결정에 지대한 영향을 미칠 수 있다는 점을 최대한 활용하고자 하는 이이첨의 계산이었다.

이이첨이 이끌고 있는 대북파가 아직 실세인 것은 맞지만 광해의 절대적인 지지를 등에 업고 대북파가 만사를 전횡하던 예전과 달리 조정의 분위기가 많이 달라져 있었다.

광해는 인재 등용에 있어 남인과 서인을 가리지 않았고, 즉위 초, 원수같이 여기던 소북파마저 끌어안지 않았는가.

이런 이이첨의 우려에 기름을 붓는 일이 또 있으니 같은 대북파의 의견이라 하여 무조건 따르지는 않겠다는 경향이 신진 관료들 사이에 서서히 생기고 있다는 사실이다.

얼마 전 서양 문물 도입에 찬성하고 나선 공조정랑 천효준도 대북파다. 그런데도 당수 격인 자신의 의견에 정면으로 반박하고 나서지 않았는가.

여기에는 그간 광해의 선정이 미친 영향이 컸지만 전에는 없던 일인지라 대제학이라는 정치 현장과는 동떨어진 자리에 임명된 이이첨으로서는 불안을 느끼기에 충분했다.

'이래서는 안 돼. 내 말이라면 섶을 지고 불에 뛰어들 놈들을 만들어야 해.'

이제 그의 구상은 대북파만으로는 안심이 안 되므로 자기 말이라면 물불을 안 가리는 '사당(私黨)'을 조직하는 것이다.

"대감에게 도움이 된다는 말은 곧 제게도 도움이 된다는 뜻이니 어찌 아니 따르겠사옵니까, 호호호."

아직도 조정에서 막강한 권한을 휘두르고 있는 이이첨과의 유대는 김 상궁으로서도 중요한 일이다.

자신이 뇌물을 받아 챙기고 벼슬을 파는 것에 대해 시끄럽게 떠드는 자가 있으면 이것을 조용히 처리해 줄 조정 내 실력자가 필요하다.

조정 대신과 권력 있는 상궁과의 유착은 흔한 일이었고 심지어는 서로 의남매를 맺는 경우도 있었다.

이렇게 이이첨과 김 상궁은 유혁을 제거하고 권력의 주도권을 독차지하기 위해 연합하기로 합의하였으나 김 상궁이 미처 눈치채지 못한 것이 하나 있었다.

광해가 계속 자신을 견제하고 권력에서 밀어내려고 한다면 '확 뒤집어엎고 새로운 왕을 세울 수도 있다'라는 역심이 이이첨의 마음속에 싹트기 시작했다는 사실이다.

한편 왜관에서는 네덜란드 상인들의 숙소와 제2의 조선옥을 짓는 공사가 대대적으로 벌어졌다.

처음부터 원체 넓게 자리를 잡은 왜관인지라 공간의 여유는 충분했다.

지금도 예약이 밀려 있는 조선옥의 사정을 감안할 때 여기에 네덜란드 상인들까지 받는 것은 도저히 무리인지라 혁은 두 번째 기방을 건설하기로 결정하였다.

상호를 왜관옥이라 붙인 이 기방은 조선옥과 같은 규모에 구조도 같게 꾸몄기 때문에 공사 진행은 대단히 빨랐다. 조선옥과 다른 점이 있다면 서양식 식습관을 감안해 식탁을 갖추어 의자에 앉아 먹을 수 있는 방을 몇 개 만든 것 정도이다.

새로 짓는 왜관옥 옆에는 네덜란드 상인들이 한두 달 머물며 숙식을 해결할 수 있도록 여각 건물도 한 채 같이 지었다. 이곳에서 나오는 수익금도 상당할 터이다.

"이번 새로이 짓는 기방에는 우리 송상이 전액 투자를 하고자 합니다."

"먼저 번에는 피치 못할 사정으로 그랬지만 이곳이 동래이니만큼 우리 내상이 투자하는 게 맞지 않겠습니까."

"항시 우리 경상은 송상이나 내상에 비해 차별을 받았습니다. 이번만큼은 경상에게 기회를 주시지요."

조선옥의 대성공을 목격한 전국의 상단에서는 두 번째 기방 건설 소식을 듣자마자 서로 자본 참여를 하려고 난리가 아니었다. 그렇지만 이들에게 이런 이권을 줄 하등의 이유가 없다.

"두 번째 기방은 나라에게 직접 투자하기로 한다."

호조판서 김신국의 발표에 염치없이 덤비던 상단들은 머쓱해졌고, 혁의 요청에 따라 운영은 수련당의 경옥이 겸임하도록 결정됐다.

운영에 있어 '두 기방이 같은 분위기를 유지하기 위해서'라는 것이 표면적인 이유였지만 관리들이 운영을 맡게 된다면 어떻게 될 것인지, 현대에서 공무원들의 행태를 익히 보아온 혁으로서는 심히 걱정이 될 수밖에 없었던 것이다.

두 번째 기방의 건설에도 일부 고루한 사대부들의 반대가 있었으나 이미 조선옥 운영의 결과가 보여주었듯이 잘만 하면 서비스업이라는 게 얼마나 알찬 수익을 거둘 수 있는지를 모두

가 알게 된 마당에 공허한 메아리에 불과했다.

조선옥의 일 년 수익은 수만 냥에 달했다.

보통 장세로 10%를 받는데, 왜관은 특수 지역인지라 20%를 세금으로 걷었다.

여기에 이제 호조가 직접 투자하여 왜관옥을 지었으니 그 수익금이 모두 호조로 들어가 백성들에게서 걷는 세금 외에도 상당한 돈이 나라 살림에 보탬이 되게 되었다.

"조선이라는 나라에서 이런 지도를 만들었다는 것을 도저히 믿을 수가 없소."

"그렇지만 제임스라는 자는 분명 조선에서 받아왔다고 하지 않았습니까?"

"아무리 그래도 그런 이름 없는 소국이 만들었다고 보기에는 도무지 석연치 않은 구석이 너무 많소. 여기에 그려진 우리나라를 보시오. 우리가 사용하는 도법으로는 터무니없이 면적이 넓어지는데 이 지도는 그렇지가 않아요."

제임스가 혁에게서 받은 지도를 펼쳐놓고 영국의 왕립 고문단 내에서는 열띤 논쟁이 벌어지고 있었다.

"그러게요. 면적 왜곡은 메르카토르 도법의 대표적 단점인데 말입니다."

1569년 창안된 메르카토르 도법은 방위가 정확하여 항해도나 세계 지도로 많이 쓰였는데, 적도 부분은 정확하지만 고위도로 갈수록 면적이 확대되고 극지방을 표현할 수 없는 약점이 있었다.

그런데 조선에서 만들었다는 이 지도는 고위도 지방의 지형과 면적 역시 대단히 정확하게 표현되어 있어 이들의 의문은 풀리지가 않았다.

그럴 수밖에 없는 것이 그들이 보고 있는 지도는 1942년 미국의 지도학자 O.M.밀러에 의해 창안된 밀러 도법으로 그려진 지도였다—오늘날 우리가 보는 세계 지도는 대부분 이 방법으로 그려진 것이다—.

"지금까지 확인한 바에 따르면 이 지도의 정확성은 여타 지도와는 비교할 수 없을 정도요. 이런 지도가 있다는 사실 자체가 아직 나는 믿기지가 않소. 게다가 이름도 알려지지 않은 조선이라는 나라가 이것을 만들었다는 것은 더더욱 믿을 수 없소."

영국 최고의 지리학자인 스튜어트 백작은 고집스러운 인상대로 계속 의문을 제기했다.

지금까지 영국이 확인한 결과로는 지형의 정확도가 이제까지 나온 어떤 지도보다 뛰어난 것으로 판명되었는데 이를 중국의 속국에 불과한 조선이 어떻게 만들 수 있느냐, 하는 것이다. 그에게 있어 조선인은 벌거벗고 사는 아프리카의 원주민과 별반 차이가 없었다.

"수석총은 우리 병기국에서 십수 년에 걸친 각고의 노력 끝에 만든 것이오. 이미 지도를 손에 넣은 마당에 설계도를 줄 하등의 이유가 없질 않소?"

팔자 콧수염을 멋지게 기른 병기국장 그레고리 자작의 의견으로 지극히 당연한 말이다.

국가 간의 이익을 다투는 상황에서 '신사도' 운운한다면 지나가는 소가 웃을 일이다.

그레고리 자작은 지도를 먼저 넘긴 조선의 담당자는 너무 순진하거나, 아니면 대단한 멍청이일 거란 생각이 들었다. 그는 지나가는 소라도 된 듯 흥, 하고 코웃음을 쳤다.

지금 조선의 병사들이 쓰고 있는 총은 화승총이다.

화승에 불을 붙여 화약에 점화시키는 방식의 이 총은 치명적인 결점이 있었으니 비가 오는 날에는 사용할 수 없다는 점이다. 만약 적이 악천후를 노려 공격해 온다면 속수무책으로 당하게 된다.

이런 화승총을 개량한 것이 바로 수석총으로 영국에서 만든 지 얼마 되지 않은 신무기다. 총에 장착된 부싯돌로 스파크를 일으켜 화약에 점화하는 이 방식은 비가 와도 사용할 수가 있었다.

이것은 대단한 발명으로 앞으로 200년 동안 모든 유럽 국가에서 사용된다.

끝까지 조선이 만든 지도라는 사실을 믿지 않던 스튜어트도 다음과 같은 말을 듣자 고개를 갸웃했다.

"제임스의 말에 따르면 그에게 지도를 건네준 자가 긴 항해 시 걸리는 선원들의 병을 예방할 수 있는 방법을 가르쳐 주었다고 합니다."

오랜 세월 동안 선원들은 출혈과 피부 손상을 일으키고 심하면 궤양, 호흡 곤란 등을 일으키는 괴혈병으로 고통을 받아왔다.

'바다의 전염병', '선원들의 천적'이라 불리던 괴혈병으로 바스코 다 가마는 1499년 인도 항해 도중에 선원 중 2/3를 잃었으며, 마젤란의 세계 일주 항해에서는 총원 263명 중 겨우 35명만이 생환하였는데 사망자의 대부분은 괴혈병이 그 원인이었다.

지리학자인 스튜어트가 이런 사정을 모를 리 없다.

"예방? 아니, 어떻게?"

자기도 모르게 목소리가 커진 스튜어트였다.

1747년 스코틀랜드의 해군 군의관 제임스 린이 치료법을 찾아내기 전까지 아무도 정확한 이유를 몰랐으니 그가 놀라는 것은 당연했다.

"오렌지나 레몬을 먹으면 된다고 해서 시행해 보니 정말 단 한 명의 선원도 앓는 자가 없었다 합니다."

괴혈병이 비타민 C의 부족 때문이라는 것은 현대인이라면 대부분 알고 있는 사실이다.

"흐음… 좋소. 그럼 내가 직접 조선에 가보겠소."

나이는 50을 넘었지만 단단한 체구의 스튜어트 백작은 드디어 흥미가 생겼는지 거만한 표정으로 자신이 직접 조선에 가보고 결정을 하겠다고 좌중을 향해 선언했다.

이리하여 영국 국왕의 신임장을 가진 이 귀족은 지구 반대편에 있는 동방의 소국을 향해 항해에 나섰고, 졸지에 이를 보좌하게 된 제임스는 백작이 조선을 너무 모른다는 불안감을 가진 채 따라가게 되었다.

이들을 태운 아크 로얄(Ark Royal)호가 오랜 항해 끝에 왜관에 도착한 때는 색색의 단풍으로 온 산이 물든 늦은 가을의 어느 날이었다.

혁이 제임스를 통해 왜관옥에서 회담을 갖자고 제안했지만 스튜어트는 굳이 자신들이 타고 온 전선(戰船) 아크 로얄호 내에서 하자고 주장했다.

"먼 길을 오시느라 수고 많으셨소."

허균의 인사말에 고개를 뒤로 젖힌 채 오른손을 내밀었던 스튜어트는 허균이 전혀 악수할 기미가 없자 '악수도 모르는 미개인 같으니' 하며 입맛을 다시고는 손을 거두어 들였다.

이들이 도착했다는 소식을 접한 혁이 허균에게 상의하여 함께 내려온 것이 이틀 전이다. 허균을 대동한 이유는 유리한 상담을 위해 격을 좀 높일 필요가 있어서였다.

왜관 앞바다에 정박하여 지금 회견 장소가 된 전선 아크 로얄호는 조선의 판옥선보다 덩치가 월등히 크다. 이에는 저들의 힘을 과시하고자 하는 저의가 깔려 있었다.

제임스가 먼저 스튜어트를 소개했다.

"이분은 대영제국의 왕립 고문단의 지리학 고문이신 스튜어트 백작(Earl)이십니다."

소개 후에도 스튜어트는 목을 뻣뻣이 해가지고 자기보다 키가 한 뼘은 작은 허균을 내려다보고 있었다.

이제는 본격적인 영어 대화가 시작되므로 혁이 한발 앞으로 나섰다.

혁의 뒤에는 동래부사인 원만기가 세 명의 장교와 함께 허균을 호종하고 있었다.

"허균 공작(Duke), 각하를 소개드립니다. 아울러 이분은 조선군 총사령관이십니다."

스튜어트의 눈이 커졌다. 작달막한 키에 보잘것없어 보이는 이가 자신보다 두 단계나 위의 귀족인 공작에다가 군 총사령관이란다.

뒤로 젖혔던 목이 반쯤 앞으로 왔다.

이때 꽤 높아 보이는 복장을 한 영국인이 서둘러 다가와 스튜어트의 귀에 뭐라 속삭이자 스튜어트의 목이 완전히 똑바로 돌아왔다. 밖에 도열해 있는 조선군의 위용을 전해준 모양이다.

아크 로얄호가 정박해 있는 항구에는 조선 수군 500명이 거총을 한 채 도열해 있었는데 총검에 반사된 가을 햇볕이 눈부시게 빛나고 있었다. 또한 네 척의 경상우수영 소속 판옥선이 멀지 않은 곳에 닻을 내린 채 로얄호를 노려보고 있었다.

"우리는 평화로운 협정을 위해 귀국을 찾아왔는데, 어째서 많은 군대를 동원해 공포 분위기를 조성하는 겁니까?"

자세는 바로 했지만 여전히 거만한 어조를 한 스튜어트의 항의였다.

"우리가 제시한 평화로운 회담 장소를 거부하고 굳이 전선을 회담장으로 정한 것은 귀하입니다. 여기에 계신 분은 일국의 군 총사령관인데 이 정도 호위는 당연한 것입니다. 귀국도 그렇지 않습니까?"

혁의 설명에 스튜어트는 순간 말문이 막혔다. 만약 영국군 총사령관 행차였다면 이보다 훨씬 더 요란했을 것이 틀림없다.

조선 같은 나라가 영국과 비슷한 행동을 하리라고는 미처 생각지 못했던 것이다.

담당자라는 이는 비록 유창하다고는 할 수 없지만 영어를 정확히 구사할뿐더러 키도 여타 조선인들에 비해 크고 악수하는 폼도 아주 자연스러웠다.

스튜어트는 조선이 의외로 만만치 않을지도 모른다는 생각이 들기 시작했다.

"우리가 드린 지도는 검토가 끝나 그 정확함은 판명이 되었으리라 생각됩니다. 이제 영국도 약속을 지켜주셔야지요."

혁이 바로 본론에 들어가자 스튜어트는 움찔했다. 왠지 주도권을 빼앗겼다는 느낌이 들어서다.

"그것이… 정확한 것은 맞는데……. 그 정도는 이미 우리도 가지고 있소."

궁색한 변명이었지만 영국 입장에서는 이미 지도를 받은 이상 아쉬울 게 없었다. 먼저 준 쪽이 잘못이다.

"그 지도에는 빠진 게 있습니다."

이건 또 무슨 소린가. 스튜어트는 자신이 내민 오리발에 조선 측이 길길이 뛸 줄 알았는데 마치 그럴 줄 알았다는 듯이 얼굴색 하나 변하지 않는 혁의 말에 머릿속이 혼란스러워졌다.

"여기에는 다 들어 있지요."

뒤에 서 있던 한 장교로부터 전해 받은 두루마리를 들어 보이며 혁은 말을 이었다.

"그렇지만 이번에는 먼저 줄 수가 없습니다. 이유는 잘 알리라 믿습니다."

이렇게 말하는 혁의 뇌리에 왕실 서고란 데를 처음 들어가

본 날의 광경이 펼쳐졌다.

혁이 광해에게 주청한 서양 과학 서적의 도입이 조정 논의를 거쳐 공식적으로 허가된 날로, 혹시 서고 안에 필요한 책이 있는지 한번 둘러보라는 광해의 말을 들어서다.

"이건 뭡니까?"

수많은 서책과 의궤 등이 보관되어 있는 왕실 서고를 둘러보던 혁에게 둥글게 말린 긴 두루마리 하나가 눈에 띈 것이다.

"그것은 명나라에서 들어온 지도입니다."

안내를 맡은 홍문관 소속 서고 담당자의 대답이었다.

한문으로 써 있는 머리 아픈 서적들에 비해 지도는 훨씬 흥미를 끄는 물건이었다.

펼쳐보니 큼지막한 세계 전도였다. 가로 5m 33㎝, 세로 1m 70㎝의 이 거대한 지도의 우측 상단에는 '坤輿萬國全圖(곤여만국전도)'라는 한자가 뚜렷이 씌어 있었다.

그 이름은 분명 국사 시간에 들은 기억이 있다.

"이게 언제 만들어진 건가요?"

혁의 질문에 담당자는 부지런히 서책을 뒤졌다.

"선대왕 36년에 들어온 것으로 그 전 해에 만들어졌다고 기록되어 있습니다."

위도, 경도까지 그려져 있는 곤여만국전도는 예수회 선교사로 중국에 온 마테오 리치가 1602년 제작한 최신의 지도로, 그 이듬해인 1603년에 조선에 전해져 서고에 보관돼 왔다.

오늘날 우리가 사용하는 경도는 1884년 워싱턴에서 열린 국제 자오선 회의에서 결정한 그리니치 천문대 기준 경도이지만 그 이전에도 각 나라별로 제각기 자기 나라를 기준으로 하는 경도를 사용하고 있었다.

지도를 찬찬히 살피던 혁은 뭔가 빠진 듯한 느낌이 들었고 이내 그게 무엇인지 깨달았다.

거기에는 오세아니아 대륙, 즉 호주와 뉴질랜드가 없었다.

17세기 초에 이 대륙을 처음 발견한 네덜란드인들은 그 정체를 알지 못했고, 1770년 영국의 위대한 탐험가 제임스 쿡이 호주 대륙을 빙 둘러 항해하여 사람이 살 수 있는 땅임을 알아낼 때까지 호주는 미지의 땅으로 남아 있었다.

뉴질랜드 역시 1642년 처음 발견한 이는 네덜란드의 아벌 타스만(Abel Tasman)이었지만 제대로 된 탐사를 한 이는 18세기 후반의 제임스 쿡이었으니 1602년에 제작된 곤여만국전도에 없는 것은 당연했다.

호주, 뉴질랜드가 빠진 지도를 봤을 때 혁이 처음 든 생각은 '빨리 가서 태극기를 팍 꽂아버리면 우리나라보다 수십 배 큰 땅을 점령할 수 있을 텐데' 하는 것이었다. 물론 아직 국기라는 개념도 없을 때이기는 하지만……

어찌 되었든 유럽의 열강들이 모를 때 선점하기만 한다면 좁은 반도 땅에서 중국에 치이고, 일본에 받히는 신세를 면할 뿐만 아니라 엄청난 땅덩어리를 가진 대국이 되지 않겠느냐라는 잠깐의 희망에 찬 공상은 이내 깨지고 말았다.

그 넓은 땅을 지킬 군사력은 고사하고 거기까지 타고 갈 수 있는 배 한 척 없는 게 현 조선의 실정이다.

혁은 쓴 입맛을 다시고 말았다.

도화서 화원을 통해 수첩의 지도를 옮겨 그릴 때 혁은 두 가지를 신경 썼다.

먼저 유럽 지역은 저들의 안마당이니만큼 수첩에 인쇄된 그대로 옮겼다. 하지만 아시아나 아메리카 지역은 유럽인들이 보고 있는 최신 지도인 곤여만국전도와 수첩 지도의 중간 정도의 정확도로 그리게 했다.

대항해 시대인 지금 저들에게 현대의 지도를 그대로 준다면 사자에게 날개를 달아주는 꼴이 된다.

또 하나는 황하나 나일 강처럼 잘 알려진 큰 강 몇 개를 제외하고는 강들은 전부 생략해 버린 점이다.

강은 내륙으로 들어가는 통로이니만큼 사실대로 강을 그려 안 그래도 혈안이 되어 있는 유럽인들의 식민지 확보에 도움을 줄 하등의 이유가 없다.

언젠가 조선이 세계로 웅비하는 날, 혁이 지닌 단 하나의 완벽한 현대 지도가 쓸모가 있을지도 모른다. 그런 날이 과연 올지는 의문이며 현재로는 희망 사항에 불과하지만 말이다.

이런 과정 속에 호주, 뉴질랜드를 뺀 것은 지극히 당연한 일이다.

"먼저 준 지도에는 영국 땅덩어리의 수십 배 크기의 대륙이 빠져 있습니다. 물론 이 새 지도에는 들어 있지요. 즉, 당신에게는 그 넓은 땅을 선점할 수 있는 기회가 있다는 말입니다."

혁의 말을 들은 스튜어트는 급히 숨을 들이마셨다.

지리학자인 그에게 아직 아무도 발견하지 못한 거대한 땅이 있다는 얘기는 엄청난 충격으로 다가왔다. 하지만 이내 의문이 고개를 쳐들었다.

그런데 어떻게 조선은 그 사실을 알고 있단 말인가?

"지금의 조선은 유럽 여러 나라에 비해 몇 가지 부분에서 뒤떨어지는 측면이 있지만 우리 선조는 옛날부터 뛰어난 항해술로 전 세계를 탐험하였고 그 결과를 지도로 남겼기 때문입니다. 더 이상은 국가 기밀에 속하므로 말할 수 없습니다."

말도 안 되는 소리라 뒤통수가 간질간질했지만 어쩌겠는가.

"음~"

신음 소리를 내뱉는 스튜어트에게 조선으로 오는 항해 중 '조선은 괴물 같은 나라' 라고 한 제임스의 말이 떠올랐다. 의혹이 해소되기는커녕 더 큰 궁금증이 치밀어 올라왔지만 국가 기밀이라는데 자꾸 물어볼 수도 없다.

지도 제작의 첫 번째 이유는 군사적 목적이므로 국가 기밀이라는 혁의 말이 맞다.

임진왜란을 획책한 일본은 전란 발발 전 승려로 꾸민 간자들을 파견하여 조선 산천을 구석구석 돌며 상세한 지도를 만들지 않았는가.

허균은 혁으로부터 회담 내용에 대해 미리 언질을 받았기 때문에 대충 분위기로 짐작이 갔지만 원만기 등은 혁이 시키는 대로 수군과 판옥선을 동원하기는 했지만 뭐가 어떻게 돌아가는지 어리둥절할 따름이었다.

"그럼 그 지도를 주는 대가로 요구하는 것이 무엇이오?"

"수석총 일만 정과 그 설계도입니다."

혁은 한 삼만 정쯤 요구하고 싶었으나 이 당시 영국은 그렇게 부자 나라가 못 되었다.

"일… 일만 정을……. 거기다 설계도까지?"

스튜어트가 입을 딱 벌렸다.

"먼저 드린 지도의 가치만 하더라도 그 정도는 되고도 남을 것입니다. 그렇지 않습니까?"

"어허허험, 그… 그거야, 뭐……."

혁의 말이 맞다는 것을 잘 알고 있는 스튜어트다. 그래도 만약의 경우를 대비해야 한다.

"수석총 일만 정은 엄청난 물량인 데다가 설계도는 일급 군사기밀이오. 만약 당신네 말만 믿었다가 사실이 아닐 경우 그 손해는 우리 대영제국이 고스란히 덮어쓰게 되질 않소?"

스튜어트는 신대륙을 발견할 욕심에 당장 계약을 하자는 말이 목구멍까지 올라왔지만 지그시 눌렀다. 비록 거만하기는 해도 왕의 신임을 받을 정도의 인물이다.

"이렇게 합시다. 이번에 유럽으로 실려 나가는 자기는 외상으로 하겠습니다. 그 판매 대금을 공탁하면 되지 않겠습니까?"

만약 새로운 지도의 내용이 틀리면 자기 판매 대금으로 수석총값을 상계하겠다는 말이다.

혁의 제안에 스튜어트의 얼굴이 달아올랐다.

"험, 험, 그렇게까지 한다면 나로서는 반대할 이유가 없소."

말은 점잖게 했지만 스튜어트는 소리 높여 만세라도 부르고 싶은 심정이었다.

조선 지도의 정확성은 이미 검증이 되었다. 거기다 자기 판매 대금까지 공탁한다지 않는가.

비록 수석총 일만 정 값에는 한참 못 미치지만 유럽과 자기 거래를 한 번만 하고 때려치울 게 아닌 이상 이는 그만큼 자신 있다는 의사 표현이었다.

이 지도를 이용해 새 대륙을 발견한다면 바스코 다 가마의 인도 항로 개척은 말할 것도 없고, 콜럼버스의 아메리카 대륙 발견에 버금가는 업적이 될 것이다. 그리고 자신은 영국 역사에 길이 남을 영웅이 된다.

스튜어트의 머릿속에 전 국민의 찬사를 받으며 최고의 귀족인 공작에 임명되는 영광에 찬 자신의 모습이 그려졌다.

터져 나오려는 환호를 참느라 스튜어트의 코가 벌름거렸다.

"자, 여기에 서명을 하시지요, 공작 각하."

허균에게 계약서를 내밀며 최대한의 존중을 표하는 스튜어트였다. 처음의 거만함은 이제 어디에도 찾아볼 수가 없다.

호주와 뉴질랜드에 살고 있는 원주민들에게는 안 된 일이지만 머지않은 장래에 어차피 영국의 식민지가 될 운명이 아닌가.

오세아니아 대륙이라는 거대한 땅덩어리를 넘기는 것이 아쉽지 않은 것은 아니지만 원양 항해를 할 수 있는 배 한 척이 없는 작금의 조선의 사정을 감안하면 어쩔 수 없는 선택이다.

이리하여 조선은 귀중한 수석총의 설계도와 일만 정에 달하는 신무기를 확보하게 되었다.

33.
커피와 유황

"이 그림대로 만들어주게."

"이것은 찻잔입니까? 그런데 조금 묘하게 생겼군요."

사옹원에 들어서자마자 혁은 가지고 온 도안을 안경석에게 내밀었고, 그 그림을 자세히 살핀 안경석이 찻잔치고는 특이하게 생겼다고 평했다.

손잡이가 달린 찻잔은 처음 본 탓이다.

"코피(Coffee) 잔일세."

"예? 코피요?"

어감이 좀 이상하기는 하지만 코피가 틀린 것은 아니잖은가.

혁이 신상품으로 커피 잔을 떠올린 것은 지난번 아크 로얄호에서 스튜어트 백작과 회담을 할 때였다.

"자, 이것 좀 들고 하시지요."

주근깨가 유난히 두드러진 한 소년이 주방에서 입는 듯한 하얀 복장을 한 채 쟁반에 무엇인가를 내오자 백작이 혁 일행에게 들기를 권했다.

손잡이도 없는 쇠잔에 담긴 액체는 먹물처럼 검은빛을 띠었고 야릇한 냄새를 풍기고 있었다.

허균과 수행원 일동은 이 사약 비스무리한 것을 보고 질겁을 했지만 혁은 그게 무엇인지 단박 알아차렸다. 커피였다.

십여 년 만에 좋아하던 커피를 본 혁은 침이 절로 나왔다.

"커피가 아닙니까?"

혁의 들뜬 목소리에 스튜어트는 흠칫했다. 유럽에서도 귀족들이나 맛보고 있는 커피를 이자가 벌써 알고 있다니… 역시 조선은 범상치 않은 나라였다.

유럽인들이 배에까지 싣고 다니며 마시고 있는 커피. 지금 유럽은 바야흐로 커피의 전성 시대였다.

16세기 유럽은 동방에서 건너온 후추에 열광했다. 후추 맛에 반한 유럽인들은 너도나도 음식에 후추를 넣어 먹기 시작했고, 동방에서 후추를 수입한 업자들은 무려 400배의 마진을 남길 수 있었다.

육류가 주 식재료인 이들에게 고기의 누린내를 말끔히 제거해 주는 후추는 하늘이 내린 향신료였다.

이슬람에 의해 동방으로부터의 후추 수입 경로가 막히자 유럽인들은 바닷길을 통해 인도로 가려 했고, 이 과정에서 신대륙이 발견되었다.

17세기에 접어들자 이제 빈부에 상관없이 모두 먹을 수 있게 된 후추를 대신하여 새로운 사치품인 커피가 상류층을 중심으로 대유행하기 시작했다.

시대를 불문하고 높은 자들과 있는 자들은 항시 자신들을 보통 사람들과 차별화시키기를 원한다.

유럽 상류층의 커피에 대한 사랑이 어느 정도였는지 바흐가 작곡한 〈커피 칸타타〉를 들어보자.

커피를 못 마시게 하는 아버지에게 딸이 이유 있는 반항을 하고 있다.

아버지, 너무 그렇게 완고하게 대하지 마세요
커피를 하루에 세 번 이상 못 마시면
전 고통에 차서 너무 구운 양고기처럼
쪼그라들고 말 거예요
아! 이 얼마나 감미로운 맛인가
천 번의 키스보다도 더 황홀하고
마스카텔 포도주보다도 더 달콤하지
내게 즐거움을 주려거든 제발 커피 한 잔 따라줘요

프랑스의 외교관이었던 탈레랑은 커피에 대해 기가 막힌 표현을 남겼다.

"커피의 본능은 유혹. 진한 향기는 와인보다 달콤하고, 부드러운 맛은 키스보다 황홀하다. 악마처럼 검고, 지옥처럼 뜨거우며 천사와 같이 순수하고 사랑처럼 달콤하다."

　물론 탈레랑은 앞으로 백 년은 넘게 있어야 태어날 인물이지만 이 당시 커피를 대하는 유럽인들의 감흥은 이것과 결코 다르지 않았다.

　영국의 런던에서는 남자들의 고급 사교 클럽인 커피 하우스가 생겨났고, 귀족과 부르주아들은 이곳에서 정치, 경제, 사회 전반에 걸친 문제에 대해 열띤 토론을 벌였다. 그들의 입에는 브라질산 담배가 물려 있었고, 탁자 위에는 자바산 커피가 진한 향기를 뿜어내고 있었다.

　이런 커피 하우스 중의 하나인 로이드 카페(Lloyd's cafe)는 후에 세계 최대 보험사로 발전한다.

　이렇듯 커피에 열광은 하고 있었지만 유럽인들은 자기를 만들지 못했기 때문에 중국에서 수입한 찻잔이나 볼품없는 주석잔에 커피를 따라 마시고 있었다.

　혁이 세상에서 제일 맛있는 것을 먹는다는 표정으로 커피를 마시자 스튜어트 백작은 기가 찬 얼굴로 이를 바라보았다. 그러나 그는 혁이 커피를 담은 잔이며 주전자 등을 유심히 살피고 있던 것은 알지 못했다.

　바로 그 후 구상된 것이 '커피 잔 세트'였다.

　이 세트에는 여러 명의 귀족이 둘러앉아 커피를 마시며 환담을 나누는 유럽의 풍습을 감안하여, 몇 개의 잔과 한 개의 커피포트, 그리고 취향에 따라 타서 마시는 설탕과 우유를 담는 그릇을 포함시켰다.

물론 각각의 커피 잔에는 잔 받침이 일체를 이루었고, 마지막으로 대미를 장식한 것은 아름다운 무늬를 아로새긴 티스푼이었다.

현대를 살아가며 일상적으로 커피를 마시는 우리들이 당연하다고 느끼는 이런 구성품들은 당시의 상황에 비추어보면 커피 문화에 일대 혁명이었다.

투박한 쇠잔은 유려한 문양이 그려진 자기 잔으로 바뀌었고, 더구나 손잡이가 달린 잔은 아직까지 세상 누구도 생각지 못했던 장식 겸 편리함이었다.

중국식 찻잔은 손잡이가 없어 뜨거워진 잔을 들고 있기가 불편했다.

각 잔마다 딸린 잔 받침은 상류층임을 드러내고 싶어 하는 귀족과 부자들의 과시욕을 120% 만족시켜 주었다. 잔 바닥에는 최고급품임을 증명하는 예의 빛 광(光) 자가 새겨져 있음은 물론이다.

가장 먼저 커피 잔 세트를 반긴 곳은 유행의 첨단을 걷고 있던 프랑스였다. 소설 『삼총사』의 배경이었던 당시의 프랑스는 리슐리외를 고문으로 등용한 젊은 왕 루이 13세에 의해 막강한 국력을 바탕으로 절대왕정 시대를 열고 있었다.

"이보게, 시몽, 자네는 아직 찻잔에다 커피를 마시나?"

"그게 무슨 소리야. 차를 찻잔에다 마시지 그럼 어디다가 마신단 말인가?"

"허~ 어, 이 친구, 커피와 차를 구별 못 하다니……. 커피는 격조 있게 커피 잔에 마셔야 한다네."

"커피 잔?"

앙리는 절친한 친구인 시몽의 집에 방문했다가 중국식 찻잔에 나온 커피를 보자 영 못마땅한 표정을 지었다.

말하는 걸로 봐서 둘 다 귀족임이 분명하다.

"자네, 조선이라는 나라에서 온 커피 잔 세트를 아직 모르는 모양이군. 지금 장안에 얼마나 화제가 되고 있는데……. 쯧쯧, 명색이 귀족이라면 그 정도는 당연히 준비를 해야 할 것이네."

질책을 들은 시몽의 얼굴이 잘 익은 감처럼 벌게졌다.

"도대체 귀족의 아내라는 사람이 집구석에서 하는 일이 뭐야? 사람을 이렇게 개망신을 주고 말이지, 당장 그놈의 커피 잔 세트를 구해 오지 않고 뭘 하고 있는 거야!"

친구가 돌아가자마자 아내한테 고래고래 소리를 지르는 시몽이었다. 귀족에게 있어 무엇보다 중요한 체면이 깎인 상황이 아닌가.

남편한테 벼락을 맞고, 졸지에 유행도 모르는 촌뜨기가 된 시몽의 아내는 헐레벌떡 단골 도자기 가게로 뛰어갔지만 돌아온 대답에 맥이 빠지고 말았다.

"지금 상품이 다 떨어졌고 밀린 주문이 많아 석 달은 기다려야 되는뎁쇼."

이렇게 말한 가게 주인은 '물건이 이렇게 달려서야 어디 장사를 하겠나', 어쩌고 하면서 혼자 구시렁거렸다.

적지 않은 돈을 찔러주고 겨우 예약 순위를 한 달 뒤로 당긴 시몽의 아내가 한숨을 쉬며 힘없는 발길을 돌린 것은 한참을 주인과 실랑이를 한 다음이었다.

이렇듯 커피 잔 세트는 프랑스를 시작으로 하여 전 유럽으로 폭발적인 인기를 누리며 유행을 만들어 나갔다. 이제 그냥 잔에 커피를 따라 마시는 '무식한 귀족'은 찾아보기 어려운 천연기념물 수준이 되고 말았다.

명품 중에서도 명품인 이 자기 커피 잔 세트의 값은 일반인들은 감히 쳐다볼 수도 없을 고가가 매겨진 것은 물론이다.

명품 하나를 팔면 보통 제품의 수십 배가 넘는 마진이 남는다. 브랜드 파워다. 비싼 것일수록 잘 팔린다는 말이 그래서 나왔나 보다.

한편 왜관은 어느덧 극동 지역을 오가는 모든 네덜란드 상인이 필수로 기착하는 곳이 되었으니 이곳 기방이 쌓인 항해 피로를 풀어주는 오아시스였기 때문임은 말할 필요도 없다.

상인들은 나가사키 항에서 몇 달씩 배에서 대기하던 과거를 떠올리면 어떻게 그걸 견디었나 하면서 고개를 설레설레 젓고는 했다.

이제 이들이 왜관의 기방에 떨구는 돈이 대마도 상인 저리 가라 할 정도로 커지자 일본 막부는 뒤늦게 무릎을 치면서 나가사키에 외국인 전용 상관 건설에 나섰지만 이미 선수를 빼앗긴 상태다.

커피 잔 세트까지 거래하게 된 네덜란드 상인들은 왜관옥에서 건배를 하며 조선과 무역을 하는 자신들의 행운에 하늘을 우러러 다시 한 번 감사했다.

"어딜 그렇게 급하게 가나?"

갑자기 들려온 소리에 돌아보니 혁을 쳐다보며 싱긋 웃고 서 있는 내시 박삼구가 보였다.

각자 하는 일이 바빠 본 지가 제법 되었다.

"오랜만일세. 참 늦게나마 축하하네."

혁이 축하의 말을 건네자 박삼구가 쑥스러워하면서도 입은 헤벌쭉 벌어져 있다.

"다 자네 덕분일세."

한 달 전에 박삼구는 스무 살 먹은 꽃다운 처자와 뒤늦은 혼인을 올렸다.

밥 한 번 배불리 먹는 게 소원이었던 박삼구가 어린 아내까지 맞아 가정을 꾸밀 수 있었던 데는 혁의 공이 크다. 혁이 추천하여 홍삼을 만드는 증포소의 책임자가 되지 못했다면 박삼구는 지금도 여전히 궁전 뜰이나 쓸고 있을지 모르는 일이다.

어찌 되었든 박삼구는 홍삼 증산의 공을 인정받아 내탕고 일을 맡아 보는 상탕(尙帑: 종5품)으로 승진하였고, 뒤늦은 결혼까지 하게 되었다.

이렇듯 조선의 내시들은 일반 백성들처럼 결혼을 하고 가정을 꾸렸다. 이들은 중국과 달리 고환만 제거하고, 성기는 유지했기 때문에 성생활도 가능했다.

박삼구같이 아주 어릴 때 사고를 당한 경우는 별문제이지만 어느 정도 신체가 성장한 다음 거세를 한 경우 발기가 되기 때문이다.

하지만 고환이 없어 사정을 못 하기 때문에 그 괴로움을 못이겨 종종 여자의 어깨나 목덜미를 무는 경우가 있었다. 그런 연유로 내시들에게는 부부 관계를 할 때 아내가 내시인 남편의 입을 천으로 묶는 독특한 성생활 풍습이 생겼다.

내시들은 또한 양자를 들여 자신의 대를 잇게 하였다. 역시 거세를 한 이들 양자들은 아비 내시의 뒤를 이어 내시가 되었고 또 양자를 들여 가계를 이어나갔다.

내시들은 보통 평민의 딸을 아내나 며느리로 맞았지만 핵심 요직에 있는 고위급 내시들은 사대부의 여식을 며느리로 맞기도 했다. 권력을 쥐고자 하는 양반들이 내시의 며느리로 기꺼이 딸을 내주었던 것이다.

박삼구는 그동안 모은 돈으로 이태원에 8칸짜리 신혼집도 마련했다. 조용하고 살기 좋은 동네라 박삼구가 보금자리를 튼 이곳 이태원은 실은 안타까운 사연을 간직한 곳이다.

소나무 숲이 우거지고 산에서 맑은 물이 솟아나 도성의 아낙네들이 빨래터로 이용했던 이곳은 조선 초에는 李泰院(이태원)으로 쓰였다. 그러다 임진왜란이 터졌을 때 적장 가토 기요마사와 그의 부하들이 이태원 황학골에 위치한 운종사라는 절에 머물게 되면서 사달이 벌어졌다.

운종사는 비구니들이 거주하는 절이었다. 왜병들은 여승들을 겁탈하였고 많은 불행한 씨앗들이 잉태되고 말았다.

그래서 동네는 '다른 씨를 배게 된 곳'이란 뜻의 異胎院(이태원)으로 바뀌었다가 효종 때 이르러 이곳에 배나무가 많다 하여 오늘날의 梨泰院(이태원)이 되었다.

"오고(午鼓)도 쳤으니 같이 팥죽이나 먹으러 가세."

먹는 걸 밝히는 것만큼은 결혼을 하고도 변하지 않은 박삼구였다.

"팥죽이라니, 한여름에 무슨 팥죽인가?"

혁은 푹푹 찌는 날씨에 손부채를 해가며 물었다.

"하하, 이 사람, 궁중 생활이 몇 년인데 아직도 몰랐나? 날따라오게."

일반 백성들은 동짓날에 팥죽을 쑤어 먹지만 궁중에서는 동지뿐만 아니라 복날에도 쑤어서 온 궁중 사람이 다 먹었다. 그날은 바로 중복이었다.

혁과 어깨동무를 하다시피 한 채 흥겨워하는 박삼구에게는 이제 맞춤한 양자를 얻어 자신의 대를 잇게 하는 게 마지막 남은 소원이리라.

영국으로부터 건네받은 수석총의 설계도를 보고 가장 기뻐한 이는 화기도감의 책임자인 일본 이름 사야가, 김충선이었다.

자신을 받아들이고 벼슬까지 하사해 준 조선에 무언가 보답을 하고 싶은 마음은 간절한데 현실이 따라주지 않았었다. 그런데 이제 상황이 변했다.

김충선의 총에 대한 전문 지식은 설계도를 가지고 수석총의 실물을 제조할 수 있게 하였다.

일본의 조총을 분해해 그 복제품이나 만드는 수준에서 순식간에 최첨단의 총기를 제작할 수 있게 된 것이다.

화포는 원래 조선이 일본에 비해 앞서 있었지만 총에 있어서는 현저히 뒤떨어졌었는데 이제 수석총의 대량 생산이 가능해지자 개인 화기도 우위를 점하게 되었다.

광해는 설계도와 함께 실려 온 만 정의 수석총을 기반으로 어영청(御營廳)과 총융청(摠戎廳)의 두 부대를 신설했다.

이로써 조선의 상비군은 훈련도감을 위시해 3개 군으로 확대되었다.

자주국방의 면모가 조금씩 갖추어지고 있는 것으로, 혁으로 인해 실제 역사보다 몇십 년 당겨진 결과다.

"한 달 뒤에 대열(大閱)을 실시한다."

대열이란 임금이 친히 참관하는 자리에서 펼쳐지는 군사훈련으로 오늘날 국군의 날 행사와 비슷하다고 보면 된다.

초관(哨官: 하급 장교)이 명을 전하자마자 여기저기서 어이쿠, 하는 비명에 가까운 신음 소리가 터져 나왔다. 대열을 준비하기 위해 강도 높은 훈련을 해야 하는 것도 고달픈 일이지만 무엇보다 걱정이 되는 것은 바로 장비의 마련이었다.

오늘날 군에 입대하는 장병들에게 자기가 쓸 총과 철모, 군복을 직접 장만해 가지고 오라면 어떤 표정을 지을까?

조선의 군대가 바로 그랬다. 본인의 총과 투구, 갑옷을 자비로 마련해야 하는 군대가 조선 군대였다.

대열을 실시하려면 평소와 다르게 정해진 장비를 정확히 구비하였는가를 엄격히 따질 것이므로 병사들이 비명을 지른 것이다.

100명을 지휘하는 하급 무관인 초관은 군졸들의 반응을 보자 그럴 줄 알았다는 듯이 혀를 두어 번 찼다.

"너무 걱정하지 마라. 이제부터는 나라에서 모든 장비를 지급해 준다고 하였다. 너희들은 그저 훈련만 열심히 받으면 된다."

"우와~"

낙담하던 군졸들이 환호성을 울렸다.

월급을 받는 군대이니만큼 고된 훈련이야 각오한 바였으니 큰 불만을 가질 수는 없는 일이고, 장비 구입의 부담이 사라지면 차츰 생활 형편도 나아질 터이다.

"전하, 병사들이 장비를 자기들 돈으로 마련해야 한다는 것은 적절치 않다고 사료됩니다. 이는 마땅히 나라에서 지급해야 할 부분입니다."

총이며 갑옷 등을 병사 각자가 개인적으로 구입해야 한다는 사실을 알게 된 혁이 광해에게 이런 주청을 한 것이 며칠 전의 일이다.

경제 분야를 맡은 혁이 참견할 일은 아니었지만 이런 어이없는 일을 보고도 그냥 넘어갈 수는 없었다.

나라는 가난하다는 핑계로 지금까지 백성들에게 부담을 전가했고 이러한 잘못된 행태에 대해 바로잡으려 나서는 이가 전무했던 것이다.

"네 말이 일리가 있다. 나라를 지키는 일에 더 이상 사비를 쓰게 할 수는 없지."

잠시 생각하던 광해가 고개를 끄덕였다.

물론 나라에 돈이 있으니까 가능한 일이다. 또한 수석총 만정을 이미 나누어주었기에 그리 큰 부담도 아니다.

대열에 앞서 모든 병사에게 신품 지갑(紙甲: 종이 갑옷)이 지급되었다.

종이로 무슨 갑옷을 만드느냐고 고개를 갸웃하겠지만 질기기가 천 년을 간다는 한지 수십 겹을 송진이나 아교로 붙이고 옻칠을 해서 땀이나 비가 스며들지 않게 만든 이 갑옷은 비록 철갑이나 가죽으로 만든 피갑에 비해 방어력은 떨어지지만 무게가 가볍고 무엇보다도 값이 저렴해 훈련용으로 최적이었다.

물론 전시에는 철갑이나 피갑이 지급될 것이다.

장교들에게는 수은갑이 지급되었다. 철 조각 위에 수은을 발라 멀리서도 은빛으로 번쩍이는 가장 화려한 갑옷이다.

모든 병사가 꼭 한번 입어보고 싶어 하는 이 갑옷은 임금의 최측근인 내금위 병사들만 입던 것을 이번에 모든 장교에게 나누어주어 저마다 입고는 으스대고 있었다.

한 달 뒤, 아직은 늦더위가 기승을 부리는 9월의 이른 새벽. 광해를 위시한 조선의 모든 조정 대신이 참석한 가운데 드넓은 한강 변 백사장에서 대열이 실시되었다.

훈련도감과 이번에 창설된 어영청과 총융청의 병사들로 총 3만 명이 참가한 개국 이래 최대의 군사훈련이었다.

이런 기가 막힌 구경거리를 백성들이 지나칠 리가 없었다. 좋은 자리를 맡기 위해 전날부터 밤을 샌 백성들이 부지기수일 정도로 한상 백사장은 밀려든 인파로 콩나물시루가 따로 없었다.

광해의 수신호가 떨어지자 천지를 진동하는 요란한 함성과 함께 진법 훈련이 시작되었다.

1만 5천씩 청군과 백군으로 구분된 군대는 다시 각기 3천 명의 병력으로 구성된 5개의 부대로 나누어졌다.

지휘부에서는 이들 다섯 부대에게 깃발을 이용해 명령을 하달한다. 직속 부대는 황룡기, 그리고 동서남북을 가리키는 것으로 각각 청룡기, 백호기, 주작기, 현무기를 사용하였다. 즉, 청룡기를 앞으로 향하게 하면 동쪽에 있는 부대가 공격을 개시하라는 뜻이다.

깃발과 함께 북과 징이 명령을 전달하는 도구로 쓰였다.

소가죽으로 만든 북은 양(陽)을 상징하므로 북을 치면 적진을 향해 돌격하라는 의미이다. 북을 빠르게 또는 느리게 치는 것에 따라 돌격 속도가 결정된다. 쇠로 만든 징은 음(陰)이므로 정지나 후퇴를 명령할 때 사용했다.

북과 징을 치기 전에 먼저 '뿌~ 우' 소리가 나는 각(角)을 불어 병사들에게 다음 명령이 있을 것임을 알렸다.

진법 훈련은 청군과 백군이 다섯 차례씩 서로 번갈아 공격과 방어를 한다.

실감이 나도록 하기 위해 화살촉을 뺀 활을 쏘았고 날을 두꺼운 헝겊으로 감싼 칼로 서로를 베었다.

탄환을 재지 않고 화약만 터뜨린 총의 일제사격으로 훈련장은 여러 차례 자욱하고 매캐한 연기로 뒤덮이곤 했다.

대열이 비록 훈련이지만 만약 규율을 위반하는 병사가 있으면 실제로 목을 베었다. 군율이 해이해지지 않도록 하기 위함이다.

그러니 대열에 임하는 병사들의 모습은 실제 전장에서의 그 것을 방불케 했고 관람하는 백성들은 짜릿한 흥분 속에, 태어 나서 가장 큰 소리로 병사들과 함께 고함을 질렀다.

해질 무렵까지 진행된 대열이 백성들의 열렬한 환호 속에 종 료되자 광해는 훈련에서 뛰어난 성과를 보인 병사들에게 쌀과 콩을 푸짐하게 하사하며 사기를 진작시켰다.

황홀하게 물든 노을을 뒤로하고 집으로 돌아가는 백성들의 가슴속에는 이제껏 살아오며 한 번도 느껴보지 못했던 감정이 차 올라왔다.

그것은 자신감이었고, 이 땅은 내가 죽어 뼈를 묻을 내 조 국이라는 일체감이었다.

조선의 군비 확장이 엉뚱한 데에 불똥을 튀겼다. 바로 일본 이었다.

조선이 신식 무기로 전부 무장하고 대규모 군대를 창설하였 으며, 연일 군사훈련에 열중하고 있다는 소문이 대마도를 거 쳐 일본 본토에 전해지자 '조선이 임진왜란 때 당한 복수를 하 려고 한다'는 소문이 퍼진 것이다.

겁먹은 일부 백성들이 보따리를 싸서 북쪽으로 피난을 가 는 촌극까지 벌어지자 당황한 막부는 긴급회의를 열어 조선으 로 사신을 급파하기로 결정하였다.

"…하여 저희 쇼군께서는 양국 간의 우호 관계를 증진하기 위 해 조선이 통신사를 파견해 주시기를 간절히 청하는 바입니다."

조선이 일본을 침공할 의사가 없다는 사실을 일본 백성들이 모두 깨달을 수 있도록 막부에서는 통신사 파견을 요청해 왔다.

통신사란 통할 통(通)에 믿을 신(信), 즉 말 그대로 서로 신뢰를 주고받는 사신이란 뜻이다.

조선은 임진왜란 직전에 통신사를 파견한 후 이제껏 파견을 하지 않았었다.

원수 같은 왜놈들한테 우수한 문물을 전해주고 우호를 쌓는 역할의 통신사를 파견할 하등의 이유를 느끼지 못했기 때문이다.

하지만 조선으로서도 이제는 상황이 좀 달라졌다.

우선 북쪽의 후금을 대비하는 것이 급선무이니만큼 왜국과의 평화 유지는 절실한 사항이었다. 더불어 인삼 수출로 인해 갈수록 늘어나는 무역 수지 흑자는 교역국으로서의 중요성도 무시할 수 없게 되었다.

"그런 일이 있었구나. 비록 우리가 군대를 새로 만든 것은 사실이지만 왜국과 전쟁을 벌이려고 그런 것은 아니라는 점을 사신은 돌아가 전하도록 하라. 그리고 통신사 파견 문제는 가능한 쪽으로 검토해 보겠노라."

위엄에 찬 광해의 음성이 떨어지자 사신의 얼굴이 훤해졌다.

"전하의 은혜가 태산과 같사옵니다."

이리하여 조선은 몇십 년 만에 통신사를 파견하게 되었다.

통상 500명 정도로 구성되는 통신사는 정사와 부사, 그리고 종사관을 임명하는 것으로 시작한다. 조선 국왕의 친서를 전달하는 것이 주목적인 통신사 일행은 일본의 에도까지 육로와 해로를 합쳐 무려 왕복 11,000리, 평균 9개월이 소요되는 먼 길을 오가야 했다.

부산을 떠난 일행이 대마도를 거쳐 일본에 도착하면 일본인 2,500명이 동원되어 이들의 시중을 들었다. 이렇게 3,000명으로 불어난 대인원이 에도에 도착할 때까지 거치는 마을은 이 인원을 재우고 먹이는 데 막대한 돈이 들 수밖에 없었고 막부에서는 이것을 이들 지방 세력을 누르는 기회로 삼았다.

일본이 조선 통신사를 한 번 유치하는 데 드는 총 비용은 오늘날의 화폐로 따져 약 7,000억 원으로 이는 당시 일본 GDP의 십분지 일에 해당하는 엄청난 금액이었다.

통신사 일행이 최종 목적지인 에도에 도착하면 이 으리으리한 행렬을 보기 위해 전 에도 시민의 삼분의 일이 몰려 나와 가도는 인산인해를 이루었다.

조선 통신사임을 알리는 청도기수가 제일 앞장을 서고 그 뒤에 국서를 실은 가마가 따랐다.

정사, 부사, 종사관이 개선장군처럼 연도에 늘어선 시민들의 환호 속에 지나가면 그 뒤를 제술관, 상상관, 상판사, 군관, 화원, 의원, 소동 등이 줄을 이었으며, 이 행렬 중 당시 일본 백성들에게 가장 인기를 끌었던 이는 마상재(馬上才)였다.

고려 때부터 내려온 마상무예의 달인인 이들은 좌우초마(말 등 넘나들기), 종와침마미(말꼬리를 베고 세로로 누움), 주마입마상(말 위에 서 있기), 좌우등리장신(말 옆구리에 몸 숨기기) 등을 기본으로 한, 달리는 말 위에서 펼치는 온갖 묘기로 일본 백성들의 눈을 사로잡았다.

마상재는 원래 마상무예를 연마하는 무관이었으나 화약 병기가 주무기가 되면서 점차 화려한 연예인으로 변모해 갔다.

당시 일본은 이런 마상재가 없었기 때문에 이들이 벌이는 신기에 가까운 곡예에 일본 백성들은 열광했다. 마상재는 일본에서의 한류 원조였다.

조선 통신사 일행이 백성들의 환호를 받으며 돌아가자 막부에서는 쇼군이 소집한 중신 회의가 다시 열렸다. 일단 백성들의 불안은 잠재웠으나 근본적인 문제가 해결된 것은 아니다.

조선이 급속히 군비 증강을 하고 있다는 것은 변함없는 사실이었다.

"중신들은 기탄없이 의견들을 말해보라."

도쿠가와 막부의 제2대 쇼군인 도쿠가와 히데타다(德川秀忠)는 좌중을 둘러보고는 무겁게 입을 열었다.

인삼 모종을 조선에서 훔쳐오려다 들켜 파면된 혼다 히데마사의 후임으로 재정 담당관이 된 이와마쓰 단조가 헛기침을 한번 하고는 고개를 들었다.

"조선이 군사력을 키우고 있는 것은 사실이나 이는 만주 지역에서 발원하여 명나라를 위협하고 있는 후금에 대한 방비 차원이지 결코 우리 일본을 침략하려는 의도는 없다고 봅니다. 조선 국왕은 우리의 요청을 즉시 수용하여 통신사를 파견하였으며 무엇보다도 조선이 증강하고 있는 군대는 수군이 아니라 육군이라는 사실이 그것을 증명하고 있습니다. 우리가 지나치게 민감한 반응을 보인다면 양국의 우호 관계에 오히려

해가 될 수가 있음을 아셔야 합니다."

이와마쓰가 임진왜란 이후에 모처럼 조성된 조선과 일본 간의 평화를 위협하는 어떤 돌출 행동이 있어서는 안 된다는 취지의 발언을 했다.

"재정 담당관께서는 사태를 지나치게 낙관적으로 보고 계십니다."

강한 어조로 제동을 걸고 나온 이는 햇볕에 탄 구릿빛 얼굴에 바늘 같은 눈매를 한 장수였다.

막부의 군사 담당관인 가토 기요카스로 임진년 조선을 침범하여 한양의 궁궐을 모두 불태운 왜장 가토 기요마사의 동생이다.

"조선이 우리 일본을 공격하려면 수군을 증강해야 한다는 지적은 일리가 있습니다. 하지만 조선의 수군은 전통적으로 우리보다 강합니다. 만약 육군을 강화한 후에 수군을 늘린다면 그것은 단시간 내에도 가능한 일이다, 이 말입니다."

잠시 말을 끊어 주의를 환기한 후 그가 말을 이었다.

"분로쿠 게이초노 에키(文祿慶長の役: 일본에서 임진왜란과 정유재란을 부르는 말) 때 이순신이 이끌던 조선 수군 때문에 우리가 뜻을 이루지 못했다는 것은 여기에 있는 모든 이가 아는 사실이 아닙니까? 이런 상황에서 육군마저 우리보다 세진다면 유사시 어떻게 대응할 수 있겠습니까?"

가토 기요카스의 거침없는 지적에 중신들은 대부분 고개를 끄덕였다.

"가토의 말이 맞다. 유비무환(有備無患)이라 하지 않았는가. 그럼 그대는 우리가 어찌해야 한다고 생각하는가?"

쇼군의 두둔에 한결 자신감을 얻은 가토가 예의 그 날카로운 눈으로 좌중을 바라봤다.

"조선으로의 유황 수출을 중단해야 합니다."

초강경책을 들고 나왔다. 조선이 총병을 집중적으로 양성하고 있느니만큼 화약의 원료인 유황을 수출하지 않으면 무력화시킬 수 있다는 말이다.

"그것은 안 될 말입니다. 예고도 없이 그런 일을 감행하면 조선이 강하게 반발할 게 뻔합니다. 이는 양국의 우호에 대단히 좋지 않은 영향을 미칠 것입니다."

재정 담당관인 이와마쓰가 극력 반대하고 나섰다.

유황의 대부분을 일본에서 수입하는 조선으로서는 이 조치가 엄청난 타격으로 다가올 것이다.

"조선은 수석총을 자체 생산하여 속속 장비하고 있는 상황이오. 그런데 우리는 어떻소? 아직까지 몇 정 들여온 것을 뜯었다, 붙였다만 하고 있는 실정이 아니오? 재정 담당관께서는 조선의 반발을 걱정하고 있지만 인삼으로 크게 이득을 보고 있는 입장에서 뭘 어쩌지는 못할 것이오."

가토의 예리한 지적이었다.

이리하여 조선의 군비 증강에 위협을 느낀 일본은 1621년 유황, 일본도, 조총, 흑각 등 일체의 군수물자의 수출을 금지하는 '무기 금수 조치'를 발동한다.

예상치 못한 이 조치에 이번엔 조선에 비상이 걸렸다. 아무리 우수한 수석총을 만들어봤자 화약이 없으면 말짱 꽝이 아닌가.

"이런 잔나비같이 야비한 놈들을 보았나. 사정사정해서 통신사까지 파견해 주었거늘 유황을 안 넘기겠다고?"

광해가 분을 참지 못하고 주먹 쥔 손으로 협탁을 내려쳤다. 아무리 속을 가라앉히려고 해도 요강으로 물 마신 것 같은 기분이 영 가시질 않았다.

앞에 부복하고 있는 병조판서 허균은 마치 자신의 잘못인 양 고개를 들지 못하고 있었지만 그 역시 속이 끓기는 마찬가지였다.

이러다가는 조선의 총병 3만은 총알 한 방 못 쏴보고 매일 총검술이나 하게 생겼다.

"무슨 수를 써도 좋으니 유황을 마련하시오. 아시겠소?"

허균을 바라보는 광해의 눈길이 활활 타올랐다.

'무슨 수를 써도 좋다' 라는 것은 비공식적인 경로라도 뚫어 보라는 말이다.

'어떻게 양성한 총병인데… 자칫하다가는 나무 막대기 들고 설치는 허깨비가 될 판이 아닌가.'

광해는 으스러져라 이를 악물며 언젠가는 왜놈들에게 뜨거운 맛을 한번 보여주리라 마음먹었다.

"신 병판 허균, 전하의 명을 받들어 필히 유황을 구하겠사옵니다."

바닥을 짚고 있는 허균의 손바닥이 축축이 젖어왔다.

그로부터 6개월이 지난 그믐날 밤, 부산포와 대마도 사이에 있는 조그만 섬인 가덕도에 한 척의 배가 조용히 정박하고 있었다.

일본에서 밀수왕이라 손꼽히는 이토 코자에몬(伊藤小佐衛門)의 밀수선이었다.

밀수를 단속하는 조선의 전함은 오히려 이 배를 호위하듯 멀찍이 지켜보고 있을 뿐이다.

이 배에는 조선이 그토록 애타게 구하고 있는 유황 15,000근이 실려 있었다.

광해는 일국의 왕으로서의 체면도 버리고 밀수를 지시했던 것이다.

후쿠오카의 대상인 이토 코자에몬은 조선과의 밀수를 통해 거대한 부를 형성했는데, 그의 재산이 일본 막부보다 많다고 한다.

그는 나가사키에 본부를 두고 쓰시마, 하카다, 구루메, 미야자키, 오사카를 잇는 밀매 조직을 만들어 오늘날의 재벌이 되었다. 정식 수입로가 막힌 조선은 국책적으로 이 밀수 조직을 이용하기로 한 것이다.

하지만 이는 미봉책일 뿐 밀수만으로는 충분한 양을 확보하기 어려웠고, 무엇보다도 언제까지고 계속 밀수가 가능하다는 보장도 없었다.

이 우려는 현실화되어 얼마 지나지 않아 이토 코자에몬은 조선과의 군수 물자 밀매가 발각되어 사형을 당하고 만다.

"전국을 이 잡듯이 뒤져서라도 유황을 찾아라."

광해의 특명이 떨어졌다.

공조에 소속된 모든 기술자와 각 고을의 공방들은 온 산을 샅샅이 뒤지기 시작했다. 아울러 광해는 사관들을 시켜『조선왕조실록』을 조사하게 했다.

개국 이래 발생한 모든 일이 적혀 있다고 할 수 있는 왕조실록에 혹시 어떤 단서가 있을지 모르기 때문이다.

아무리 임금이라 할지라도 왕조 실록을 볼 수는 없다. 그러나 꼭 필요한 경우 사관을 시켜 원하는 부분을 찾아보게 할 수는 있는지라 광해의 지시를 받은 사관들이 눈에 불을 켜고 유황의 흔적을 찾아 나섰다.

먼저 개가를 올린 것은 공조 소속의 무관 이의립(李義立)이었다.

그는 광해의 영이 떨어지기 전부터 백두산을 비롯해 금강산, 가야산, 묘향산, 지리산 등을 돌며 유황과 수철(水鐵)을 찾고 있었다. 그러다가 드디어 경주 토함산 북서쪽에 있는 500m 높이의 만호봉에서 유황 광을 발견했다.

광해는 파격적으로 종2품 가선대부를 하사함으로 그의 공을 치하했는데, 역모를 고변하지 않고 이렇게 일약 중신의 반열로 승진한 예는 없었으니 광해의 기쁨이 얼마나 컸는지 짐작할 수 있다.

사관들 쪽에서도 성과가 있었다.

화약 무기에 관심이 많았던 세종조의 기록에서 유황의 단초를 발견했다.

領中樞崔潤德嘗啓云 在咸吉道, 觀地燒幾寸, 以一日之燒量
之, 今已數十年矣 以水沃之, 不能滅。

여중추 최윤덕이 일찍이 아뢰기를, 함길도에 있을 때에 땅이 몇
치씩 타는 것을 보았는데, 하루씩 타는 것으로 계산하면 지금 이미
수십 년이 되었으나 물을 대어도 능히 끌 수가 없사옵니다.

세종 27년 1월 22일

今二月初六日, 野火迎燒, 地燒復發, 長八尺廣四尺, 火焰熾
盛, 晝則靑烟, 夜則火光, 臭同石硫黃, 雖雨不滅。堀而視之,
土皆赤色。

금년 2월 초 6일에 들불이 번져 타매, 지소가 다시 발하여 길이
는 8척, 넓이는 4척이고, 불꽃이 성하여 낮에는 푸른 연기가 나고
밤에는 불빛이 일며, 냄새는 석유황과 같고, 비가 내려도 꺼지지 아
니하는데, 파서 보니 흙이 모두 붉은빛입니다.

세종 27년 4월 12일

'땅이 타고 물에도 꺼지지 않는 불'이란 무엇인가. 바로 유
황을 의미하는 게 아닐까?

"즉시 장인들을 파견하여 이곳들에 대한 조사를 실행토록
하라."

흥분한 광해의 명령이 떨어졌고, 오래지 않아 결과가 올라
왔다.

"함경도의 경성과 길성, 그리고 충청도 청풍에서 유황을 발
견했사옵니다. 비록 왜국산에 비해 품질은 다소 떨어지지만

화약 제조에는 별문제가 없다는 장인의 보고입니다, 전하."

광해는 무릎을 쳤다.

"이는 하늘이 이 나라 조선을 돌봄이로다."

오늘날 우리나라에서 석유가 발견된다면 이렇게 기쁘지 않을까. 이제 자주 국방을 추진하는 데 최대의 걸림돌이었던 유황 문제가 말끔히 해결되었다.

대전을 나서는 광해의 얼굴이 빛나고 있었다.

34.
소금을 생산하라

광화문으로 들어가는 큰길을 육조대로라 한다. 광화문을 바라보면서 오른편으로 이조, 한성부, 호조가 있고, 왼편으로는 예조, 병조, 형조, 그리고 공조가 순서대로 늘어서 있다.

마지막에 있는 공조(工曹)는 산림(山林), 공장(工匠), 도요공(陶窯工) 그리고 철을 만지는 야금(冶金)에 관한 일을 맡은 부서다.

증기기관을 개발하기 위한 조직인 '증기기관 도감(都監)'이 정식으로 발족하는 날이라 이곳 공조의 넓은 뒤뜰이 시끌벅적하다.

'도감'이란 어떤 특정한 일을 하기 위해 만든 임시 기구로서 현대의 TF(Task Force) Team과 유사하다.

증기기관 개발을 주창하였기에 형식상 책임자가 된 혁은 뒤뜰에 삼삼오오 모여 서서 웅성거리는 사람들을 보며 가볍게 한숨을 내쉬었다.

정작 철을 두드리고 주물을 제작할 장인들의 숫자보다 관리를 맡을 벼슬아치의 수효가 더 많다는 사실이 그 이유였다.

임금이 이 안건에 지대한 관심을 가진지라 조정의 각 부서에서는 이조에 줄을 대어 너도나도 자기 부서원을 천거했던 것이다.

어찌 되었든 이 인원을 가지고 조선 발전의 핵심이 될 증기기관을 필히 만들어내어야 한다.

증기기관 도감의 실질적 운영을 맡은 공조정랑 천효준이 인원 점검을 하는 것이 눈에 띄었다.

조정에서 공론을 할 때 서양의 학문을 도입하자는 혁의 의견에 맨 처음 찬성해 준 인물이다.

천효준은 그 후에도 중국에서 들여온 서양 과학 서적을 한문을 모르는 장인들을 위해 한글로 고쳐 쓰는 작업도 도맡다시피 했다.

증기기관 개발에 대한 그의 열정은 혁 못지않았다. 사대부 출신이면서도 과학에 관심이 많았던 그는 사람이나 마소(馬牛)의 힘을 빌리지 않고 동력을 얻을 수 있다는 혁의 설명에 완전히 매료되었다.

천효준을 둘러싸고 있는 다른 벼슬아치들의 얼굴 역시 상기되어 있었다. 이 개발이 성공할 시 자신들에게 돌아올 상급에 대한 성급한 기대감 때문이다.

조금 떨어진 자리에 서 있는 서도광의 눈동자는 조금 다른 이유로 충혈되어 있었다.

작년에 과거 시험에 급제한 그는 별 끗발 없는 부서인 공조에 배치받자 이를 갈았다.

타고난 성품이 욕심이 많고, 조급하며 남에게 지는 걸 죽기보다 싫어하는 그로서는 불과 며칠 전까지 같은 권지(인턴) 신세였다가 삼사(三司) 같은 핵심 부서로 발령받고 희희낙락하는 동료들을 쳐다보며 주먹을 으스러지게 쥐었다. 마음 같아서는 쫓아가서 턱주가리를 한 대 올려붙이고 싶었다.

집에 돌아와서도 꼬인 마음이 풀리지 않은 그는 정화수 떠놓고 자신의 과거 급제를 빌었던 홀어머니한테까지 불퉁가지를 부렸다.

그런 그에게 은밀한 기별이 온 것은 밤이 이슥해서였다.

"내가 누구인 줄 알겠느냐?"

납작 엎드려 있는 그의 머리 위로 떨어진 새된 음성을 들으며 서도광은 몸을 떨었다.

보료 위에 앉아 거만하게 내려다보고 있는 이가 조선 천지를 휘어잡고 있는 대북파의 수장인 이이첨이라는 것을 어찌 모르겠는가.

"허면 내가 왜 널 불렀는지도 알겠느냐?"

이제 갓 관료의 길에 들어선 종8품짜리 피라미가 어찌 하늘 같은 분의 뜻을 헤아릴 수가 있으랴.

"송구하기 이를 데 없사오나 소인은 알지를 못하옵니다."

혹시 야단이 떨어질지 모른다는 생각에 목소리가 떨려 나왔으나 모르니까 모른다고 할 수밖에.

서도광으로서도 대단히 궁금한 부분이 아닐 수 없었다. 이이첨 대감이 자기 같은 최말단을 직접 부른 이유를 오는 내내 아무리 생각해도 감이 잡히지 않았다.

자신은 그야말로 대감이 손가락질 한 번만 해도 하늬바람에 흩날리는 먼지처럼 흔적도 없이 사라질 그런 존재에 불과하지 않은가.

한참을 말이 없이 서도광의 등허리에 식은땀이 솟게 하더니 드디어 이이첨의 입에서 한마디가 떨어졌다.

"내 자네를 중히 쓰려고 부른 것이야."

전혀 예상 밖의 말에 서도광은 순간 숨을 들이마셨다. 너무 급하게 숨을 들이켜는 바람에 하마터면 재채기가 터질 뻔했다.

이게 웬 복음의 말씀이란 말인가. 굵은 동아줄은커녕 자신을 잡아끌어 줄 썩은 새끼줄 하나 없는 형편인데 이 나라 최고의 세력가가 자신을 밀어주겠다니.

서도광은 다시 침을 꼴깍 삼켰다.

서도광의 아비는 몇 번의 도전에도 불구하고 결국 과거 시험에 합격하지 못하여 울화병으로 일찍 세상을 떠났고, 낮은 벼슬을 했던 조부 덕분에 그나마 근근이 양반 지위를 유지해 왔던 그로서는 북인이니 서인이니 하는 당파도 그림의 떡이었다.

자신과 같이 한미한 출신을 받아줄 리도 없기에 애써 쳐다보지도 않았는데 대북파의 수장이 먼저 자신에게 손을 내밀었다.

서도광의 심장이 심하게 요동쳤다.

"하명만 하시면 목숨인들 아까워하겠습니까, 대감."

감격해 목숨까지도 내놓겠다는 대답에는 별 대꾸 없이 이이첨의 담담한 말이 이어졌다.

"자네를 증기기관 도감에 넣어줄 테니 거기서 일어나는 모든 일들을 내게 소상히 고하라. 내 눈과 귀가 되어 달라는 말이야. 알아듣겠는가?"

밥 위에 떡이라더니, 자신이 속한 공조뿐만 아니라 여타 부서에서도 못 들어가 안달인 증기기관 도감이 아닌가.

"이 어른을 보필하는 게 자네에게는 넘치는 홍복이요, 가문의 생광임은 잘 알 것이야."

여전히 이이첨의 수족으로 행세하고 있는 포도대장 황오석이 옆에 앉았다가 참견을 했다.

"이르다 뿐이겠습니까. 신명을 다 바치겠습니다, 대감."

서도광은 이마가 벌게지도록 바닥에 머리를 찧고는 감격에 겨운 표정을 감추지 못하고 종종걸음을 치며 돌아갔다. 아마도 오늘 밤에는 용을 타고 승천하는 꿈을 꿀 것이다.

"저치는 이제 대감 말씀이라면 화약을 이고 불 속에라도 뛰어들 것입니다."

"제까짓 것이 당연히 그래야지. 자네는 어떻게 해서든 증기기관인가 나발인가를 못 만들게 해야 된다, 이 말이야. 알아듣겠나?"

"여부가 있겠습니까, 대감."

자신이 그렇게 반대를 했는데도 그 유혁이란 놈의 주장을 받아들여 쓸데없는 짓을 벌이고 있는 광해의 얼굴이 떠올라 이이첨은 담뱃대를 문 이빨에 힘을 주었다.

만약 증기기관의 개발이 성공한다면 자신의 권위는 형편없이 추락할 게 뻔하다.

그 꼴을 볼 수는 없다.

서도광은 며칠 후, 고참 부서원들의 질시 어린 눈길 속에 도감으로 발령을 받았고, 지금 흥분을 애써 누르며 사방을 두리번거리고 있었다.

여기 모인 이들은 우선 중국에서 들여온 과학 서적과 혁이 밤잠을 줄이며 번역한 서양의 최신 과학서를 공부하고 난 다음 조선의 모든 기술을 총동원하여 증기기관 개발에 도전하게 된다.

성공할지, 못 할지는 아무도 모른다. 다만 반드시 해내야 한다는 것이 변함없는 혁의 생각이다.

혁은 어깨를 들었다 내리며 다시 한 번 길게 숨을 내뱉었다.

강남 갔던 제비가 돌아온다는 삼월 삼짇날도 지났다. 더없이 포근한 날씨가 완연한 봄을 알렸다.

도감 구성 등으로 정신없는 나날을 보낸 혁이 오랜만에 나미를 찾았다.

활짝 핀 벚꽃 같은 나미의 모습을 보자 혁은 쌓인 피로를 잊었다.

"오늘은 마침 보름달이 뜨니 우리 강변으로 나가요. 모처럼 바깥바람을 쐬고 싶습니다."

오늘날로 치면 날씨도 좋으니 교외로 드라이브나 나가자는 말이다. 마다할 이유가 없다.

혁은 타고 온 말에 나미를 앉히고 말고삐를 잡았다.

말의 평균 수명은 30년이다. 그런데 처음 하사받을 때 이미 상당한 나이였던 애마 군만두는 너무 늙어서 도저히 탈 수 없게 되어 눈물을 머금고 헤어진 게 6개월 전이다.

지방 출장이 여전히 잦은 혁으로서는 자가용이 없으면 안 되므로 새로이 젊은 말을 장만해야 했고 혁은 이번에도 가장 먹고 싶은 것으로 이름을 붙였다.

"가자, 라면!"

한강 백사장이 훤히 뜬 달빛을 받아 금가루를 뿌린 듯 반짝였다.

편평한 곳에 자리를 깔자 나미는 바로 준비해 온 술과 안주를 맵시 있게 차려내었다. 기방에서만 마주 앉다가 솔향기 날리는 강가에서 함께 마시는 술은 이태백이 부럽지 않았다.

"나으리, 지금 뜬 달이 몇 개인지 아시나요?"

밝은 보름달 아래 빛나는 혁의 눈을 빤히 쳐다보며 나미가 물었다.

이 상황에서 '달이야 하늘에 떠 있는 저것 하나 아니냐?'라고 대답할 사람은 아무도 없다.

만약 있다면 그만 숨 쉬고 강물에 뛰어드는 게 낫다.

"글쎄, 하늘에 떠서 비추는 달이 있고, 강물에 잠겨 우리를 바라보는 달이 보인다만……."

혁은 웃음 띤 얼굴로 나미의 다음 말을 기다렸다.

"하늘에 둥실 떠 있는 달, 강에 비친 달, 여기 술잔에 잠긴 달, 나으리 눈에 비친 달, 그리고 소녀 가슴에 뜬 달, 이렇게 다섯 개입니다."

"······."

나미의 약간 코맹맹이 섞인 말을 들은 혁은 잔에 든 술을 훌쩍 마셨다. 달과 함께.

갑자기 목이 메어왔다.

'네 마음에만 달이 떠 있겠니. 나의 마음속에도 달이 휘영청 떠 있단다.'

나미를 바라보며 혁은 다시 가슴이 저려왔다.

'청천 하늘엔 잔별도 많고, 이 내 가슴엔 수심도 많다'. 어느 민요의 가사 한 구절이 순간 떠오른 혁이었다.

'아~ 이 아이를 어떻게 하나.'

열여덟 살 때부터 자신만 바라보고 온 나미가 아닌가. 그 사이 어느덧 9년이라는 세월이 흘렀다.

기생 나이 스물일곱이면 환갑, 진갑 다 지난 나이다.

'이대로 둘 수는 없어, 같이 살아야 해.'

혁이 나미를 첩이 아닌 정실 아내로 맞이하겠다고 다시 한 번 마음을 굳혔다.

만약 보통 양반들의 행태처럼 첩으로 들여앉힌다면 크게 어려울 것은 없지만 그리하면 나미는 남은 생 동안 제대로 된 대우를 받을 수 없을뿐더러 둘 사이의 자식은 서얼이 되어 평생을 천대받는 신세로 살아야만 한다. 그리고 일단 첩으로 들이면 정처로 변경하는 것은 불가능하다.

따라서 어떻게든 나미를 정실로 맞아야 하나 천민인 기생과 현직 관료인 혁의 혼인은 국법상 금지되어 있다.

『경국대전』에 의하면 관기는 50세가 되어야 그 역이 면제된다. 그것도 대신 조카나 딸을 기적에 입적시킨 후에야 가능하다.

남원의 퇴기 월매가 외동딸 춘향이를 대신 기생으로 입적시킬 수밖에 없었던 이유가 바로 여기에 있다. 이를 대비정속(代婢定屬)이라 한다. 그만큼 면천은 어려운 것이다.

'방법을 찾아야 한다.'

혁이 자신을 바라보며 한숨을 내쉬자 이유를 아는 듯 모르는 듯 나미는 맑은 눈동자를 들어 혁을 그윽이 쳐다볼 뿐이었다.

"전하, 하세국(河世國)이 당도했사옵니다."

"오, 그래? 어서 들라 하라."

하세국은 명나라의 강압에 못 이긴 조선이 강홍립을 대장으로 한 원병을 파견할 때 광해가 특별히 선임하여 같이 보냈던 어전통사다.

여진어에 능통한 그는 조선군이 항복한 후에 후금과 조선을 왔다 갔다 하며 광해와 홍타이지 간의 연락책 역할을 수행하고 있다.

홍타이지(皇太極)는 후금을 건국한 누르하치의 아들로 후에 누르하치의 뒤를 이어 제2대 황제에 오르는 인물이다.

"고생이 많았느니라."

먼 길을 오가느라 수척한 형상을 한 신하에게 광해가 따듯한 위로의 말을 건넸다.

포로의 귀환 조건이었던 소의 전달도 그의 몫인지라 하세국은 후금의 수도인 허투알라로 벌써 몇 차례나 왕복하고 있었다.

"그래, 강 장군은 어떻게 지내고 있느냐?"

조선군을 이끌고 출정했던 노장군인 강홍립의 안부를 묻고 있는 광해다. 그는 여전히 후금 측에 인질 겸해서 붙잡혀 있는 실정이다.

"몸 성히 잘 있사옵니다. 다만 가족들에 대한 그리움으로 남몰래 애태우고 있는 것으로 아옵니다."

"그렇겠지. 그럴 것이야, 쯧쯧."

몇 년째 홀로 후금에 남아 있는 그를 생각하며 광해가 혀를 두어 번 찼다.

하지만 그가 하세국을 통해 전해오는 밀서는 중원의 사정을 판단하는 데 있어 더없이 소중한 정보였다. 사실 후금 측은 강홍립이 서찰을 보내는 것을 막지 않았기 때문에 굳이 밀서라고 할 것도 못 되지만 말이다.

"이것이 강 장군이 올리는 것이고, 뒤의 것은 홍타이지가 전하께 전하라는 서찰이옵니다."

하세국이 품에 소중히 간직해 온 두 개의 봉투를 끄집어내었다.

"홍타이지가?"

서둘러 서찰을 펼친 광해의 미간이 좁혀졌다.

"소금이라……."

거기에는 소금을 구해주길 바란다는 홍타이지의 부탁이 정중한 어체로 적혀 있었다.

후금은 작년에 요동 지역 최후의 보루였던 심양과 요양을 차례로 함락시키고, 주변의 70여 성채도 점령했다.

이렇듯 전황은 후금이 압도적으로 유리한 방향으로 흘러가고 있었지만 그 말은 곧 명과의 전쟁이 그만큼 치열하여 전혀 교역이 이루어질 수 없다는 뜻이다.

후금이 흥기한 지역이 만주 벌판인지라 가까운 바다가 없고 기온이 낮아 소금 생산이 여의치 않았다.

소금은 사람이 살아가는 데 있어 필수품. 홍타이지는 광해에게 이 소금을 구해달라는 요청을 해온 것이다. 그 대가로는 여진족의 특산품인 진주와 모피를 주겠다고 쓰여 있었다─진주는 담수호에서 양식을 통해 생산했다─.

이어서 본 강홍립의 편지에도 후금이 소금을 구하지 못해 애를 먹고 있는 실정과 이를 만약 조선이 해결해 준다면 후금과의 관계가 좋아질 것이라는 의견이 첨부되어 있었다.

서찰들을 내려놓고 잠시 천장을 올려다본 광해의 입에서 안타까운 신음 소리가 새어 나왔다. 그가 알기로 조선의 소금 생산 능력으로는 후금이 원하는 지원이 불가능했다.

"소금은 겨우 우리 조선 백성들이 먹고살 정도밖에는 만들지 못할 텐데……."

소금은 넓은 바닷가 염전에서 무진장 나오는 것으로 알고 있는 오늘날의 사람들은 이해할 수 없는 일이지만 햇빛을 이용한 천일염의 생산은 1907년 일제에 의해 시작되었으니 그 역사가 100년 남짓에 불과했다.

당시의 소금 생산 방법은 바닷물을 가마솥(염분)에 넣고 끓이는 자염법(煮鹽法)이었다. 이 방법은 엄청난 땔감과 인력이 필요했고, 따라서 소금값은 쌀값의 절반에 이를 정도로 고가였다. 고춧가루를 김치에 넣기 시작한 이유도 비싼 소금을 덜 사용하면서도 오래 저장할 수 있었기 때문이다.

방법이 방법이니만큼 하루아침에 생산량을 늘릴 수도 없었다. 광해는 이것을 지적하며 안타까운 심정을 표한 것이다.

명과 후금 사이에서 아슬아슬하게 외교전을 펼치고 있는 입장에서 이번 후금의 요청은 어떻게든 성사시키고 싶은 광해였다.

광해의 머리에 혁의 얼굴이 떠오른 것은 하세국이 나가고 한참을 더 고민한 후였다.

"그래, 유혁이라면……!"

표정이 눈에 띄게 밝아졌다.

이리하여 증기기관 개발로 정신 못 차리고 있는 혁에게 또 하나의 중대한 임무가 떨어졌다.

멍하니 천장 갈비만 세고 있던 혁이 깊게 심호흡을 두어 번 했다.

광해에게 불려가 후금이 소금을 요청한 내막을 듣고 어떻게든 방법을 찾아보라는 말을 들은 것이 벌써 닷새 전의 일이다.

그러나 소금에 관해 무지하기는 혁 또한 마찬가지가 아닌가. 현대에 있을 때도 소금은 가게에 가면 파는 것으로만 알고 살아온 혁이다.

현재 조선이 소금을 생산하고 있는 방식에 대해서는 자세히 알아봤다. 지금의 방식으로는 대량 생산이 절대 불가능하다는 것은 파악했지만 변하지 않는 지상 명제는 가능한 한 빠른 시일 내에 대량의 소금을 구해야 한다는 사실이다.

막막하기는 해도 이것보다 어려운 문제도 해결한 전력이 있는 혁이다. 다시 한 번 차근차근 생각을 정리했다.

'지금 문제는 필요한 양은 많은데 생산이 못 따라간다는 사실이다. 그러면 어찌해야 하는가. 시설을 확충해야 한다. 그런데 그것은 현실적으로 어렵다. 그렇다면…….'

팔베개를 하고 누워 있던 혁이 벌떡 상체를 세웠다.

못 만들면 사오면 되지 않는가!

생산이 안 되거나 자체 생산이 더 비싸게 먹힐 경우 수입이란 방법을 통한다는 것은 경영학의 기본 상식이다.

조선이 지리적으로 물품을 대량 수입할 수 있는 나라는 중국과 일본밖에 없다. 그런데 후금에 보낼 물건을 후금과 전쟁을 벌이고 있는 명나라에서 사올 수는 없는 일이다.

혁은 즉시 내상의 차인 행수를 불렀다. 그런데…….

"왜국도 조선과 같이 바닷물을 끓여 소금을 만들고 있습니다."

차인 행수의 대답에 혁은 힘이 쭉 빠졌다. 다시 원점으로 돌아와 버렸다.

도대체 왜 바닷가에 염전을 만들지 않는단 말인가?

"그것은 비가 한번 오면 소금 농사를 다 망쳐 버리기 때문입니다."

김삼식의 대답이었다.

머리를 싸매고 끙끙대던 혁이 수련당을 운영하는 수련의 남편이 소금 장사를 한다는 말이 떠오른 것은 어젯밤이었다.

왜관의 기방과 목욕탕 사업을 벌이며 이제는 거리낌 없이 드나드는 수련당으로 혁은 아침부터 쳐들어 갔고 아내인 수련이 엄청난 돈을 벌고 있어도 소금 장수는 자신의 천직이라며 지금도 소금 일을 하는 김삼식을 붙잡고 의논을 하고 있는 중이다.

소금을 한자로는 '小金'이라 적는다. 작은 금이란 말이다. 봉급을 뜻하는 'Salary'는 라틴어 'Salarium'에서 나왔는데 그 어원은 'Salt', 즉 소금이다. 소금의 가격이 워낙 비싸서 로마 시대에 돈 대신 병사들에게 소금으로 봉급을 지급한데서 유래된 말이다.

이렇듯 소금이 귀했던 이유는 생산이 어려웠던 탓이다.

바닷물의 염도는 3%인데 이를 25%까지 끌어올려야 소금이 만들어진다. 무작정 바닷물을 끓여서 염도를 올리려면 너무나 많은 땔감이 소모되기 때문에 비효율적이다.

그래서 갯벌이 발달한 서해안 지역에서는 염전이 만들어졌다. 다만 그것이 오늘날의 염전과는 상당한 차이가 있었다.

제방이 없어 바닷물을 가두지 못하고 상하현 때 바닷물이 물러가면 햇볕에 증발되어 소금기가 달라붙은 모래 알갱이(함토)가 생기고 이것을 긁어모아 여기에 바닷물을 통과시킴으로써 농도가 높아진 함수가 만들어진다.

이 과정을 되풀이하면 염도 15% 정도의 함수가 되는데 이를 무쇠솥에 넣고 끓여 소금을 만든다. 따라서 소금 생산은 한 달에 상하현 기간인 12일 정도밖에 작업하지 못하였고 그것도 비가 적은 봄가을에나 가능했다.

가장 햇빛이 강해 바닷물 증발에 최적기인 여름은 비가 많아서 안 되고 겨울은 추워서 역시 안 된다.

"어째서 제방을 만들지 않는 것입니까?"

논물을 가두듯이 바닷물을 가둘 수 있는 제방을 만든다면 조수 간만의 차이에 상관없이 일을 할 수가 있으니 굳이 상하현 때를 기다릴 필요가 없지 않은가.

"그것은……."

제방이 있으면 좋기는 하지만 그 넓은 갯벌에 제방을 만드는 일이 결코 쉬운 일이 아니기 때문이다.

"그래도 저는 제방을 만드는 것이 옳은 방법이라 생각합니다. 그리하면 일할 수 있는 날이 곱으로 늘어나질 않습니까?"

옆에서 수련이 눈을 빛내며 의견을 제시했다.

약사를 남편으로 두면 그 아내도 반약사가 된다지 않는가. 수련도 소금 장수 남편을 곁에서 지켜보며 반은 소금쟁이가 되었다.

수련의 의견처럼 얼마 지나지 않아 함경도 영흥군 일대와 경상도 김해 등지에서 제방을 쌓아 염전을 조성하는 방식(유제염전식)이 나타나며 생산성이 크게 향상된다.

제방을 만든다 하더라도 결정적인 문제가 남는다. 김삼식의 말대로 수시로 내리는 비다.

제방으로 바닷물을 가두어 20일을 증발시켜야 소금이 만들어지는데 그사이 비가 와버리면 말짱 도루묵이 되어버린다.

"분명히 끓이지 않고 그냥 염전에서 햇빛으로 만들던데……."

답답한 마음에 혁이 혼자 중얼거렸다.

분명 혁이 살던 세계에서는 태양열에 의한 증발만으로 소금을 생산하고 있지 않았던가. 거기라고 해서 비가 안 오는 것도 아니고……

"나으리, 지금 무어라 하셨습니까?"

수련이 다시 눈을 반짝이며 물었다.

"틀림없이 증발만으로 소금을 만들 수 있어요, 있는데… 그 방법을 몰라서……"

미래 세상에서는 소금을 끓여서 만든다고 하면 웃음거리가 될 거라는 말은 하지 않았다.

"저도 그 생각을 해본 적이 있습니다."

수련이 남편인 김삼식의 눈치를 살피더니 조심스레 말을 꺼냈다. 행여 소금 장수인 남편을 두고 아낙네가 너무 나서는 것 아닌가 싶어서다. 하지만 심덕 무던한 김삼식은 전혀 개의치 않고 오히려 아내를 궁금한 듯 쳐다보고 있었다.

"염전 안에 지붕을 덮은 둠벙을 만들어 비가 오면 증발시키던 소금물을 저장하였다가 비가 그치면 다시 증발지로 보내면 되지 않을까요?"

'둠벙.'

바로 이것이었다.

논으로 치면 작은 웅덩이를 가리키는 것으로 이걸 만들어

비의 피해를 막는다는 수련의 생각은 지금까지 어느 누구도 생각지 못했던 획기적인 아이디어였다.

이를 해주(海宙)라 불렀고, 이것이 생김으로써 오늘날의 천일염이 만들어질 수 있었다.

상재를 타고난 수련이다. 그녀는 소금을 팔러 전국을 돌아다니는 남편의 뒷모습을 보며 만약 소금을 직접 생산한다면 훨씬 이문이 클 텐데라는 생각을 여러 번 했고, 김삼식에게 소금 만드는 과정에 대해서도 상세하게 캐물었다.

그래서 소금 생산의 가장 큰 애로 사항인 비 문제를 해결한다면 염전에서 바로 소금을 만들 수 있어 생산 단가를 현저히 낮출 수 있다는 것을 알았다.

"그러면 간수(어느 정도 증발되어 염도가 높아진 소금물)를 어떻게 다시 염전으로 보낼 생각이오?"

소금은 자신의 전문 분야지만 두뇌 회전이 과히 좋지 못한 김삼식이 아내에게 물었다.

염전은 증발지가 약간 경사가 높기 때문에 비 올 때 물꼬를 터서 해주로 소금물을 모으는 것은 쉬우나 다시 증발지로 보낼 때는 어찌하냐는 물음이다.

"수차(水車)가 있지 않습니까?"

수련의 웃음 띤 말에 삼식은 무릎을 쳤다.

"그렇지! 수차를 쓰면 되겠구먼."

물레방아처럼 생겨서 사람이 위에 올라가 발로 밟아 돌리는 수차는 논에 물을 댈 때 흔히 사용하는 기구로 삼국시대부터 쓰였다.

논물을 퍼 올리는데 소금물이라고 못 올리겠는가.

실제로 수차는 1970년대 초, 발동기로 대체되기 전까지 염전에 소금물을 대는 두레박 역할을 충실히 했다.

해주를 만들고 수차를 동원한다면 더 이상 불가능할 이유가 없질 않은가.

세 사람의 얼굴이 모두 열기로 빛났다.

"서방님, 볕이 좋고 갯벌이 너르게 펼쳐진 곳이 어디입니까?"

머리는 별로 안 좋아도 품질 좋고 값싼 소금을 찾아 전국을 돌아다닌 삼식이다.

"내가 다녀본 곳 중에서는 제물포 아래의 주안 일대와 전라도의 신안 갯벌이 적지인 것 같구려."

잠시 생각하던 삼식이 어렵지 않게 적임지를 골라내었다.

주안은 우리나라 최초의 천일염전이 생긴 곳이고, 전남 신안군 일대의 갯벌은 오늘날 최대의 염전 지대이다.

"후금으로 보낼 소금이니 전라도는 멀고 주안 쪽이 적당하겠습니다."

성공 가능성을 본 혁이 결론을 지었다.

이리하여 주안 일대에는 역사보다 300년이나 앞서 천일염전이 들어서게 되었다.

역관 하세국은 후금으로 보내는 소들의 등에 바리바리 실린 소금 가마를 흐뭇한 눈길로 바라보았다.

수련의 아이디어는 대성공을 거두어 지금 1차분 3,000석이 후금으로 떠나는 참이다. 아마도 후금이 중국을 통일할 때까지 소금 수출은 이어질 게 틀림없다.

이번 후금의 요청을 무난히 해결함으로써 후금이 조선을 보는 시선은 한결 따듯해질 터이다.

"고맙습니다. 덕분에 무사히 명을 받들 수 있었습니다."

광해에게 칭찬과 함께 호피까지 하사받은 혁이 수련에게 치하의 말을 하고 있다.

"아닙니다. 오히려 제가 나으리께 감사의 말씀을 올려야 하지요."

수련이 이렇게 말하는 데는 충분한 이유가 있었다.

우선 혁이 자신을 찾아와 소금 건을 의논하지 않았다면 영원히 그냥 마음속의 생각만으로 끝날 아이디어가 빛을 보게되었다.

후금 같은 대량 수요처가 없었다면 천일염을 생산하는 대형 염전을 건설하는 것은 의미가 없다. 많이 만들어도 팔 데가 없는 것이다.

두 번째 이유는 바로 엄청난 이익이다.

많은 땔감을 소모하고 손이 많이 가는 자염법에 비해 태양과 바닷물만 있으면 되는 천일염은 생산 단가가 거의 이십분지일에 불과하다.

즉, 기존에 소금 한 가마니의 제조 단가가 10,000원이라면 이제 500원밖에 안 드니 그 수익은 비교할 바가 못 된다. 거기다 소금 대금으로 받을 진주와 모피는 혁의 주선으로 다시 네덜란드 상선에 실려 유럽으로 수출될 예정이다.

후금에게 넘기는 소금 가격은 기존 제조 단가에 마진을 붙인 20,000원이다.

제조 단가를 획기적으로 낮추었다고 해서 싸게 팔 이유는 없다. 아쉬운 쪽은 후금이지 이쪽이 아니다.

이렇게 받은 20,000원 상당의 진주와 모피 등의 사치품이 유럽으로 넘어가면 가격이 5배로 뛰어 100,000원이 된다. 결국 500원짜리가 100,000원이 되니 200배로 불었다는 말이다.

이것이 제조업의 매력이요, 무역의 마술이다.

16세기 동방에서 후추를 수입해 간 포르투갈 상인들이 400배의 마진을 남긴 것에 비하면 그리 놀랄 일도 아니다.

어마어마한 은이 쏟아져 들어올 것이다. 그로써 포목점 하나로 시작한 수련당은 조선 내 4대 상단과 겨루어도 손색이 없을 정도로 성장할 것이 확실하다.

천일염을 생산함으로써 후금과의 관계가 좋아졌지만 혁의 생각은 이것으로 그치지 않았다.

아직 한 가지가 남았다.

"예? 큰 염전을 또 만들라구요?"

혁의 말을 들은 김삼식은 고개를 번쩍 들었다.

"나으리, 그건 득보다 실이 많을 듯싶습니다."

옆에 앉은 수련도 거들었다.

그녀는 추가로 염전을 만드는 것이 좋겠다는 혁의 제의를 단가가 저렴한 천일염을 많이 생산하여 백성들에게 싸게 팔라는 뜻으로 알아들었던 것이다.

물론 그렇게 한다면 백성들에게 혜택이 돌아가는 것은 맞지만 그게 일차방정식같이 그렇게 단순한 문제가 아니었다.

기존에 소금을 생산하는 시설인 염분(鹽盆)의 소유자는 왕족이나 중앙 관청들이다.

수련당이 갯벌을 이용한 대규모 염전을 만들 수 있었던 것은 후금의 요청이라는 특수한 사정이 있어 가능했다. 그런데 만약 대량으로 천일염을 만들어 저가로 유통시킨다면 기존의 왕족이나 국가 기관의 이익을 침해하게 된다.

힘이 있는 그들이 가만히 있을 리가 있겠는가.

"왜국에다 수출을 하는 겁니다."

어두운 얼굴을 하고 있는 삼식과 수련을 쳐다본 혁이 가만히 웃으며 한 말이다.

일본 역시 바닷물을 끓여서 소금을 만들고 있는 실정이다. 일본으로 수련당이 생산한 값싼 소금을 수출한다면 일본 전체 소금 시장을 장악할 수 있다는 게 혁의 계획이었다.

혁이 알아본 바에 의하면 일본은 천일염전을 만들 수가 없다. 화산섬인 일본 열도는 갯벌이 없어 설사 수련이 개발한 방법을 알게 된다고 하더라도 천일염을 생산할 수가 없다는 말이다.

그래서 1900년대 초 일제는 조선을 입맛대로 주무를 수 있게 되자마자 서해안 갯벌에 대규모 염전을 건설했던 것이다.

삼식과 수련은 서로 얼굴을 쳐다봤고 세 사람의 머릿속에는 일본으로부터 쏟아져 들어올 어마어마한 돈이 번갯불에 비친 듯 환하게 보였다.

망설일 필요가 없었다.

다음 날 삼식은 전라도로 내려갔다. 물론 신안의 너른 갯벌에 대규모 염전을 만들기 위해서다.

전국을 돌며 소금을 팔던 삼식은 이제 염전 건설과 소금 생산에만도 정신이 없었다.

혁 역시 왜관으로 내려가 대마도 상인을 접촉했다. 어차피 대일본 수출은 이들을 통해야만 한다.

"왜국에서 지금 거래되는 가격의 사분지 일의 값에 주겠소."

사분지 일이면 5,000원 상당이란 말이다. 생산 원가가 500원이니 그래도 10배의 마진이다.

올해 예순이 된 사카다 고지는 혁과 도자기 거래 때부터 알아온 노련한 상인으로 예전에 혁이 쓰시마에 고구마가 있는지를 물어보았던 바로 그 사람이다.

혁의 제안에 그의 머릿속은 바쁘게 돌아갔다.

일본에서의 소금의 생산 원가도 10,000원이다. 만약 5,000원에 공급받을 수만 있다면 자신들 이익을 붙여도 현재 원가인 10,000원 정도에 파는 게 가능하다. 그것은 전 일본의 소금 시장을 독차지할 수 있다는 말이다.

기존 생산업자들은 경쟁이 불가능하다.

같은 가격으로 덤비다가는 망할 게 뻔하다. 하긴, 그냥 가만히 있어도 망하겠지만……

"자기 거래에서 우리를 배제시켜 서운했는데 나으리께서 이런 선물을 주시는군요."

입을 벙싯 벌리고 웃는데 눈가에 주름이 자글자글하다.

유럽으로 수출하는 자기를 대마도 상인을 거치지 않고 왜관에서 네덜란드 상인과 직접 거래하는 것을 꼬집은 것이다.

그들로서는 하루아침에 엄청난 중계 이익이 사라졌으니 충격이 컸을 것이다. 하지만 지금 이 건은 그것보다 월등히 덩어리가 크다. 그의 입이 벌어질 만도 했다.

혁이 나랏일도 아닌데 굳이 나서는 것은 다름 아닌 일본의 돈을 끌어온다는 게 가장 큰 이유다.

또 한 가지는 왜관의 기방 건설 자금을 구하지 못하여 애태울 때 선뜻 자금을 대준 수련이고, 온천탕 건설 계획을 따라주어 조선의 위생 상태를 한 단계 끌어올리는 데 도움을 준 고마움 때문이다. 그리고 천일염 생산은 온전히 수련의 공이 아닌가.

아무튼 이 일이 성사된다면 수련당은 4대 상단을 뛰어넘는 조선 최대의 상단이 될 것이 확실하다.

그렇지만 세상일이 그렇게 뜻대로만 되는 것은 아니다.

"집사어른, 나리마님께서 찾으십니다요."

사내종이 전하는 말에 나이 쉰을 한참 넘은 집사는 성정이 불같은 나리마님의 비위를 거스르면 안 되기에 솔개에게 쫓기는 암탉처럼 헐레벌떡 사랑채로 뛰었다.

"일전에 북쪽 오랑캐들에게 소금을 팔았다는데 어찌하여 우리한테는 일언반구도 없었단 말이냐?"

젊은 나이임에도 불구하고 갈수록 비대해지는 몸 때문에 조금만 흥분해도 멧돼지처럼 씩씩거리는 능양군(綾陽君)은 항시 핏발 서 있는 눈알을 희번덕거리며 아무 죄도 없는 집사를 잡아먹을 듯이 노려봤다.

후금과의 소금 교역에서 자신도 염분을 소유하고 있는데 왜 연락이 없었느냐는 말이다.

"쇤네가 알기로는 그 양이 엄청나 그리하였다고 들었습니다요."

칼날 위를 걷듯 집사의 조심스러운 대답이었다.

"양이 많다면 더욱 이상한 노릇이 아니냐? 우리 왕족들이 소유한 염분에서 나는 소금을 우선 사들여야지 어찌하여 수련당이라는 일개 상단이 그것을 모두 맡았단 말이냐?"

기존의 염분에서 나는 소금 가지고는 어림도 없는 양이라 새로운 방법으로 소금을 생산하게 되었다는 내막을 모르는 집사로서는 탐욕이 가득한 눈을 부라리며 자신을 힐난하는 나리마님의 질문에 대답할 방법이 없었다.

능양군 이종(李倧), 만약 실제 역사대로 흘러간다면 반정을 일으켜 광해군을 내쫓고 인조로 즉위하는 인물이다.

그러나 그것은 훗날의 일. 지금은 타고난 욕심을 못 이겨 애꿎은 집사만 들볶고 있었다.

"네놈은 당장 가서 상세한 내막을 알아오너라, 어서."

집사는 다시 꽁지에 불이 나도록 달려야만 했다.

경상의 대방인 허인술이 능양군의 부름을 받은 것은 그로부터 석 달 후였다.

"일개 상고가 존귀한 분을 뵙습니다."

허인술이 가지고 온 예물을 앞에 놓으며 왕족인 능양군에게 최대한 예를 표했다.

사실 권력의 핵심과는 서울에서 제주도만큼이나 거리가 먼 떨거지 왕족인 능양군에게 이렇게까지 할 필요는 없었지만 상인 특유의 날카로운 후각으로 뭔가 득이 될 만한 게 있다고 판단한 허인술의 태도는 극진했다.

　"어서 오시게."

　연치로는 서른 살이 넘게 차이가 나지만 그래도 명색이 왕족이라고 능양군은 목에 힘을 주었다.

　"내 그대를 이리 부른 것은 소금에 대해 상의하기 위함일세."

　떨거지는 바로 본론으로 들어갔다.

　능양군은 집사를 통해 수련당이 어떻게 염전을 만들어 후금에 대량 납품을 했는지를 상세히 들은 후 흥분으로 넓적한 코가 벌름거렸다.

　"수련당이 후금에게만 소금을 넘기고 조선 내에서는 판매를 않는다는 말이 정녕 사실이렸다?"

　"그러문요. 쇤네가 적실히 알아본 바입니다요."

　능양군의 입이 슬며시 벌어졌다. 분명 자신 같은 왕족들을 의식해 국내 판매를 삼가고 있을 터이다.

　"너는 즉시 종놈들을 조발하여 주안으로 내려가라. 가서 그 옆에 똑같은 염전을 만들도록 해라."

　발명 특허나 실용신안이 있는 것도 아닌 세상에서 자신도 똑같은 걸 만들면 된다.

　대량 생산한 천일염을 국내에 뿌린다 하여 왕족인 자신에게 어떤 시러베아들 놈이 시비를 걸겠는가.

　"경상이 이 소금을 전국에 팔아달라, 이 말이네."

"나으리도 좋고, 소인도 이득인데 마다할 이유가 없지요."

허인술의 주름진 눈가에 아첨의 미소가 걸렸고, 능양군의 만족한 웃음이 방안을 울렸다.

이리하여 경상의 유통망을 탄 능양군의 천일염은 순식간에 조선 전체의 소금 시장을 잠식해 들어갔다.

기존의 소금 생산 업자들이 사태를 깨달았을 때는 이미 조선의 소금 시장을 능양군의 소금으로 경상이 장악한 뒤였다.

항의하려 해도 능양군은 왕족이다. 눈도 깜짝 안 할 것이다.

"수련당이 왜국에 수출하려고 신안 갯벌에 새로 염전을 만들고 있다는 것을 나으리는 아십니까?"

능양군과 손을 잡고 예상 밖의 수익을 올리고 있는 경상의 허인술이 다시 찾아와 전한 말이다.

"그래? 그걸 그대로 보고 있을 수는 없질 않겠나?"

"당연한 일이지요. 제가 왜관으로 가서 대마도 상인을 만나 보겠습니다."

비록 왜관이 내상의 안마당이라고는 하나 그런 거 다 신경 쓰고 장사하는 놈은 없다.

"수련당이 제시한 가격의 반값에 공급해 주겠소."

대마도 상인 사카다 고지는 다짜고짜로 들이대는 허인술의 제안에 눈이 번쩍 떠졌다.

수련당이 제시한 가격만으로도 엄청난 이익을 올릴 수 있는데 느닷없이 그 반값에 주겠다니…….

장사꾼 생활만 수십 년 한 사카다다. 즉시 감이 왔다.

"글쎄, 그것이… 수련당과 이미 구두로나마 계약을 한 상태라서……."

양손에 든 떡이다. 바둑으로 치면 꽃놀이패라고나 할까.

"좋소. 반의반 값에 주겠소."

다급하게 제안하는 허인술의 머리에 그래도 두 배 이상의 마진이 남지 않느냐, 하는 생각이 스쳐 지나갔다.

"허허, 이것 참… 탐나는 조건이긴 한데, 그 거래를 주선한 유 판관과는 오랜 인연이 있어서 쉽게 결정할 수가 없구려."

더 느긋해진 사카다의 대답이었다. 제 살 깎아먹기를 하겠다는 데 말릴 이유가 없다.

"알겠소. 그럼 원가로 넘길 테니 우리와 계약을 합시다."

가격에 상관없이 무조건 계약하라는 능양군의 말을 떠올리며 허인술은 최대한 가격을 낮췄다.

중요한 것은 수련당을 제치고 일본 시장을 잡는 것이다. 그리고 경상은 얼마에 팔더라도 중개 수수료는 챙길 수 있다.

"그렇게까지 성의를 보이시니 어쩔 수 없군요."

사카다가 마지못한 듯 승낙을 했다.

이로써 5,000원에도 큰소리치며 팔릴 소금이 500원에 넘어가게 되었다.

수련당의 분위기는 바닷속에 가라앉은 듯했다.

신안 염전의 완공을 목전에 둔 상황에서 돌연 계약 취소 통보가 날아들었다. 거기다 더욱 암담한 소식은 후금으로 보낼 두 번째 소금은 수련당의 독점이 못 된다는 사실이다.

능양군의 소금을 들고 경상이 끼어든 것이다.

소금은 호조에서 납품받아 후금에 넘기므로 호조의 입장에서는 필요한 양을 적당한 가격에 구매하면 된다. 따라서 수련 당의 소금이든 경상의 소금이든 아무런 상관이 없다. 그러나 모든 수출입 업무에는 세금 관계상 반드시 관리가 개입하게 되는데 이들이 뇌물 한 푼 없이 팍팍한 수련의 소금과 듬뿍 듬뿍 기름칠을 해대는 경상의 그것 중 어느 것을 선호할지는 불을 보듯 뻔했다.

역시 우려대로 후금으로의 두 번째 소금 수출은 경상이 하는 것으로 결정이 났다.

"뇌물을 줘가면서 장사할 생각은 없습니다."

평소의 소신을 지킨 수련의 소금은 경합에 밀려 수출 판로가 막혀 버렸다. 그렇다고 장사꾼들의 경쟁에 혁이 나설 방법도 없었고, 결국 수련의 천일염 개발은 죽 쒀서 개 준 꼴이 되고 말았다.

하지만 이 일로 말미암아 능양군이 인조반정의 핵심 인물이 되리라고는 누구도 상상할 수 없는 일이었기에 우주 삼라만상은 모두 씨줄과 날줄로 엮여 있다고 하는 모양이다.

35.
연구소와 학교

"자네가 숙직을 서는 날이 언제라고?"

좌포도대장 황오석이 이이첨의 권세에 힘입어 증기기관 도감에 들어간 서도광을 불러 나직이 물었다.

"오는 초 닷새입니다."

"그럼 그날 우리 쪽 장인 둘을 보내 지금 만들고 있는 것을 좀 살펴볼 테니 자네가 문을 열어주게."

"그거야 전혀 어려운 일이 아니지요. 분부대로 거행하겠습니다."

당직자가 허가를 받지 않은 외부인을 무단으로 들인다는 것은 목숨을 내놓아야 할 중죄이다.

그렇지만 서도광은 재산도 배경도 없는 자신을 발탁해 준 이이첨의 신뢰를 얻을 수 기회라는 생각에 오히려 그날이 기다려졌다.

느낌으로는 분명 그다지 좋은 뜻은 아닌 듯하나 자신이 상관할 일은 아니다. 자기는 그저 대감의 눈에 들어 출셋길만 열면 된다.

약속대로 서도광이 자시(子時)에 공조의 뒷문을 열자 힘깨나 쓸 법한 장정 둘이 서 있었다.

이들을 증기기관이 만들어지고 있는 너른 창고로 안내한 서도광이 창고의 자물쇠를 열자마자 퍽, 하는 소리가 났고 그는 순간 눈앞에 하얀 별들이 쏟아져 내린다는 느낌을 받았다.

소매에서 꺼낸 짧은 몽둥이로 서도광을 쓰러뜨린 장정들은 민첩하게 움직이기 시작했다.

먼저 증기 발생 장치의 주둥이를 가지고 온 천과 밀랍으로 틀어막고는 화로에 불을 지폈다. 아직 피스톤이나 실린더도 없이 물을 끓여 나오는 증기압을 연구하고 있던 단계라 기계는 간단한 구조였다.

물이 끓기 시작하자 기계 옆으로 기절한 서도광을 옮긴 이들은 맹렬히 타오르고 있는 화로에 석탄 몇 삽을 더 퍼 넣었다.

지금까지 말 한마디 없이 이어지는 절도 있는 동작으로 미루어 장터에서 자릿세나 뜯어먹고 사는 무뢰배로 보이진 않았다.

한 녀석이 보일 듯 말 듯 고개를 끄덕이자 일을 마친 이들은 바람처럼 순식간에 자취를 감추었다.

증기가 빠져나갈 출구가 막힌 상태에서 계속 불을 때면 어떻게 되겠는가.

펑!

둘이 사라진 지 이각(30분)이 지나지 않아 더 견디지 못한 기계가 굉음을 울리며 폭발했다.

사방으로 흩어진 불티로 말미암아 목재로 지은 건물이 불타기 시작했고 비상이 걸렸지만 오밤중에 난 불은 결국 공조의 건물을 세 채나 태우고야 겨우 잡혔다.

건물 세 채의 전소에다가 숙직하던 관리의 사망. 대사건이었다.

조사 결과 상부의 허락도 받지 않고 말단 관리가 실험을 하다 사고를 낸 것으로 판명되었다.

장인도 아닌 일반 관리가 왜 혼자 실험을 했느냐는 의혹이 제기되었지만 증거가 될 만한 것이 모조리 다 타버린 상황에서 묵살되고 말았다.

궁궐이나 관청의 건물에 불을 낸 자는 무조건 사형이었다. 비록 사고 당사자는 죽었지만 누군가는 책임을 져야 한다.

"애당초 이런 위험한 물건을 만드는 것이 아니었습니다. 무리하게 이를 주장한 유혁을 파직하심이 마땅하옵니다, 전하."

"아울러 부하의 관리를 잘못한 공조정랑 천효준 역시 파직하시옵소서."

평소 서양의 학문을 받아들이는 것을 흘겨보던 대신들이 한 목소리로 유혁과 천효준의 파직을 외치고 나섰다.

"그것이 어찌 유 판관이나 천 정랑의 잘못이란 말이오?"

광해는 대신들이 또 제철 만난 개구리 떼처럼 시끄럽게 울어대자 강한 어조로 반문을 했다.

여기서 밀리면 애써 일으킨 일이 또 물거품이 된다.

"그렇지 않사옵니다. 도대체 부서 관리를 평소 어떻게 하였길래 감히 허락도 받지 않은 일개 말단 관리가 독자적으로 사고를 쳤으며, 또한 이런 위험하고 쓸모없는 물건을 만든다고 막대한 국고를 낭비하게 한 유혁의 잘못은 누구보다 크옵니다. 통촉하시옵소서, 전하."

임금보다 더 강경한 어조로 둘의 파직과 증기기관 개발의 중단을 주장하는 이이첨이었다.

결국 결론을 내리지 못하고 회의를 마쳤지만 어떻게 만든 기회인데 이이첨이 포기하겠는가. 전국의 유림을 들쑤셔 서양 오랑캐의 학문을 배척하고 사고 책임자를 처벌하라는 상소가 연일 답지하게 만들었다.

"내가 자네를 사간원에 보낸 이유를 잘 알고 있겠지?"

"알다마다요, 대감. 저를 믿어주시옵소서."

일찍이 봄날의 시회에서 혁을 몰아붙여 기어이 진달래꽃을 읊게 만든 조사홍은 어제 있었던 이이첨과의 대화를 잠시 떠올리며 옆에 놓인 잔을 들어 입으로 가져갔다.

은은한 향을 풍기는 청주가 목구멍을 타고 내려가는 느낌이 산뜻하게 전해져 왔다.

사간원은 왕에게 목숨을 걸고 간언을 한다는 이유로 해서 근무 시간 중에도 음주가 허락되는 유일한 부서다. 설사 나라에서 금주령을 내렸다 해도 예외를 인정받는 곳이다.

술을 좋아하는 조사홍은 이렇듯 자신에게 딱 들어맞는 부서에 보내준 이이첨 대감의 은혜에 보답하기 위해서라도 아주 강경한 문장이 필요하다고 생각했다.

한 잔을 더 들이켠 조사홍은 혁의 잘생긴 얼굴을 떠올리고는 입술을 삐죽거리며 붓을 들었다.

"태조대왕 이래 면면히 이어온 공맹의 어진 도리를 배척하고, 오랑캐의 흉폭한 기물을 흉내 냄으로 금번 사태를 초래한 유혁은 용서할 수 없는 나라의 대적이며……."

이 고을, 저 고을에서 올라온 상소만으로도 충분히 머리가 아픈데 사간원에서까지 강력한 어조의 상소문이 올라오자 광해는 이마를 짚고 신음을 뱉었다.

사간원의 상소마저 무시한다면 임금이 나랏일을 전횡한다며 다음에는 삼사가 떼로 일어날 게 뻔하다.

"전하, 저를 물러나게 해주십시오."

혁이 사임을 청했다.

"그건 아니 된다. 네가 떠나면 조선을 자주국으로 우뚝 세운다는 계획은 물거품이 되는 것이 아니냐."

이렇게 말하는 광해의 안색이 창백했다. 저들의 전방위 압박에 여러 날 시달린 탓이다.

"……."

내색은 못 하지만 혁 역시 속이 터지고 있었다. 지금 또 중단되면 도대체 언제 다시 시작한단 말인가.

"이렇게 하도록 하자."

목소리를 낮춘 광해의 말이 끝나자 혁의 눈이 빛났다.

다음 날, 유혁과 천효준을 파직하고 증기기관 도감을 해체

한다는 광해의 발표에 이이첨 일파는 쾌재를 불렀다.

출세에 안달이 난 피라미 한 마리를 미끼로 해서 눈에 난 다래끼 같은 유혁을 조정에서 쫓아내는 데 성공했다. 아울러 천효준의 파직은 자신이 이끌고 있는 대북파의 신진 관료들에게 경종을 울리는 효과까지 있었다. 감히 수장인 자신의 뜻을 배신하면 어떻게 되는지 똑똑히 보여준 것이다.

이이첨은 모든 조정 신료에게 다시 한 번 자신의 세를 과시했다는 만족감에 널찍한 사랑방에서 젊은 계집종에게 다리를 주무르게 하고는 지그시 눈을 감은 채 미소를 지었다.

이리하여 증기기관 개발을 통한 조선의 개혁은 또다시 좌초되는 듯 보였다.

"천 정랑 계십니까?"

"아니, 유 판관이 아니오."

아침나절에 자신의 집을 찾아온 유혁을 바라보는 천효준의 눈은 벌겋게 충혈되어 있었다.

파직 이후 연일 술을 퍼 마셨고 어제도 예외가 아니었다.

"날 좀 도와주셔야겠습니다."

"……?"

혁은 '비록 증기기관 도감은 해체되었지만 개발을 결코 멈출 수는 없다. 그러니 새로 시작할 수 있도록 당신이 기술자들을 좀 모아달라'는 취지의 말을 전했다.

"나 역시 유 판관의 의견에 전적으로 동감하오. 허나 그 일이 장인들만 있다고 되는 게 아니지 않소이까?"

개발에 드는 돈이 한두 푼이 아닐 텐데 이를 어찌할 거냐는 물음이다.

"그건 내가 해결을 하겠으니 그 문제는 염려 마시고 이 일을 해낼 뛰어난 장인들을 수배해 주십시오."

혁의 자신 있는 어조에 천효준의 얼굴이 생기를 띠었다.

"돈만 된다면 장인은 문제될 게 없소. 내 말이라면 하던 일을 내팽개치고 달려올 조선 최고의 장인이 여럿이오."

평소 신분의 귀천을 가리지 않고 실력에 따라 대우해 준 천효준에 대한 장인들의 신망은 두터웠다.

돈 문제는 자신에게 맡겨 달라는 혁의 말에 천효준은 장인들을 부르러 당장에라도 일어날 기세였다.

혁은 웃으며 헤어졌고 마중하고 돌아서는 천효준의 발걸음에도 이제는 힘이 실려 있었다.

"대감, 유혁과 천효준이 다시 증기기관을 만들고 있습니다."

"아니, 그게 무슨 소리야?"

혁에 대해 항상 감시의 고삐를 늦추지 않고 있던 황오석이 혁이 천효준과 함께 장인들을 모아 독자적으로 개발에 착수했다는 보고를 하였다.

"그놈들이 무슨 돈이 있어서?"

인상을 구긴 이이첨이 가래 끓는 목소리로 물었다.

"병판대감이 돈을 대고 있습니다."

"허균이?"

뜻밖의 이름에 물었던 담뱃대를 입에서 뗀 이이첨이 잠시 후 고개를 저었다.

"허균이 그럴 돈이 없을 텐데……."

개발에 들어가는 돈의 규모를 볼 때 자기처럼 뇌물을 챙기지 않는 허균이 그런 큰돈을 댈 형편이 못 된다는 것이다.

곰곰이 생각하던 이이첨의 눈이 번쩍했다.

"그렇군. 주상이야. 주상이 허균을 통해 내탕금을 내린 것이야."

이이첨의 추측이 맞았다. 광해는 어쩔 수 없이 혁을 내쳤지만 왕의 개인 재산인 내탕금을 비밀리 주어 개발을 계속할 수 있도록 하였다.

"허~ 이런 어처구니없는 경우가 있나. 앞에서는 증기기관 도감을 해체한다고 하더니 뒤로는 돈을 대고……."

이를 갈며 말을 뱉었지만 확실한 물증이 있는 것도 아니고 설사 있다 하더라도 왕을 탄핵을 하겠나, 어쩌겠나.

한참을 더 이를 갈던 이이첨이 황오석을 노려보았다.

"자네는 감시를 게을리하지 말고 어떻게든 꼬투리를 잡아서 유혁 그놈이 일을 못 하도록 옥에 처넣도록 해."

"명심하겠습니다, 대감."

다시 담뱃대를 입에 물었지만 이이첨의 주름 많은 얼굴은 더욱 구겨져 있었다.

"지금 문제는 물을 끓이는 데 석탄이 너무 많이 들어간다는 겁니다. 이래서는 만족할 만한 효과를 기대하기가 어렵습니다."

"그래서 지금 방법을 찾자는 것이 아닌가."

만일의 사태에 대비해 도성을 벗어나 약간 남쪽으로 내려온 너른 공터에 자리 잡은 증기기관 연구소에서 회의가 한창이었다.

부르기도 편하고 뜻도 들어맞는 것 같아 '연구소'라고 혁은 현대식 이름을 갖다 붙였다.

가운데 놓인 널찍한 탁자 위에는 여러 장의 도면이 널려 있었는데 그중에는 혁이 그린 것도 몇 장 섞여 있었다.

혁 세대는 중, 고등학교 시절에 기술과 공업이라는 과목을 배웠고, 거기서 엔진의 원리에 대해 공부했다. 물론 내연기관이었지만 '실린더 내에서 왕복운동을 하는 피스톤과 연결된 크랭크축이 동력을 전달한다'는 기본적인 사항은 내연기관이나 증기기관이나 별반 차이가 없다.

실용적인 증기기관을 처음 만든 이는 영국의 뉴커먼(Thomas Newcomen)으로 1712년 선을 보인 대기압 증기기관이 그것이다.

물을 끓이면 수증기가 되는데 이때 부피가 1,700배로 늘어난다. 이 수증기를 용기에 가둔 다음, 차게 식히면 부피가 줄어들며 다시 물이 된다.

뉴커먼 기관은 이 원리를 이용해 기계를 움직였다. 속이 빈 원통 모양의 실린더 아래에 물을 채워 데웠다, 식혔다를 반복하며 수증기의 힘으로 피스톤을 위아래로 움직이는 것이다.

그 후 제임스 와트(James Watt)가 이를 개량해 본격적인 산업혁명의 불을 당긴다.

물론 증기를 이용한 기구의 발명이라는 측면만 보면 그 시기는 훨씬 거슬러 올라간다.

1세기경에 그리스의 과학자 헤론(Heron)이 보일러에서 나오는 수증기의 힘을 이용하여 구(球)가 회전하도록 만든 애오리 필(Aeoliphile)이 증기기관의 원형이라 할 수 있다.

이렇듯 증기기관 개발의 역사는 장구하다.

"만약 물을 끓이는 곳과 식히는 곳을 따로 만들면 어떨까요?"

천효준의 설득으로 잘나가는 대장간을 때려치우고 합류한 손현채의 말이다.

올해 서른다섯인 그는 어려서부터 뛰어난 손재주로 인근에 소문이 났던 인물이다. 열 살 되던 겨울에 직접 고안한 덫을 이용해 토끼 수십 마리를 잡아 온 마을이 토끼 고기를 포식했을 뿐만 아니라 그 털로 만든 배자와 토시로 겨울을 따듯하게 난 일화가 있다.

그가 운영하던 대장간도 물레방아를 이용한 풀무를 만들어 사람 손을 쓰지 않고도 훨씬 높은 온도를 낼 수 있어 짧은 시간에 품질 좋은 연장을 생산해 인기가 높았다.

"오, 그거 일리가 있어 보이는군. 이보게, 도면을 이렇게 바꾸어보세."

천효준이 즉시 가능성을 인정하고 도면 변경을 지시했다.

도면 제작을 맡은 신종환은 서둘러 세필에 먹물을 묻혀 새로운 구조의 장치를 그려 나갔다.

전직 도화서 화원인 신종환는 특히 미세한 그림에 능하다.

도화서는 의궤 같은 궁중 행사 장면이나 임금의 초상화만 그리는 것이 아니라 기계의 설계도를 그리는 일도 담당하는 부서다.

회의는 천효준이 주재하지만 누구나 기탄없이 의견을 내놓고 난상 토론에 붙여져 타당성이 있다고 생각되면 바로 반영되는 것이 이곳의 특징이다.

기존에 장인들보다 관리하는 벼슬아치가 더 많았던 공조의 도감에 비할 바가 아니었다.

"수철이나 연철은 아무래도 마땅찮아 보입니다. 해탄(骸炭 코크스)을 제조할 필요가 있습니다."

주물(鑄物: 열을 가해 녹인 금속을 거푸집 속에 넣고 응고시켜서 원하는 모양의 금속 제품을 만드는 일)에 관한 한 조선의 어느 누구에게도 꿀리지 않는다고 자부하는 오장석의 제안이다.

수철은 무쇠 또는 주철이라 불리는 철로 탄소가 1.7% 함유되어 단단하나 깨지기가 쉽고, 연철은 탄소가 거의 들어 있지 않은 무른쇠다.

정교하고 더 단단한 실린더와 피스톤을 제작하기 위해서는 코크스를 이용해 노(爐)의 온도를 더 높여야 한다는 말이다.

기술자들의 열띤 회의를 물끄러미 지켜보던 혁이 슬며시 일어났다. 이제 돛을 활짝 펴고 출항한 배처럼 개발은 궤도에 올랐고 자신은 이들을 믿어야 한다.

혁이 발길을 옮긴 곳은 개발 현장이 자리 잡은 곳에서 그리 멀리 떨어지지 않은 고을이었다.

여기 마을 한쪽 편에서도 지금 공사가 한창이다.

혁이 야학을 열기 위해 만드는 조선 최초의 신식 학교다. 자신이 알고 있는 지식을 전파하고 증기기관 개발 후, 벌여 나갈 사업의 적임자를 미리 기르기 위함이다.

조선의 교육기관인 서당이나 향교, 서원 등은 모두 바닥에 앉아서 공부를 한다.

이와 달리 혁이 짓는 학교는 비록 교실 한 칸짜리에 불과하지만 책, 걸상에 앉아 공부할 수 있게 만들었다. 정면에 칠판도 건 현대식 교실이다.

이름을 '조선상업학교'라고 붙인 만큼 이에 걸맞게 산수, 회계, 주산을 가르치고 그 외에도 기본적인 사항으로 한자는 천자문까지 익히게 하고 한글을 필수로 가르쳤다.

혁이 언문이라 하지 않고 '한글'이라 못을 박음으로써 먼 훗날 주시경 선생이 할 일을 덜어주었다.

이 새로운 학교의 특색은 입학에 전혀 제한이 없다는 점이다. 즉, 신분에 상관없이 누구든 배울 수 있다는 말이다.

야학에서 공짜로 가르쳐 주는 만큼 낮에는 연구소에 가서 물을 긷고, 땔감을 나르고, 무거운 철광석을 옮기는 등 허드렛일을 해야 했다.

공사를 시작한 지 두 달 만에 책상과 걸상을 비롯하여 그럭저럭 쓸 만한 교실은 만들어졌으나 먹고살기도 힘든 마당에 과연 하던 일을 벗어 던지고 공부하러 오는 사람이 얼마나 있을까 하는 우려가 없을 수 없었다.

그런데 지원자들이 모여들었다.

노비, 백정, 광대, 승려, 서얼……

모두 천대받는 계층으로 타고난 자신들의 신분적 한계를 극복해 보고자 나선 이들이다.

기존의 어떤 교육 체계에도 낄 자리가 없었던 이들은 새로운 형태의 교육이 있다는 소문에 귀가 번쩍했다.

대부분의 사람은 자신의 처지를 그저 하늘이 내린 숙명이려니 하고 살아가지만 극히 일부는 그 굴레를 벗어나려고 발버둥 친다. 혁이 원하는 것은 당연히 이런 사람들이다.

산수와 천자문, 한글은 혁이 직접 가르치기로 했고 주산은 상단에 있는 사람이라면 누구나 할 수 있으니 상관이 없는데 문제는 회계였다.

명색이 경영학과를 졸업한 혁이 가르쳐야 하는 게 마땅하나 원래 숫자와 그리 친하지 않은 관계로 이미 배운 지가 40년이 넘은─조선에 온 지도 10여 년이 흘렀다─회계학 지식은 머릿속에 남아 있는 게 없었다.

분개(分介)니, 차변, 대변이니 하는 몇 개의 용어만이 먼지가 켜켜이 쌓인 채로 머리 한구석에 처박혀 있을 뿐이다.

혁은 송도로 가 작년에 죽은 최대식에 이어 대방이 된 김봉구를 만나 이 문제를 의논했다.

"사개송도치부법을 학생들에게 가르쳐 주길 바랍니다."

사개송도치부법(四介松都治簿法)은 송상들만이 쓰고 있는 우리 고유의 복식부기 방법이다.

증기기관이 개발되고 그것을 이용한 사업을 벌일 때 필수적으로 요구되는 것이 투명한 회계다. 회계 처리가 분명하지 않으면 기업이 제대로 유지될 수가 없다.

"안 될 말씀입니다. 그것은 우리 송상 내에서만 전승되고 있는 비법입니다."

고려 때 개성상인들이 세계 최초로 만든 복식부기 방법인 사개송도치부법은 몇백 년을 내려오면서도 송상들만 쓰고 있을 정도로 외부 유출을 엄격히 제한해 왔다.

사개란 원래 건축에서 쓰는 말로 '네 개의 모퉁이가 서로 꽉 물려 있는 상태'를 뜻한다. 사개치부법은 급차질, 봉차질, 이익질, 소비질의 네 가지 계정 과목이 서로 긴밀하게 연결되어 있기 때문에 이렇게 이름 붙여졌다.

고려는 조선과 달리 상업을 장려했고 귀족들도 많은 이가 장사에 투신했다.

알다시피 벽란도는 국제 무역항으로 이름이 높았으며 아라비아 상인들까지 고려를 드나들었다.

발달된 상업으로 말미암아 개성상인들은 유럽보다 200년이나 앞서 복식부기를 발명하였던 것이다.

"내가 증기기관을 만들고, 학교를 세우는 것은 사사로이 이익을 얻자고 하는 것이 아닙니다. 부강한 나라를 건설하여 헐벗고 굶주린 백성들을 구하고자 함입니다. 온 나라가 못사는데 송상만 잘될 수가 있겠습니까? 부디 대승적인 견지에서 이 취지에 공감해 주길 바랍니다."

혁의 간절한 부탁에 김봉구가 말은 못 하고 입맛만 쩝쩝 다시고 있었다.

김봉구와는 인삼 문제로 처음 만난 이래 계속 가깝게 지내온 사이다. 거기다 송상이 오늘날의 대상단이 된 데는 혁이 개발한 홍삼의 역할이 지대하다.

인삼 한 가지의 판매액이 송상의 전체 매출액의 절반을 차지할 정도로 절대적인 상황이다.

김봉구가 계속 망설이는 표정을 짓자 혁이 한마디를 덧붙였다.

"내가 알기로 송상은 다른 상단과 달리 쌀과 같이 백성들의 생활과 직접적인 산물을 매점함으로써 이익을 구하지는 않는다고 들었습니다. 그것은 상리를 추구하되 백성들과 함께하겠다는 송상만의 상업 철학이 아닙니까?"

송상은 피도 눈물도 없이 이익만을 추구하는 경상 등과 달리 매점을 하더라도 백성들이 살아가는 데 큰 지장이 없는 담배나 말총, 종이 같은 품목을 선택했던 것이다.

한참을 주저하던 김봉구가 드디어 고개를 끄덕였다.

"그렇지만 한 가지 조건이 있습니다."

하여튼 장사꾼들은 뭐 하나 거저 주는 법이 없다.

혁이 눈을 들어 다음 말을 재촉했다.

"후일 증기기관을 이용해 사업을 할 때 우리 송상도 참여시켜 주십시오."

이 조건을 혁이 받아들임으로써 지금껏 송상만의 전유물이었던 사개치부법을 학생들에게 가르칠 수 있게 되었다.

칠판 양옆으로는 관솔불이 타오르는 교실에서 첫 수업이 시작되었다.

연구소에서 하는 고된 노동의 대가는 하루 세 끼 굶지 않게 해주는 것뿐이다. 그러나 지친 몸에도 아랑곳하지 않고 나이도 제각각인 20여 명의 학생의 눈은 책상마다 놓인 호롱 불빛에 반짝이고 있었다.

이윽고 혁이 칠판에 뭔가를 적어나가자 조용하던 교실이 술렁거림이 일었다.

혁이 쓴 글자는 한자도 아니고 한글은 더더구나 아니었다. 난생처음 보는 문자였다.

그것은 아라비아 숫자였다.

여러 번 망설인 끝에 도입하기로 혁이 마음먹은 이유는 상업 발전을 위해서는 숫자의 사용이 불가피하다는 결론을 내렸기 때문이다.

예를 들어 9,754,682같이 백만 단위도 아라비아 숫자로 쓰면 이렇게 간단한 것을 한자로는 '九百七十五萬四千六百八十二'라고 써야 하니 이걸로 덧셈, 뺄셈에 곱셈, 나눗셈을 어찌 가르친단 말인가.

인류 역사상 가장 뛰어난 발명이라 할 수 있는 아라비아 숫자는 사실은 숫자 영(0)과 함께 인도에서 발명되었다. 이것이 아라비아 상인들에 의해 유럽에 전파되면서 아라비아 숫자라 불리게 되었다. 인도 입장에서는 억울한 측면이 없지 않다.

어찌 되었든 이런 새로운 지식에 학생들은 눈에 힘을 주었고, 비싼 종이 대신 지급된 널찍한 판때기에 붓으로 썼다 지우기를 반복했다.

제일 뒷줄에 앉은 억만이도 그중 하나다.

스물다섯 먹은 그는 소 잡고, 돼지 잡는 백정이다.

억만이가 조상 대대로 물려받은 직업을 때려치우고 이곳까지 달려온 데는 물론 이유가 있었다.

조선 시대에는 팔천(八賤)이라 하여 인간 이하의 취급을 받았던 계층이 있었으니 사노비, 승려, 무당, 기생, 공장(工匠), 광대, 상여꾼 그리고 백정이 그것이다.

이 중에서도 가장 천시받았던 자들이 바로 백정이었다.

이들은 일반 백성들과 섞여 사는 것이 허락되지 않아 자기들끼리 모여 움막을 짓고 살았고, 옷을 입되 한눈에 백정임을 알아볼 수 있어야 하며, 상투를 틀 수 없어 외출할 때는 봉두난발에 패랭이를 써야 했다. 여자들도 비녀를 꽂지 못했다.

초상을 당해도 상복은커녕 상여조차 쓰지 못했고, 결혼식에 신부는 가마 대신 널빤지를 탔다.

다섯 살 먹은 아이도 백정에게는 반말을 썼고, 이들은 존댓말을 해야 했다.

이름을 지을 때도 인(仁), 의(義), 효(孝), 충(忠) 같은 글자는 쓸 수가 없었다.

반상의 차별이 특히 심했던 경상도 일부 지역에는 '백정각시놀이' 라는 것이 있었다.

북과 꽹과리를 치며 농군들이 흥겨운 분위기를 잡으면 둘러앉은 그들 가운데에다 백정 부녀자를 끌어다가 치마를 벗기고 소나 말처럼 끌고 다니면서 그 위에 올라타거나 땅바닥을 기게 하며 노는 것이다.

그때 백정들은 소머리나 계란 등을 바치고 호소해야만 겨우 아내나 딸을 돌려받을 수 있었다.

혼인한 지 일 년도 안 된 억만이는 개처럼 끌려가서 땅바닥을 기며 눈물이 그렁그렁한 눈으로 자신을 쳐다보던 아내의 모습을 잊을 수가 없었다.

무서워서 벌벌 떠는 아내를 간신히 찾아 집으로 온 억만이는 황소 영각 켜는 소리를 내며 피눈물을 쏟았다. 그리고 이렇게 사느니 죽는 것이 낫다는 말만 남기고 무작정 한양으로 올라왔다가 신분을 가리지 않고 받아준다는 학교에 대한 소문을 듣고 온 것이다.

처음에는 이곳에서도 억만이를 바라보는 눈길이 따가웠다. 이 학교의 지원자 중에는 평민도 있고, 비록 반쪽짜리지만 양반의 뼈다귀를 물려받은 서출도 있었던 탓이다.

"이곳에 온 사람들 중에는 어떤 이유에서든 천대와 불공평한 대우를 받아 눈물을 삼켰던 적이 있을 것입니다. 그런데 그런 기억을 잊고 자신보다 못하다고 또 다른 이를 천시한다면 억울해할 자격도 없는 사람입니다. 적어도 여기서 공부하는 동안은 신분의 귀천을 가려서는 안 됩니다. 만약 그런 사람이 보인다면 즉시 퇴학시키겠습니다."

혁의 일장 연설에 이런 시선을 보냈던 이들은 머쓱해졌고 이 학교만큼은 조선에서 유일하게 신분의 구별이 없는 평등한 곳이 되었다.

억만이는 아내의 눈물 젖은 얼굴을 떠올리고는 이를 악물고 칠판의 글자를 한 자, 한 자 따라 써 내려갔다.

한편 이이첨으로부터 닦달을 받고 있는 황오석은 속이 영 더부룩하다.

수하 것들이 들고 온 소식을 보면 증기기관의 개발이 꾸준히 진행되고 있어 머지않아 가시적인 성과가 나올지도 모른다고 한다.

'이거 이대로 두어서는 안 돼. 뭔가 수를 내야 하는데……'

잘못하다가는 포도대장 자리에서 떨려나 다시 떠올리기도

싫은 함경도 변방의 오지로 전출될 수도 있다.

'유혁… 이놈을 어떻게든 처리해야 하는데.'

황오석은 다시 한 번 싸늘한 냉기를 풍기며 자신을 노려보던 이이첨의 찢어진 눈매를 생각하고는 입술을 잘근잘근 씹었다.

"유혁은 어서 나와 오라를 받으라!"

여느 때처럼 관솔불 아래서 도깨비 같은 그림자를 일렁이며 칠판에 정성껏 글을 쓰던 혁이 밖에서 들려온 때아닌 소란에 얼굴을 찌푸린 것은 야학을 시작한 지도 세 달이 지난 어느 밤이었다.

"요사스러운 사술을 가르쳐 혹세무민(惑世誣民)하는 유혁은 어서 나오지 못할까!"

다시 들려온 소리에 교실이 술렁댔고, 문을 열어보니 횃불을 든 일단의 포졸들이 잔뜩 인상을 쓴 채 서 있었다.

혁이 일별해 보니 네댓의 포졸을 이끌고 온 이는 삼십 대 중반 정도로 보이는 포도군관이었다.

"무슨 일인가?"

비록 지금은 물러났지만 종5품(오늘날의 부군수) 판관 벼슬을 했던 혁이다.

아닌 밤중에 찾아와 다짜고짜로 오라를 받으라고 소리치는 군관의 행태에 속이 먼저 끓어올랐다.

포도군관은 혁이 전 판관이란 사실은 알고 왔지만 치켜뜬 눈으로 자신에게 바로 하대를 하자 움찔했다. 물론 자신은 종5품에 비하면 훨씬 말단이다.

게다가 혁을 둘러싼 무리가 여차하면 자기들과 한바탕도 불사하겠다는 듯 형형한 눈빛을 빛내자 대충 겁을 줘서 끌고 가려고 했던 생각을 접었다.

"유혁이란 자가 정체불명의 요상한 문자를 퍼뜨리고 있으며 밤마다 해괴한 주문을 외어대 백성들을 혼란케 한다는 고변이 들어왔소."

그러니 일단 포도청으로 가서 죄의 유무를 따져보자는 말이다.

요상한 문자란 물론 아라비아 숫자를 말함이요, 읊어대는 해괴한 주문이란 아마도 단체로 외는 구구단을 지칭한 것이리라.

이런 것들을 꼬투리 잡아 혁을 혹세무민으로 몰아붙이려는 황오석의 계략이었다.

어떻게든 옥에만 잡아넣으면 그 다음 계속 잡아둘 방법을 만드는 것쯤이야 손바닥 뒤집기보다 쉬운 일이다.

뭔가 음모의 냄새를 맡은 혁의 한쪽 입꼬리가 올라갔다.

"도대체 누가 그따위 고변을 했으며, 그게 죄가 된다고 어떤 놈이 그러던가?"

"……"

혁의 갑작스러운 추궁에 말문이 막힌 군관이었다.

"어… 어쨌든 가서……."

그래도 명을 받았으니 소임을 다해야 한다.

군관의 더듬거리는 말이 채 끝나기도 전에 소매에서 무언가를 꺼낸 혁이 그것을 군관의 코앞에 들이대었다.

"하급 무관인 자네가 무슨 죄가 있겠나. 일단 이것을 읽어

보고 말하게."

여기서 계속 대치하다가는 혁을 하늘처럼 믿고 따르는 학생들과 어찌 되었든 임무를 수행해야 하는 포졸들과의 충돌이 생길지도 모르는 일이다.

혁이 암행어사가 마패를 꺼내듯이 내민 봉투를 얼떨결에 받아 읽기 시작한 군관의 낯색이 하얗게 변한 것은 순식간의 일이었다.

두 손을 부들부들 떨며 서찰을 읽은 군관이 갑자기 털썩 무릎을 꿇자 따라온 포졸들은 입을 딱 벌렸고, 학생들의 눈은 휘둥그레졌다.

포도군관이 무릎을 꿇은 것은 혁이 아니라 바로 서찰을 향해서였다.

그것은 바로 이 나라의 지존인 왕이 내린 교지였다.

거기에는 혁이 가르치는 내용은 임금이 허락한 것이니 문제 삼지 말라는 말과 함께 큼지막한 국새(國璽)까지 찍혀 있었으니 일개 포도군관이 놀라 자빠지는 것도 당연했다.

혁은 지난번 도형을 받았을 때 순수한 뜻도 상황에 따라서는 목을 죄는 올가미가 될 수 있다는 사실을 절실히 깨닫고 허균을 통해 미리 사정을 설명했던 것이다.

이리하여 황오석의 시도는 무위로 막을 내렸다.

그런 일이 있고, 다시 열흘이 지났다.

그믐이라 안 그래도 깜깜한데 구름이 꼈는지 밤하늘에는 별도 하나 보이지 않는 날이었다.

컴컴한 교실의 제일 뒷줄에 앉은 억만이의 눈길은 칠판에 뭔가를 적고 있는 혁의 손길을 열심히 좇고 있었다. 그때 뒷문이 열리며 등이 약간 구부정한 양반 복색의 한 사내가 불쑥 들어오는 게 보였다.

그 뒤를 키가 훤칠하고 한눈에도 범상치 않아 보이는 양반이 커다란 통영갓을 쓴 채 들어왔고, 마지막으로 뒤따른 이는 작은 갓을 쓴 다부져 보이는 인상의 사내였다.

학교 내의 귀천이 없는 생활에 적응된 억만은 양반을 보고도 인사할 생각을 미처 못 하고 멀뚱히 쳐다만 보고 있었다.

필기를 마치고 돌아선 혁이 이들을 보고는 외마디 소리를 지르며 주저앉아 머리를 수그렸다.

"전하~"

대전 내관을 앞세우고 광해가 미행을 나온 것이었다.

그제야 놀란 학생들이 우당탕거리며 무릎을 꿇고 머리를 조아리느라 난리가 났다.

"전하!"

"전하!"

억만이도 엉겁결에 머리를 조아리고 난생처음 '전하'라는 말을 입 밖으로 내었다.

"허허, 이거 내가 공부를 방해한 꼴이 되었구나."

천천히 교실 안쪽으로 들어온 광해가 주위를 둘러보고는 고개를 끄덕였다.

"늦은 밤까지 학문을 익히느라 애쓰는 모습을 보니 과인의 마음이 흐뭇하구나."

바닥에 머리를 대고 있는 이들 위로 옥음이 흘러나왔다.

사람 취급도 못 받는 자신들을 보러 이 나라의 지존이신 임금이 직접 찾아왔다. 거기다 따뜻한 위로의 말까지 하고 있지 않은가.

내로라하는 조정 대신들도 왕한테 직접 이런 말을 들으면 감격해 마지않을 마당에 평생 천시만 받고 살아온 이들에게는 어떠했겠는가.

숙인 어깨 위로 나직이 들려오는 옥음(玉音)은 천둥소리로 변해 머릿속을 울리고 가슴을 뒤흔들었다.

"으흐흑, 전하… 전하."

"흑흑, 전하… 전하……."

누군가에서부터 시작된 흐느낌은 삽시간에 온 교실을 가득 메웠다.

한 사람, 한 사람의 가슴마다 지난날 느꼈던 온갖 서러움이 복받쳐 올라왔다.

천한 종년을 어머니로 둔 서출이라, 사대문 안으로는 들어갈 수도 없는 중의 신분이라, 손가락질을 받던 광대라서, 허구한 날 매질당하던 노비의 처지여서 감내해야 했던 그 고통들을 어찌 잊을 수 있겠는가.

억만이의 머릿속에도 엉금엉금 기며 두려움이 가득한 눈으로 자신을 쳐다보던 아내의 간절한 눈빛이 새삼 떠오르며 왈칵 울음이 터져 나왔다.

"전하~ 저희는… 저희는……."

더듬거릴 뿐 말이 되어 나오질 않았다. 아니, 그건 상관이 없었다.

억울한 일을 당한 아이가 엄마 품에 안겨 참았던 울음을 터뜨리듯이 그저 천하디천한 자신들을 찾아와 따뜻한 격려의 말을 건네는 우리 임금 앞에서 서러운 눈물을 펑펑 쏟는 걸로 충분했다.

"엉엉."

"으허엉~"

흐느낌이 드디어 대성통곡으로 바뀌었다. 수십 년간 쌓인 한이 봇물 터지듯 터져 버렸다.

이마로 마룻바닥을 찧으며 눈물, 콧물을 쏟았다.

"허허, 이런, 이런."

아연한 표정을 지었던 광해가 천장으로 고개를 들었다.

눈시울이 뜨거워져 왔던 것이다. 이들 역시 자신의 백성이 아닌가.

머리를 조아리고 눈물을 흘리고 있는 사람들의 어깨를 두어 번 다독거린 광해가 이윽고 발걸음을 돌렸다. 그 뒤를 호위무사로 수행한 지형석이 그림자처럼 따랐다.

광해가 사라진 뒤에도 교실에서의 울음소리는 좀처럼 그칠 줄 몰랐다.

끊이지 않는 울음소리 속에서 혁은 자신이 하고 있는 일이, 지금까지 추구해 온 목표가 결코 틀리지 않았다는 사실을 확신할 수 있었다.

이런 일이 소문이 나는 데는 오랜 시간이 필요 없었다.

"아, 글쎄 지난밤에 상감마마께서 미행을 나오셔서……."

"미행을 나오셔서?"

"공부하던 천것들의 어깨를 다 쓰다듬어 주셨다네."

"정말?"

얘기를 들은 사내의 두 눈이 휘둥그레졌다. 그 역시 혁이 차린 학교가 어떤 곳인 줄은 알고 있었던 것이다. 사람들이 모인 곳마다 온통 이 일로 난리법석을 떨었다.

"이 사람아, 어디 그뿐인 줄 알아."

옆의 한 사내가 끼어들었다.

"아니, 그럼 뭐가 또 있어?"

"어깨만 쓰다듬은 게 아니고 한 사람, 한 사람 일일이 손을 다 잡아주셨다는구먼."

자기가 마치 본 것처럼 앞의 사람 손까지 잡으며 얘기하자 '저런, 저런' 하는 감탄사가 여기저기서 튀어나왔다.

"겨우 고까짓 것 가지고 뭘 놀래고그래."

또 한 사내가 잔뜩 거드름을 피우며 말문을 열자 주위의 눈이 전부 그의 입으로 향했다.

"그중에 백정 놈 하나를 손수 일으켜 세우시고는 글쎄, 넙석 껴안지 않으셨겠어."

"헉."

전부 입만 딱 벌리고는 말을 잊었다.

소문은 꼬리에 꼬리를 물고 동네방네로 퍼져 나갔다.

물론 갈수록 내용은 뺑 튀겨져 나중에는 '둘러앉아 임금하고 같이 술 마시고 노래 부르며 놀았다더라'로까지 발전했다.

말을 옮기는 사람의 마음과 마음이 더해지다 보니 생긴 결과였다.

소문의 진위야 어떻든 이런 소문을 접하는 백성들의 반응은 한결같았다.

얼굴이 달아오르고, 숨소리가 빨라지며, 가슴이 뛰었다.

백성들에게 있어 왕이란 항상 저 하늘 위의 구름 속에서 신선들하고나 노는 존재였었다.

그렇지만 이제 더 이상은 아니다. 바로 자신들 곁에 있다는 느낌이 들었다.

밥을 먹지 않았는데도 배가 불렀고 찬바람이 얼굴을 때렸지만 전혀 춥질 않았다.

백성들은 서로의 얼굴을 쳐다보며 활짝 웃었다.

36.
김 상궁과 반정 모의

　대사동에 있는 개시 김 상궁의 대저택을 나온 박회동은 발걸음도 가볍게 익숙한 한양 거리를 헤쳐 나갔다.

　평소에 하도 잘 먹어서 얼굴은 부옇게 광택이 났고, 콧잔등에는 개기름이 흘렀다.

　개성상인 출신으로 김 상궁 본가의 청지기를 맡은 후부터는 세상 부러울 게 없었다.

　웬만한 하급 벼슬아치는 코 아래로 내려다보기 일쑤였고, 철마다 전국에서 뇌물로 올라오는 진귀한 음식과 약재가 산더미인지라 산삼 몇 뿌리쯤 빼돌려서 달여 먹는 것은 일도 아니었다.

이런 박회동이 한양을 나서는 이유는 금천현에 있는 김 상궁의 농토를 둘러보기 위해서다.

전국에 걸쳐 있는 김 상궁의 전지를 한 번씩 살피러 가는 것은 박회동에 있어 유람이나 다를 바 없이 신나는 일이었다.

답답한 집 안을 벗어나 풍광 좋은 지방 곳곳을 구경할 뿐만 아니라 김 상궁 댁 청지기라는 사실을 아는 지방관들의 흔연한 대접을 생각하면 입이 절로 벌어졌다.

"어서 오게. 그래, 상궁마마님께서는 안녕하시고?"

"그러문요. 사또께서도 그간 무탈하셨습니까?"

금천 현감 최충도는 박회동의 손까지 잡으며 반가운 체했다. 현감은 종6품 벼슬로 감사(관찰사; 현 도지사) 밑에서 각 고을을 맡아서 다스리는 지방관 중의 하나다.

각 지방의 크기와 격에 따라 가장 낮은 현감부터 현령, 유수, 그리고 목사가 있었고 모두 수령으로 통칭되었으며 흔히 사또로 불렸다. 이때 '또[道]'는 존칭을 나타내는 어미다.

김 상궁의 입김으로 현감에 오른 그에게 박회동은 일개 청지기가 아니라 김 상궁의 대리인이나 마찬가지였으니 환대가 그렇게 푸짐할 수가 없었다.

박회동이 지어 올리는 한마디에 자신의 승차가 결정될 판이니 당연한 일이었다.

"사또, 이번에 은결로 처리되는 것은 얼마나 되는지요?"

박회동은 김 상궁의 신임을 받는 청지기답게 바로 가장 중요한 사항부터 끄집어냈다.

"내가 상궁마마님의 은혜에 보답하고자 이번에는 3,000마지기를 잡아냈네."

비열한 웃음을 흘리는 최충도였다.

은결(隱結)이라 함은 토지대장에 올라 있지 않은 논밭을 말한다.

홍수에 사태가 나고, 잡초가 우거져 황무지나 다를 바 없어 농토라 하기 어려운 땅들인데 이를 토지대장에 기재하는 대신 기존에 있던 기름진 김 상궁 소유의 논밭을 은결로 빼내는 수법으로 나라에 바치는 세금을 포탈하는 것이다.

황무지에 제대로 된 소출이 날 리가 없으므로 금천현에 있는 김 상궁의 논밭 5,000마지기 중 절반이 넘는 3,000마지기가 세금을 안 내도 된다는 말이다.

이렇게 되면 이미 나라에서 세금으로 할당한 양은 있는데 수확량은 모자라니, 그 부담이 다른 백성들에게 돌아간다.

"올 여름 가뭄이 들었을 때, 마마님의 논밭을 전부 재해지로 보고하지 않았나."

은결을 이용하는 수법뿐만 아니라 여름에 홍수가 나거나 가뭄이 드는 재해가 발생하면 그 땅에 대해 나라에서는 세금을 감면해 주는데, 그 재해지 선정을 고을 수령이 제멋대로 하여 실재 피해자에게 돌아가야 할 혜택을 빼돌리는 일도 서슴지 않았다.

최충도는 지금 자신의 그런 노고를 잘 알아달라는 말이다.

"제가 상궁마마님을 뵐 때마다 사또께서 마마님을 위해 항시 노심초사하고 계시다는 것을 아뢰고 있으니 사또께서는 심려치 않으셔도 됩니다."

"하하하, 그런가. 내 자네만 믿네. 자, 오늘은 한번 거하게 마셔보세나. 여봐라, 어서 술상을 들이고 매월이와 옥금이도 들어오라 해라."

최충도는 호탕한 척 웃고는 자신의 관내에서 제일 예쁜 기생 둘을 어서 들이라고 독촉을 했다. 그 옆에서 박회동은 당연한 대접이라는 듯 목을 꼿꼿이 하고 거드름을 피우고 있었다.

이러한 개시 김 상궁의 매관매직과 축재가 항간에 소문이 나지 않을 리 없었다.

홍문관 서리 김충렬(金忠烈)에 의해 김 상궁을 탄핵하는 상소가 올라왔다.

"시경에 이르기를 주나라는 포사가 망쳤다고 하더니 조선 삼백 년 종사는 김 상궁이 망치고 있으니 신은 전하를 생각하며 통곡합니다."

포사(褒姒)는 주나라 마지막 왕인 유왕의 애첩으로 나라를 망친 경국지색(傾國之色)의 대표 격인 여인이다.

유왕은 항상 어두운 얼굴을 하고 있는 포사를 웃게 해주려고 별짓을 다했는데, 한 번은 실수로 봉화가 올라가는 바람에 오랑캐가 쳐들어 온 줄 알고 각 봉지의 신하들이 병사를 파견했다.

하지만 실수라는 사실에 먼 길을 달려온 장수와 병사들이 허탈해하는 모습을 본 포사가 돌연 깔깔대고 웃기 시작했다. 그 모습이 그녀에게는 재미있게 보인 모양이다.

포사의 웃는 모습에 환장을 한 유왕은 그 후 심심하면 한 번씩 거짓 봉화를 올림으로써 신하들을 괴롭혔고, 그때마다 포사는 파안대소를 함으로써 유왕을 흐뭇하게 했다.

그러다 진짜 오랑캐가 쳐들어 왔을 때는 아무도 도우러 오지 않아 결국 주나라는 멸망했다.

"소신이 알기로는 전혀 사실무근입니다. 김 상궁은 그런 사람이 아닙니다, 전하."

광해가 여항의 동향을 듣는 통로는 두 군데다.

하나는 김 상궁이요, 다른 하나는 암행어사를 관장하는 어사부의 판서인 조중부를 통해서이다.

소문의 당사자인 김 상궁에게 물어볼 수는 없는 노릇. 불려 온 조중부의 대답은 말도 안 되는 소리라는 것이다.

"터무니없는 내용의 상소를 올린 김충렬을 경상도 기장(機張)으로 유배토록 하라."

광해는 조중부가 김 상궁과 손발을 맞추고 있다는 사실을 몰랐다. 자신의 비리를 캘 수도 있는 어사부의 책임자를 구워 삶아 놓은 것은 잔머리를 잘 굴리는 김 상궁다운 일이었다.

"이건 도저히 묵과할 수 없는 일이야."

막걸리 한 사발을 숨도 안 쉬고 들이켠 김석균이 마치 당장에라도 뭔 일을 낼 듯한 어조로 말했다.

"야야, 고마 진정 쫌 해라. 니가 이칸다꼬 김충렬이가 돌아오는 것도 아니다 아이가."

평소 즐겨 찾던 단골 주막에서 혁과 방덕수는 강원도에서 현령직을 마치고 사간원으로 금의환향한 김석균을 축하하기 위해 모였다가 김충렬의 귀양 소식에 흥분한 김석균을 달래고 있었다.

서른이라는 혈기방장한 나이에 만났던 세 사람도 이제 마흔 하고도 둘이라는 중년이 되었다.

"김개시의 악행에 대해서는 강원도 골짜기에 있던 나까지 알고 있는데, 어찌 주상 전하께서는 모르신단 말인가?"

김석균이 술 냄새 섞인 한숨을 토해냈다.

"인(人)의 장막일세."

허균으로부터 내막을 전해 들은 바 있는 혁이 잔을 들며 말했다.

임금의 총애를 업은 김 상궁은 차츰 임금의 주위를 자신의 사람으로 채워갔다.

대전의 지밀상궁과 나인들은 어느덧 김 상궁의 눈치를 보는 이들로 바뀌었고, 이들이 김개시의 눈과 귀가 된 것은 말할 나위도 없다.

내명부의 수장인 중전 유씨조차도 일찍이 그녀가 세운 공과 현재 임금으로부터 받고 있는 총애를 고려해 한 수 접어주고 있을 정도였다.

"인의 장막이라… 그렇다면 더더욱 나 같은 사람이 나서야 되질 않겠나."

"김충렬이의 상소가 내처진 게 엊그젠데 니가 또 바로 들이대면 오히려 왕을 우습게 보는 처사라 안 카겠나? 쪼매 두고 보는 기 좋을 거 같은데……."

"명색이 간관(諫官)이란 왕의 잘못을 목숨 걸고 지적하라고 있는 것인데 어찌 단 하루인들 망설인단 말인가. 난 그럴 수가 없네."

방덕수가 말리는 데도 여전히 고집을 굽히지 않는 김석균을 바라보며 혁은 짧게 한숨을 내쉬었다. 꼬장꼬장한 김석균의 고집을 꺾기는 어려울 듯 보였다.

이튿날 올라온 김석균의 상소를 접한 광해는 짙은 눈썹을 모았다. 왈칵 올라오는 짜증으로 구겨 버릴 듯 상소를 잡은 손에 힘이 들어갔던 광해는 순간 머리를 스치는 생각에 머뭇거렸다.

불과 며칠 전에 무혐의로 처리된 일을 바보가 아닌 다음에야 또 왈가왈부할 리가 없질 않는가.

더더군다나 사간원의 간관이 밑도 끝도 없이 덜컥 상소를 올릴 까닭은 없다.

광해는 상소를 펴서 다시 한 번 찬찬히 읽어 내려갔다. 분명 어사부 판서인 조중부가 사실이 아니라고 펄쩍 뛰었던 내용들이 자세히 나열되어 있었다.

"음~"

그때 불현듯 김 상궁이 조중부를 입에 침이 마르도록 칭찬했던 기억이 떠올랐다. 그리고 자신은 그 조언을 참고삼아 그를 어사부 판서로 임명하지 않았던가.

갑자기 뭔가를 잃어버린 것 같은 기분이 든 광해는 허공으로 눈을 들었다.

그렇게 멍하게 앉아 있기를 무려 세 시간. 가끔씩 혀를 차기도 하고 몇 번씩 깊은 한숨을 내쉬던 광해가 이윽고 밖의 대전 내관을 불렀다.

"너는 지금 가서 어의녀를 들라 하라."

"전하, 옥체 미령하시옵니까? 어의를 들라 할까요?"

화들짝 놀란 대전내관이 자신도 모르게 고개를 번쩍 들었다 내렸다. 아닌 밤중에 어의녀를 찾으니 내관이 놀랄 만도 했다.

임금이 아픈 것은 전쟁에 버금가는 중차대한 문제다.

"호들갑 떨 것 없다. 잠시 가슴이 답답하여 진맥이나 한번 해보려는 것이니 어서 어의녀나 들라 하라."

어의녀는 어의와 함께 하루 두 차례 임금의 건강 상태를 확인하는 임무가 있어 매일 광해를 진맥하는 은비였다.

은비는 허준의 수제자로 일찍이 중전 유씨의 중병을 두 번이나 치유한 적이 있다.

속에 열이 많았던 광해는 평소에 업무상 스트레스를 받으면 치솟는 화기(火氣)로 인해 자주 답답함을 느끼곤 했다.

그제야 안도의 숨을 내쉰 대전내관이 물러갔고, 한 식경이 되지 않아 차비를 갖춘 어의녀 은비가 대령했다.

"전하, 많이 불편하시오니까?"

"그저 명치끝이 조금 뻐근하구나."

맥을 짚는 은비의 감은 눈꺼풀이 살짝 떨렸다.

"천만다행으로 큰 이상은 보이질 않사옵니다. 마음을 편히 가지옵소서, 전하."

"그래? 내가 괜히 유난을 떨었나 보구나. 알겠다. 그만 돌아가 보도록 해라."

약간 걷어 올렸던 왕의 소매를 내리던 은비의 손에 작은 쪽지 하나가 쥐어진 것은 바로 그 순간이었다.

떨리는 가슴을 애써 누르며 처소로 돌아온 은비가 펼친 임금의 밀지에는 '불시에 김개시의 사가를 조사해 보라'는 광해의 친필 글씨가 적혀 있었다.

밖에서 귀를 세우고 있을 상궁, 나인들을 의식한 광해의 조치였다.

조선 시대 의녀의 소임은 왕이나 왕비의 건강을 챙기는 것뿐만이 아니라 수사관의 역할도 겸하고 있었다.

죄인의 집을 수색할 때 의녀는 포도대장을 따라가 조사에 동참했다. 안방 등 여성의 공간은 여자가 수색해야 하기 때문이다.

김 상궁 정도의 거물을 상대로 낮은 직급의 의녀를 동원했다가는 주눅이 들어서 조사고, 뭐고 안 될 것이 뻔했고, 고심 끝에 광해는 믿을 수 있는 어의녀인 은비에게 이 일을 맡긴 것이다.

이틀 후, 의금부 관원들과 함께 들이닥친 은비가 집을 뒤지기 시작하자 김 상궁의 사가인 대사동 저택은 아침부터 벌집을 쑤신 듯했다.

계집 때린 날 장모 온다고, 사가를 실질적으로 관리하고 있던 박회동마저 집을 비우고 있던 터라 종들만 우왕좌왕했다.

권세가의 노비가 의례 그렇듯 목에 힘을 주고 이웃 백성들에게 거들먹거리기만 하던 이들로서는 처음 당해보는 일이라 어쩔 줄을 몰라 했다.

막아서는 김 상궁의 친척들을 제치고 안방의 장롱을 연 은비는 순간 입이 저절로 벌어졌다. 그 큰 농을 꽉 채우고 있는 것이 모두 집문서, 땅문서, 노비 문서였다.

옆의 번쩍이는 자개농에서는 수십 마리의 금두꺼비와 금송아지가 떼거지로 쏟아져 나왔고, 짱돌만 한 금부처만도 열 손가락으로는 다 꼽기가 모자랐다.

광을 뒤진 의금부 관원들 역시 자기 눈을 의심하기는 마찬가지였다. 산처럼 층층이 쌓인 포목은 그 모두가 최고급 중국 비단이었으니 보고 있어도 도무지 믿어지지 않을 정도였다.

의금부 관원들과 은비가 각기 나누어 재물 목록을 작성하는데 꼬박 이틀이 걸렸다.

이 소식이 궁중의 김 상궁에게 득달같이 전해진 것은 불문가지(不問可知)다.

"어찌… 어찌 이럴 수가 있단 말인가."

안 그래도 못생긴 김 상궁의 얼굴이 더욱 흉측하게 일그러졌다. 입술을 깨물고 뜨거운 콧김을 몇 번이나 내뱉던 김 상궁은 찬바람을 일으키며 대전으로 향했다.

물론 광해를 만나기 위함이다.

"전하, 어찌 저한테 이러실 수가 있사옵니까?"

독 오른 뱀처럼 고개를 빳빳이 들고 따지고 드는 김 상궁의 얼굴을 광해가 물끄러미 쳐다봤다.

자신을 위해 온갖 수고로움을 마다하지 않았던 젊은 날의 김 상궁의 모습이 겹쳐 보였다.

'그러던 여인이 서리 변하였구나.'

순간 가슴이 저려왔다. 그렇지만 그냥 넘어가 주기에는 그 재산이 터무니없이 많다.

일개 상궁의 처지로서 그런 어마어마한 재물을 모았다는 것은 김충렬이나 김석균의 상소에 적힌 대로 자신의 총애를 빌미로 온갖 불법과 악행을 저질렀다는 말이다.

'모두 나의 부덕이로다.'

믿던 도끼에 찍힌 발등이 제일 아픈 법이다.

그런 것도 모르고 김 상궁을 통해 궁 안팎의 정보를 모으고 귀를 기울였으니 광해는 자신의 어리석음에 정말 발등이라도 찍고 싶은 심정이었다.

"물러가라. 물러가 자숙하고 있으라."

한숨과 함께 나온 땅속을 울리는 듯한 광해의 음성이었다.

그러나 그리 쉽게 물러날 김 상궁이 아니었다.

"제가 전하를 위해 한 일을 벌써 잊으셨습니까? 그까짓 비단 몇 필, 쌀 몇 가마니 받은 것이 무에 그리 큰일입니까? 말씀을 해보소서, 어서요."

광해가 왕위에 오른 것은 오로지 자신의 헌신 때문이라 생각하는 김 상궁으로서는 이번 광해의 처사는 도저히 이해할 수 없을 뿐만 아니라 야속하기 이를 데 없었다.

반성은커녕 도리어 큰소리치는 김 상궁의 행태에 어이없어하던 광해의 얼굴에 드디어 노기가 서렸다.

"물러가라 하지 않았느냐. 여봐라, 밖의 내관은 어서 김 상궁을 끌어내지 않고 무얼 하느냐."

벼락같은 호통에 달려들어 온 내관과 상궁들이 앙탈하는 김 상궁의 양팔을 잡아끌어 내었다.

그러나 그 와중에도 김 상궁의 외침은 멈추질 않았다.

"전하, 이러실 순 없습니다. 저한테 이래서는 아니 되옵니다. 전하~ 전하~"

차츰 멀어져 가는 외침을 털어버리기라도 하듯 광해는 머리를 절레절레 흔들었다.

처소로 돌아와서도 김 상궁은 치솟는 분을 삭이지 못해 계속 씩씩거렸다.

'흥, 자기가 누구 덕분에 왕이 되었는데, 이제 와서 나를 팽(烹)시키려 해? 어디 두고 보자.'

자리에서 벌떡 일어난 그녀는 궐 밖으로 나갈 차비를 차렸다. 가만히 있다가는 곱다시 당할 것이란 생각에 도저히 그냥 뭉개고 있을 수가 없었다.

자신이 벼슬을 팔고, 백성들 등을 쳐서 모은 재물 내역을 다 조사해 갔으니 그 다음이 어떻게 될지는 가만히 있어도 머리에 선명히 그려졌다.

'이대로 당할 수는 없어.'

다시 한 번 있는 힘껏 이를 사려무는 김 상궁이었다.

"어서 오시게. 내, 말은 들었네."

김 상궁을 맞이하는 이이첨의 표정은 소박맞고 온 누이를 보는 오라비 같았다.

이이첨은 지금까지 손발을 잘 맞춰온 김 상궁이 만약 잘못된다면 자신이 꾸미고 있는 일에 타격이 올지도 모른다는 생각이 들었다.

지금까지 그는 김 상궁을 이용해 은밀히 사당(私黨)을 조직해 왔다. 이이첨은 주로 권력에서 소외되었던 서인들을 끌어들였으니 그 면면을 보면 이귀(李貴), 김류(金瑬), 김자점(金自點), 최명길(崔鳴吉), 이괄(李适) 등이다. 이 중 이귀의 경우 원래 대북파와는 대단히 사이가 좋지 않았다.

선조 대 말, 그가 대북파의 중심이라 할 수 있는 당시 대사헌 정인홍의 잘못을 열 가지나 늘어놓으며 탄핵하는 상소를 올렸기 때문이다.

광해군이 즉위하면서 정권을 잡은 대북파가 그를 가만히 놔두었을 리가 없었고 유배형에 처해진 그는 점점 권력의 핵심에서 멀어져 갔다. 그러다가 1616년 해주목사 최기(崔沂)의 역모 사건에 연루되어 다시 3년간 귀양 생활을 했으니 광해에게 이를 갈던 그가 이이첨이 불순한 속내를 내비치며 내민 손을 덥석 잡은 것은 전혀 이상할 바가 없었다.

정치판에서 어제의 적은 오늘의 동지며, 오늘의 친구는 내일의 적인 경우가 허다하지 않은가.

여기에 독자적으로 반정을 계획하고 있던 신경진(申景禛), 구굉(具宏), 이서(李曙) 등이 이귀를 통해 이이첨과 연결이 되었다.

김류와 김자점, 이괄 등은 김 상궁을 통해 끌어들인 인물이다.

이렇게 인적 구성은 거진 완성되었는데 뜻하지 않게 앞으로도 효용 가치가 남은 김 상궁이 퇴출될 위기에 직면해 버렸다.

"내가 주상께 잘 상주할 터이니 자네는 너무 심려치 말게. 주상이 자네한테 입은 은덕이 어디 이만저만해야 말이지. 자네도 알다시피 나 역시 철딱서니 없는 녀석의 탄핵으로 골치를 앓은 적이 있지 않은가."

이이첨은 진짜 오라버니 같은 미소를 띠며 김 상궁을 위로했다.

그가 말한 철딱서니 없는 녀석이란 고산 윤선도로서 6년 전인 1616년 30세의 젊은 나이로 패기만만했던 윤선도가 이이첨을 신랄하게 비판하는 상소를 올렸었다.

그러나 조정을 장악하고 있던 이이첨의 벽을 넘지 못하고 결국 경원으로 유배되고 그의 부친인 윤유기(尹唯幾)는 삭탈관직되었다.

이렇게 위로의 말을 던지면서도 이이첨이 속으로는 혀를 차고 있다는 것을 김 상궁은 알지 못했다.

'쯧쯧, 해먹어도 너무 많이 해먹었어. 좀 적당히 해 처먹었어야 말이지.'

이이첨은 광해의 성격상 아무리 김 상궁이 즉위의 일등 공신이라 하나 결코 그냥 넘어가지 않을 것임을 잘 알고 있었다.

"대감께서 그리 말씀을 해주시니 제 답답한 마음이 좀 풀리는군요. 역시 대감밖에 없습니다."

이이첨의 다정한 말에 김 상궁은 처음으로 얼굴을 풀었다. 그런데 하루 종일 얼마나 이를 세게 악물고 있었던지 관자놀이께가 뻐근해서 웃으려던 얼굴이 오히려 일그러져 버렸다.

겨우 진정한 김 상궁이 돌아가자 밖에 대기하고 있던 좌포도대장 황오석이 들어와 앉았다.

"대감, 제가 볼 때 이제 김 상궁의 운은 다한 듯한데 어찌 전하께 구명의 말씀을 올린다 하셨습니까?"

제 딴에는 참모랍시고 이런 말을 하는 황오석을 '연작(燕雀)

이 어찌 홍곡(鴻鵠)의 뜻을 알랴(제비나 참새 따위는 큰 기러기와 백조의 마음
을 알지 못한다는 뜻)' 하는 표정으로 내려다본 이이첨이 장죽을 물
며 헛기침을 했다.

"아직 쓸 데가 남았느니."

어리둥절한 눈으로 쳐다보는 황오석을 외면한 채 눈을 가늘
게 뜬 채 뭔가를 숙고하던 이이첨이 슬며시 차가운 웃음을 흘
리며 담배 연기를 내뿜었다.

"상궁 김개시를 궐 밖으로 내치고 그동안 불의로 모은 전
재산을 국고로 귀속시켜 상평창의 재원에 보태도록 한다. 다
만 그간의 공을 참작하여 작은 집 한 채와 먹고살 수 있을 정
도의 전답은 남겨두도록 하라."

며칠 지나지 않아 김 상궁을 제외한 대부분이 예상한 대로
광해의 처결이 떨어졌다.

김 상궁은 광해를 만나야 되겠다며 끝까지 추태를 부리다가
내금위 군관들에 의해 궐 밖으로 끌려 나갔고 이를 지켜보던
모든 이가 고소한 입맛을 다셨다.

"대감, 이리 억울할 데가 있습니까? 어찌 주상이 저한테 이
럴 수가 있단 말입니까?"

이이첨은 하소연차 다시 찾아와 울고불고하는 김개시를 축
쳐진 눈으로 쳐다보았다.

"그러게 말일세. 어떻게 그만한 일로 자네를 내칠 수가 있
단 말인가. 전혀 예상 밖일세. 주상이 변했어. 예전의 주상이
아니야, 허~ 그것참."

"대감, 이제 저는 하도 억울해서 누워도 잠이 오지 않고, 목구멍으로 물조차 넘기지 못하겠으니 이 일을 어찌하옵니까. 아이고~"

다시 옷섶을 눈가로 가져가는 김개시를 실눈을 뜬 채 바라보던 이이첨이 위로랍시고 다시 슬며시 입을 열었다.

"예전의 주상 같았으면 자네한테 이리 박정하게 대하질 않았을 것이네. 그런데 내가 볼 작시엔 유혁이란 놈이 나타난 후부터 그리된 듯하이. 게다가 이번에 상소를 올린 김석균이란 놈이 유혁이와 절친한 사이라 하더구먼."

낚싯줄을 던지듯 슬며시 혁의 이름을 끌어넣는 이이첨이었다.

말이 떨어지기가 무섭게 눈물을 짜던 김개시의 찢어진 눈이 번쩍 치켜 올라갔다.

"유혁… 유혁이라 했사옵니까?"

이이첨을 향한 김개시의 눈동자에는 파란 불꽃이 일었고, 눈꺼풀은 심하게 경련을 일으키고 있었다.

"글쎄, 그렇다는구먼."

이이첨은 마치 괜한 얘기를 꺼냈다는 듯이 슬쩍 고개를 옆으로 돌렸다.

김개시는 자신의 머릿속이 환해지는 것이 느껴졌다.

'그래, 그놈 때문이야. 그놈이 나타나고부터 모든 게 꼬이기 시작했어. 어쩌면 이번 일도 유혁, 그놈이 사주했을지도 몰라. 아니야, 분명 그놈이 사주한 게 맞아. 이런 찢어 죽일 놈이 있나.'

원망의 화살을 꽃을 상대가 드디어 나타났다.

자신이 던진 낚시를 덥석 문 김개시의 마음속이 훤히 들여다보이는 이이첨은 속으로 고소를 금치 못했다.

"그런데 만약 김 상궁이 대감의 계획대로 유혁을 해치기라도 하면 전하께서 진노하시지 않겠습니까?"

김개시가 귀신 같은 얼굴을 한 채 이를 부득부득 갈며 사라지자마자 방으로 들어온 황오석이 조심스럽게 물었다.

아끼는 유혁이 해를 당하면 광해가 가만히 있지 않을 텐데 하는 걱정에 이이첨을 쳐다보던 황오석은 이이첨의 입에서 떨어진 단호한 한마디에 그만 입을 다물고 말았다.

"타초경사(打草驚蛇: 막대기로 풀을 두드려 뱀을 놀라게 한다는 뜻으로 적의 속셈을 미리 알아내고자 할 때 사용하는 계책이다)."

이이첨은 얼마 전에 있은 인사를 본 후 광해와는 함께할 수 없다고 완전히 마음을 굳혔다.

즉위 초에 뛰어난 문장 실력을 인정해 예조판서에 임명했다가 임금이 경연에 힘쓰지 않는다고 비난의 상소를 올린 바 있는 이정귀(李廷龜)를 광해는 다시 예조판서에 중용하였다.

이게 무슨 말인고 하니 지금까지 명나라에 보내는 국서를 전담하던 이이첨 대신 이정귀가 그 일을 맡게 되었다는 것으로 안 그래도 실권이 거의 없는 이이첨이 이제 국서를 쓰는 업무까지 배제됨으로 명실공히 뒷방 늙은이가 되었다는 뜻이다.

이렇게 된 데에는 광해의 두 가지 고심이 있었다.

올해 중반에 광령(廣靈)이 후금군에 함락됨으로써 조선에서 명나라로 가는 육로가 완전히 막혔다.

상황이 이렇게 급박하게 돌아가자 명은 다시 조선에 원군을 파병하여 후금군의 배후를 공격하라는 강력한 압박을 가해 왔다.

물론 절대 파병 불가의 방침을 가지고 있던 광해는 여러 가지 이유를 들어 명의 예부를 설득해야 했는데 이에는 이정귀의 뛰어난 문장력이 절대적으로 필요했다. 그리고 원래 국서는 예조판서가 쓰는 게 맞다. 다만 이이첨의 공을 고려해 지금까지 그에게 이를 맡겼을 뿐이다.

또 한 가지 사유는 이이첨이 터무니없이 원군의 파병을 적극 지지하고 나섰다는 점이다.

심하 전투 전에도 파병을 해야 한다고 우기더니 이제는 '후금의 사신을 처형하고 그들의 국서를 불태워 대의가 살아 있음을 만천하에 보여주어야 한다'고 어이없는 척화론을 부르짖어 광해를 곤혹스럽게 만들고 있었다.

이이첨이 즉위에 많은 도움이 된 것은 사실이지만 지금은 사사건건 훼방만 놓고 있으니 속이 터진 광해가 적극적으로 이이첨을 배제하려 한 것이다.

주군과 신하의 관계를 넘어 정치적 동반자였던 광해와 이이첨의 사이는 드디어 돌이킬 수 없을 만큼 벌어지고 말았다.

이리되자 야심 많은 이이첨으로서는 이대로 권력의 뒤편으로 사라지느니 광해를 몰아내고 자신이 전권을 휘두를 수 있는 조정을 만들어야겠다는 결심을 굳히게 되었다.

평산 부사로 발령 난 이귀가 광해에게 다음과 같은 상소문을 올렸다.

경기도와 황해도의 접경 지역이 호랑이가 가장 많은 곳인데 사냥을 하다가 호랑이가 다른 지역으로 도망치면 감히 경계를 넘어가잡을 수가 없습니다. 많은 군사를 동원하고 수고를 해도 중도에서 그만두기 일쑤이니 호랑이 사냥을 할 때만큼은 경계에 국한되지 않도록 해주소서.

부임 후 이귀는 호랑이를 잡아 광해에게 자주 올려 보내 환심을 샀던지라 광해는 별다른 의심 없이 이를 허락하게 된다.

이이첨과 이귀 등은 무릎을 치며 환호했다. 반정을 획책하고 있는 이들에게 당면한 가장 큰 문제가 해결된 것이다.

반정에 필요한 실병력을 움직일 수 있는 이는 평산 부사 이귀와 장단 부사인 이서(李曙)였는데 이들의 병력을 합쳐 행동을 통일하기 위해서는 이귀의 군대가 개성을 통과해야만 한다.

이 난제를 호랑이 사냥을 빌미로 이제 허락을 받았다.

이렇게 해도 동원할 수 있는 총병력은 천 명 정도에 불과하여 궁궐을 지키는 훈련도감 산하의 최고의 정예부대인 무예청 병사들을 제압하기는 난망이었다.

이 문제를 해결한 이는 김 상궁으로, 훈련도감 대장인 이흥립(李興立)을 매수함으로써 가능했다.

일찍이 이흥립이 쟁송에 휘말려 패가망신할 뻔한 것을 김 상궁이 적극 도와줘 무사히 해결된 일이 있어 이흥립은 김 상궁에게 빚을 지고 있는 입장이었다.

이를 김 상궁이 이용하였다. 이이첨의 흑심을 눈치챈 김 상궁은 고민 끝에 양다리를 걸치기로 마음먹었다.

갈수록 광해의 총애가 멀어지는 마당이니 이이첨 쪽으로도 한 다리를 걸어두는 것이 유리해 보였다. 그래서 이이첨의 요구대로 이흥립에게 거금을 주고 설득하여 유사시 가담은 안 하더라도 방조는 해주겠다는 언질을 받아냈다.

김 상궁이 궐 밖으로 쫓겨났다고 하여 냉대했다가는 그로 인해 이흥립의 매수 건이 잘못될까 봐 아직까지는 김 상궁을 다독여 주고 있는 이이첨이었다.

골초인 이이첨이 습관처럼 장죽을 입에 물면서 지난달에 홍제원에서 있었던 비밀 회동을 떠올렸다.

"우리 조선을 구해준 명나라의 은혜를 배반하는 지금의 주상을 그대로 둘 수는 없소."

"옳은 말씀입니다. 의리를 모르고서 어찌 사대부라 할 수가 있겠습니까. 마땅히 바로잡아야 합니다."

이이첨이 극비리에 주최한 반정 동지들의 모임이었다.

이귀, 김류, 김자점, 이서, 최명길, 신경진, 황오석 등이 이이첨을 중심으로 둘러앉아 광해의 외교정책에 대해 신랄히 비판을 하고 있었다.

"우리는 오랑캐와 국서까지 주고받는 현 상태를 더 이상 좌시해서는 안됩니다."

김류가 한 번 더 자신들의 모임에 대한 명분을 못 박았다. 만약 혁에 의해 좌절된 이이첨의 영창대군 살해 음모가 실현되었다면 역사대로 이 명분에다가 '폐모살제의 패륜'이 더해졌을 것이다.

사실 이들에게는 폐모살제의 사건이 있든 없든 상관이 없었다. 그런 것들은 말 그대로 그저 명분에 불과하기 때문이다.

요는 이들 각자에게 지금의 체제를 뒤엎어야만 되는 속사정이 있다는 사실이다.

이들을 규합한 이이첨은 혁의 등장 이후 광해와의 사이에 삐걱거리는 마찰음이 나더니 작금에 와서는 언제 권력의 정상에서 나락으로 추락할지 모르는 절체절명의 위기감이 드는 상황이었고, 이귀는 앞서 말한 유배형을 받은 것 말고도 겉으로 대놓고는 말도 못 하고 복장만 터지는 일이 있었으니, 바로 그의 방종한 딸 문제였다.

남편의 친구와 바람이 나서 절간으로 도망까지 갔던 그녀는 온 집안의 망신이요, 사대부가의 수치였다. 철저한 유교 사회인 조선에서 모두의 손가락질을 받는 이런 딸을 가진 이귀가 출세한다는 것은 애초에 틀린 일이었다.

신경진은 권력에서 소외된 서인인 다른 이들과 달리 이이첨과 같은 북인이었다. 그의 아비는 임진왜란 때 조선의 마지막 병력을 이끌고 산화한 신립이다.

한때는 영웅 대접을 받던 아비가 광해에 의해 무능한 장수로 낙인찍히자 그는 이를 갈았다.

거기에 사촌인 신경희가 능창군 역모 사건에 휘말리면서 그는 북인이더라도 광해조에서는 절대 출세할 수 없는 인물이 되었다.

그 외에 장단부사 이서는 과부와 간통을 했다는 이유로 광해군 3년에 탄핵을 받아 그 역시 높은 자리를 바라보기는 틀린 상황이었다.

즉, 여기에 모인 이들은 세상이 확 뒤집어지기 전에는 절대 권세를 누릴 수 없다는 공통점을 안고 있었던 것이다.

서로의 속사정은 숨긴 채 실컷 명분론을 떠들고 난 이들은 허리에 찬 칼을 빼 들어 아래에 흘러가는 사천에 담그며 반정의 성공을 기원하고 결속을 맹세했다.

이들이 '흐르는 물에 칼을 씻었다' 하여 오늘날 이곳의 지명이 세검정(洗劍亭)이 되었다.

혁이 인조반정을 막기 위해 그렇게 분주를 떨었는데도 역사는 야속하게 원래의 줄기를 더듬어 찾아가고 있었다.

37.
꽃은 지고

술이 부족하다며 함께 온 방덕수는 새로 사귄 기생 향난이의 어깨를 끼고 건넌방으로 사라졌다.

증기기관 개발을 감독하랴, 야학을 운영하랴, 정신없이 바쁜 날을 보내는 혁이 모처럼 짬을 내어 오궁골을 찾았다.

"나미야, 이황 선생이라고 들어보았느냐?"

"그럼요. 퇴계 선생이라면 조선 최고의 학자로 꼽히는 분이 아니십니까."

역시 나미는 이 당시 여성 지식층인 기생답게 퇴계 이황을 알고 있었다.

"그럼 그분이 돌아가시면서 한 말이 무엇인지 아느냐?"

혁이 퇴계를 아는 나미를 흐뭇한 눈으로 바라보며 다시 물었다.

"……?"

"저 매화에 물을 주라, 였단다."

"퇴계 선생께서는 매화를 대단히 좋아하셨던 모양이지요?"

"그럼, 아주 좋아하셨지. 그것은 특별한 매화였거든."

혁은 자신을 보며 한마디 한마디 하는 그녀의 입술이 오늘따라 더욱 예쁘게 보였다.

"어떻게 특별했는데요?"

"그 매화는 퇴계 선생이 평생을 두고 사랑했던 기생이 선물한 것이었단다."

"기생이요!"

나미의 눈이 동그래졌다. 조선 최고의 대학자가 천한 기생을 평생 사랑했다니…….

그 기생의 이름은 두향(杜香)이었다.

퇴계 이황이 단양군수로 부임했을 때 둘은 처음 만났다. 이때 퇴계는 49세요, 두향은 18세였다.

2년 전 아내를 떠나보내고 연이어 둘째 아들까지 잃은 퇴계는 비록 신분은 천한 관기이나 그가 표현하길 '진흙 구덩이에 뿌리를 박고 있으나 그 자태가 맑기 한량없는 연꽃' 같은 두향에게 사랑을 느꼈고, 두향 역시 신선의 풍모에 바다 같은 학식을 갖춘 퇴계를 연모하게 된다. 그러나 둘의 사랑은 불과 아홉 달 만에 퇴계가 경상도 풍기군수로 발령 남으로써 '짧은 만남, 긴 이별'을 예고했다.

두향은 석별의 정표로 자신이 정성을 다해 기른 매화를 선물하였고, 퇴계는 이 매화를 마당에 심고 평생을 두향을 바라보듯 하였다.

내 전생은 밝은 달이었지. 몇 생이나 닦아야 매화가 될까.

퇴계는 평생 동안 매화를 읊은 수백 편의 시를 남겼다.

한편 두향은 퇴계를 떠나보낸 후 단양군에 있는 강선대 기슭에 집을 짓고 수절을 하였다.

헤어진 지 21년 만에 퇴계의 부음을 접한 두향은 소복을 입고 사흘 밤낮을 걸어 도산서원을 찾았다. 퇴계의 명성에 흠이 될까 먼발치에서 절을 올리고 돌아선 두향은 강선대로 돌아와 한 편의 시를 읊는다.

이별이 하도 설워 잔 들고 슬피 우는데
어느덧 술 다하고 임마저 가셨구나
꽃 지고 새 우는 봄날을 어찌할까 하노라

읊기를 마친 두향은 남한강 푸르른 물에 몸을 던지고 만다.

"그랬… 군요."

작은 한숨과 함께 나온 나미의 말소리에 쳐다보니 눈빛이 처연하다. 지금 자신의 처지와 똑같았던 두향의 일편단심이 가슴에 절절히 와 닿았던 모양이다.

얘기에 열중하고 있는 두 사람에게는 꽃샘추위를 몰고 온

바깥의 차가운 바람 소리도 전혀 들리지 않았다.

"네게 줄 것이 있단다."

혁이 소매에서 누르스름하게 변색된 종이를 끄집어냈다.

"읽어보아."

두어 겹 접혀 있는 종이를 나미에게 건네주는 혁의 얼굴은 약간 상기되어 있었다.

"아니, 이것은……!"

그것은 나미의 기적 단자(妓籍單子: 기생임을 증명하는 문서)였다.

며칠 전 부름을 받고 입궐한 혁을 광해가 미소를 머금은 얼굴로 맞았다.

"네게 항상 빚을 지고 있는 느낌이었느니라. 어떠냐, 이 정도면 사는 데 불편함이 없겠지?"

광해는 비록 고래 등 같은 집은 아닐지라도 현재 혁이 살고 있는 창거리의 집에 비해 세 배는 될 듯한 넓은 집 한 채와 노비 열 구를 혁에게 하사했다.

물론 그동안 여러 가지로 애쓴 공로를 치하함이다.

"전하, 외람된 말씀을 올려도 되겠습니까?"

"어서 말해보거라."

여전히 만면에 웃음을 띤 광해의 재촉이었다.

짧게 두어 번 숨을 내쉰 혁이 입을 열었다.

"내려주신 전하의 은혜가 하해와 같사오나 제가 진실로 원하는 것이 하나 있습니다."

혁은 집과 노비 대신 다른 청을 들어달라고 말하는 것이다.

"……?"

"제가 사랑하는 여인이 있습니다. 기생이지요."

"알고 있느니라. 오궁골에 있는 그 아이 말인가?"

임금쯤 되면 궁에 앉아 있어도 그 정도는 파악하고 있다.

"그렇습니다. 제게 소원이 있다면 그녀가 면천이 되고… 또한 그녀와 혼인을 하는 것입니다, 전하."

왕에게는 면천을 허락할 수 있는 권한이 있다.

"……"

잠시 말이 없던 광해의 입에서 '내가 너무 무심했구나' 하는 자책의 말이 흘러나왔다.

사실 광해나 허균은 혁이 나미를 혼인 대상으로 생각하고 있으리라고는 전혀 예상치 못했다. 그저 외로우니까 가끔 만나서 회포나 푸는 그저 그런 기생으로 여겼던 것이다.

그도 그럴 것이 이 시대에 기생을 본부인으로 맞는다는 것은 누구도 상상하기 어려운 일이었다.

"밖에 내관 있느냐?"

광해의 호출에 시립하고 있던 대전내관이 즉시 대령했다.

"너는 지금 즉시 장례원(掌隷院: 조선 시대 공, 사노비 문서의 관리를 맡은 기관)에 가서 기적 단자 하나를 가져오도록 해라."

영을 받은 내관은 지체 없이 뛰어갔고, 그 기적 단자가 지금 나미의 눈앞에 펼쳐져 있다.

"나으리, 어떻게 이것이 여기에……."

너무 놀라 눈만 동그랗게 뜬 채 혁을 바라보고 있는 나미였다.

"저 화로에 넣어 태워 버리렴."

"네?"

여전히 혁의 말뜻을 알아듣지 못한 나미가 기적 단자를 든 손만 가늘게 떨고 있었다.

"너는 더 이상 천한 신분이 아니야. 양인이 되었단다. 그러니 네 손으로 그 흉측한 것을 태워 없애란 말이야."

혁이 나미의 볼을 양손으로 감싸며 부드럽게 말했다.

"어떻게… 어떻게 이런 일이……."

나미의 입 모양이 웃는 듯, 우는 듯 삐죽거렸다.

이윽고 화로에 던져진 종이 쪼가리는 순식간에 화르르 타올랐고 그것을 빠져들 것처럼 바라보는 나미의 눈에서는 굵은 눈물방울이 한없이 흘러내렸다.

그녀의 머릿속에는 헤아릴 수 없을 정도로 많은 생각이 교차했다.

역모에 휩쓸려 젊은 나이에 처형당한 아버지, 노비가 되어 핏덩어리인 자신을 안고 온갖 고생을 하다가 세상을 버린 어머니, 그리고 자신 또한 어린 나이에 기적에 올라 천한 신분으로 한 많은 삶을 살아오지 않았는가.

다행히 혁을 만나 생의 위로가 되었지만 그것 역시 또 다른 아픔을 던져주었다.

사랑하는 님을 바라만 보아야 하는 자신의 천한 신분. 왜 자기를 이런 처지로 만들었느냐고 수없이 아비를 원망하지 않았던가. 역모를 하지 않았다면……. 자기가 여전히 양반이었다면…….

그렇다면 나으리와 자신은 가시버시가 될 수도 있었을 텐데…….

이런 모든 생각이 눈물 속에 녹아 뚝뚝 떨어지고 있었다.

"고개를 들고 이것을 보렴."

귓전을 감싸는 혁의 따뜻한 음성에 나미는 눈물 자국투성이의 얼굴을 들었다.

나미의 눈앞에 펼쳐져 있는 혁의 손바닥 위에는 옥가락지가 촛불에 영롱하게 반짝이고 있었다.

한 짝만 있는 것을 반지라 하고, 똑같은 두 짝으로 이루어진 것을 가락지라 칭한다. 가락지는 기혼 여성만이 낄 수 있다.

"나으리!"

나미의 입에서 또 한 번 비명과 같은 탄성이 터져 나왔다.

"그래… 나와 혼인하자꾸나."

혁의 목소리도 떨려 나왔다.

얼마나 하고 싶었던 말인가.

두 사람 모두 양인의 신분이 된 이상, 둘의 결혼을 막을 장애물은 이제 없다.

물론 천기였던 여인을 아내로 맞는 것에 대해 뒤에서 수군거리는 이들은 분명 있을 것이다.

'퇴계 선생은 유교 문화 안에서 신분의 벽을 넘어설 수 없었기에 평생을 마음속으로 애태웠지만 나는 그러지 않겠다.'

혁의 눈동자를 눈부신 듯 바라보던 나미가 혁의 품에 와락 안겨왔다.

그 바람에 손 위에 있던 가락지가 떨어져 떼구르르 바닥을 굴렀다.

"이런, 이런, 허허허."

진달래가 찬란하게 피었던 그 봄날 처음 본 이래로 무려 11년의 연애 끝에 청혼을 했다.

나미는 너무 한꺼번에 벌어진 일에 정신이 혼미할 지경이었다. 면천만 하더라도 상상도 못 할 일인데, 꿈에도 그리던 님과 혼인이라니……

가슴이 벌떡벌떡 뛰었고, 꿈이라면 제발 깨지 말라고 마음 속으로 몇 번이나 되뇌었다.

"우리 아기도 낳고, 잘 살아보자꾸나."

나미에게 가락지를 끼워주며 혁이 한 말이다.

아기란 말에 얼굴을 붉히며 나미의 입에서 처음으로 웃음소리가 흘러나왔다.

역시 여자에게 아기란 존재는 기쁨 그 자체인 모양이다.

말문이 열린 나미는 자기가 무슨 말을 하는지도 모를 정도로 참새마냥 재잘거리고 웃음을 터뜨렸다. 그 모두 평소의 상상과 희망 속에서만 있었던 것들이리라.

방 안에는 나미의 웃음소리가 민들레 꽃씨가 되어 둥둥 떠다녔다.

자리를 깔고 누웠어도 나미의 가슴은 좀처럼 진정이 되질 않았다. 옆에는 술 몇 잔 들어가면 순식간에 잠들어 버리는 혁이 벌써 얕게 코를 골고 있었다.

나미는 손가락에 끼워진 옥가락지와 혁의 얼굴을 번갈아 쳐다보았다.

그러다가 풋, 하고 웃음을 지은 이유는 갑자기 혁의 잠든 얼굴이 너무도 귀엽게 느껴져서다.

'좋은 분… 너무나도 좋은 분……. 당신을 진정으로 사랑합니다.'

문밖에서 비치는 만월의 달빛에 나미의 얼굴은 환하게 빛나고 있었다.

시간은 벌써 사경(새벽 2시경)을 지나고 있어 온 세상이 고요했다.

풍선처럼 부풀어 오른 흥분으로 이미 잠들기를 포기한 나미가 이불을 끌어 혁의 가슴을 덮어줄 때 갑자기 방문에 시커먼 그림자가 비쳤다.

머리칼이 쭈뼛 선 나미가 벌떡 몸을 일으켰지만 입술만 달싹거릴 뿐 얼른 말이 나오질 않았다.

그림자가 문을 조심스레 열려고 하자 드디어 나미의 입이 열렸다.

"누… 누구냐?"

나미의 말소리에 놀란 그림자가 순간 흠칫하더니 도망가지는 않고 오히려 거칠게 방문을 열어젖혔다. 방문에 가로막혀 쌓여 있던 달빛이 한꺼번에 방 안으로 쏟아져 들어왔다.

일찍이 광해가 혁의 신변을 보호하라고 붙여준 호위 무사가 둘이 있었다. 하지만 도둑이 들려면 개도 안 짖는다고, 둘 중 하나는 자신들보다 더 무예가 뛰어난 방덕수가 동행한 것을 보고 집안일을 보러 갔고, 나머지 하나는 목하 측간에서 아랫배에 힘을 주고 있었다.

그림자가 실물이 된 순간, 본능적인 두려움으로 나미의 비명이 터져 나왔다.

"아아악!"

안에 사람이 깨어 있을 줄 몰랐던 괴한은 당황스러운 몸짓으로 짓쳐들어왔고 밝은 달빛으로 인해 방 안의 모습은 훤하게 드러나 있었다.

그제야 잠에서 깨어난 혁이 어섯눈을 뜨고 괴한을 쳐다보자 괴한은 얼른 품에서 단도를 끄집어내었다. 칼날은 달빛마저 베어버릴 듯 싸늘하게 빛났다.

"안 돼!"

괴한이 혁의 가슴을 겨냥해 단도를 찔러온 것과 비명을 지르며 나미가 혁을 끌어안고 뒹군 것은 동시에 벌어진 일이었다.

나미의 등에 칼을 꽂은 괴한이 잠시 머뭇거릴 때 번개처럼 괴한의 턱에 발길을 날린 것은 비명을 듣고 달려온 방덕수였다.

괴한의 오른팔을 꺾어 잡은 방덕수는 힘껏 위로 밀어 올렸다. 뚝, 하는 장작개비 부러지는 소리와 함께 오른팔이 탈골되었지만 이를 악문 괴한의 입에서는 낮고 음울한 비명 소리가 짧게 흘러나왔을 뿐이다.

방덕수가 손을 놓자 팔은 제멋대로 건들거렸다.

다리를 차올려 괴한을 엎어뜨린 방덕수는 놈을 타고 앉아 목을 눌러 순식간에 제압했다.

"나미야, 나미야, 괜찮아?"

겨우 몸을 일으켜 앉은 혁이 나미의 머리를 받쳐 올렸다.

칼이 꽂힌 나미의 등에서는 별로 피가 나지 않았으나 입에서 흘러내린 핏줄기는 바닥에 기괴한 무늬를 그리고 있었다.

"제발, 제발 정신 차려봐, 응?"

나미의 눈동자가 혁의 눈을 향했다.

"어서 병원으로 가자. 거기 가면 괜찮아질 거야. 정신을 차리고 있어야 해, 나미야."

이 시대에 무슨 병원이 있겠냐마는 혁의 머리에 떠오른 생각은 오로지 병원의 응급실로 빨리 가야 한다는 것뿐이었다.

나미의 입에서 가느다란 소리가 흘러나왔다.

"사… 살고 싶어요. 나으리, 살려주세요."

"그래, 걱정 마. 곧 괜찮아질 거야. 조금만 참아."

혁은 고개를 돌려 문밖으로 소리소리 질렀다.

"어서 병원에 연락해. 빨리 응급차를 부르라고!"

방 안의 소란에 이 방 저 방에서 불이 켜지는 것이 보였다.

"이보래이, 혁아. 정신 차리라!"

가까이서 들려온 목소리에 흠칫한 혁이 보니 여전히 괴한을 타고 앉은 채 자신을 바라보는 방덕수의 아연한 눈길이었다.

그제야 현실로 돌아온 혁이 다급히 나미를 끌어안았다.

"가자, 의원으로 가자."

"움직이면 안 된대이. 고 놔뚜고 의원을 부르는 게 낫다."

무인인 방덕수는 이런 데 익숙하다. 하지만 그의 눈에 비친 나미의 상처는 너무 깊었다.

달려들며 찌른 칼이 손잡이만 남기고 칼날이 거의 모두 들어간 상태였다.

밖에서는 의원을 부르러 간다, 불을 밝힌다 하며 사람이란 사람은 다 나와 웅성댔다. 뒤늦게 달려온 호위 무사 하나는 사색이 된 채 어쩔 줄 모르고 있었다.

"나미야, 나미야."

이제는 입에서 핏덩어리를 울컥울컥 토해내는 나미를 끌어안고 울부짖는 혁의 외침이 방 안을 가득 메우고 있었다.

핏덩이가 목을 막아 더 이상 말을 할 수 없는 나미가 눈만으로 혁을 찾았고, 혁의 팔을 붙잡고 있는 나미의 손에는 놀랄 만큼 힘이 들어갔다.

"그래, 그래, 걱정하지 마. 네 옆에 계속 있을 거니까."

흐느낌과 함께 혁의 눈물이 나미의 얼굴에 뚝뚝 떨어졌다.

컥, 하고 또 핏덩어리를 토하자 팔을 잡은 나미의 손이 스르르 풀렸다.

"안 돼, 안 돼. 나미야, 안 돼."

부둥켜안으려는 혁의 눈에 필사적으로 자신을 바라보는 나미의 눈동자가 들어왔다.

나미는 마지막 눈빛을 보내고 있었다.

사랑한다고, 행복했다고…….

이윽고 나미의 눈이 천천히 감겼다.

"안 돼, 안 돼, 안 돼!"

오열하는 혁을 쳐다보던 방덕수의 눈길이 밑에 깔린 채 얼굴을 일그러뜨리고 있는 괴한을 향했다.

"누고? 누가 시켰노?"

대답은 않고 낮은 신음 소리만 내는 괴한을 보며 방덕수가 이를 악물었다.

"오~ 야, 말 안 하제. 니 같은 놈은 그냥 직이 뿌려도 괘안타."

목을 누르는 손에 힘이 들어갔다.

"마… 말하겠소."

정말 죽일 것 같은 방덕수의 살기 띤 얼굴에 돌개는 몇 번 기침을 하더니 입을 열었다.

"이… 이이첨 대감이 시켰소."

말하면서 돌개는 자신을 표독스럽게 쳐다보며 다짐하던 김 개시의 모습을 떠올렸다.

"만에 하나 일이 잘못되었을 시에는 반드시 이이첨 대감의 지시라고 해야 하느니."

바닥에 놓인 돈주머니를 돌개 앞으로 밀어주며 김개시가 다시 말을 이었다.

"이이첨 대감의 명자를 대면 너를 함부로 대하질 못할 것이야. 알아듣겠느냐?"

돈 받고 사람 해치는 일을 여러 번 한 적이 있는 무뢰배인 돌개 자신이 생각하기에도 이제 끈 떨어진 연 신세가 된 김 상궁보다야 위명이 떠르르한 이이첨의 이름을 대는 게 나을 것 같았다.

"염려 마십시오. 한두 번 하는 일이 아닙니다."

그가 탁한 목소리로 내뱉자 뺨에 그어진 긴 칼자국이 뱀처럼 꿈틀거렸다.

물론 돌개는 그런 경우가 생길 리는 만무하다고 여겼다.

머리 굴리는 것으로는 둘째가라면 서러워할 김개시인 만큼 그녀는 이이첨이 자신에게 유혁의 이름을 흘림으로써 차도살인(借刀殺人: 칼을 빌려 사람을 죽임. 즉, 남의 힘을 빌려 타인에게 피해를 주는 것)을 꾀하고 있다는 것을 어렵지 않게 알아차렸다.

"이이첨? 이이첨 대감이 와?"

"우리 같은 놈들이야 그저 시키는 대로 할 뿐이요."

마음 같아서야 이 자리에서 바로 목을 꺾어버리고 싶지만 그럴 수는 없는 일이다. 거기다 이놈이 있어야 살인교사범을 잡을 수 있다.

방덕수는 나미의 시신을 끌어안고 오열하고 있는 혁을 뒤로하고 중부 정선방에 있는 좌포도청으로 향했다. 한양의 동, 남, 중부를 관할하는 곳이 좌포도청이다.

"이 살인범을 옥에 가두고 빨리 포도대장을 오라 카소."

시뻘겋게 충혈된 눈으로 좌포도청에 들이닥친 방덕수의 신분을 확인한 당직 군관은 즉시 포도대장에게 통기를 보내고, 여전히 한쪽 팔을 건들거리며 눈을 희번덕거리고 있는 돌개를 칼과 차꼬를 채워 중범들을 가두는 가장 안쪽의 옥에 처넣었다.

"그래, 그자가 이이첨 대감의 지시로 살인을 했다고?"

살인 사건에다가 훈련도감의 현직 관리가 직접 살인범을 데려왔다는 전갈에 급히 달려온 좌포도대장 황오석은 미간을 잔뜩 찌푸린 채 방덕수를 노려보았다.

"그렇소. 글마가 내한테 자백을 했으이 포도대장께서는 얼른 취조하여 배후를 철저히 밝히소."

방덕수가 사랑하는 임을 잃고 피눈물을 흘리고 있을 혁의 모습을 그리며 갈라진 목소리로 재촉했다.

저간의 사정을 대충 알고 있는 황오석이 보기에 '이이첨의 지시'라는 맹랑한 말이 귀에 거슬렸지만 표를 낼 필요는 없었다.

"알겠다. 내가 철저히 조사를 할 터이니 그대는 이만 돌아가도록 하라."

조사하는 광경을 보겠다고 눈을 부릅뜨는 방덕수를 억지로 돌려보낸 황오석이 돌개를 끌어내라 일렀다.

"이이첨 대감이 시켰다고? 가소로운 놈, 김 상궁이 시킨 걸 다 알고 있는데 거짓말을 해."

"......!"

돌개는 자신의 턱을 치켜올리며 이죽거리듯이 던진 황오석의 두어 마디에 눈동자를 어지럽게 굴렸다.

"그래도 계속 거짓말을 할 테냐?"

"이이첨 대감의 명자를 대면 김 상궁마마님이 살려주신다고 했소."

거짓말할 엄두가 나지 않는 돌개가 결국 실토정을 했다.

이이첨이 안 된다면 김 상궁이라도 물고 들어가야지 살아날 가망이 있다.

무릎 사이에 고개를 처박은 혁은 아까부터 한 가지 생각만 반복하고 있었다.

'나미가 죽었다. 나를 살리려다 죽었다. 나미가 죽었다. 나를……'

포도청에서 나왔다며 장교며 서리가 오작사령을 대동하고 와서 검시를 한다고 한바탕 소란을 떨고 가자 이제는 온 집안이 곡소리에 잠겼다.

깨끗한 삼베를 덮은 나미의 시신을 붙잡고 동료 기생들이 목놓아 울고 있었다.

옥가락지를 끼고 기쁨을 못 참은 나미가 쫓아 나와 술어미에게 자랑을 했고, 그녀로부터 나미의 면천이며 혁과의 혼인 약속까지, 밤사이 있었던 사정을 들은 동료들은 더욱 서럽게 통곡을 하였다.

살인 사건이니 포도청의 허락 없이는 염을 할 수도 없다. 그나마 추위가 아직 가시지 않아 다행이란 말이 누군가의 입에서 나왔다.

혁은 눈을 떴지만 아무것도 보이질 않았다. 무언가 희끗희끗한 것이 오락가락할 뿐이었다.

생각은 자꾸 어제로 달려간다. 아니, 불과 몇 시간 전이다.

분명히 나미는 부푼 희망으로 참새보다 더 빨리 재잘거리지 않았던가.

낭랑한 웃음소리가 온 방 안을 떠다녔는데…….

이제 다 사라졌다. 아무것도 없다.

모든 게 끝나 버렸다.

"대감, 어떻게 할까요?"

옥에 가둔 돌개로부터 자세한 내막을 들은 황오석이 급히 이이첨을 찾았다.

"허~ 김 상궁이 나를 팔았다고?"

혀를 찬 이이첨이 다시 입을 열었다.

"역시 김 상궁답구먼. 그나저나 일을 하려면 제대로 좀 할 것이지… 에잉, 쯧."

유혁을 죽이는 데 또 실패했다는 보고에 '참 지독하게 명이 긴 놈'이란 생각이 든 이이첨이 재차 혀를 찼다.

'아니다. 오히려 잘됐다. 반정 후 내 손으로 직접 네놈을 처치해 주마, 쥐새끼 같은 놈.'

생각을 돌린 이이첨이 황오석을 바라봤다.

"김 상궁은 아직 쓸모가 있어. 옥에 있는 놈이 계속 주둥이를 놀리면 피곤하겠는데……."

반정 때 한양으로 들어와 궁궐 문을 통과하기 위해서는 훈련대장인 이흥립의 협조가 반드시 필요하다.

이흥립을 매수한 이가 김 상궁인 만큼 반정 전에 김 상궁에게 무슨 일이 생기면 그자가 흔들릴 수도 있음이 신경 쓰인다는 말이다.

물론 이이첨은 반정 후에는 김 상궁을 제거할 마음을 먹고 있었다. 살려두었다가는 자신의 공을 내세워 또다시 임금을 조종하려 들 것이 뻔했다.

실제 역사에서도 양다리를 걸쳤던 김 상궁이 인조반정 후 즉각 처형된 이유가 바로 이것이었다.

"염려 놓으십시오, 대감. 사자(死者)는 말이 없는 법입니다."

포도청에 돌아온 황오석은 옥졸을 불러 조용히 귀엣말을 했고 긴장한 옥졸은 '예, 예'만 몇 번 하더니 옥으로 황급히 뛰어갔다.

"까마귀, 너 일루 나와봐."

옥졸의 손짓에 까마귀라 불린 놈이 봉두난발을 한 도깨비 형상을 한 채 옥문으로 나왔다.

까마귀는 대시수(待時囚: 사형을 기다리는 죄인)이며 중범죄자를 가둬두는 감방에서 가장 고참인 감방장이다.

낮은 목소리로 소곤대는 옥졸의 말을 듣던 놈이 입을 헤벌쭉 벌리며 웃었다.

"아이고, 걱정 마시고 막걸리나 한 독 넣어주십시오, 나으리."

까마귀의 어깨를 두어 번 툭툭 친 옥졸이 멀어지자 까마귀의 표정은 언제 웃었냐는 듯이 험악해졌다.

"어디 갓 들어온 신참 놈이 감히 바닥에 엉덩이를 붙이고 있어!"

칼을 쓴 채 벽에 기대 있던 돌개가 눈을 치켜떴다.

뭐라고 맞고함을 치려다가 삼켰다. 성질 사납기로 소문난 돌개지만 여기는 자기보다 더하면 더했지 덜한 놈은 없는 곳이란 것을 아는 까닭이다.

이곳 감옥에서 옥졸은 신장(神將)이라 불리고, 감방장은 마왕(魔王)이라 칭한다.

이들 둘에게 잘못 보이면 재판이고, 뭐고 할 것도 없이 쥐도 새도 모르게 죽어나가는 데가 바로 여기다.

감옥 안에서 이들에 의해 사사로이 행해지는 고문은 아주 흔한 일이었다.

"저놈의 칼을 다리에 묶어라."

까마귀의 영이 떨어지기가 무섭게 주위의 죄수들이 달려들어 돌개의 목에 씌운 칼 끝을 두 발의 발등 위에 올려놓고, 새끼줄로 칼 판과 다리를 함께 묶었다.

발버둥 치며 저항했지만 소용없는 일이었다.

돌개는 곱사등 모양이 된 채 옴짝달싹하지 못할뿐더러 숨쉬기조차 어려웠다.

끙끙거리고 있는 돌개 옆으로 다가온 까마귀가 발을 들어 돌개의 옆구리를 냅다 질러 버리자 돌개는 사정없이 담벼락에 머리를 박았다.

"어라, 이놈 이거, 식은 방귀를 뀌어버렸는뎁쇼."

쓰러진 돌개를 들춰본 놈이 고개를 슬슬 저으며 한 말이다.

목이 부러져 즉사해 버렸다.

"야, 꼴 보기 싫으니 저쪽 구석에 치워놔."

까마귀는 툭 한마디 뱉고는 맨땅에서 올라오는 한기를 막기 위해 두꺼운 나무를 깔아놓은 자기 자리로 가서 철퍼덕 앉았다.

좀 있으면 막걸리 한 동이가 나올 것이다. 까마귀는 입에 고인 침을 꿀꺽 삼켰다.

사건이 있고 이틀 만에 금품을 노린 단순 강도 사건으로 판결이 났다. 그리고 범인은 감옥 안에서 죄수들끼리의 다툼 중에 자빠져서 목이 부러져 죽어버렸단다.

"그놈이 급한 김에 높은 양반의 이름을 댄다는 게 이이첨 대감의 명자가 나온 이유라네."

방덕수가 길길이 뛰었지만 이미 범인이 죽어버려 확인도 안 된다. 하긴 그놈이 살아 있어 계속 이이첨의 사주를 주장한다고 하더라도 무슨 수가 있을까.

살인범을 끌고 가 이 나라 최고 권력자와 대면을 시키겠는가, 어쩌겠는가. 그러면 이이첨이 '그래, 내가 시켰다', 이러겠는가 말이다.

벌을 받아야 할 죄인이 죽어버렸으니 사건은 그걸로 종결되고 말았다.

이 모든 것을 아는 듯, 모르는 듯 방 안도 아닌 툇마루에 걸터앉아 혁은 연방 독한 소주를 들이켰고 옆에는 방덕수와 김석균이 이런 혁을 묵묵히 바라보고 있었다.

말을 걸어도 혁이 대꾸를 하지 않으니 도리가 없었다.

혁은 슬픔을 나누는 것조차 거부하고 있었다.

가슴이 터져 버리고, 온몸이 녹아내릴 것 같은 슬픔을 온전히 끌어안고 영원히 가고 싶었다.

밤하늘을 올려다보았다.

그렇게 아름답던 무수한 별빛이 왱왱거리는 모기 떼와 다르지 않았고, 환한 보름달은 하나의 똥 덩어리에 불과했다.

볼을 타고 뜨거운 눈물이 흘러내렸다. 눈물에서 소주 냄새가 났다.

다시 한 잔을 털어 넣으며 혁은 으스러지게 이를 악물었다.

'죽인다. 반드시 죽여주마. 기다려라, 이이첨……'

하지만 입 밖으로 내지는 않았다. 말로 뱉으면 용광로처럼 끓고 있는 원한이 조금이라도 식을 듯해서다.

"산소는 어데 쓸 거고?"

방덕수의 물음에 혁은 핏발 선 눈을 들었다가 긴 한숨을 토해냈다.

'나미는 멀리 갔지만 묘라도 가까운 데 있어야 되질 않겠나.'

그녀 부모의 묘도 없다는 사실을 잘 아는 혁이기에 멀지 않은 동산에 햇볕 잘 드는 데로 정했다.

나미를 처음 만났던 시회 장소에서 별로 떨어지지 않은 곳이다.

아직은 쌀쌀하지만 조금만 더 지나면 그때처럼 진달래가 만발할 것이다. 그러면 그녀도 진달래로 다시 피어나리라.

나미가 누운 꽃상여가 우쭐우쭐거리며 천천히 나아갔고, 그 뒤를 상복을 입은 혁이 무표정하게 따라갔다.

혁의 머릿속에는 민요 한 곡조가 계속 메아리치며 울렸다.

한 많은 이 세상 야속한 님아
정을 두고 몸만 가니 눈물이 난다
아무렴 그렇지 그렇고말고
한 오백 년 살자는데 웬 성화요

38.
인조반정

"얼씨구 씨구 들어간다. 절씨구 씨구 들어간다. 작년에 왔던 각설이가 죽지도 않고 또 왔네."

수원댁은 오늘도 들려오는 각설이 타령에 드디어 불쏘시개를 들고 일어났다.

'오냐오냐했더니 이것들이 하루도 안 빠지고 와? 어디 이놈들, 맛 좀 봐라.'

사람이 너무 잘 대해주면 머리 꼭대기에 올라선다는 말이 실감난 수원댁은 버르장머리를 고쳐주려고 마음먹었다.

사나흘에 한 번씩 오던 거지들이 요즘 들어서는 매일같이 왔던 것이다.

"야, 이놈드……."

기세 좋게 부엌문을 열어젖히고 나가던 수원댁의 발걸음이 멈칫했다. 거지 중 하나가 마당 구석에서 혁에게 무언가 귓속말을 하고 있는 모습이 언뜻 보여서다.

손에 쥔 불쏘시개를 슬그머니 등 뒤에 감추고는 도로 부엌으로 들어가는 수원댁이었다.

빼꼼히 연 문 틈으로 혁과 얘기를 나누던 거지가 동료들과 섞여 다시 소란을 떨며 멀어지는 게 보였다.

나미가 너무도 허망하게 떠난 지도 어느덧 한 달이 되어간다. 그녀의 산소 주위에는 진달래가 진홍빛 몽우리를 터뜨리기 시작했다.

증기기관 연구소로 출근하며 매일 한 번씩 들러서 쓸개를 씹는 기분으로 진달래보다 화사했던 그녀의 모습을 되새기던 혁이 광통교 아래에 있는 거지들의 움막을 찾은 것은 닷새 전의 일이다.

한양 도성 안에는 수많은 거지가 있었는데 이들은 주로 효경교, 광통교 밑에 집단적으로 거주했다.

거지들은 자기들 중에서 덩치와 심성이 괜찮아 보이는 자를 뽑아 우두머리로 삼았고, 이 우두머리를 '패두'라 불렀다.

이들은 패두를 중심으로 군대처럼 상하 관계가 분명했으며 만약 패두가 제 욕심만 차리는 등 그 행동이 의롭지 못하거나 조직을 이끌 재목이 못 된다고 판단이 되면 집단으로 저항하여 그를 몰아내기도 하였다.

"어서 오십시오, 나으리. 험한 데까지 발걸음을 하셨습니다."

혁이 자신의 신분을 밝히자 뜻밖에 환대를 하는 패두였다.

"우리 아이들이 나으리께 많은 도움을 받았다 들었습니다."

아마도 수원댁이 흉년 때에도 자주 오는 거지들을 내치지 않고 밥술을 나눠준 것을 말하는 모양이다.

역시 사람은 베풀고 살아야 한다.

나이는 마흔 정도 되어보이는데 옷차림도 비교적 말쑥하여 전혀 거지로 보이지 않는 패두의 모습에 거지도 왕초는 다르구나, 하는 생각이 드는 혁이었다.

"이이첨 대감의 일거수일투족을 살펴봐 주시오."

나미를 살해한 놈의 입에서 분명히 이이첨이 시켰다는 말이 나왔었다.

마음 같아서는 당장 어디서 총이라도 하나 구해 이이첨의 집으로 쳐들어가고 싶은 심정이지만 그것은 수레를 보고 덤벼드는 사마귀 꼴밖에는 안 된다.

그렇다고 얼굴이 잘 알려진 혁이 약점을 잡자고 이이첨의 집 근처를 계속 얼쩡거릴 수도 없는 노릇이므로 방덕수의 조언을 따라 이곳 광통교를 찾은 것이다.

"쉬운 일은 아니지만… 못 할 일도 아니지요. 우리들 중에는 그런 세도가들에게 포한이 진 이가 적지 않습지요."

혁이 평소 쌓은 덕이 많았는지 패두는 선선히 승낙을 했다.

"좌포도청을 조심해야 할 거요."

잡혀 들어간 나미의 살해범이 이상한 이유로 죽은 좌포도청이 혁으로서는 아무래도 찜찜했다.

"으음~ 좌포도대장 황오석은 이이첨의 수족이라는 소문이 있습니다. 제 추측으로는 범인을 죽여 입을 막은 게 아닌가 싶군요."

거지들이 하루 종일 한양 거리를 싸돌아다니며 동냥을 해서는 저녁 무렵에 다리 아래 집단 거주지에 모이는데 이때 패두는 그들이 보고 들은 것들을 보고받는다. 그래서 패두는 앉아서도 한양 곳곳에서 일어나는 일들에 대해서 소상하게 꿰고 있었다.

그날의 사건에 대해서도 아마 알고 있는 모양이다.

"그렇다면 더욱 그자를 조심해야 되질 않겠소?"

혁이 악물었던 이를 풀며 말했다. 그런 것도 모르고 포도청에서 사건을 밝혀주길 기대했으니…….

"염려하실 필요 없습니다. 저는 꼭지딴을 겸하고 있으니 우리 행동을 눈여겨보지는 않을 겁니다."

포도청의 포교 밑에서 염탐꾼 노릇을 하는 사람을 딴꾼이라 하고 그 우두머리를 꼭지딴이라 불렀다. 시중의 정보에 밝은 패두는 이 꼭지딴을 겸하곤 했다.

자기들의 정보원이 자신들을 감시하리라고는 생각지 않을 것이니 걱정 말라는 말이다.

항상 자기 발밑이 제일 어두운 법이다.

이날부터 이른 아침에 혁의 집을 들르는 거지 패는 전날 있었던 이이첨의 동향을 일러주었다.

그런데 무언가 이상했다.

거지 패가 전해준 정보를 곰곰이 생각하던 혁이 고개를 연신 갸웃거렸다.

사나흘이 멀다 하고 늦은 밤에 이이첨의 집에서는 여럿이 모여 회동을 갖는 것도 이상하지만 그 면면은 더욱 요상했다.

대북파의 수장인 이이첨의 집에 왜 서인들이 들락거린단 말인가. 당파가 다르면 길 가다가 마주쳐도 서로 인사조차 안 하는 판인데 희한한 일이 아닐 수 없었다.

"안에서 무슨 논의를 하는지를 좀 알아봐 주면 좋겠소."

다시 패두를 찾은 혁의 요청이었고,

"지금까지는 나으리의 은혜를 갚는 셈치고 했지만 그건 목숨을 걸어야 하는 일입니다."

어렵다는 패두의 대답이었다.

"많지는 않지만 받으시오. 부탁하오."

혁은 소매에서 꺼낸 주머니를 패두에게 건넸다. 나미와의 혼인 비용으로 쓸 돈이었다.

이제 나미의 원수를 갚는 데 쓰이게 되었다.

"꼭 그러시다면……."

마지못한 척하며 챙겨 넣는 패두였다.

"아니, 대감께서는 어째서 안 된다는 말씀입니까?"

김류가 의아한 표정으로 이이첨을 바라봤다. 당연히 반정 후 보위를 이을 인물로 선조의 적자인 영창대군을 예상했는데 뜻밖에 이이첨이 반대하고 나선 것이다.

"영창대군은 아니 되오."

단호한 이이첨의 말에 모든 시선이 전부 이이첨을 향했다.

잘 알다시피 지금의 임금인 광해군은 적자가 아니다. 선조와 공빈 김씨 사이에서 난 서자다.

따라서 유일한 적자인 영창대군을 보위에 올린다면 누구나 고개를 끄덕일 것이고, 그만큼 반정의 명분이 선다.

반정(反正)이란 무엇인가? 어긋난 정도(正道)를 회복한다는 뜻이 아닌가.

서자로 잘못 승계된 왕통을 적자로 바로잡는 것만큼 눈에 확 들어오는 명분이 없거늘 그걸 모를 리 없는 이이첨이 안 된다니 모두들 어리둥절할 수밖에 없었다.

"영창대군의 목숨을 살려준 이가 누구요? 바로 주상이 아니오? 그런데 그런 덕을 입은 영창이 과연 우리 뜻을 쉽게 따를 것 같소?"

십 년 전 있었던 강변칠우 사건 때 이이첨은 영창대군의 외조부인 김제남을 역모로 몰아 영창대군과 인목대비를 모두 엮어 처치하려는 음모를 꾸몄다가 실패한 적이 있다.

만약 영창대군을 보위에 추대했다가 영창이 은혜를 입은 광해군의 처리에 머뭇거리기라도 한다면 반정 자체가 위태로워질 수가 있다는 말이다.

게다가 왕위에 오른 영창대군이 옛날의 일을 들먹여 김제남 역모 조작 사건을 다시 조사라도 한다면 이이첨으로서는 대단히 난감한 상황이 된다.

"딴은 그렇군요. 그때 만약 주상이 한희길을 족치지 않았다면 영창대군이 무사하지 못했을 수도 있었겠군요."

그제야 몇몇이 고개를 주억거렸다.

"허면 대감께서는 누구를 염두에 두고 계시는지요?"

눈꼬리가 올라가고 이마가 좁아 신경질적으로 보이는 김자점이 물었다.

김자점(金自點). 인조반정 후 승승장구하여 영의정까지 올랐으나 당시 최고의 명장인 임경업을 고문하여 죽이고, 청나라에 국가 정보를 팔아넘기는 매국 행위를 일삼다가 사약을 받은 인물이다.

이에 이이첨이 즉답을 하는 대신 장죽을 물자 황오석이 잽싸게 불을 붙였다.

"우리들의 요구에 딱 들어맞는 인물이 있소."

서두를 꺼내고는 방 안에 둘러앉은 자들의 얼굴을 죽 훑어보는 이이첨이었다.

다들 긴장 어린 눈으로 바라보았고, 두엇은 침을 꼴깍 삼켰다.

"바로 능양군이오."

어떠냐, 하는 표정을 지으며 이이첨은 담배 연기를 길게 뿜었다.

"능양군이라면 정원군(선조의 다섯째 아들)의 맏이가 아니오?"

"그렇지요. 올해 아마 서른 살쯤 되었을걸요."

능양군에 대한 얘기가 분분하다.

"대감, 어째서 능양군이 적당한지 소상히 설명을 해주시지요."

김류가 많은 후보 중에 굳이 능양군을 선정한 이유를 물었다.

김류만이 아니고 다들 궁금해하는 사항이다.

"능양군은 본시 욕심이 많은 성품인데, 지금 소금 사업을 크게 벌였다가 망해 빚더미에 앉아 있소. 따라서 보위에 올려만 준다면 우리가 원하는 어떠한 조건도 두말없이 승낙하기로 약조하였소."

능양군이 경상과 손을 잡고 기세 좋게 시작한 천일염 사업은 완전히 진창에 빠져 있었다.

소금 생산업자마다 개나 소나 전부 천일염을 만드니 소금값은 폭락하였고, 남는 마진이 없다.

왜국으로의 수출도 10년간은 현 납품가를 유지한다는 계약 조건 때문에 전혀 이익을 볼 수 없는 데다가 후금으로의 납품은 너도나도 만든 천일염을 가지고 왕족끼리 아귀다툼을 하고 있는 실정이다.

소금 수출을 관장하는 호조의 입장에서는 값만 적당하다면 누가 만든 소금이든 상관이 없었으므로 납품 경쟁이 치열할수록 쾌재를 부르고 있었다.

당초 수련당의 소금을 밀어내고 능양군 자신이 납품을 한 것과 똑같은 경우가 되고 말았다.

이런 상황에 처한 능양군은 앞서 연산군을 몰아낸 중종반정 때의 공신인 성희안, 박원종, 유순정 등이 누렸던 권세 이상을 원하는 이들의 입맛에 딱 들어맞는다는 말이다.

"그건 좋은데 백성들이 보기에 좀 더 그럴듯한 면이 필요하지 않을까요?"

자기들은 좋지만 왜 저런 인물을 추대했느냐는 주위의 물음에 대한 답이 좀 궁색하지 않느냐는 걱정이다.

"염려할 필요가 없소. 일찍이 선대왕께서 능양군이 갓난아기 때 허벅지에 있는 사마귀를 보시고 이것은 한고조(漢高祖)와 같은 상이니 누설하지 말라고 하셨소. 우리는 이런 사실을 널리 퍼뜨리면 되오."

광해군을 어쩔 수 없는 상황에서 세자로 세운 선조는 틈만 나면 광해군을 흔들었는데, 능양군을 보고 한나라를 세운 유방(劉邦)에 비유한 것도 그런 맥락이었다. 물론 영창대군을 낳은 후였다면 결코 이런 말을 했을 리 없다.

"오, 그러면 되겠군요. 역시 대감의 혜안은 놀랍습니다."

"명안이십니다."

한바탕 이이첨에 대한 아부로 방 안이 들썩였다.

"그럼 이제 거사일을 말씀해 주시지요."

지금까지 '3월 중순을 넘기지 않는다'라고만 잡혀 있던 반정 날짜를 알려달라는 말이다.

"거사일은 12일 새벽이오."

칼로 무를 자르듯이 내지른 이이첨의 말에 방 안엔 침묵만 흘렀다.

12일이라면 사흘 뒤다. 기밀 유지를 위해 불과 사흘을 앞두고서야 반정 동지들에게 날짜를 알리는 이이첨의 치밀함이었다. 사흘이 지나면 세상이 뒤바뀌는 것이다.

"이미 평산 부사 이귀의 병사들이 호랑이 사냥을 빌미로 장단 부사 이서의 군대와 합류하여 한양에서 하루 거리에 진을 치고 있소. 이들은 특별한 일이 없는 한 12일 새벽에 홍제역으로 짓쳐들어올 것이오."

그러면 내응하기로 약조한 이흥립이 한양으로 들어오는 창의문과 궁궐의 돈화문을 열 것이고, 그것으로 모든 것은 끝난다.

1623년 3월 12일에 일어나 조선의 명운을 바꾸어놓는 인조반정이다.

이이첨의 자신에 찬 말을 들으며 방 안의 인물들은 그 빈틈없는 계획에 모두 더운 콧김을 내뿜으며 벌써부터 반정 후 찾아올 영광의 장면을 그리고 있었다.

그러나 이들은 자신들이 떠들고 있는 방의 툇마루 아래에서 시커멓게 땟국물이 흐르는 거지 하나가 쥐새끼처럼 몸을 숨기고 있었다는 사실은 알지 못했다.

그래서 밤 말은 쥐가 듣는다는 속담이 있다.

"여… 역모가 아닌가! 이이첨 이자가 기어코……."

혁의 말을 들은 허균은 벌떡 일어나더니 주먹 쥔 손을 떨었다.

"이러고 있을 때가 아닐세. 어서 궐로 가서 주상 전하를 뵈어야 해."

혹시라도 이이첨 일파의 눈이 있을까 봐 허균은 남여도 타지 않고 등롱을 든 하인 한 명만을 앞세우고 혁과 함께 뛰다시피 궁궐로 향했다.

아직은 싸늘한 밤바람이었지만 어느덧 등허리에 땀이 맺히자 혁은 불현듯 이런 일이 언젠가 있었다는 느낌이 들었다.

'아! 처음 전하를 뵈러 갈 때였구나.'

조선에 와서 처음으로 허균과 함께 광해를 배알하러 갈 때의 모습이었다.

그날도 오늘처럼 하늘에 별도, 달도 보이지 않았다.

발은 열심히 놀리고 있지만 혁의 마음속에는 커다란 의혹이 그림자를 드리우고 있었다.

그렇게 반정을 막고자 지금까지 온갖 노력을 다해왔는데 결국 반정은 일어나려고 하고 있다.

그렇다면 역사의 흐름은 나의 몸부림과는 아무 상관 없이 원래 정해진 길을 간다는 말이 아닌가.

아무리 애를 써도 결국 일어날 일은 일어나고야 만다면 지금 광해를 만나러 가는 것이 무슨 소용이 있을까?

이런 상상이 혁의 마음을 괴롭히기 시작했다.

그렇지만 역사는 분명 바뀌었고 다만 혁이 모르고 있었을 뿐이다.

옆에서 열심히 걷고 있는 허균만 하더라도 원래는 5년 전인 1618년에 죽었어야 하는 인물이다.

혁이 조선으로 오지 않았다면 허균은 조정을 완전히 장악한 이이첨에 의해 역적으로 몰려 죽임을 당했을 것이다.

"이이첨이 역모를!"

한마디만 뱉고는 얼굴색이 하얗게 된 채 말이 없는 광해다.

자신의 정치적 동반자라 할 수 있었던 두 사람 중 김 상궁은 엄청난 부정 축재를 저지르더니 이이첨은 한술 더 떠 반역을 꾀하고 있다는 데에 광해가 받은 충격은 컸다.

사사건건 개혁의 걸림돌이 되어 어쩔 수 없이 견제를 한 결과가 배반으로 나타났다. 광해의 꽉 감은 눈꺼풀이 가늘게 떨리며 가슴속으로는 짙은 회한이 스쳐 지나갔다.

"으으음~"

깊은 신음 소리가 저절로 새어 나왔다.

하지만 더 이상 감상에 젖어서는 안 된다. 지금은 그렇게 한가한 때가 아니다.

광해는 감았던 눈을 번쩍 떴다.

"병판은 모든 방도를 동원해 즉시 역도들을 섬멸하시오."

"분부 받잡겠나이다, 전하."

허균이 붉게 달아오른 얼굴을 얼른 숙이며 힘 있게 말했다.

"역도들이 문산, 파주를 거쳐 내려올 것이 분명하므로 지금 즉시 파발을 띄워 고양 수령에게는 앞을 막게 하고 개성 유수의 군사로 뒤를 치라고 하면 어렵지 않게 역적 무리를 섬멸할 수 있을 것입니다."

허균이 병조판서답게 역도들을 퇴치할 방책을 제시했다.

"즉시 시행하도록 하시오."

광해의 허락을 받은 허균이 이어 추가 조치를 아뢰었다.

"그리고 날이 밝는 대로 역모를 꾀한 무리들을 체포하겠습니다. 야밤에 의금부 관헌들을 부르고 나졸들을 조발하느라 분주를 떨면 저들이 눈치를 챌지도 모를 일이라 그러하옵니다."

허균의 말은 분명 일리가 있었으나 마음이 바쁜 혁으로서는 혹시 그사이 이이첨 일파가 눈치를 채면 어쩌나 하는 불안이 일었다. 하지만 허균에 의해 역모를 제압할 계획이 착착 세워지고 있는 마당에 반대하기는 어려운 상황이었다.

대신 혁은 미진한 부분에 대한 추가 대책을 건의했다.

"혹여 모르는 일이니 김포의 수령에게도 급보를 전해 고양 수령과 함께 역도들을 막도록 함이 좋을 듯싶습니다."

지금은 누가 적인지 모르는 상황이므로 옆의 김포 수령과 연합하게 하여 서로 견제토록 하자는 의견이었다.

"네 말이 타당하다. 병판은 즉시 김포 수령에게도 파발을 띄우도록 하시오."

광해는 혁의 의견을 즉각 수용했고, 뒷날 밝혀지지만 이것은 적절한 조치였다.

고양 수령인 박수동은 이이첨의 합류 권유에 마음을 정하지 못하고 갈팡질팡하고 있다가 급보를 받고 출동한 김포 수령의 병사들을 보고 역모 가담을 포기했던 것이다.

이런 와중에 혁은 궁궐로 오면서 뇌리를 스쳤던 의혹이 다시금 전신을 감싸는 것이 느껴졌다.

'과연 역모를 제압할 수가 있을까? 내가 지금 역사의 수레바퀴를 제대로 틀고 있는 것인가?'

그 답은 내일이나 되어야 알 수 있다.

이때 선정전 앞뜰로 슬그머니 내려서는 그림자가 하나 있었다. 그 그림자는 주위를 조심스레 둘러보더니 발걸음을 빨리해 인정전의 뒤편을 돌아 금호문을 향했다. 금호문(金虎門)은 창덕궁의 서쪽 문으로 이이첨의 집으로 가는 가장 빠른 길이다.

지금 선정전에서 논의되고 있는 사항을 이이첨에게 전하기 위해 급한 걸음을 옮기는 이는 대전의 젊은 내관으로 예전에 혁이 광해에게 '폐모살제' 운운한 일을 고자질한 바로 그 내관이다.

그는 이후 계속 이이첨의 눈과 귀로 활동을 해왔다.

역모가 탄로 났다는 사실을 빨리 알려 일단 몸을 피하게 하고 거사일을 앞당겨야 한다. 저들은 사흘 후에야 반란군들이 홍제역으로 진출하는 걸로 알고 있으니 그 전에 들이치면 충분히 승산이 있다.

금호문에 도달한 내관의 등짝에는 밤의 한기에도 불구하고 땀이 배어 나왔다.

"어명을 받들고 가는 길이니 어서 문을 열어라."

문을 지키고 섰던 병졸이 살펴보니 대전의 내관인지라 얼른 고개를 숙였다. 내관이라도 대전내관쯤 되면 상당한 위세가 있다.

어명이라는 말에 허둥지둥 문을 열려는 병졸 뒤에서 걸쭉한 목소리가 들려왔다.

"어이, 쪼매 보입시다."

번을 서고 있던 방덕수였다.

이건 뭔가, 하고 내관이 돌아보니 장교 복색의 작달막한 사내가 천천히 다가오고 있었다.

"어데로 가는 거요?"

"이이첨 대감을 급히 들게 하라는 어명을 받잡고 가는 길이오. 어서 문을 열라 하시오."

그는 감히 어명을 받들고 가는 대전내관을 지체시키다니 무엄하다는 듯 잔뜩 거드름이 들어간 어조로 급하다는 것을 재차 강조했다.

"이이첨 대감!"

확인된 것은 아니지만 혁을 살해하려 했던 자의 이름을 듣자 방덕수는 가슴이 철렁 내려앉았다.

주상 전하께서 이이첨을 이 밤에 들라 하라는 것은 무슨 이유일까?

혹시 전하께서 조용히 불러 하문하시고 직접 당사자에게 질책의 말씀을 하시려는 게 아닐까?

그렇다면 지체해서는 안 될 일이다.

"니 퍼뜩 문 열어줘라."

명령을 받은 한 병졸이 금호문을 열자 속으로 한숨을 내쉰 대전내관이 문을 나섰다.

방덕수의 뇌리에 무인 특유의 육감이 작렬한 것은 돌아선 내관의 뾰족한 뒤통수를 본 순간이었다. 그것은 사흘 동안 이빨을 닦지 않은 것 같은 찜찜하고 텁텁하고 영 개운치 않은 느낌이었다.

만약… 만약 그게 아니라면?

"어이, 잠깐 서보소."

이번에는 막 문지방을 넘어선 내관의 가슴이 덜컥했다.

"거기 쪼매만 있어보소. 야, 니 퍼뜩 띠가서 확인 쫌 해보고 온나."

방덕수가 방금 문을 열었던 병졸을 손가락으로 불렀다.

"확인이라니, 대체 대전내관인 나를 뭘로 보고 하는 수작이야!"

얼굴에 핏기가 가신 내관이 눈을 부라리며 소리를 질렀다.

"허～ 쪼매 있어 보라 카이. 야, 이눔아야. 니는 뭘 멀뚱히 보고 있노. 퍼뜩 안 가고?"

혹시라도 방덕수가 마음이 변해 달밤에 체조하는 것을 면할 수 있으려나, 하고 눈치를 보던 병졸이 기겁을 하고 달려갔다.

하얗게 질린 내관이 온몸을 부들부들 떠는 듯하더니 잽싸게 몸을 돌려 어둠 속으로 뛰어나갔다.

"어, 어, 절마 보래이."

내관은 숨이 턱에 닿도록 달려 겨우 골목 모퉁이를 돌아 숨었다.

안도의 한숨을 내뱉는 찰나.

턱!

자신의 뒷덜미를 움켜지는 손길을 느낀 내관은 소스라쳤다.

"짜슥이, 와 도망을 치고 지랄이고."

평소 종종걸음이나 치던 실력으로 방덕수의 손아귀를 벗어나기는 애초에 불가능한 일이었다.

이렇게 하여 이이첨과 일당들은 역모가 탄로 난 사실을 모른 채 아침을 맞게 되었다.

날이 밝자 허균의 지휘하에 의금부의 전 나졸들이 동원되어 역적들의 체포 작전에 들어갔다.

아침나절이라 밥숟가락도 못 들고 붙잡혀 온 자들이 여럿이었다.

김류를 필두로 김자점, 신경진, 최명길 등이 차례로 끌려왔고, 좌포도대장 황오석은 잡혀가지 않으려고 부하들을 부추겨 대항을 하는 바람에 포도청 포졸들과 의금부 나졸들 사이에 하마터면 칼부림이 벌어질 뻔하였다.

결국 어명 앞에 어쩔 수 없이 포졸들이 물러나면서 간신히 황오석을 체포할 수 있었다.

뒷담을 넘어 도망치려다가 붙잡힌 이이첨은 얼굴이 흙빛이 된 채 평소의 기세는 어디로 갔는지 초라한 몰골로 오랏줄에 묶여 왔다.

지금의 종로구 공평동에 있는 의금부에는 시간이 흐를수록 역적들과 함께 끌려온 가족, 노비들로 법석을 이루었다.

역모를 저지르면 본인만이 아니라 그 일가붙이 모두 벌을 받는 연좌제 때문에 가족들도 무사할 수가 없다. 또한 부리던 노비들도 보통 주인을 따라 역모에 가담할 수밖에 없는 까닭에 모조리 잡혀 왔다.

해가 지고 어둠이 깔리는 가운데 국청이 차려졌다.

사건이 사건인 만큼 왕이 직접 주관하는 친국으로 진행될 것이며 인정전 앞의 넓은 뜰은 형틀과 온갖 형구들이 자리를 잡았다.

뒤늦게 역모를 고변한답시고 이이방(李以放)이란 자가 나타났지만 원님 행차 지나고 비질한 격이었다.

이이방은 반정에 가담은 하였으나 최말단이어서 비록 반정이 성공하더라도 공신에 책봉되기는커녕 변변한 벼슬자리 하나도 얻기가 쉽지 않겠다는 판단에 차라리 역모를 고변하기로 마음먹었던 것이다.

그러나 이미 역모의 주모자들이 착착 잡혀 오는 상황에서 고변하러 온 이이방은 그 자리에서 포승에 묶이는 신세가 되고 말았다.

원래 역사에서는 반정 당일에 있은 이자의 고변은 개시 김상궁에 의해 묵살되고 만다.

뚫어져라 이이첨을 노려보던 광해의 입에서 드디어 한마디가 떨어졌다.

"도대체 역모를 꾸민 이유가 무엇인가?"

이제는 모든 것을 체념했는지 무심한 눈길을 발치에 두고 있던 이이첨이 고개를 들어 광해를 바라봤다.

"역모가 아니라 반정이오."

이 무엄한 말에 발끈한 몇몇 신료가 웅성거리자 광해가 오른손을 들었다.

"좋다. 그러면 무엇이 바로잡아야 할 일이었더냐?"

백성들의 살림은 예전보다 현격히 나아졌고, 제대로 된 군대 하나 없던 조선이 지금은 웬만한 침략 정도는 어렵지 않게 막아낼 수 있을 정도의 국방력도 갖추었다. 거기다 지금 추세로 봐서 나라 형편이 더 나아지면 나아졌지, 못해질 것 같지 않은데 왜 반정이란 명목으로 조정을 뒤엎으려 했는지 광해는 그 이유를 당사자로부터 직접 듣고 싶었다.

"조선을 세운 이는 사대부들이고 지금도 조선은 사대부의 나라요. 헌데 주상께서는 전횡을 했고, 성현의 가르침을 따르지 않았으며 의리를 저버렸소. 백성들이 일시적으로 밥 한술 더 먹게 되었다고 이 나라를 잘 다스리고 있다고 생각한다면 큰 오산이오. 정통이 서지 않는데 그까짓 먹을 게 대수란 말이오? 필시 얼마 못 가 이 나라는 근본이 흔들리는 국면에 맞닥뜨리게 될게요. 나는 이것을 바로잡아 우리 조선이 위로는 상국을 극진히 모시고, 아래로는 무지렁이 백성들을 잘 교화시켜 천년을 이어갈 사대부들의 나라로 만들고자 했을 뿐이오."

성리학의 이념은 세계를 수직적인 구조로 보았고, 그 최상위의 중심은 당연히 중국이었다. 그것도 한족이 세운 나라가 정통성을 갖는다는 틀을 조선 사대부들은 벗어나지 못했다.

아무리 조선의 왕이라 하더라도 천자의 입장에서 본다면 하나의 제후에 불과하거늘 감히 천자가 베푼 은혜를 배반하고 일개 왕의 신분으로 모든 권한을 행사하려고 하는 것을 절대 용납할 수 없다는 주장이다.

물론 이것은 표면적인 명분이고 내적으로는 권력에 대한 야심이 그 가장 큰 이유였지만 이이첨은 이렇게 강변을 하였다.

광해는 이이첨을 노려보던 눈을 들어 허공을 쳐다보며 긴숨을 내뱉었다.

이자들에게는 역시 중국에 빌붙는 것과 권력에 대한 욕심만 있지 백성은 안중에도 없다는 사실을 다시 한 번 확인하였기 때문이다.

"사정을 두지 말고 저들의 입에서 역모에 관련된 자들의 이름이 모두 나오게 하라."

더 이상 이 자리에 있을 필요성을 못 느낀 광해는 철저히 문초하라는 한마디를 남기고 일어섰다.

저들의 더러운 욕심과 허황된 명분에 광해는 구역질이 났다.

'이대로는 안 된다. 저런 썩어빠진 자들이 조정을 좌지우지하게 두어서는 희망이 없다.'

사대주의에 젖어 황제 폐하만을 찾으며 중국을 등에 업고 권력을 휘두르기만 하려는 사대부들로는 결코 조선의 개혁이 불가능하다라는 생각이 다시 한 번 절절한 광해였다.

광해가 떠난 국청장 여기저기에서는 비명 소리가 낭자하였고, 역모에 연루된 이름들이 줄줄이 흘러나왔다. 거기에는 김 상궁이 있었고, 그녀에게 매수된 이흥립의 이름도 있었다.

　시립해 있는 허균 뒤에는 눈을 부릅뜬 혁이 자신의 손으로 직접 고문을 하지 못하는 것을 안타까워하면서 이이첨이 길게 비명을 지르는 모습을 뚫어져라 쳐다보고 있었다.

　국청 개시 전에 달려온 파발이 개성 유수의 군대가 이서와 이귀의 반란군을 섬멸했다는 소식을 이미 전한바 있다.

　이서는 전사하고 상황이 완전히 기울어진 것을 본 이귀는 자결했다고 한다.

　마지막으로 이들이 왕위에 올리려고 했던 능양군이 사색이 된 채 비대한 몸을 떨며 형틀에 묶이는 것으로 역모는 끝이 났고 이로써 '인조반정'이라는 단어는 역사에서 완전히 사라져 버렸다.

　왕조 사회인 조선에서 최악의 범죄인 역모에 대한 처벌은 흔히 '삼족을 멸한다'라고 표현할 정도로 대단히 엄격하다.

　여기서 삼족이란 죄인인 나를 기준으로 아버지의 형제자매, 나의 형제자매, 그리고 아들, 딸과 손자 등을 말한다.

　물론 모두 사형에 처해지는 것은 아니었지만 그 범위가 이렇게 넓으니 한번 역모에 연루되었다면 집안이 완전히 절단 나는 것을 피할 수 없다. 다만 외가나 처가 식구들은 연좌 대상에서 제외되고 있는 것은 눈여겨볼 점이다.

　역모의 주범은 최고의 형벌인 능지처사 형에 처하도록 되어 있다.

능지처사란 말은 가능한 한 느린 속도로 고통을 극대화하면서 사형에 처한다는 뜻이다. 칼로 천천히 살을 한 점, 한 점 베어내고 마지막에 목을 잘라 죽였다.

이 형벌을 개발한 중국에서는 최고 사흘에 걸쳐서 3,600회의 절개를 하여 고통을 줬다는 기록이 있다. 하지만 우리나라에서는 이렇게까지는 하지 않고 다섯 대의 수레에 죄수의 목과 팔다리를 묶어 찢어 죽이는 거열형이 능지처사 형으로 쓰였다.

메마른 봄바람이 모래 먼지를 날리던 날, 역적들의 사형이 집행되었다.

거열형이 집행되는 동작진에는 아침부터 몰려든 인파로 장사진을 이루었다. 구경거리가 없던 이 시절에 잔인한 처형 광경도 좋은 볼거리가 되었던 것이다.

주위를 가득 메운 군중들의 야유 속에서 한 명, 한 명 형이 집행되었는데, 김개시는 마지막까지 살려달라고 애걸하다 죽었고, 산발한 머리에 피를 뒤집어쓴 귀신 형상을 한 이이첨은 완벽하게 세운 자신의 계획이 어째서 틀어졌는지 도저히 이해할 수가 없다는 표정을 지으며 사지가 찢겨져 나갔다.

역모가 성공하였다면 인조로 등극했을 능양군은 사사(賜死: 사약을 내려 죽임)되는 게 마땅하였으나 목숨만은 살려주라는 광해의 명에 따라 강화도에 위리안치되었다.

위리안치(圍籬安置)란 중죄인에게 내린 유배형으로 배소를 가시가 뾰족뾰족한 탱자나무 울타리로 둘러싸 외부와의 연결이 완전히 차단된 채 귀양 생활을 해야 하는 중벌이다.

원래는 반정에 성공한 인조가 폐위된 광해군에게 내린 벌이었는데, 바뀐 역사의 흐름으로 인해 정반대가 되어버렸다.

몇 달 후 땅굴을 파서 탈출을 시도하다 들킨 능양군은 결국 사약을 받는다.

동작진에서 이이첨이 외마디 비명을 지르며 처형되는 장면을 부릅뜬 눈으로 똑똑히 보고 온 혁은 동네 단골 주막의 좁은 방에 홀로 앉아 나미가 떠나감으로 인해 텅 비어 있는 가슴에다 소주를 부었다.

'이것으로 네 한이 조금이나마 풀렸으면 좋겠구나. 저 꽃잎처럼 이제 좋은 세상으로 훨훨 날아가렴.'

길가에는 벚꽃 잎이 바람에 눈처럼 흩날리고 있었다.

39.
증기기관의 발명

계절은 어느덧 초여름으로 접어들며 내리쬐는 햇살이 살갗에 따갑게 꽂혔다.

조선 강토의 논마다 흰옷을 입은 농부들이 일렬로 줄을 맞춰 모내기를 하느라 여념이 없었다.

모판에서 모를 길러 논에 옮겨 심는 이앙법(移秧法)이 16세기 후반부터 경상도 북부 지역에서 일반화되기 시작하더니 17세기로 접어들면서 전국적으로 파급되었다.

그전에는 논에다 싹을 틔운 볍씨를 직접 뿌리는 직파법(直播法)이 대종을 이루었었다.

이앙법은 직파법에 비해 노동력이 절감되고 무엇보다 생산량이 크게 증가했으므로 이앙법의 전파는 백성들의 생활 향상에 큰 도움이 되었다.

백성들이 논에서 비지땀을 흘리고 있는 이때 역모 세력을 깨끗이 척결한 조정은 새로운 인사를 단행하여 쇄신을 도모했다.

"병조판서 허균을 우의정에 임명하노라."

이번 역모 척결에 공이 큰 허균을 삼정승 중의 하나인 우의정으로 승차시킴으로써 광해는 그를 개혁의 선봉장으로 삼았다.

개혁 정책에 사사건건 뒷다리를 잡던 이이첨을 비롯한 기존의 수구 세력이 상당 부분 제거되어 보다 강력한 정책을 밀고 나갈 여건이 조성되었고, 누구보다도 광해의 의도를 잘 헤아리는 허균이 총대를 메고 전면에 부상함으로써 조정 분위기가 일신되었다.

여기에 광해는 은거하며 저술에만 몰두하고 있던 조선 실학파의 선구자인 이수광(李睟光)을 다시 불러 이조판서의 중책을 맡겼다. 앞으로 허균과 손발을 맞춰 개혁 정책을 추진해 나가라는 뜻이다.

하마터면 역모 분쇄 계획이 새어 나갈 뻔한 것을 막은 방덕수가 파격적인 승차를 하여 내금위를 확대 개편한 호위청(扈衛廳)의 대장이 되어 1,000명의 정예병을 거느리고 임금의 신변 보호를 맡게 되었다. 방덕수를 보좌하는 부장으로는 지형석이 임명되었다.

이이첨의 사주를 받고 혁을 탄핵하는 상소를 올렸던 조사홍은 직접 역모에 가담하지는 않았지만 평소 이이첨의 수족으로 처신한 사실이 드러나 3,000리 유배형을 받았고, 김 상궁의 죄과를 고발하는 상소를 올렸던 김석균은 그 공을 뒤늦게 인정받아 우부승지로 승차되어 방덕수와 함께 왕의 측근으로 활동하게 되었다.

역적모의를 사전에 알아내어 사실상 최고의 공을 세운 혁을 광해가 중용한 것은 당연한 일이었다.

광해는 기존에 정3품직인 도승지를 종2품으로 승격시킨 후, 그 자리에 혁을 앉혔다.

이제부터는 항상 곁에 두고 모든 일에 혁의 의견을 참고하고자 하는 광해의 의도였다.

역모 척결의 공로로 종5품에서 일약 종2품까지 6단계 수직 상승하였으며, 공신 책록에도 수록되는 영광을 안은 혁은 이제 자리가 뒷받침을 해주므로 획기적인 정책 추진이 가능해졌다.

혁이 차렸던 증기기관 연구소는 천효준을 연구소장으로 한 채 이름을 그대로 하여 국가기관이 되었으므로 함께 개발에 참여하였던 장인들도 계속 연구에 몰두할 수 있었다.

혁은 기존의 증기기관 도감같이 개발 인력보다 쓸데없이 간섭하는 벼슬아치가 많은, 즉 머리가 몸보다 큰 기형적 구조를 피하기 위해 추가 인원을 장인으로 철저히 제한하였다.

도승지가 된 혁이 가장 먼저 추진한 일은 정보 수집의 강화였다.

현대를 살다 온 혁은 정보의 중요성을 누구보다 잘 알고 있었다.

일본을 비롯한 해외 쪽은 왜관에 있는 경옥이 닷새마다 취합된 정보를 올리고 있으며 긴급한 사항은 즉시 파발을 띄웠다.

자고로 술집에서는 안 나오는 얘기가 없고, 술 취한 입에서는 무슨 말이 새어 나올지 모르는 법이다.

땅이 척박하여 장사로 먹고사는 대마도 주민들의 입장에서는 막부의 정책 변화나 일본 본토에서 일어나는 갖가지 사건들에 민감할 수밖에 없었고, 이들이 알게 된 소식은 조선옥의 술자리에서 당연히 흘러나왔다.

이리하여 혁은 일본의 사정을 손바닥 보듯이 알 수 있었을 뿐만 아니라 지구 저편 유럽의 소식도 왜관옥을 찾는 네덜란드 상인들을 통해 당시로서는 거의 실시간급이라 표현할 정도로 파악이 가능했다.

조선으로의 유황 수출을 금지하여 광해를 분노케 한 에도 막부의 2대 쇼군 도쿠가와 히데타다가 3월에 사망한 것이나 새 교황 우르바노 8세가 제234대 로마교황으로 추대된 사실도 혁은 앉은 자리에서 알 수 있었다.

앞으로도 경옥이 올려 보내는 정보는 조선의 정책 수립에 요긴하게 사용될 것이다.

국내 쪽은 이미 그 효과를 체험했듯이 거지들의 우두머리인 패두를 통해서 정보를 취합하고 있었다.

시중의 정보 파악에 있어서 이들을 이용하는 것보다 은밀하고도 효율적인 방법은 없다.

이들은 누가 새로 소실을 들였다거나 어느 댁 아낙이 소박을 맞았다는 시시콜콜한 것부터 어떤 벼슬아치 집으로 뇌물을 실은 부담마가 드나든다는 것까지 빠짐없이 고해왔고, 혁은 정보비 조로 적당한 금액을 지불했다.

제2의 이이첨을 막기 위해서라도 반드시 필요한 방법이었다.

'이것을 조직화해야 돼.'

왜관에 기방을 건설하며 처음 했던 생각이다.

나라의 공식적인 기구로 현대의 국정원과 같은 조직을 만들려는 계획이 혁의 머릿속에서 구체화되어 갔다.

"아니, 저게 뭐여?"

"글쎄 말이야. 생긴 거는 소 같은데 어째 색깔이 저리 희한하데?"

제물포항에 정박한 네덜란드 상선의 하역 장면을 구경하던 백성들의 눈이 커지며 여기저기서 웅성대기 시작했다.

배에서 내리는 동물은 분명 소의 형상을 하고 있으나 특이하게도 몸뚱이가 얼룩덜룩했다. 혁이 네덜란드 상인에게 수입을 의뢰한 젖소가 도착한 것이다.

유럽이 원산지인 50마리의 홀스타인(Holstein)종 젖소는 오랜 항해에 지쳤다가 드디어 육지에 발을 디디자 살았다는 듯이 제각기 큰 울음소리를 내질렀다.

이 젖소들이 생산하는 우유는 단백질이 절대적으로 부족한 조선 백성들에게 요긴한 영양소가 될 터이다.

우선 살곶이에 있는 왕실 목장으로 옮겨져 사육하고, 차츰 개체수가 늘어나면 전국적으로 배분될 계획이므로 비록 시간은 걸리겠지만 왕이나 먹던 귀하디귀한 우유를 언젠가는 모든 백성이 맛볼 날이 올 것이다.

기존의 왕실 목장에서는 일반 농우 암소로부터 짜낸 얼마

안 되는 우유로 왕의 타락죽을 끓이거나 치즈를 만들어 약재로 쓰는 게 고작이었다. 하지만 추위에 강하고 성질이 온순한 이 홀스타인종 한 마리가 1년에 생산하는 우유의 양이 무려 6,000kg에 달하므로 비교가 안 된다.

네덜란드 상선이 왜관이 아닌 이곳 제물포로 입항할 수 있었던 이유는 혁의 제안을 광해가 기꺼이 수용했기 때문이다.

도자기든 뭐든 왜관에서 거래하려면 한강 수로를 이용하고 다시 서해를 돌아 왜관까지 물건을 실어 날라야 하는 불편함이 있었다.

오늘날 우리나라 제2의 항구도시 인천인 이곳 제물포는 이 당시 작은 어촌 마을에 불과했다.

여기를 통해 수출입을 한다면 그런 번거로움을 피할 수 있고 많은 물류 비용이 절감된다.

만약 이이첨 등이 있었다면 도성이 코앞인데 어찌 오랑캐의 배가 드나들게 하느냐고 또 쌍심지를 켜고 반대했을 것이 틀림없다.

이제 그런 부류들이 상당수 사라져 개혁에 속도가 붙은 상황이라 그다지 어렵지 않게 제물포의 개항이 이루어질 수 있었다. 이로써 인천을 국제 무역항으로 발전시키려는 혁의 계획이 무사히 그 첫 발걸음을 내디뎠다.

보일러에 불을 붙이는 연구소장 천효준의 손이 미세하게 떨리고 있었고, 기계를 둘러싼 혁을 비롯한 전원의 눈에는 긴장감이 서렸다.

한두 번 하는 일이 아니지만 그때마다 되풀이되는 기대감과 떨림은 어쩔 수가 없다.

연구소의 널찍한 공터에서는 먼젓번의 문제점을 고친 증기 기관이 시험 운행되고 있다. 벌써 백여 차례가 넘는 실패와 개량이 있었다.

물이 끓기 시작하자 서서히 피스톤이 올라갔다. 처음에는 굼벵이처럼 느리더니 조금씩 빨라져 십여 초가 지나자 보는 사람의 눈이 못 좇아갈 정도로 힘차게 움직였다.

가장 애로 사항이었던 '약한 힘'과 '연료의 비효율성'은 응축기를 만들어 다는 것으로 상당히 좋아졌다. 다만 폭발의 위험이 없도록 튼튼하게 만들다 보니 무게가 많이 나가는 것이 흠이라면 흠이라 하겠다.

당연히 소음이 컸지만 지금 그런 게 중요한 것은 아니다. 피스톤의 왕복운동은 아주 규칙적이었고 증기의 압력도 지극히 정상이었다.

이제 이 상태로 72시간을 돌린다. 사흘 후에도 지금과 같은 상태를 유지한다면 성공이다.

밤새 기계 옆에서 상태를 살피고 석탄을 넣어줄 당번을 남기고, 나머지는 부족한 잠을 보충하러 뿔뿔이 흩어졌다. 마음 속으로 이번에는 성공하기를 기원하면서.

평소에 혁은 아무리 바빠도 하루에 한 번은 들러 진행 상황을 살폈는데 계속되는 실패에 겉으로는 표현을 못 하지만 초조감이 엄습하고 있었다.

'내가 너무 욕심을 부렸나? 이 시대의 기술로는 도저히 안

되는 것인가?'

지금까지 쏟아부은 돈만 하더라도 그야말로 천문학적인 금액이다.

사옹원이 벌어들이는 돈이 많고 임금의 내탕금까지 보태지고 있는 상황이라 관리들의 반발이 눈에 띌 정도는 아니지만 그들이 뒤로는 쓸데없는 데 생돈을 처박고 있다고 수군댄다는 사실을 잘 알고 있다.

혼자 움직이는 기계의 개발이란 원래부터 불가능했다는 말도 공공연히 나돌고 있었다.

증기기관 개발이 결국 실패로 끝이 난다면 혁이 계획하고 있는 그 후의 모든 추가 사업이 무산되고 만다.

혁은 입안이 바짝바짝 말라왔다.

지루한 시간이 흘러가고 아직 만 사흘이 다 되지는 않았지만 증기기관 옆으로는 한 사람, 한 사람씩 모여들기 시작했다.

어찌 궁금하지 않겠는가. 아마 누워서도 잠이 제대로 오지 않았을 터이다.

기계는 어제, 그제 본 그대로 쉭쉭, 하는 숨 가쁜 비명 소리를 내며 돌아가고 있었다. 증기압도 처음 그대로고, 피스톤의 왕복 속도도 전혀 달라지지 않았다.

성공이었다.

'그래, 됐다!'

혁은 솟구쳐 오르는 환희로 두 주먹을 불끈 쥐었다.

인류 역사상 처음으로 사람이나 동물의 힘, 바람과 물의 힘을 빌리지 않고 움직이는 동력 장치가 탄생하였다.

혁은 옆에서 홀린 듯이 피스톤의 왕복운동을 보고 있는 천효준을 돌아봤다. 눈시울이 벌겋다.

혁과 눈이 마주친 천효준이 팔을 벌려 혁을 얼싸안았다. 도화서 출신의 마음 약한 신종환은 벌써 눈물을 줄줄 흘리고 있었다.

만 3년간에 걸친 노력이 드디어 결실을 맺었다.

이로써 조선은 유럽보다 정확히 89년 빠르게 증기기관 개발에 성공하였다.

막걸리를 동이째 비우며 잔치를 벌였고, 광해는 전국에 걸쳐 민생 사범의 특사를 지시했다.

혁은 겨우 안도의 한숨을 내쉬었다. 하지만 증기기관이 만들어졌다고 만사가 해결되는 것은 아니다.

이 기계를 어떻게 이용할 것인가가 앞으로 남은 중요한 과제다.

증기기관의 개발 성공과 함께 또 하나의 경사가 나미를 잃어 적막한 혁의 마음을 위로하였으니 바로 상업 학교의 졸업식이었다.

역경을 이겨내고 주경야독(晝耕夜讀)으로 졸업을 맞은 학생들의 표정은 더없이 밝았다.

자신들의 운명이 바뀌었다는 것을 감지하고 있다고나 할까.

마지막 졸업 시험에서 1등을 차지한 이는 억만이었다.

왕을 보고도 인사조차 하지 않은, 조선 역사를 통틀어 전무후무한 이 백정은 앞으로 혁이 일으킬 사업의 첫 번째 지점장으로 발령 날 것이다.

혁의 부탁을 받고 쾌히 졸업식에 참석한 허균은 이들이 그동안 기울인 각고의 노력을 치하하고 앞으로의 장도를 축복했다.

원래 신분의 귀천을 가리지 않았던 허균인지라 이들의 태생적 질곡에서 벗어나려는 몸부림에 칭찬을 아끼지 않았다.

그는 졸업생 한 명, 한 명의 손을 모두 잡아주었다.

일국의 정승이 사람 축에도 못 드는 천것들의 손을 일일이 쓰다듬었으니 내일부터 온 장안은 또 한 번 시끌벅적할 것이다.

졸업식의 대미를 장식한 것은 학생들의 교가 제창이었다.

혁이 조선의 기존 교육기관과의 차별을 위해 시도한 것들 중 하나로 졸업생들 간에 동질감을 심어주기 위해서였다.

"참으로 곡조가 희한하면서도 귀에 감겨드는구먼."

교가를 듣던 허균이 감탄을 연발했다.

베토벤의 〈환희의 찬가〉에 적당한 가사를 붙였으니 탄성이 절로 나오는 게 당연한 일이었다.

'정미소'. 혁이 증기기관을 이용해 벌이려는 첫 번째 사업이다.

혁이 고심 끝에 정미소를 택한 이유는 당시의 도정 실태가 더없이 열악하여 장치가 가장 손쉬운 정미소를 설립하면 나라는 돈을 벌고 백성들은 고된 노동을 덜 수 있기 때문이다.

이것은 또한 차별받던 여성들의 삶의 질을 향상시키는 일이기도 했다.

"어머님, 힘드실 텐데 제가 할게요."

밭일을 마치고 돌아온 며느리가 마당에서 절구질을 하고 있는 시어머니를 보자 머리에 두른 천을 풀면서 절구공이를 달라고 손을 내밀었다.

"아니다. 이건 내가 마저 할 테니 너는 부엌에 들어가 봐라."

손자를 등에 업고 구슬땀을 흘리던 시어머니는 절구질은 자신이 마저 끝내겠다며 힘든 밭일로 파김치가 되어 돌아온 며느리를 부엌으로 들여보냈다.

이것은 저녁때가 되면 조선 방방곡곡 어디서나 볼 수 있는 광경이다.

백성들은 가을에 타작한 벼를 그대로 보관하였다가 밥을 지을 때 소량씩 꺼내어 절구로 찧어 쌀로 만들어 먹었다.

벼는 잘 건조시키면 2~3년 동안 보관이 가능하나 쌀은 장기간 보관이 어렵고, 오래 놔두면 질이 떨어지므로 이 일은 매일 되풀이될 수밖에 없었다.

허구한 날 해야 하는 이 절구질은 사실상 대단히 힘이 들어가는 노동이었다. 그리고 이것은 온전히 여성들의 몫이었다.

조선 시대 쌀값은 벼값에 비해 상당히 높았다. 벼 1석이 2냥이라면 쌀 1석의 값은 5냥이었다.

벼 2석을 찧으면 쌀 1석이 되었는데, 여기에 도정 비용 1냥이 보태진 결과다.

도정 비용이 벼 1석 값의 반이나 된다는 것은 그만큼 절구질 같은 도정 작업이 힘든 일이라는 것을 반증한다.

이 당시 도정을 하는 방법은 네 가지가 있었으니, 첫째가 누구나 집에서 하는 절구질이 그것이고, 둘째는 발로 밟아서 곡식을 찧는 디딜방아다. 셋째가 연자방아로 큰 돌로 만든 원형의 받침대와 소를 이용해 돌리는 윗돌로 구성된다. 이 연자방아는 세 사람이 소와 함께 한 조가 되어 하루 종일 일을 해야 10석의 벼를 5석의 쌀로 만들 수 있을 만큼 노동력이 많이 드는 작업이었다. 게다가 싸라기가 많이 발생하는 단점이 있다.

마지막이 물레방아로, 수차를 이용하기 때문에 연속 작업이 가능해 작업 효율이 가장 높았다. 하지만 풍부한 수량과 낙차가 있어야 하는 지형적 조건 때문에 극히 일부에서만 이용할 수 있었다.

'숭례문 정미소'. 조선 최초의 정미소 이름이다.

서울의 남대문인 숭례문으로 들어가 서촌과 남촌 사이에 자리 잡은 이 정미소는 13마력짜리 증기기관과 여기에 연결된 절구통 200개로 작업을 한다.

1마력이란 한 마리의 말이 내는 힘으로 1분 동안 15,000kg을 30㎝ 들어 올리는 힘이다.

오늘날 승용차 엔진의 힘이 보통 150마력이 넘으니 13마력짜리 엔진이 참으로 초라해 보일 수 있지만 조선 시대에 말 13마리의 힘을 낸다는 것은 대단한 것이었다.

건평 80평의 이 정미소에서는 오전 4시부터 오후 8시까지 매일 16시간을 가동하여 하루 52석을 정미한다.

다른 방법과 비교해 보면 같은 시간에 절구는 0.64석, 디딜방아 1.6석, 연자방아 4.8석, 물레방아 11.2석이니 얼마나 대단한 양인지 쉽게 알 수 있다.

"자, 자, 줄을 서주시오, 줄을."

정미소 앞에 모여 웅성거리는 사람들을 향해 억만이는 손나팔을 만들어 소리를 질렀다.

정미소가 문을 열자 벼를 찧으려는 사람들이 몰려들었다. 찧는 값이 기존 도정 비용의 10분의 1에 불과했으니 예상된 일이었다.

기계가 일을 하니 인건비가 거의 들지 않는다. 문제는 연료인 석탄인데 천연자원이 별로 없는 우리나라가 유일하게 풍부한 매장량을 자랑하는 것이 딱 하나 있으니 그게 바로 석탄이다.

영국 역시 석탄이 풍부했기 때문에 산업혁명에 성공할 수 있었다.

가까운 경기도 연천에 노천 탄광이 있어 석탄의 공급은 앞으로 수십 년간은 이곳을 이용하는 것으로 충분했다.

정미소를 짓기 시작할 때 없는 살림에 누가 돈을 내고 도정을 하겠느냐고 콧방귀를 뀌던 사람들도 벼를 이고, 지고 온 것은 저렴한 가격에 도정을 맡기고 그 시간에 다른 일을 하는 게 훨씬 이득이란 사실을 깨닫게 되어서다.

부잣집은 당연하고 하루 먹을거리만 절구로 찧던 일반 백성들도 한 달 치 먹을 식량을 지게에 싣고 왔다.

정미소 얘기를 들은 부녀자들이 자기가 밥 한 끼 안 먹을 테니까 그 돈으로 정미소를 이용하자고 우기기 때문이란다. 매일 해야 하는 절구질은 그만큼 고된 노동이었다.

밥을 짓기 위해서는 누구나 벼를 도정해야 하므로 일감은 무궁무진했다.

거기에다 한 가지가 더 있었으니 백성들이 세금으로 나라에 바친 벼다. 쌀은 여름에 3~4개월밖에 보관할 수 없기 때문에 쌀로 세금을 받을 수는 없다.

이렇게 거두어들인 벼는 도정해서 군량미를 비롯해 여러 용도로 쓰이는 만큼 관에서 보관 중인 벼의 도정만으로도 정미소 기계는 쉴 틈이 없었다.

혁은 일반 백성들이 드문 이른 새벽이나 늦은 시간에는 관의 곡식을 도정하고, 주요 시간대에는 백성들의 곡식을 도정함으로써 손님들의 불편을 최소화하도록 지시했다.

또한 이 사업에도 성과급제를 도입해서 각 점장들이 자기 가게처럼 최선을 다하도록 만들었다.

"아, 좀 빨리 합시다."

"이거 언제까지 기다려야 되는 거요?"

소문이 나며 정미소를 찾는 백성들의 수효는 더욱 불어났다.

현장 시찰을 나온 혁의 눈에 정미소 입구에 몰려들어 목소리를 높이고 있는 백성들이 보였다.

점장 억만이 처음 당해보는 경우라 허둥대자 혁이 붙잡고 조용히 몇 마디 일러주었다.

"자, 이걸 받으시고 나중에 편한 시간에 도정된 쌀을 찾으러 오십시오."

억만은 온 순서대로 번호표를 나눠주고, 가지고 온 곡식 자루에다가도 표를 붙였다.

그래도 기다렸다가 도정하는 모습을 직접 보겠다는 손님 몇을 제외하고 모두 돌아가자 억만은 겨우 가쁜 숨을 내쉬었다.

억만은 밀려드는 손님을 보며 이렇게 신나는 일이라면 밤을 새워도 피곤하지 않겠다는 생각이 절로 들었다.

자고로 장사꾼들의 최대 소망이 손님을 줄 세워놓고 물건 파는 것이라 하지 않는가.

1호점인 숭례문점을 필두로 한양에만 광화문점, 흥인문점, 돈의문점 등 4개의 정미소가 들어섰다.

지방도 평양, 부산, 전주, 대구, 광주 등 큰 고을을 중심으로 정미소가 건설되었고, 상업 학교 졸업생들은 졸업 성적순으로 점장으로 발령 났다. 다만 개성과 황해도 지역은 송상들이 맡았으니 이는 물론 사개송도치부법을 가르쳐 준 대가다.

성적순이란 말은 신분의 차별 없이 본인의 노력에 따른 응분의 처우를 받는다는 것을 의미했다.

정미소가 돈을 긁다시피 한다는 소문이 돌자 벼슬아치 중에서도 점장으로 나가기를 바라는 사람들이 생겼으나 혁은 상업 학교 학생들로만 철저히 제한하였다.

국가에서 자본을 댄 정미소는 오늘날로 치면 토지공사나 석유공사 같은 공사의 성격이 짙은데 그런 곳들이 낙하산 인사와 직원들의 안일한 일 처리로 하나같이 경영이 시원찮다는 사실을 잘 아는 까닭이다.

전국에 정미소 지점을 계속 확대하는 한편 기존의 야학은 정식 학교로 발전했다.

이름하여 '조선일반학교'가 그것이다.

아침부터 수업이 시작되므로 집이 먼 학생들을 위해 혁은 인근에 기숙사로 쓸 집도 지었다. 학업 우수자에게는 장학금도 지급할 예정이다.

나랏일만으로도 정신이 없는 혁을 대신해 각 과목을 전담할 선생을 여럿 구했고, 야학 때와 달리 일반 학교는 상업과 공업 두 가지 전공으로 나누어 가르쳤다.

증기기관을 비롯한 여러 가지 기계의 개발에는 우수한 공업 전공자가 필수이므로 공업 쪽도 갈수록 필요 인력이 늘어날 전망이다.

상업 전공은 별반 달라진 것이 없었으나 공용으로 가르치는 한문은 그 교재를 바꿨다.

기존에 가르친 '하늘 천, 따 지'로 시작하는 천자문은 중국 양나라의 주홍사(周興嗣)라는 사람이 지은 책으로 학동들이 처음 배우는 교재지만 세상의 이치를 이해해야만 뜻을 알 수가 있었고 어려운 글자를 무조건 외우게 하는 폐단이 있었다.

한자라는 것을 처음 배우는 사람이 천지현황(天地玄黃), 우주홍황(宇宙洪荒) 하는 현학적인 말을 어찌 이해한단 말인가.

혁이 초등학교에 들어가 처음 배운 '철수야, 영희야, 바둑아, 이리 와 나하고 놀자'와 비교해 보면 조선의 어린이들은 엄청난 것을 배우고 있다.

비록 어른이라 할지라도 한자를 처음 접하기는 마찬가지인 일반 학교의 대부분의 학생에게 천자문은 맞지 않다고 혁은 판단하였다. 대신 1527년 최세진(崔世珍)이 어린이들의 한자 학습을 위해 만든 『훈몽자회(訓蒙字會)』를 교과서로 채택했다.

이 책은 새, 나무, 풀, 짐승의 이름과 같은 실자(實字)를 위주로 쓰였다.

일반 학교의 학생 모집에는 벌 떼같이 사람들이 몰려들었다.

이 학교를 졸업하기만 하면 점장으로 발령 나 떼돈을 번다는 소문이 널리 퍼진 탓이다.

남루한 행색의 천민들이 가장 많았지만 개중에는 나귀 타고 갓까지 번듯하게 쓴 양반 댁 자제들도 심심치 않게 눈에 띄었다.

학생 선발은 면접으로 했다.

"무슨 이유로 이 학교에 입학하려고 하는가?"

번지르르한 도포를 걸치고 종자까지 대동한 양반집 도령에게 혁이 지원 동기를 물었다.

"솔직히 과거 공부는 하기 싫고 돈이나 좀 벌어보려고 합니다. 이래 봬도 소학에 대학까지 읽었으니 진서(眞書: 한자의 높임말) 한 자 모르는 저런 무지렁이들보다야 훨씬 낫지 않겠습니까?"

여유 만만한 웃음을 띠고 도령이 대답했다.

"가봐."

"예?"

"자네 같은 사람은 필요 없으니 돌아가라고."

"저희 아버님이 전 충청도 관찰사입니다."

"그래서?"

"……."

도령은 얼굴을 심하게 구기며 발길을 돌려야 했다.

정말 상공업에 관심이 있어 지원한 한 명 외에 어영부영 졸업해서 돈이나 좀 만져볼까 하고 찾아온 양반 자제는 모조리 퇴짜를 맞았다.

상업과 공업 각각 50명씩을 뽑았고, 이들은 2년간의 신교육을 거쳐 현장으로 나가게 된다.

이렇듯 눈코 뜰 새 없이 분주한 혁에게 내의원의 통인 아이가 어의 배명국의 전갈을 가지고 왔다.

짬을 내서 한번 들러달라는 내용이었다.

'아니, 저건!'

내의원의 한 조용한 방에 들어선 혁의 눈에 뭔가를 열심히 들여다보고 있는 배명국의 모습이 들어왔다. 그런데 그 장치는 현대에서 보던 그 무엇과 많이 닮아 있었다.

바로 현미경이었다.

허준의 유지를 받들고 찾아왔던 그에게 혁이 직접 대략의 모양을 그려준 바로 그 현미경을 배명국이 어설프게나마 제작한 것이었다.

"어서 오십시오, 영감."

배명국이 이제는 고위 관료가 된 혁에게 깍듯이 예를 갖췄다.

"이것은 현미경이 아닙니까?"

"직접 한번 보시지요."

놀란 혁의 물음에 쑥스러움과 자랑스러움이 반반 섞인 미소를 띤 채 배명국은 현미경을 혁 앞으로 돌려놓았다.

현대의 그것에 비해서 조잡한 것은 사실이지만 접안렌즈에 대물렌즈, 그리고 재물대까지 갖춘 데다가 무엇보다도 조절 나사로 관찰 대상까지의 거리를 맞출 수 있게 한 것은 지금이 17세기 초반임을 감안한다면 획기적이라 할 만했다.

그가 보고 있던 것은 사람의 피로 예전에 혁이 언급한 백혈구와 적혈구를 직접 눈으로 확인하던 중이었다.

이 현미경의 배율이 얼마나 되는지는 당장 알 수는 없지만 두 개의 얇은 금속판 사이에 한 개의 렌즈를 끼운 단안렌즈 현미경으로 1675년 단세포 생물을 발견한 레벤 후크의 그것보다는 분명 우수할 것이다.

그리고 배명국은 이 현미경을 이용해 로버트 혹보다 먼저 세포를 발견할 수도 있고 박테리아를 연구해 인류의 의학 발전에 엄청난 공헌을 할지도 모를 일이다.

"저번에 빠뜨리고 전하지 못한 말이 있소."

혁은 흐뭇한 웃음을 머금고 앞으로 백성들이 민물 생선을 날것으로 먹지 못하게 하라고 일렀다.

당시는 모든 백성이 민물 회를 즐기던 시절이었다.

배명국의 어깨를 한번 토닥여 주고 내의원을 나서던 혁의 입에서 자신도 모르게 '아' 하는 감탄사가 흘러나왔다.

밖에는 함박눈이 펑펑 내리고 있었다. 어느덧 세밑이 된 것이다.

만약에 성공하였다면 인조반정이라 불릴 어마어마한 사건과 함께 사랑하는 이를 앗아간 1623년이 함박눈과 함께 저물고 있었다.

갑자년의 새 아침이 밝기가 무섭게 굵직한 소식이 파발을 타고 궁궐로 날아 들어왔다.

"전하, 왜관 앞바다에 주문했던 홍모이 상선이 들어왔다 하옵니다."

"그래?"

광해는 자리에서 벌떡 일어났다. 마음 같아서는 당장에라도 왜관까지 말을 달려 서양 상선의 위용을 직접 눈으로 보고 싶었다.

흥분을 가라앉히지 못한 광해가 자리에서 몇 번을 왔다 갔다 했다. 연전에 네덜란드 상인에게 젖소와 함께 주문한 중고 상선 5척이 드디어 도착한 것이다.

제물포로 오지 않고 왜관으로 간 이유는 제물포항의 규모가 아직 여러 척의 대형 선박이 정박할 형편이 못 되어서다.

현재 제물포는 대대적인 항만 공사를 벌이고 있어 머지않은 장래에 수십 척의 배가 드나들 수 있는 대형 항구로 탈바꿈될 예정이다.

대형 선박이라 가격이 만만치 않았지만 그 정도 구매는 이제 어렵지 않게 할 수 있는 조선이다.

이 배들은 앞으로 기존의 세곡 운반선을 대신해 삼남 지방에서 거두어들이는 전세와 대동미를 한양까지 실어 나르는 일을 하게 된다. 물론 유사시에는 소형 대포를 실어 전투함으로 전용도 가능하다.

광해에게 중고선 수입을 건의한 이는 물론 혁이다. 거기에는 중요한 이유가 있다.

혁이 계획하고 있는 증기기관 활용의 최종 단계는 면방직 산업과 기선의 제조다.

영국이 그러했듯이 방직 산업은 이 땅에 산업혁명의 꽃을 피울 것이고, 그 제품을 전 세계로 수출하기 위해서는 기선과 같은 운송 수단이 꼭 필요하다.

물론 현재 유럽의 상선처럼 범선으로도 가능하지만 군사력 증강이라는 측면을 병행하려면 기선은 최고의 선택임이 분명하다.

그러나 기선이라는 것이 하루아침에 만들 수 있는 게 아니므로 우선은 유럽의 대형 선박들처럼 대양 항해를 할 수 있는 범선부터 차근차근 만들어 나가야 했다.

하지만 조선에는 그런 범선조차도 만들 능력이 아직 없다는 점이 문제였다.

공부나 운동이나 가장 빨리 실력을 향상시키는 방법은 고수가 하는 걸 보고 따라 하는 것이다.

전 세계 바다를 휘젓고 다니는 네덜란드 상선의 구조를 뜯어본다면 조선의 선박 건조술은 비약적으로 발전할 것이 틀림이 없다.

"조선소를 만들자고?"

허균을 찾은 혁이 꽃분이가 놓고 나간 인삼차를 마시며 조선소를 건설하자는 의견을 제시했다.

몇 년 전 사내종과 혼인을 해서 벌써 애가 둘인 꽃분이는 혁이 한 번씩 들르면 꼭 직접 다과상을 장만해서 들고 들어왔는데 다른 사람은 손도 못 대게 했다.

"예, 이제 우리나라도 대형 조선소가 필요합니다."

물론 지금도 조선소는 있다. 각 수영(水營)마다 조선소를 두어 판옥선이나 그보다 작은 배들을 만들고 있다. 하지만 혁이 지금 얘기하는 조선소는 그런 것과는 차원이 다르다.

"그런 규모의 조선소를 어디에 만든단 말인가?"

작은 배라면 어디라도 별 상관이 없지만 대형 선박의 제조라면 입지 조건이 문제가 된다.

즉, 서해안같이 조수 간만의 차이가 크면 안 된다. 그 외에도 적합한 해안선을 가지고 있어야 하며, 강우량이 적고 기후가 온화해야 한다. 또한 지반도 견고해야 한다.

"울산에 지으면 됩니다."

"울산?"

"예, 울산입니다."

혁이 자신의 전공이나 관심 분야도 아닌 조선소 부지 조건을 어떻게 알고 울산을 선택했을까?

당연히 몰랐다. 그러면 대충 찍었을까? 그건 아니다.

비록 요즈음 어려움을 겪고 있기는 하지만 오늘날 대한민국이 세계 최고의 조선(造船) 강국인 것은 의심의 여지가 없다. 그리고 이 조선 산업을 이끌고 있는 게 현대, 대우, 삼성의 조선소들이다.

현대조선소는 울산에 있고 대우, 삼성은 거제에 있다. 따라서 두 개의 조선소가 자리 잡고 있는 거제가 최적지라는 생각이 들었으나 조선 중기인 이때는 육지와 떨어져 있는 섬이었으니 아쉽지만 제외할 수밖에 없었다.

울산은 간만의 차이가 매우 작고, 주위의 지형이 방파제 구실을 하는 등 항구로서 좋은 조건을 갖추고 있었다. 게다가 동쪽을 제외한 삼면이 산지로 둘러싸여 있어 겨울의 찬 북서 계절풍을 막아주어 조선소의 입지로는 안성맞춤이었다.

이리하여 울산도호부에는 대단위 조선소 건설이 시작되었다.

원래 나라에서 일으키는 대공사는 백성들을 요역(徭役)이라는 명분으로 강제 동원을 한다.

그렇지만 탄탄한 재정 상태를 보이는 작금의 조선은 일당을 지급했기 때문에 백성들은 너도나도 앞다투어 공사장으로 나왔다.

대형 조선소가 이 울산에 들어서는 날, 산업 입국으로 향하는 조선의 발걸음은 한결 빨라질 것이다.

혁은 증기기관을 이용한 첫 사업인 정미소가 전국적으로 성업을 이루며 궤도에 안착하자 두 번째 사업에 착수했다.

종이를 만드는 제지 공장이다.

원료인 닥나무를 배로 수송하기 쉽고, 만들어진 종이를 성내로 반입하기도 편리한 마포에 자리를 잡았다.

한지를 만드는 작업은 이루 말할 수 없이 고되고 손이 많이 가는 것이어서 나라에서는 천대받는 중이나 죄인들을 이용해 종이를 만들어왔다.

도형을 받은 혁이 강화도 전등사에서 고생하며 만들었던 것이 바로 이 한지다.

노동력이 많이 들었기 때문에 종이의 값은 현대인이 상상할 수 없을 정도로 비쌌다. 따라서 많은 종이가 필요한 출판 분야가 낙후될 수밖에 없었고, 지식 전파를 위해 꼭 필요한 책의 공급은 형편없이 부족했다.

증기기관의 개발로 이제 여건이 바뀌었다고 혁은 판단했다.

종이를 만드는 과정 중 단순 작업이면서도 가장 힘이 많이 드는 세 가지 작업을 자동화했다.

닥방망이로 백피를 두들기는 고해(叩解) 작업과 풀대 막대기로 지료를 섞는 팔개치기 작업, 그리고 마지막으로 종이를 뜨는 작업 역시 단순 공정이므로 자동화했다.

말 한 마리와 어른 20명이 줄다리기를 하면 결과가 어떻게 될까?

말의 압도적인 승리로 끝난다. 그만큼 말의 힘은 생각보다 대단하다.

조선이 개발한 13마력짜리 증기기관은 그런 말 13마리의 힘이다. 단순 비교하면 장정 260명의 힘을 능가한다는 뜻이다.

이제껏 상상할 수 없었던 일들이 가능해졌다.

물론 지금의 기술로는 자동화가 안 되는 것들도 많다. 대표적인 게 찐 닥나무의 껍질을 벗기는 작업이다.

여기에는 홍차 티백 만들었던 경험을 살려 혁은 인근의 부녀자들을 고용했다.

이런 일은 남자보다 여자가 훨씬 잘한다. 남자, 여자 둘을 앉혀놓고 마늘을 까게 해보면 안다.

작업을 하면서 한동네서 형님, 아우 하며 지내는 두 여자가 대화를 하고 있었다.

"오늘 아침 물동이를 이고 들어오는데 아, 글쎄, 우리 집 영감탱이가 무겁겠다, 그러면서 그걸 받아 내려주질 않겠어? 너무 놀라서 하마터면 떨어뜨려 깰 뻔했다니까."

"성님네도 그랬어요? 저는 징그럽게 팔 주물러 준다고 해서 기겁을 했지 뭐예요. 평소에 술 처먹고 소리나 고래고래 지르던 화상이 뭔 닭살 돋는 짓인지 몰라."

남편 흉을 보고 있지만 싫은 표정은 아니다. 이들은 지금 서로 자랑하고 있는 중이다.

모름지기 자기들보다 두세 배를 벌어오는 마누라한테 큰소리치는 남편은 없다.

고용된 부녀자들은 정식 직원이고 자신이 일한 양만큼 급료를 지급받았으며, 이들이 받는 월급은 밭에서 채소나 키우는 것과는 비교가 되질 않았다.

그래서 눈치나 보면서 설렁설렁 일하는 사람은 한 명도 없는 것이 이 공장의 특징이다.

열심히 일하는 사람과 수다나 떨며 시간만 때우는 사람이 같은 대우를 받는 것은 불공평하다.

세계 최초로 업무의 강도와 효율성을 중시하는 공장이 세워졌다. 이로써 종이의 생산 속도는 100배 이상 증가했으며 가격은 기존의 25분의 1 이하로 낮출 수 있게 되었다.

"이런 공장 몇 개만 더 지으면 스님들이 종이 만드느라 고생할 일은 더 이상 없겠는데요."

공장 현황을 살피러 나온 혁의 옆으로 이곳 책임자로 임명된 공장장 백동화가 다가오면서 합장을 했다.

봉은사에서 성허(誠虛)라는 법명으로 불도를 닦다가 파계한 이 중은 절에 있을 때 고생했던 종이 제작 경험을 살려 공장을 맡게 되었다.

불도를 닦아 고승이 되는 것보다 돈 버는 지금의 일이 훨씬 재미있다고 느끼는 백동화는 파계하고 혁이 차린 야학으로 간 것은 일생일대 최고의 결단이었다고 자부한다.

"그렇게 되어야지요."

마주 합장을 해준 혁이 담담하게 받았다. 문득 도형 당시의 아픈 기억이 떠올랐고, 자신을 다독여 주던 일행 스님의 은은한 미소가 그리웠다.

그래도 그때는 시간이 지나면 다시 나미를 만날 수 있다는 희망이 있었는데…….

어제가 나미의 기일이었으니 벌써 일 년이라는 시간이 흘렀다.

제물을 챙겨 혁은 그녀의 산소를 다녀왔다.

그녀가 그렇게 세상을 떠난 후, 한동안은 매일 산소를 찾았지만, 이것저것 벌인 사업으로 밥 챙겨 먹을 시간도 없는 요즘은 보름도 훌쩍 건너뛰기 일쑤다.

가끔씩 예전의 추억이 미칠 듯이 가슴을 후벼 파기도 하지만 시간이 지날수록 강도는 약해진다.

이렇게 조금씩 조금씩 잊히는 모양이다.

고통스러운 기억에서 벗어나기 위해서라도 더욱 일에 몰두해야 하는 혁이다.

제지 공장의 증설에 들어갔다. 공장의 규모를 세 배로 늘리는 이 공사가 완료되면 최소한 종이가 부족해 책을 못 찍는 사태는 없어진다.

조선에서 종이가 가장 많이 소모되는 작업은 왕조 실록 편찬이다.

사관들이 왕의 측근에서 그때그때 작성한 사초를 바탕으로 임금이 죽으면 왕조 실록을 만든다.

먼저 초초(初草), 중초(中草), 정초(正草)를 작성한 다음 정식 실록을 만드는 것인 만큼 소요되는 종이의 양은 어마어마했다.

실록 편찬이 끝나면 그 밑 자료가 되었던 것들을 버리지 않고 조지서(造紙署)가 있던 세검정의 개천 물에 씻어 재활용을 하였으니 이를 세초(洗草)라 불렀다.

그만큼 종이가 귀하고 비싸서였다.

제지 공장의 건설로 종이값이 파격적으로 싸졌으므로 앞으로 세초 같은 작업은 사라질 전망이다.

벌써 한양의 일부 부유한 양반 댁에서는 측간에 갈 때 종이를 들고 간다는 소문이 있었다.

"이걸 자네가 출판해 주게."

모처럼 방문한 혁에게 허균은 벽장 안에서 조심스레 꺼낸 종이 뭉치를 건넸다. 거기에는 『홍길동전』이라는 네 글자가 한글로 뚜렷이 씌어 있었다.

허균이 틈틈이 쓴 우리나라 최초의 한글 소설 『홍길동전』이 세상 빛을 보려는 순간이다.

"이게 바로 홍길동전이군요."

그 유명한 책의 원본을 받아 든 혁이 감개무량한 표정으로 쳐다보았다.

"그래. 바로 자네가 처음 내게 들이밀었던 그 쪽지의 홍길동일세."

어떻게 그날의 일을 잊을 수 있겠는가. 혁을 처음 본 허균의 눈빛은 마치 도깨비를 보는 듯했었다. 14년이란 세월이 흘렀지만 어제 일처럼 생생하다.

"한글이라 문제가 없습니다. 설립 첫 작품으로 이것을 출판해야겠습니다."

종이의 대량생산이 이루어지자 혁은 계획했던 순서에 맞추어 출판사와 서점을 차렸다.

이 당시 책을 찍는다는 것은 보통 사람은 감히 상상도 못 할 정도로 어렵고 돈이 많이 드는 일이었다.

책은 한자로 쓰인 만큼, 필요한 활자의 개수가 얼마나 많았는지를 생각해 보면 출판이 왜 쉽지 않은 일이라 한 것인지 이해할 수 있다.

한자는 약 5만 자에 달한다. 거기다 자주 쓰이는 글자는 여러 개가 있어야 했다.

그래서 조선 시대에 책을 찍기 위해 금속활자를 한 번 주조하면 10만 자를 넘기기 일쑤였다.

계미자(태종 3) 10만 자, 갑인자(세종 16) 20만 자, 갑진자(성종 15)는 무려 30만 자에 달했다.

그럼 이렇게 많은 활자를 만들어서 과연 몇 권의 책을 인쇄했을까?

대부분 200~300부였고, 많아야 800부가 고작이었다.

금속활자의 원료인 동(銅)은 거의 전량을 일본에서 수입을 했기에 값이 상당히 비쌌다.

그 많은 활자로 고작 몇 백 권을 찍었으니 자원의 낭비도 이런 낭비가 없었고, 책값 또한 엄청나게 비쌀 수밖에 없었다.

『대학』이나 『중용』 같은 얇은 책 한 권 값이 논 서너 마지기와 맞먹었다.

현대 세계에서 최고의 석학들이 모여 인류 최고의 발명품이 무엇인지 논의한 적이 있다. 그 결과 1위로 선정된 것이 1445년에 발명된 구텐베르크의 금속활자였다.

한데 우리나라는 이보다 훨씬 앞선 1230년경에 만들어진 『상정예문』이 금속활자로 인쇄되었다는 기록이 있고, 1377년 간행된 『직지심체요절』은 그 실물까지 있다.

즉, 금속활자의 발명은 분명 우리가 훨씬 빨랐던 것은 의심할 수 없는 사실이다. 그런데도 왜 세계적으로 금속활자 하면 구텐베르크를 선구자로 꼽는 것일까.

이유는 위에서 보았듯이 우리는 고작 몇백 부를 인쇄하는 것으로 만족했기 때문이다.

인쇄의 목적은 널리 지식을 전파하는 데 있다. 그런데 우리나라는 발명만 일찍 했지, 그 출판물은 지배층인 귀족들의 전유물에 불과했다.

구텐베르크 이전에는 손으로 직접 필사를 했으니 책 한 권을 베껴 쓰는 데 무려 두 달이 걸렸다. 하지만 금속활자 발명 후부터는 일주일에 책 500권이 인쇄되었고, 대량 인쇄된 책으로 인해 서양은 특정 계층에 의한 지식의 독점이 해체되었다.

금속활자를 세계 최초로 발명한 고려가 망하고 조선이 들어서서도 사정은 전혀 달라지지 않았다.

이제 혁은 이것을 바꾸려는 것이다.

혁이 설립한 인쇄소에서는 전부 한글로 인쇄한다. 그러면 약 2,300자 정도로 모든 표현이 가능하고 여기에 자주 쓰는 글자를 추가해 주면 그만이다.

그리고 증기기관을 이용한 압착식 인쇄기로 대량 인쇄에 들어갔다. 비록 기술적인 한계로 오늘날과 같은 롤러식 인쇄기를 만들지는 못하지만 인쇄판을 일일이 손으로 두드려 한 장, 한 장 찍어내던 기존의 방식과는 비교할 바가 아니었다.

이미 값이 싸진 종이에다가 대량으로 찍어내니 책값은 아주 싸질 수밖에 없었다.

이렇게 인쇄된 책은 혁이 세운 조선 최초의 서점에서 볼거리, 읽을거리가 없는 백성들에게 불티나게 팔려 나갔다.

조선, 중국, 일본 등 동아시아의 세 나라 중에서 조선만 서점이 없었다.

중국은 송나라 때부터 벌써 출판업자와 서적상이 등장하였고, 북경에는 거대한 서적 시장이 형성되어 있을 정도다.

일본 역시 임진왜란 때 조선에서 약탈해 간 금속활자를 밑천 삼아 에도막부 이후 출판업이 급속도로 성장했다. 1620년대인 현재 교토에만 서점 14곳이 성업을 이루고 있는 실정이다.

조선도 서점 개설에 대한 논의는 있었다.

중종 때 장령 어득강(魚得江)이 서점을 만들자고 주장했지만 대다수의 중신의 반대로 무산되고 말았다. 그때 반대의 이유는 이러했다.

"서적은 양반의 상징물이기 때문에 판매 자체가 금기시된다. 그리고 서점이란 개국 이래 한 번도 법에 정한 바가 없으니 불가하다."

양반 체면에 어떻게 돈을 받고 가진 책을 팔며, 서점은 한 번도 만들어진 적이 없으니 논의하지 말자는 어이없는 주장이다.

이런 의식이 지배적이니 책은 유통될 수 없었다. 그 유명한 정약용의 『목민심서』도 당시 대부분의 지식인은 그런 책이 있는 줄도 몰랐다.

이리하여 중국과 일본이 인쇄술과 서점 유통을 통해 지식 강국으로 자리 잡는 동안 조선은 제자리에만 머물러 있었다.

그러던 조선에서 『홍길동전』에 이어 『전우치전』이 발행되어 공전의 히트를 쳤고, 『삼국지연의』와 『수호지』가 한글로 번역되어 베스트셀러가 되었다.

『금오신화』 역시 한글화되어 인쇄됨으로써 지식의 폭을 넓혀 주었다.

『춘향전』, 『흥부전』, 『심청전』 같은 작품도 출판하고 싶었으나 아직 이 시대에는 존재하지 않았다. 이들은 판소리로 구전되다가 19세기에 접어들어서야 소설화된다.

내용을 다 알고 있다고 해서 혁 자신이 그 작품들의 작가가 되고 싶지는 않았다.

"이거, 저희 마님이 갖다 드리라던데요."

대가 댁 몸종으로 보이는 댕기머리의 계집종이 보자기에 싼 뭔가를 인쇄소로 가져왔다.

잘 쓴 글은 무료로 인쇄해 줄 뿐만 아니라 책 판매 금액의

10%를 원고료로 지급하겠다고 적극 홍보를 하자 밖에 나다니기 여의치 않은 부녀자들이 무료함도 달랠 겸 해서 쓴 소설이나 수필들이 답지했다. 규방문학(閨房文學)이 꽃을 피우기 시작한 것이다.

그 밖에도 글재주 있는 자들이 생활 방편 삼아 책을 씀으로 점점 한글 인쇄물이 늘어났다.

책을 읽을수록 사람은 똑똑해진다.

혁은 백성들의 의식 수준이 조금씩 향상됨으로써 조선이 일부 양반들이 쥐고 흔드는 나라가 아닌 백성들의 나라로 점차 변모해 갈 것이라 확신했다.

백성들이 한 권 두 권 책을 읽게 되고, 인쇄해야 할 물량이 출판사에 쌓이는 사이, 숨 가빴던 갑자년의 마지막 해가 서산으로 넘어갔다.

40.
혁신안과 쌀 교역

상소문을 읽어 내려가는 광해의 얼굴은 창백했고, 손은 부들부들 떨리고 있었다.

명나라는 우리 조선에게 있어 부모입니다. 그리고 오랑캐는 당연히 부모의 원수입니다. 상국의 신하된 도리로 부모의 원수와 형제가 되어 부모를 저버려서야 되겠습니까? 차라리 나라가 없어질지언정 부모, 자식 간의 의리를 버려서는 안 됩니다.

승문원 정자(正字)로 있는 윤집(尹集)이 올린 상소다.
광해가 명의 계속된 원군 요청을 거절하고, 후금과 형제의 예에 따른 우호 관계를 유지하는 것에 대한 비난의 글이다.

명과 후금이 중원의 패권을 놓고 싸우는 현재의 상황이야 말로 이용하기에 따라 조선에 절대적으로 유리하게 작용할 수 있다는 사실을 깨닫고, 어떻게 하면 양쪽으로부터 최대한 이익을 끌어내느냐에 골몰하고 있는 광해였다.

그러나 뼛속까지 사대주의에 물든 윤집 같은 이에게 광해의 행위는 도저히 용서받을 수 없는 명에 대한 배신으로 비쳤다.

그가 보기에 명나라를 위해서는 조선이 없어지는 한이 있더라도 전 조선 백성이 일어나 후금과 싸워야 정상이었다.

윤집이 누구인가.

인조반정이 성공한 후 터무니없는 자신감 하나만으로 명을 대신해 청과 싸워야 한다고 주장하다 병자호란을 맞았고, 온 백성이 죽어나가는 마당에도 절대 오랑캐와 화친을 맺어서는 안 된다고 우기다가 청나라로 끌려간 삼학사 중 한 사람이 바로 윤집이다.

그에게 있어서는 전 조선 백성이 전멸하더라도 한 명의 오랑캐를 더 죽이는 게 중요했고, 그것이 어버이 명나라에 대한 자식 된 도리였다.

흔히들 화의를 하자는 주화파는 비겁한 집단으로 몰고 끝까지 항전하자는 주전파에 박수를 보내는 경향이 있다.

하지만 결코 이길 수 없는 상황에서 쓸데없이 자존심만 찾는 사이 무고한 백성들은 도륙이 나고 있다면 과연 결사 항전만이 능사일까?

그리고 그 항전의 목적이 다른 데 있는 것도 아니고 골수에 찬 사대주의 때문이라면…….

와락 상소문을 구긴 광해는 앞에 윤집이 앉아 있기라도 하듯 정면을 뚫어지게 노려보았다.

이이첨 등의 역모를 척결함으로써 명나라의 은혜, 어쩌고 하는 소리가 좀 잦아드는가 싶었는데 또 이런 기가 막힌 상소가 올라왔다.

광해의 입에서 장탄식이 흘러나왔다.

"도대체 이자는 어느 나라의 신하란 말인가."

언제까지 이런 사대주의자들과 신경전을 벌이며 갈 길 바쁜 개혁이 지체되어야 하는가 생각하니 가슴이 꽉 막히듯 답답해지는 광해였다.

임금을 능멸한 죄를 물어 그냥 원지에 유배를 보내려다가 광해는 마음을 바꿔먹었다.

"너는 작금의 명나라 사정을 아는 바가 있느냐?"

의정부와 육조, 한성부, 사헌부, 사간원, 홍문관 등 핵심 부서의 관원들이 편전에서 하는 조회인 상참(常參)에 윤집을 불렀다.

이십 대 초반의 말단 관리인 그를 불러 대화를 벌인 것은 파격적인 일이지만 이자뿐만 아니라 자신은 조선의 신하이기 이전에 '황제 폐하를 위한 신하'라는 생각을 가진 채 조정 곳곳에 자리 잡고 앉아 광해의 행동을 비판적인 눈길로 바라보고 있을 모든 사대주의자들에게 보라는 의미이다.

"황제 폐하와 충성스러운 신하들이 힘을 합쳐 오랑캐들의 침략을 무찌르고 있사옵니다."

가끔씩 고개를 들어 고집 센 눈빛으로 광해를 쳐다본 윤집의 대답이었다.

작년에 요양을 포함한 요동의 전 지역이 완전히 누르하치의 수중에 떨어졌다. 요양은 한때 고구려의 영토였던 요동성이다.

누르하치는 수도를 허투알라에서 요양으로 옮기고 명 공략에 더욱 박차를 가한다.

이런 상황인데도 명나라 조정은 환관 위충현과 황제의 유모 객씨(客氏)가 전권을 휘두르며 국정을 농단하고 있었다.

위충현의 비호를 받은 무능한 장수 왕화정이 수만의 군사를 이끌고 무리한 작전을 펼치다 후금의 8기군에게 궤멸되었는데, 고질적인 당쟁의 폐해로 명나라 마지막 명장인 웅정필이 모함을 받고 왕화정 대신 처형되고 말았다.

"그러면 앞으로 정세가 어찌 되리라 보느냐?"

"물론 하늘의 보살핌을 받는 대명이 오랑캐를 쳐부수고 황은을 천하에 널리 펼칠 것입니다."

이제 명은 죽었다 깨어나도 후금의 침략을 막아내고 중국을 지배할 수 없다. 그러나 사대주의자들의 바람은 여전히 이러했다.

"어째서 명이 중국을 지배해야 하는가?"

논리적으로 저들의 허상을 깨뜨려야 다시는 이런 자가 나타나지 않을 거라 생각하는 광해의 물음이다.

"정통이 지배하는 것이 당연하기 때문입니다."

대답이 거침이 없다.

"왜 명이 정통이란 말이냐?"

기다렸다는 듯이 광해의 날 선 물음이 터져 나왔다.

“……?”

막힘없던 윤집의 입술이 굳은 듯 벌어지지 않았다. 너무도 당연한 것이기에 단 한 번도 의문을 가져본 적이 없었던 까닭이다.

“어째서 한족이 세운 나라는 정통이고 여진족은 오랑캐냐, 이 말이다.”

예전 같았으면 아무리 왕이라도 감히 내뱉지 못할 말이지만 이제 이런 걸 꼬투리 삼아 조정을 엎으려는 무리는 없을 거라 광해는 확신했다.

“너 역시 사대부이니만큼 천도무친(天道無親)과 천명무상(天命無常)을 알 것이다.”

서경과 역경 같은 유교의 대표적인 경전이 강조하는 사상으로 ‘하늘은 특별히 누구를 돕거나 해치지 않는다. 오직 스스로 노력하여 덕을 쌓는 자에게 천명이 돌아갈 뿐이다’ 란 뜻이다.

즉, 한족이든 여진족이든 하늘은 그런 걸 따지지 않는다는 말이다.

“그… 그것은…….”

자기가 하늘보다 더 높게 여기는 성현의 말씀인데 어찌 반박의 말이 있겠는가.

윤집은 입술만 달싹거릴 뿐 얼굴이 창백하다.

맹자나 장자 역시 누구라도 성인을 모범으로 삼아 덕을 열심히 쌓으면 능히 제왕이 될 수 있다고 주장했다. 중원의 주인이 반드시 한족이어야 한다는 원칙은 어디에도 없었다.

정작 중국에서는 ‘동쪽 오랑캐’로 불리던 이 땅의 사대주의자들은 자신을 마치 명나라 사람인 양 한족만이 정통이라는 환상에 빠져 있었다.

"저자를 의주로 유배토록 하라."

얼굴이 참혹하게 일그러진 윤집에게 광해의 차가운 목소리가 떨어졌다.

광해는 '네가 그렇게 충성하고픈 명나라로 영원히 가서 살아라' 라는 말이 목구멍까지 올라온 것을 애써 삼켰다.

비록 육로로는 단절되었지만 그래도 명나라와 가장 가까운 의주로 귀양을 보냈다. 거기서 명이 어떻게 몰락해 가는지를 지켜보라는 뜻이다.

이렇게 해도 윤집 같은 이는 매일 아침 눈을 뜨면 황제가 있는 북경을 향해 절을 하는 것으로 하루를 시작할 것이다.

어차피 그런 인간이다.

조정에 뿌리내리고 있을 사대주의자들에게 경종을 울린 광해는 다시 깊은 고민에 빠졌다.

저들이 골수까지 사대주의에 물든 원인은 교육에 있다.

태어나서 지금까지 보고 배운 것이 그런 것이니 저 모양이 되었고, 저런 자들이 과거 시험을 통해 조정의 관리가 되어서는 조선의 개혁은 난망이다.

조선을 이끌어 나갈 새로운 인재가 절실하다.

이대로는 안 된다고 몇 번을 느낀 광해는 이번 윤집의 일을 계기로 결심을 굳혔다.

혁이 올린 과거제 혁신안이 이미 있었지만 내용이 파격적인 것이 많아 선뜻 결론을 못 내렸으나 이제 더 이상 망설여서는 안 된다는 생각이 강하게 들었다.

다음 날, 개혁안이 전국에 공표되었다.

"과거 시험을 보는 데 있어서 서얼을 가리지 않으며 승진에도 일체의 불이익을 받지 않는다."

과거 시험을 볼 자격을 서자, 얼자에게까지 넓히고 기존의 신분에 따른 승진 제한도 없앰으로써 서얼 차별을 완전히 철폐했다.

따지고 들어가 보면 서얼 차별의 원인은 결국 밥그릇 싸움이었다. 즉, 아무리 과거 시험에 합격해도 돌아갈 자리가 원천적으로 부족했다.

조선은 인구수 대비 과거 합격자 수가 중국의 다섯 배에 달했다.

정규 과거 시험인 식년시(式年試) 외에 증광시(增廣試)니, 알성시(謁聖試)니, 춘당대시(春塘臺試)니 하는 별시(別試)를 통한 합격자가 너무 많았다.

정실 자손들도 취업이 만만치 않은 상황에서 서자들에게까지 벼슬자리를 나눠줄 수는 없었기에 과거 응시 자격을 주지 않았던 게 현실이다.

광해는 일체의 별시를 없애 버리고 식년시만을 통해 관리를 뽑기로 하였다.

"춘추와 사기를 대신해 사략과 동국통감에서 시험 문제를 내겠다."

『춘추(春秋)』는 공자가 엮은 역사서로 사서오경의 하나고 『사기(史記)』 역시 사마천이 지은 중국의 역사서다. 이 땅의 사대부들은 고구려, 백제, 신라, 발해, 고려 등의 역사는 몰라도 수천 년 전의 중국 역사와 고사에 대해서는 말 그대로 '빠삭' 했다.

중국 역사책만 마르고 닳도록 외우고 또 외운 결과다.

이것을 우리나라의 역사서인 『사략(史略)』과 『동국통감(東國通鑑)』으로 바꾸겠다는 말이다.

이제 과거 시험에 합격하기 위해서는 중국 역사가 아닌 우리나라 역사를 배워야 할 것이다.

"시험 과목에 경국대전과 신주무원록을 포함시킨다."

『경국대전』은 말할 것도 없이 조선의 기본 법전이고, 『신주무원록(新註無冤錄)』은 중국의 법의학서인 『무원록』을 세종 때 우리 실정에 맞게 편찬한 것으로 형사사건 지침서이다. 관리가 되는 자들에게 실무를 알게 하기 위해서다.

이제까지 과거 시험 과목은 사서오경이나 고시(古詩)였다.

이게 무슨 말인고 하니 오늘날로 치면 법관을 뽑는 사법고시 문제로 '보름달을 제목으로 멋진 시를 지어라' 하는 것이고, 나라의 고위 공무원이 될 행정고시 합격자로 '칸트나 헤겔의 철학'에 밝은 사람을 뽑았다는 말이다. 그러니 막상 벼슬자리에 나가도 할 수 있는 게 하나도 없었다.

고을 수령이 되었지만 법에 대해 뭐 아는 게 있어야 판결을 할 것이 아닌가. 그래서 실무는 전부 서리(아전)들에게 위임되었고, 자신들은 기생 놀음이나 했으니 나라 꼴이 제대로 될 턱이 없다.

월급이 없는 서리들이 모든 실무를 담당하며 갖은 뇌물을 챙겨온 것이 지금까지 조선 관료 사회의 실태였다.

"재가녀 자손 금고법(再嫁女子孫禁錮法)을 폐지한다."

마지막으로 광해는 개가를 한 과부의 자손은 과거 시험을 보지 못하도록 한 이 법의 폐지를 선언했다.

알다시피 조선은 여성에게 철저히 억압적인 사회였다. 양반뿐만 아니라 일반 백성들에게까지 수절과 절개를 강요한 것은 갈수록 교조화되어 가는 성리학의 영향으로 주자(朱子)와 정자(程子)의 주장을 지고지선(至高至善)으로 여긴 탓이다.

누군가가 정자에게 '과부를 아내로 맞는 것을 어찌 생각하십니까?' 라고 묻자 '절개를 잃은 자를 취하여 자신의 배필로 삼는다면 자신 또한 절개를 잃는 것이다' 고 했다. 다시 묻기를 '그 과부가 가난하고 의지할 곳이 없어 남자의 도움을 필요로 한다면 개가를 해도 됩니까?' 이에 정자는 이렇게 대답했다. '그것 역시 아니 된다. 왜냐하면 굶어 죽는 것은 지극히 작은 일이고, 절개를 잃는 것은 비할 바 없이 크기 때문이다'. 그러면서 남자의 재혼에 대해서는 속현(續絃)—거문고와 비파의 끊어진 줄을 잇는다—이란 우아한 표현을 써가며 당연시했다.

이런 과거 시험 혁신안이 발표되자 당연히 나라가 뒤집히기라도 한 듯 전국이 들끓었다.

"어찌 사대부가 하찮은 서리들이나 배우는 잡서를 공부할 수가 있는가?"

"서얼이나 재가녀의 자식에게 과거를 보게 한다는 것은 절대 있을 수 없는 일이다."

"치졸한 아국의 역사서로 상국의 아름다운 서책을 대신한다는 게 말이 되는가?"

전국에서 상소문이 올라오고 성균관의 유생들이 들썩이기 시작했지만 광해가 내린 비답은 간단명료했다.

"시험 보기 싫은 놈은 보지 마라. 어차피 그런 놈은 뽑을 생각도 없다."

장강(長江)의 도도한 흐름을 돌 몇 개로 막을 수는 없다.

이미 조선 사회는 변하고 있었다. 한동안 시끄럽던 나라도 얼마 못 가 잠잠해졌다.

무엇이 옳은지가 명백한데 예전처럼 계속 양반의 기득권만 주장하는 게 더 이상 먹혀들지 않는 것이다.

"과거제 혁신만으로는 부족합니다. 각 고을의 대소사를 실질적으로 관장하는 이는 그 고을의 아전들입니다. 이들을 지금대로 두어서는 백성들의 고통을 덜 수가 없습니다. 반드시 조치가 따라야 할 것입니다."

이렇게 진언하는 혁의 뇌리에 고을 수령직을 수행하고 돌아온 김석균이 깊은 한숨과 함께 들려준 아전들의 행태가 떠올랐다. 그리고 비록 지방의 수령 생활을 하지 않았다 할지라도 아전의 병폐에 대해 모르는 이는 없을 것이다.

이제까지는 그저 내팽개쳐 두었다는 표현이 맞다.

"과인도 그런 생각을 했느니라. 이대로 둘 수는 없는 일."

광해는 과거제도 혁신에 이어 말도 많고, 탈도 많은 아전들에 대해서도 수술칼을 들었다.

"앞으로는 서리들의 선발도 시험을 통해서 하며, 서리들 역시 과거 시험을 통한 관료와 동일하게 녹봉을 지급하고 상피제의 적용을 받는다."

오늘날의 7급 공무원 시험 같은 것이 생겼다.

한 고을에 살며 대대로 아전직을 물려받는 일이 이제 불가능해졌다.

녹봉을 받느니만큼 예전처럼 백성들 등쳐먹으려 했다가는 엄벌에 처해진다. 대신 맡은 일을 충실하게 수행해 나간다면 차츰 승진하여 과거 시험 합격자와 다를 바 없이 고위 관료로 진출할 길을 열어주었다.

신분 상승을 할 수 있는 만큼 아전들도 기존에 누리던 특권을 내려놓아야 한다.

이로써 중인과 양반이라는 신분의 경계가 모호해졌다. 결국 입지가 좁아진 것은 양반 계층이다.

『흥부전』은 우리나라 사람이라면 모르는 이가 없을 정도로 유명한 고전 소설이다.

거기에 보면 놀부가 제비 다리를 일부러 부러뜨리고 얻은 박에서 사람들을 괴롭히는 온갖 마물들이 쏟아져 나오는데 그중 하나가 바로 양반이다.

물론 흥부전은 한참 더 세월이 지나야 나오는 것이지만 이는 양반들의 폐해에 대한 백성들의 시각을 극명하게 드러내 보인 것이라 할 수 있다.

'어흠~' 하며 헛기침이나 하고, 갈지(之)자걸음을 걸으며 족보 자랑만 해가지고는 이런 눈으로 자신들을 바라보는 백성들 틈에서 이제 배겨나지 못한다.

출판업의 활성화로 많은 책이 보급되어 예전 같은 무지렁이 백성들이 아니다.

이제 양반들도 진정으로 백성들의 귀감이 되고, 사표(師表)가 되는 선비로 거듭나야 살아남을 수 있게 되었다.

큰일을 해치운 광해가 시원한 화채를 들며 땀을 식히고 있는데, 후금을 다녀온 통사 하세국이 놀라운 소식을 가지고 왔다.

누르하치가 죽었다는 것이다.

후금을 세우고 보위에 오른 지 10년 만인 1626년 9월, 68세의 나이로 병사했다.

조정은 아연 긴장에 휩싸였다. 누르하치의 죽음이 중원의 사정을 어떻게 바꾸어놓을지 아무도 예측할 수 없었기 때문이다.

계승권을 둘러싸고 격심한 내분이 일어난다면 말기 암 단계를 넘어선 명나라가 갑자기 소생할 가능성도 있다. 윤집 같은 사대주의자들은 내심 흥분을 감추지 못하고 있을 것이다.

하지만 광해는 단호하게 고개를 저었다.

지금까지 겪은 홍타이지의 지도력을 볼 때 그건 명을 위시한 일부 사대주의자들의 헛된 희망에 불과하다는 사실을 광해는 잘 알고 있었다.

그리고 그 예상은 적중했다.

누르하치 사망 당시 '4천왕'이라 하여 후계자 집단이 존재했다. 누르하치의 둘째 아들 다이산(代善), 다섯째 아들 망굴타이(莽古爾泰), 여덟째인 홍타이지(皇太極), 그리고 조카인 아민(阿敏)이 그들이다.

만약 이들이 명나라의 기대대로 서로 물고 뜯고 싸웠다면 중국의 역사는 달라졌을지도 모른다.

그러나 4천왕 모두 당시 상황이 얼마나 엄중한지를 깨닫고 있었기에 합리적으로 후계자를 선정하여 별 말썽 없이 홍타이지가 제2대 황제로 즉위하게 된다.

이 소식이 전해져 명의 신료들과 조선의 사대주의자들이 동시에 땅이 꺼져라 한숨을 쉴 때쯤 광해는 홍타이지로부터 다시 한 통의 서찰을 받는다.

이번에는 쌀을 구해 달라는 간곡한 요청이었다.

후금은 명과의 전쟁으로 무역이 거의 중단된 상황에서 계속된 승리로 영토와 백성이 급속도로 늘어나는 바람에 식량과 소금, 농사에 필요한 소 그리고 면포 등의 생필품이 절대적으로 부족한 형편이었다.

거저 달라는 것도 아니고 후한 값을 지불하겠다는데 '우리도 어렵다'는 말로 딱 잘라 거절하기도 마땅찮았다. 그렇지만 아무리 고민해도 쉽게 답이 나오지 않는 문제였다.

이앙법과 시비법의 도입으로 조선의 쌀 생산량이 늘어났다고는 하지만 아직 우리 백성들이 먹고살기에도 절대량이 부족했다.

일본이라도 쌀 생산이 많으면 수입을 할 텐데 그렇지가 못했다.

18세기에 일본은 텐메이(天明) 대기근이라 하여 100만 명이 넘는 인구가 굶어 죽는 사태를 겪게 되고, 19세기에는 텐포(天保) 대기근으로 또 수많은 백성이 굶어 죽고 인육을 먹는 일이 벌어진다.

100년 후의 상태가 이럴 정도로 당시 일본의 쌀 생산은 조선의 사정보다 못하면 못했지, 낮지 않았다.

"무슨 수가 없겠는가?"

기대가 담긴 광해의 눈빛이 앞에 앉아 있는 혁의 얼굴에 머물렀다.

"방법이 있습니다."

저번 소금 문제와 달리 이번에는 수입을 통해 바로 해결할 수 있다는 생각이 단박에 떠오른 혁이었다.

"안남국(베트남)에 다녀오겠다고?"

"예, 전하."

베트남은 열대몬순기후라 벼의 삼모작이 가능하여 생산량이 많고 값이 싸다.

실제로 쌀 부족으로 신음하던 우리나라는 1901년 안남미를 수입한 적이 있다. 다만 품종이 달라 밥맛이 좀 떨어지고 찰기가 적어 금방 배가 꺼지는 느낌이 든다는 단점이 있으나 굶어 죽을 판국에 이런 걸 따지게 되었는가.

"그런데 그대가 군이 갈 필요가 있는가?"

혁이 직접 다녀오겠다는 말에 광해는 이마를 살짝 찌푸렸다. 보내고 싶지 않은 것이다.

개혁의 핵심 주체인 혁이 자리를 비운다면 벌여놓은 일들이 제대로 굴러갈까, 하는 걱정과 함께 먼 길에 혹시라도 무슨 일이 생기면 어찌하나, 하는 불안감이 든 광해였다.

김개시에 의한 나미 살해 사건 이후 혁의 호위도 대폭 강화되었다. 지금은 12명의 무사가 4인 1조로 하루 3교대의 철저한 경호를 펼치고 있다.

임무를 게을리하여 나미를 죽게 만든 둘은 진노한 광해에 의해 중형에 처해진 것은 물론이다.

"제가 직접 갔다 오고 싶습니다. 허락해 주십시오."

여러 가지 일을 성사시킨 것은 혁이지만 혁 하나 빠진다고 모든 일이 멈춘다면 지금까지 일을 제대로 했다고 보기 어렵다.

조직은 어느 한 개인에 의지하기보다는 시스템적으로 운영되어야 한다는 사실을 현대에서 이미 체득한 혁이다.

도자기는 안경석, 인삼은 박삼구, 증기기관의 개량 등은 천효준이 맡아서 문제없이 해나가고 있으며, 그 외의 일들도 담당자를 선정하여 권한을 부여해 놓은 상태다.

계속 새로운 일거리를 만들어내는 것이 자신에게 주어진 임무라 생각하는 혁이었다.

베트남이라는 먼 타국까지 가서 성사시켜야 할 일이므로 중국이나 일본을 제외한 외국에 대한 지식이 전무한 여타 관리들에게 맡기기는 불안한 측면이 있고, 무엇보다도 정인(情人)이 사라진 조선을 얼마간이나마 떠나고 싶은 마음도 큰 비중을 차지했다.

"쌀을 구해주는 조건으로 억류 중인 강 장군을 풀어달라고 하는 게 좋을 듯싶습니다."

일가 피붙이 하나 없는 이 조선 땅에 떨어진 자신처럼 가족과 헤어진 채 여러 해를 타지에서 외롭게 보내고 있을 강홍립의 심정이 아프게 전해져 왔다.

"그렇군. 내가 진작에 왜 그 생각을 못 했을꼬."

광해가 혀를 차며 고개를 크게 끄덕였다.

이리하여 어렵게 광해의 허락을 얻은 혁은 베트남으로의 먼 길을 떠나게 되었고, 출발에 앞서 증기기관 연구소에 들러 회의를 주관했다.

"증기기관의 개량과 함께 이것들의 개발을 함께 추진해 주길 바랍니다. 여러분의 능력이라면 어렵지 않게 만들 수 있을 것입니다."

소장인 천효준을 비롯해 증기기관을 발명한 주역들인 손현채, 오장석, 신종환 등이 둘러앉아 있는 가운데 혁이 개발을 부탁한 것은 방적기와 방직기였다. 방적기는 실을 뽑는 기계이고, 방직기는 이 실로 천을 짜는 기계다.

이것이 완성되어야지 명실상부한 산업 부국으로 설 수 있다는 것이 영국의 산업혁명사를 알고 있는 혁의 생각이다. 그 어려운 증기기관도 만들었는데 이 정도를 못 만들 리는 없다.

증기기관 발명의 공을 인정받아 천효준은 정4품 응교의 벼슬을 하사받았고, 다른 이들도 과거 시험에 합격한 사람이 처음 받는 벼슬인 정9품이 되어 있는 상태다.

망치질이나 하고 쇠나 만지던 하천인 장인이 벼슬을 받았으니 예전 같았으면 경천동지(驚天動地)할 일이었지만 어느덧 조선 백성들은 이런 일에 별로 놀라지 않을 정도가 되었다.

왕과 정승이 소, 돼지 잡던 백정의 손을 쓰다듬어 주는 마당에 그까짓 것이 뭐 대단하겠는가.

이들이 방적기와 방직기를 개발하면 조선은 본격적으로 면방 산업을 일으킬 것이다.

아직까지 우리나라를 비롯해 전 세계의 모든 사람은 물레와 베틀을 이용해 천을 짜고 있는 실정이다.

하그리브스(James Hargreaves)가 제니 방적기를 발명하고, 존 케이(John Kay)가 플라잉 셔틀이라는 베틀을 대신할 발전된 방직기를 만들려면 아직 100년이 넘게 있어야 한다.

이 말은 전 세계가 우리의 시장이라는 뜻이다.

특히 가까이 있는 후금은 면화 재배가 어려워 애를 먹고 있는 상태이고, 일본은 우리보다 훨씬 늦게 목화가 전래되어 면포를 짜는 기술이 아주 낙후되어 있다. 거기다 인구는 얼마 되지 않지만 유구국은 일본보다도 전래가 늦어 더 열악한 상황이다.

이제 조선은 혁이 예견한 대로 이들을 발판 삼아 선진국으로 우뚝 서야 한다.

오래전부터 그날을 그리며 얼마나 마음 설레었는가.

장인들을 격려하며 혁은 다시 한 번 가슴속에 짜릿한 전율이 일어나는 게 느껴졌다.

베트남이 우리나라와 최초로 인연을 맺은 것은 고려 때인 1253년 안남국 왕자 이용상(李龍祥)이 중국으로 가다 표류해 온 것이 시초다.

그는 오늘날의 옹진군 마산면 화산리에 자리를 잡았고 지금의 화산 이씨(花山李氏)는 그 후손이다.

베트남까지는 겨울에 부는 북동무역풍을 타고 내려가 4월에서 10월 사이에 부는 남서무역풍을 타고 다시 올라오면 된다. 물론 예전에는 이것을 알았어도 감히 배를 띄울 수가 없었다.

조선의 배는 그런 원양항해를 견딜 정도가 못 되었기 때문이다. 하지만 이제는 아니다.

네덜란드로부터 사들인 중고 상선과 이 배를 참고로 울산의 조선소에서 건조한 화물선이 있다.

이 화물선은 기존에 조선이 보유한 가장 큰 배인 조운선에 비해 실을 수 있는 화물의 양이 열 배에 달했다.

베트남까지 가서 쌀을 사 오려면 그 나라 말을 아는 사람이 필요하다.

제주도에는 1612년(광해 4)에 베트남 상선 한 척이 표류해 왔고, 그 배의 생존자 여덟 명이 아직 제주도에 살고 있었다.

자기들의 나라로 무역선이 뜬다는 소식을 접한 이들은 감격의 눈물을 쏟았고, 결혼하여 정착한 둘을 제외한 나머지는 고향으로 돌아가기를 희망했다.

이들을 통역으로 삼아 이십 척의 대선단이 베트남을 향해 떠날 차비를 마친 때는 1626년(광해 18) 12월로 맹추위가 온 조선을 꽁꽁 얼어붙게 만든 날이었다.

"무사히 임무를 마치고 돌아오기를 고대하고 있으마."

광해가 다정히 손을 잡고 격려를 해주고 있는 이는 어느덧 젊은이가 된 영창대군이다.

"심려 마시옵소서. 전하의 기대에 한 치의 어긋남이 없도록 하겠사옵니다."

며칠 후 새해가 되면 스물둘이 되는 그는 이번 항해에서 명목상 책임자가 되어 외교 관계 수립 등의 전권을 부여받았다. 물론 실질적 교역 업무는 혁이 담당할 터이다.

광해는 나라를 비울 수 없는 자신이나 세자를 대신해 앞으로 영창대군을 외교사절로 적극 활용하기로 했다. 비록 이복형제지만 어쨌든 왕의 동생이니 정승보다 더 비중이 있다.

영창의 손을 놓은 광해는 혁에게로 눈을 돌렸다. 믿음이 가득 실린 눈길이었다.

"기다리고 있겠노라."

광해의 짧은 이별사를 들은 혁은 일행들과 함께 만조백관의 송별을 받으며 배에 올랐다.

영창대군과 혁이 이끄는 조선의 선단이 베트남의 중부에 있는 도시 호이안(Hoi An, 會安)에 도착한 것은 제물포항을 떠난 지 40일이 지나서였다.

북부에 있는 하노이(Hanoi, 河內)로 가면 항행 거리를 더 줄일 수 있었지만 배에 타고 있는 베트남인들의 고향이 호이안이었다.

이 당시 호이안은 이미 국제 무역도시였으므로 네덜란드, 중국, 일본의 배들이 정박해 있었다.

20척에 달하는 조선의 대선단이 입항하자 구름같이 군중이 모였고, 14년 만에 고국에 돌아온 난파 베트남인들은 배에서 내리자 땅에 입을 맞추고 뜨거운 눈물을 흘렸다.

본격적인 상담과 외교 관계 수립을 위해 영창대군과 선단의 실질적 책임자인 혁이 통역인 베트남인을 앞세우고 십여 명의 호위 군사를 대동한 채 왕이 있는 후에(Hue, 順化)로 향했다.

후에로 이어지는 후옹(香) 강은 강바닥이 얕아 호이안의 관리가 내준 중형 배로 이동했다.

"오! 어서들 오시오. 먼 길을 오시느라 수고가 많으시었소."

영창대군 일행을 맞는 응웬가의 왕 응웬 반 테는 만면에 웃음을 띠었고, 조정의 모든 중신이 열립한 채 뜨거운 환영의 인사를 건넸다.

　당시 베트남 사정을 전혀 알지 못했던 혁과 영창대군 등은 이들의 열화 같은 환대에 잠시 얼떨떨한 표정을 지었다.

　사십 대 초반의 야심 많은 응웬 왕은 베트남 남부 지역 점령이 완료되자 중부인 이곳 후에로 왕궁을 옮겨와 국제 무역항인 호이안을 통해 서양 문물을 받아들이고, 무역을 장려해 힘을 기르고 있었다.

　이 당시 베트남의 레 왕조(黎王朝)는 정통성과 권력을 둘러싸고 북쪽의 찡가(鄭家)와 남쪽의 응웬가(阮家)로 나뉜 채 대립하고 있었다.

　찡가에 비해 힘이 약했던 응웬가의 왕은 조선의 선단이 왔다는 소식에 자다가 벌떡 일어났다.

　지금까지 볼 수 없었던 이런 대선단이 북쪽의 찡가로 가지 않고 자신이 통치하는 지역에 입항했다는 사실은 조상의 보살핌이요, 하늘이 내린 선물이었다.

　응웬가의 권위를 세우는 데 있어 더없이 좋은 재료이며 무역 기회인 까닭이다.

　"조선은 귀국에서 쌀을 수입하고자 합니다. 아울러 이 기회에 화친을 맺읍시다."

　영창대군의 제의가 통역에 의해 더듬더듬 전해지자 한참을 귀담아듣던 응웬 왕이 답답해서 도저히 못 견디겠다는 표정을 짓고는 지필묵을 대령하라 일렀다.

기껏 통역이라고 데려온 이들이 조선말을 겨우 일상 대화 정도밖에 못 했고 그나마도 제주도 방언인지라 어려운 한자어를 제대로 알아듣지 못해 통역이 엉망이었다.

다음부터는 통역을 제쳐놓고 응웬왕과 영창대군 그리고 혁의 필담이 이어졌다.

몇 년이 지나면 프랑스인 예수회 선교사인 알렉산드르 드 로드(Alexandre de Rhodes)가 베트남어의 로마자화에 성공하여 오늘날 쓰는 베트남 글자가 완성되지만 아직까지는 한자가 베트남 공식 문자였다.

한참 필담을 하다가 문득 응웬 왕은 조선 선비인 이수광을 아느냐고 물었다. 이수광은 얼마 전 광해가 이조판서로 등용한 실학의 선구자다.

물론 안다고 대답을 하자 기다렸다는 듯이 이수광의 시를 좔좔 암송하는 응웬 왕이었다. 그러자 옆에 도열해 있던 대소 신하들도 합창이라도 하듯 같이 읊는 것이 아닌가.

머나먼 이국 땅에서 조선 선비의 시가 떼거지로 암송되는 예기치 못한 장관에 혁 일행은 잠시 넋을 잃었다.

베트남 최고의 학자였던 풍극관(馮克寬)이 1597년 명나라에 사신으로 갔다가 거기서 조선의 사신으로 온 이수광을 만났고, 그의 인품과 학식에 큰 감명을 받은 풍극관은 본국에 돌아와서 이수광의 시를 널리 퍼뜨렸던 것이다.

"베트남에서는 이수광의 시를 모르면 선비로 치지도 않습니다."

시를 다 읊은 응웬 왕이 자랑스러운 표정을 지으며 한 말이다.

베트남에서의 한류는 이미 이때부터 시작되고 있었다.

지극히 화기애애한 분위기 속에서 회담이 진행되다가 쌀 교역 대금으로 조선이 준비해 온 은 대신에 수석총을 줄 수 없겠느냐는 응웬 왕의 말에 영창대군이 멈칫하여 혁을 돌아보았다.

왕의 동생이기에 외교사절의 역할을 맡고 명목상 상단의 총책임자가 되었지만 이런 일에 전혀 경험이 없는 그는 협상에 있어서는 20대 초반의 젊은이에 불과했다.

"수석총 한 정당 쌀 50석을 쳐드리지요. 어떻습니까?"

영창대군의 표정을 본 응웬 왕이 혁에게로 눈길을 돌렸다.

"수석총은 우리 조선으로서도 후금과 왜적을 방비하기 위해 꼭 필요한 병기입니다."

혁이 일단 난색을 표했다.

"좋습니다. 그럼 100석이면 되겠습니까?"

100석이라면 조선에 엄청나게 유리한 조건이다.

수석총이 국방에 필수적인 병기임은 맞지만 자체 생산이 가능한 지금 단가는 그리 비싸지 않다.

응웬 왕이 필사적으로 수석총을 확보하려는 데는 나름의 이유가 있었다.

그가 지배하는 남부 지방은 말했듯이 열대몬순기후로 5월부터 10월까지는 하루에 한두 차례는 소나기가 퍼붓는다. 따라서 기존의 화승총은 무용지물이 된다.

그로서는 전천후로 사용 가능한 수석총이 절대적으로 필요한 상황이었다.

수석총을 처음 발명한 나라가 네덜란드인 만큼 응웬 왕은 네덜란드와도 교역을 추진했었다.

그러나 베트남이 가진 것이라고는 오로지 쌀뿐이었다. 네덜란드 상인들 입장에서는 쌀을 싸게 구입하는 것까지는 좋지만 판로가 마땅치 않았다.

그들로서는 무겁고 부피가 큰 쌀을 싣고 왔다 갔다 하느니 차(茶)나 자기, 비단 같은 고부가가치 상품을 실어다 유럽에 풀어 먹이는 편이 훨씬 이득이 되었기에 응웬 왕의 바람은 이루어지지 못했다.

결국 '친선 관계도 맺었고, 첫 거래이니만큼 특별히 싸게 준다'는 전제하에 혁은 한 정당 안남미 150석에 합의를 보았다.

응웬 왕으로서는 일 년에 벼를 세 번이나 수확할 수 있는 최대의 곡창지대인 메콩강 삼각주 지역을 확보한 이상 쌀 생산은 말 그대로 '얼마든지' 가능했으므로 150석씩 주더라도 별로 아깝다는 생각은 들지 않았다.

현재 병사들이 가지고 있는 수석총은 돌아갈 때 해적을 방비하기 위해 필요하므로 열 정만 먼저 주고 나머지는 다음 거래 때 갖다 주는 조건으로 계약을 맺었다.

화물선 한 척당 쌀 만 석씩 실으며 나날을 보내는 중에 이틀에 한 번꼴로 응웬 왕이 만찬을 베풀었고 혁 일행은 베트남의 역사와 생활환경 등을 살피며 시간을 보냈다.

드디어 4월이 되어 돌아가기 적합한 남서 무역풍이 불어오자 응웬 왕과 만조백관의 뜨거운 환송을 받으며 회정길에 올랐다.

갈 때는 동중국해(東中國海)에서 일본 근해까지 흐르는 쿠로시오 해류를 탈 수 있으므로 올 때보다 시간은 훨씬 단축되었다.

조선 선단은 후금이 점령하고 있는 요동반도의 대련(大連)으로 향했다.

20여 일 만에 무사히 도착한 대련에는 뜻밖에도 황제인 홍타이지가 동생인 도르곤과 함께 몸소 나와 선단의 입항을 반겼다.

겉치레를 싫어하고, 서민적인 성향의 홍타이지가 8기군 중 자신이 직접 지휘하는 정황(正黃)과 양황(鑲黃)의 2기를 이끌고 쌀의 하역을 보러 온 것이다.

대련항은 이내 조선 선단이 실어 온 20만 석의 쌀로 뒤덮였고, 이를 지켜보는 홍타이지의 눈빛이 강렬하게 빛났다. 특히 20척의 대형 선박이 줄줄이 늘어서 있는 모습은 그가 태어나서 처음 보는 장관이었다.

당시 세계 최강의 기마병을 운용하던 후금이었지만 수군이 없었다.

조선의 선박이 비록 화물선이라고는 하지만 대포만 올려 놓으면 그대로 전함이 될 터이다.

거기다 조선 병사들이 지닌 것은 자신들은 단 한 정도 보유하고 있지 않은 수석총이라는 최첨단의 무기다.

"으으음~"

홍타이지의 다문 입에서 낮은 신음 소리가 흘러나왔다.

명나라와의 대소 전투를 수없이 치른 그이지만 이런 압박감을 느끼기는 처음이다.

명의 속국인 조선, 정녕 저것이 명의 재채기 한 번에 사시나무 떨듯이 했던 조선의 모습이란 말인가.

홍타이지 자신 또한 조선을 바라보는 데 있어 기존의 명나라의 시각과 별반 다르지 않았었다.

하지만 오늘에서야 조선의 실체를 봤다는 생각에 가슴 한 구석이 서늘해져 오는 홍타이지였다.

고개를 설레설레 저은 홍타이지는 다시 한 번 길게 숨을 내뱉었다.

쌀의 대금으로 조선이 받은 것은 대부분이 명나라에서 주조한 말굽 모양의 마제은(馬蹄銀)이었다.

베트남이나 중국이나 모두 쌀 10말이 1석이니—당시 조선만 15말이 1석—1석의 값은 은 1냥이다. 여기에 수송비 등 제반 경비를 가산하고 이익을 붙여 은 3냥에 넘기는 것이므로 조선으로서는 별로 들이는 것 없이 은 60만 냥이 굴러들어 왔다.

쌀 거래는 이번 한 번으로 그치는 것이 아니라 후금이 중국 전토를 점령하고 백성들의 농사가 안정이 될 때까지 이어질 것이므로 매년 막대한 은이 조선으로 유입될 것이다.

후금 역시 명나라의 땅을 점령해 갈수록 빼앗은 은이 넘쳐나므로 별문제가 없다.

"이것을 그대의 왕에게 감사의 선물로 전해달라."

영창대군과 인사를 나눈 홍타이지는 광해에게 전해주라며 적어도 이삼백 년은 묵은 것으로 보이는 산삼 세 뿌리를 건넸다.

그의 입장에서는 어려울 때마다 신세를 지는 광해에게 고마운 마음이 들기도 할뿐더러 자신의 힘든 요청을 척척 들어주는 광해에게 이제는 은연중 외경심마저 생겨나고 있었다.

은 60만 냥을 싣고 돌아가는 선단에는 올 때는 없었던 한 명의 장군이 승선을 하였으니 명의 요구에 못 이겨 원정군을 이끌고 출병했던 강홍립이다.

지금까지 후금에 의해 포로 아닌 포로 생활을 하던 그가 광해가 제시한 조건을 홍타이지가 쾌히 수락함으로써 드디어 고국으로 돌아가게 되었다.

6년 만에 그리운 가족을 만날 수 있게 된 66세의 노장은 뱃전에 선 채 멀어지는 중국 땅을 온갖 감회가 어린 눈빛으로 바라보고 있었고, 엄청난 양의 은과 노장을 실은 선단은 서해의 누런 물결을 헤치고 제물포항을 향해 힘차게 나아갔다.

41.
개혁의 파도

"강홍립에게 병조판서를 제수하노라."

광해는 돌아온 지 일 년밖에 되지 않은 강홍립에게 병권을 맡겼다. 작금의 조선에서 그보다 중원의 사정에 밝은 이는 없다.

"강 장군이 병판을 맡으니 과인의 마음이 참으로 편안해지는구려."

"성은이 망극하옵니다, 전하."

편전에서 광해는 노장군에게 차를 권하며 따뜻한 눈길을 보냈다. 병법에 능할 뿐만 아니라 진짜 전쟁을 아는 장군을 병조판서에 앉히니 마음이 놓인다는 것인데, 이 말은 과언이 아니었다.

개국 이래 지금까지 병서도 제대로 읽지 않은 문반 관료가 병권을 쥐고 전횡을 한 것이 얼마였던가.

문치주의의 병폐 중 하나였다.

"그래. 그대가 보기에 중원의 사정은 어찌 돌아갈 것 같소?"

김이 모락모락 올라오는 찻잔을 바라보며 생각을 모으던 강홍립이 입을 열었다.

"신의 소견으로는 이제 명의 멸망은 기정사실로 받아들여야 할 줄 아옵니다."

6년간 누르하치와 홍타이지를 따라 전장의 최일선을 누볐던 강홍립이다.

"음~ 역시 도승지의 말이 그르지 않았군."

혼잣말을 하며 광해는 고개를 끄덕거렸다. 혁이 거의 20년 전에 명이 망한다고 폭탄선언을 했던 것을 잠시 떠올렸던 것이다.

얼마 전에 베트남에서 수입한 두 번째 쌀을 후금에게 전달했다. 이 거래는 조선으로서는 노다지를 캐는 것이나 다름없었다.

광해는 여기서 얻은 막대한 수익금으로 울산의 조선소를 확장하고 대형 선박 건조에 더욱 박차를 가하고 있었다.

어차피 조선의 지정학적 위치상 북쪽으로 치고 올라가는 것은 대단히 어렵다.

아무리 수석총이 신무기라 하지만 중국하고 지상에서 겨루기에는 저쪽의 머릿수가 너무 많았다.

그렇지만 바다라면 얘기가 달라진다.

지금 동아시아에서 조선이 가진 대형 선박에 견줄 만한 배를 보유한 나라는 없다.

일본은 아직 임진왜란 때 쓰던 병선을 계속 사용하고 있으며 명 역시 왜구에 시달린 나머지 해금 정책을 선언하고부터는 바다는 완전히 포기한 상태다.

즉, 무주공산이란 뜻이다. 그 텅 빈 바다를 지금 제 집 안방처럼 휘젓고 다니는 것들이 바로 네덜란드의 상선들이다.

영국과 손을 잡고 스페인 무적함대를 무찌른 네덜란드는 영국이 인도 서쪽 바다를 지배하는 것에 만족하고 있는 사이에 전 세계의 바다 구석구석을 누비고 다녔다.

앞서 보았듯이 호주, 뉴질랜드를 발견한 것도 네덜란드였고, 신대륙 아메리카의 허드슨 강가에 도시를 건설하고 자신들의 수도인 암스테르담의 이름을 따 뉴암스테르담이라 이름을 붙인 것도 네덜란드다. 이곳은 나중에 영국이 점령한 후 뉴욕으로 이름이 바뀐다.

인도를 지나 더욱 동쪽으로 나간 네덜란드는 자기 땅덩어리의 30배에 가까운 인도네시아를 식민지로 삼는다.

그렇지만 하늘에 두 개의 해가 있을 수 없듯이 바다의 제왕도 하나만이 존재하여야 한다.

승승장구하던 네덜란드는 온 국력을 해군력 증강에 쏟아부은 영국과의 한 판 승부(영란전쟁)에서 패함으로써 화려했던 시절에 종말을 고하고 만다.

경쟁자를 몰아낸 영국은 그다음부터는 거칠 것 없는 전진으로 우리가 잘 알고 있는 '해가 지지 않는 제국'이 되어 이백 년 이상 전 세계를 호령하게 된다.

"그렇게 되도록 놔둘 수는 없어."

혁이 낮은 소리로 중얼거렸다.

세계 최초로 증기기관도 만든 마당에 영국이 세계를 지배하는 걸 두 눈 뻔히 뜨고 지켜만 볼 수는 없는 일이 아닌가.

고개를 들자 조선소에서 한창 건조 중인 배 한 척이 혁의 눈에 들어왔다.

지금껏 세계 어디에서도 볼 수 없었던 새로운 형태의 배다. 배의 좌, 우현 양쪽에는 각각 물레방아 바퀴를 닮은 외륜이 장착되어 있고, 그것은 증기기관 연구소에서 심혈을 기울여 제작한 50마력짜리 증기기관에 연결된다.

갑판에는 세 개의 돛대가 우뚝 서 있다. 바람의 힘도 같이 이용하기 위해서다.

기관과 돛을 병용하는 배, 바로 기범선(機帆船)이었다.

혁은 당초 증기기관만으로 움직이는 기선을 꿈꾸었으나 17세기의 기술로는 도저히 불가능하다는 사실을 깨닫고 범선과 기선의 중간 형태인 기범선으로 만족하기로 했다.

데니스 파팽(Denis Papin)이 만든 서양 최초의 기범선이 약 80년 후인 1707년에 처음 등장하고, 기선의 선구자라 불리는 로버트 풀턴(Robert Fulton)의 증기선이 불과 8마력짜리 증기기관을 장착한 것에 비하면 조선 기범선의 위용이 얼마나 대단한지 짐작할 수 있다.

화물선과 달리 배 전체를 단단한 소나무로 만들고 구리 못을 사용한 이 배는 대형 화포 수십 문을 장착하고도 엄청난 속도를 낼 수 있기 때문에 일대일로 대적할 수 있는 배가 이 시대에는 없다. 한마디로 천하무적인 셈이다.

우선 세 척을 만들 계획을 세운 혁은 천효준과 함께 증기기관이 장착되는 장면을 보러 울산까지 먼 길을 내려왔다.

"도승지께서 보시기에 어떻습니까?"

유혁을 쳐다보는 천효준의 표정이 선생님께 칭찬을 바라는 어린애 같다.

"대단합니다. 세 척이… 세 척이 건조되면……."

혁 역시 조선이 이런 배를 만들게 되었다는 사실에 가슴이 뛰어 미처 말끝을 맺지 못했다.

세 척만 있으면 세계 어느 나라도 두렵지 않다는 흥분과 감동에 목이 메었다.

울산의 대형 조선소가 내려다보이는 언덕 위에서 혁과 천효준이 감격하고 있는 사이, 명나라 조정은 호떡집에 불난 듯 시끌벅적했다.

"은혜를 입은 속국 주제에 그 은혜에 보답하기는커녕 도리어 오랑캐에게 쌀을 지원하여 대명의 뒤통수를 치고 있는 조선의 행태는 천인공노할 짓입니다. 절대로 가만두어서는 아니 됩니다."

숭정(崇禎) 황제 앞에서 게거품을 물고 있는 이는 환관 위충현에 의해 파면되었다가 그의 죽음과 함께 예부좌시랑으로 화려하게 복귀한 서광계(徐光啓)였다.

선교사 마테오 리치로부터 서양의 과학과 예수교를 배운 바 있는 그는 조선의 원병을 이끌던 강홍립이 후금에 투항하자 조선을 직접 다스리자고 주장했던 인물이다. 명나라 입장에서는 애국자일지 몰라도 우리로서는 지극히 오만무례한 자다.

"조선이 후금의 요구를 들어준 것은 후금과의 전쟁을 피하기 위한 불가피한 선택이라 하오."

조선을 두둔하는 이도 일부 있었으나 대부분의 신료들은 자신들의 적인 후금과 교역으로 돈을 벌고 있는 조선을 떠올리면 목에 생선 가시가 걸린 것 같은 느낌을 떨칠 수 없었다.

전쟁에서 계속 밀리고 있는 상황이라 조선을 무력으로 응징하지도 못하는 명은 결국 칙사를 파견하여 호되게 야단치기로 결정하였다.

육로로는 길이 막혀 배를 타고 제물포로 들어온 명의 칙사는 역시 태감 벼슬의 환관이었다.

"대명의 황제 폐하께서는 작금에 벌어지고 있는 조선의 후안무치(厚顔無恥: 얼굴이 두껍고 부끄러움이 없음)한 작태에 대단히 진노하고 계시오. 조선 국왕은 마땅히 황제 폐하의 위폐 앞에 무릎 꿇고 사죄하여야 할 것이오."

너무 비대하여 몸을 가누기조차 어려워 보이는 칙사는 준비해 온 대사를 한바탕 퍼붓고 나서는 거친 숨을 몰아쉬었다.

일국의 왕에게 무릎 꿇고 사죄하라는 기세등등한 말에 늘어선 조선의 대신들의 입이 딱 벌어졌다.

"또한 오랑캐에게 쌀을 실어다 준 배들과 받은 돈은 사죄의 증표로 전부 황제 폐하께 바치기를 명하오."

이것이 칙사가 온 진짜 이유이며 서광계가 노린 것이었다.

조선으로부터 대형 선박 20척을 받아내어 화포를 장착한 후 후금이 점령하고 있는 요동반도를 공격, 탈환하려는 속셈이었다.

옛날 같으면 겁에 질려 벌벌 떨었을 조정 대신들의 표정이 싸늘하게 굳어져 갔다.

이제 예전의 조선이 아니란 사실을 서광계가 미처 몰랐던 것이다.

일국의 왕에게 감히 무릎을 꿇으라는 치욕적인 언사에다 20척의 배와 돈까지 다 내놓으라는 공갈 협박에 모두들 뜨거운 게 목구멍까지 올라왔다.

"칙사는 말을 삼가시오."

제일 먼저 노성을 터뜨린 이는 병조판서 강홍립이었다.

원래 상국의 칙사는 조선의 임금보다 지위가 높기 때문에 왕도 아닌 신하가 칙사에게 직접 들이대는 것은 있을 수 없는 일이다.

"네 이놈, 속국의 신하 나부랭이가 어디 감히 나서느냐. 늙어 죽을 때가 되니 눈깔이 멀었나 보구나. 내 너를 끌고 가 대명의 법이 얼마나 엄격한지 보여주겠다."

모욕감에 시뻘겋게 얼굴이 달아오른 칙사는 강홍립에게 손가락질을 하며 길길이 날뛰었다.

"칙사께서는 그만 고정하시오. 그런데 칙사는 방금 과인보고 무릎을 꿇으라 하였소?"

광해는 이 돼지 같은 칙사가 하는 양이 기가 막히기도 하고 한편으로는 가소롭기도 하여 입가에 옅은 미소를 띤 채 물었다.

"그렇소."

당연하다는 듯이 칙사가 두꺼운 입술을 열었다 닫았다.

"만약 그렇게 못 하겠다면?"

어느덧 미소가 사라진 광해의 얼굴에는 두 눈만 차갑게 빛나고 있었다.

종이호랑이도 못 되는 주제에 감히 남의 안방에 들어와 날강도와 다름없는 소리나 지껄이는 명의 행태를 더 이상 곱게 봐줄 수가 없었다.

"······?"

어안이 벙벙해진 칙사가 눈만 크게 뜨고 뜨거운 콧김을 내뱉자 다시 광해의 칼날 같은 일성이 탑전에 울려 퍼졌다.

"무릎을 꿇지 않으면 나도 너희 나라로 끌고 가겠다는 말이냐?"

광해의 돌변한 모습에 눈알이 튀어나올 듯이 놀란 칙사가 '어 어' 하는 소리만 내고 있었다.

"너, 돼지 같은 놈은 내 말을 똑똑히 듣고 가서 전해라. 이제 조선은 더 이상 너희 명나라의 속국이 아니라고 말이다."

입이 굳어버린 듯 말도 못 하고, 비대한 몸만 부들부들 떨고 있는 칙사를 향해 강홍립의 한마디가 더해졌다.

"전하께 무례를 범한 네놈의 목을 베어야 마땅하나 외교 사신임을 감안하여 몸 성히 돌려보내는 것을 감사히 여겨라. 여봐라, 어서 저 돼지를 끌어내지 않고 무얼 하느냐."

위사들에게 끌려 나가며 뻘겋던 얼굴이 이제는 새하얗게 된 칙사가 괴성을 질러댔다.

아마도 후회할 것이라느니, 치욕을 갚을 것이라느니, 뭐, 대충 그런 말일 것이다.

이로써 조선은 명과의 관계를 완전히 단절했다.

아직 사대주의 사상을 다 버리지 못한 신료들은 상국의 칙사가 개 끌리듯 끌려 나가는 모습을 보며 가슴이 철렁하였으나 두려움보다 왠지 속이 시원하다는 느낌이 드는 것이 이상했다.

"경들은 들으시오."

어수선한 신료들 머리 위로 광해의 음성이 울려 퍼졌다.

"이제 조선은 더 이상 명의 간섭을 받는 속국이 아니오. 어느 누구도 함부로 할 수 없는 어엿한 자주국이란 말이오. 알아들으시겠소?"

"성은이 하해와 같사옵니다, 전하."

일제히 고개를 숙이는 신료들의 얼굴도 이제는 광해 못지않게 달아올랐고, 이 역사적인 날을 기록하느라 정신없이 붓을 놀리는 사관들의 팔에는 힘이 넘쳐나고 있었다.

한편 돌아온 칙사로부터 조선에서 벌어졌던 일에 대해 들은 황제는 하마터면 심장마비를 일으킬 뻔했고, 서광계는 그때 조선을 아우르지 못한 것을 땅을 치며 한탄했다.

만약 강홍립의 투항을 빌미 삼아 친왕(황제의 동생)을 파견하여 광해를 제압한 후 조선을 직접 다스리거나 최소한 명의 관리가 조선 조정을 좌지우지할 수 있도록 만들었어야 했다.

황제의 신하를 자처하는 사대주의자들이 많았던 당시는 그게 가능했었지만 이제 와서 후회해 봤자 죽은 자식 불알 만지기다.

"이것은 대명의 얼굴에 흙칠한 것으로 절대 용서할 수 없소."

"황제 폐하를 능멸한 조선을 먼저 쳐서 중화(中華)의 군건함을 보여야 합니다."

분개한 명의 신료들이 조선을 응징해야 한다고 난리를 쳤다.

이런 광경을 조용히 보고 있던 서광계는 고개를 저었다.

마음이야 굴뚝같지만 방법이 없다. 후금의 공격을 막기에도 벅찬 상황에서 조선을 공격한다?

뜬구름 잡는 소리에 불과했다.

유일하게 조선을 압박할 수 있는 방법이라고는 무역을 전면 중단하는 것이다. 그러면 조선은 인삼의 수출이 막히고, 염초 수입에 곤란을 겪게 된다.

조선이 대대적으로 화약 무기를 사용함에 따라 화약의 원료인 염초가 절대적으로 부족하게 되어 상당량을 명에서 수입하고 있었다. 이것을 막으면 조선이 큰 타격을 받을 것임은 분명하다.

그렇지만 이것 역시 함부로 시도해서는 안 된다. 그랬다가 만약 조선이 정말로 후금과 손을 잡고 수군을 동원하여 명의 후방을 공격해 버리면 도저히 견뎌낼 재간이 없게 된다.

결국 아무리 머리를 짜내도 조선을 응징할 방법이 전무하다는 것을 깨달은 명의 신료들은 망연자실해지고 말았다.

명의 신하들이 망연하고 있든 말든 칙사를 쫓아낸 조선 조정은 이어서 대변혁을 단행했다.

먼저 독자 연호의 사용이다. 조선은 개국 이래 명나라의 연호를 사용해 왔다. 그래서 숭정(崇禎) 몇 년 하는 식으로 연대를 기술하여야 하나 이제 더 이상은 그러지 않겠다는 것이다.

광해는 중국의 속국에서 벗어난 것은 곧 새 하늘이 열린 것이라 하여 연호를 개천(開天)으로 정했다. 따라서 1627년인 이 해는 개천 원년이 되었다.

아울러 1275년 몽고의 침략으로 격하된 모든 용어를 원래대로 돌려놓았다.

왕이 스스로를 낮추어 말하는 과인을 짐(朕)으로, 전하는 폐하로, 왕후와 세자는 각각 황후와 태자가 되었고, 천세는 만세로 바뀌었다.

독자적인 연호부터 격상된 용어의 사용은 황제만이 할 수 있는 일이다. 하지만 광해는 칭제(稱帝: 스스로 황제라고 선포함)만은 삼갔다.

만약 조선이 황제국임을 선언한다면 이것만큼은 명이 그냥 넘어가지 않을 것이다.

무역이든 뭐가 되었든 모든 관계가 단절될뿐더러 후금과 똑같은 적이 된다. 후금 역시 조선을 고운 눈으로 쳐다볼 리가 만무하다.

한마디로 득보다 실이 백배 많다는 사실을 광해는 잘 알고 있었다.

만조백관을 거느린 광해가 강화도 참성단에 나아가 하늘에 제사를 지냄으로써 내부적으로는 황제국의 위용을 갖추었다. 천제(天祭) 또한 황제만이 올릴 수 있는 것이었다.

국외로 떨쳐 나가기 위해서는 내부 개혁이 우선되어야 한다. 치국평천하(治國平天下)라 하지 않았는가.

"금일부로 모든 공노비를 해방한다."

하늘에 제사를 지내고 온 광해는 나라의 각 관청에 속한 공노비의 전면적 해방을 선언했다.

이제 이들은 양인이 되어 일에 대한 급료를 받게 되고 나라는 이들로부터 세금을 징수한다.

"국왕 폐하, 만세."

"폐하 만세, 만만세."

노비의 신분을 벗어난 이들이 모조리 뛰쳐나와 큰길마다 만세 소리로 뒤덮였다.

1801년(순조 1)이나 되어야 실시될 공노비 해방이 170년 이상 빨리 이루어졌다.

공노비 해방에 이어진 조치는 면천첩(免賤帖)의 가격을 대폭 내린 일이었다. 즉, 공노비 해방에 이어진 사노비 해방이었다. 면천첩이란 나라에 일정한 금액의 돈이나 쌀을 바치고 천한 신분을 양인으로 바꾸는 증서다.

그때그때 상황에 따라 나라에 바치는 액수가 달랐지만 대부분의 천민이 신분 상승을 꿈꾸지 못할 정도로 엄청난 금액이었던 것만은 분명하다.

그런데 이것을 쌀 두 가마니 값인 은 3냥이라는 획기적인 금액으로 낮추었다.

이제 조상 대대로 이어져 온 천예(賤隸)의 굴레를 벗을 수 있는 길이 열렸다.

다른 천민 계층은 상관이 없으나 사노비의 경우는 주인의 사유재산권을 침해하는 것이 되므로 나라에서 노비 주인에게 일부를 보전해 줌으로써 면천을 도왔다. 나라가 돈이 있으니까 가능한 일이다.

꽃분이가 면천이 되었고, 수원댁도 양인이 되었다.

다시 한 번 '국왕 폐하 만세' 소리에 온 나라가 들썩였다.

이 조치를 가장 반긴 이들 중의 한 사람은 숭례문 정미소 점장 억만이었다. 소식을 듣자마자 모아놓은 돈을 싸 들고 고향으로 달려갔다.

관가를 찾은 억만은 집단 거주지를 무단으로 벗어난 데 대한 벌금을 물고 나서 자신과 가족의 면천 대금을 보란 듯이 일괄 지급해 버렸다.

혀를 내두르는 아전을 뒤로하고, 그리운 가족을 향하는 억만의 발걸음은 흰나비의 날갯짓보다 가벼웠다.

빌어먹다 길거리에서 객사했을 거니, 하고 있던 아들이 나타나자 억만의 가족은 끌어안고 기쁨의 눈물을 흘렸고, 자신들이 더 이상 천한 신분이 아니라는 사실을 듣고는 또 한 번 감격의 눈물을 쏟았다.

성공한 아들을 따라 한양으로 올라온 억만의 부모는 전공을 살려 정미소 옆에다가 자그마한 소머리 국밥집을 차렸는데 외식거리가 별로 없던 시대인 만큼 이내 맛집으로 소문이 나서 종업원을 둘이나 고용해야 했다.

땅바닥을 기며 수모를 당했던 억만의 아내는 한양에서도 잘나가는 정미소장의 부인으로 이제는 직원들에게 '마님' 소리를 듣는 처지가 되자 천지가 개벽했다는 생각을 하루에도 열두 번씩 하곤 했다.

뒷짐을 진 채 창가를 왔다 갔다 하는 혁의 얼굴은 나라의 여러 경사와는 달리 어두웠다.

지금 조선은 증기기관을 이용해 여러 가지 사업을 전국적으로 벌이고 있는 상태. 이는 증기기관이라는 발명품이 수많은 사람들의 눈앞에 노출되어 있다는 말이다.

혁이 베트남으로 떠나며 당부했던 방적기와 방직기는 이미 개발이 완료되어 조선의 따듯한 지역 어디서나 재배가 되고 있는 목화를 사용해 면직물을 짜고 있다.

현재는 후금과 일본에만 수출하고 있지만 점차 판로를 전 세계로 넓힐 계획이며 그때는 부족한 면화를 인도에서 수입하는 방법을 구상 중이다.

영국이 조선의 영향을 받아 설사 실제 역사보다 일찍 근대적인 방적기를 개발한다 하더라도 그것은 수력에 의해 동작하는 장치로 이미 증기기관을 발명한 조선과는 경쟁이 되질 않는다는 것이 당초 혁의 생각이었다.

하지만 이미 기초 과학이 발달한 저들이 조선의 증기기관을 모방한다면 얘기가 달라진다.

만약 그들이 거액을 제시하고 매수를 획책한다면 넘어가지 않을 사람이 몇이나 될까.

이제 겨우 유럽을 따라잡기 시작했는데 그런 경우가 발생한다면 면방 산업을 통해 조선을 세계 제일의 선진국으로 우뚝 세운다는 혁의 계획은 치명타를 입게 된다. 곳곳에서 경쟁이 벌어질 것은 불을 보듯 뻔한 일이다.

조선이 실용적인 증기기관을 발명했다는 사실을 유럽인들

이 이미 알고 있다고 경옥이 올린 정보 보고서에 쓰여 있지 않았던가.

혁은 시간이 부족함을 통감하고 있었다.

'아~ 30년만 여유가 있다면… 아니, 20년만이라도.'

어둠이 짙게 깔린 방에서 수심 가득한 표정을 짓고 있던 혁은 일전에 제임스와 나눈 대화를 떠올렸다.

"현재 유럽에 특허 제도가 있습니까?"

뒷날을 모르기 때문에 혹시나 싶어 물어본 것이다.

"예, 있습니다."

예상 밖으로 이미 특허 제도가 있다는 제임스의 대답에 혁의 얼굴이 밝아졌다. 그러나 이어진 대답에 휜했던 표정이 급격히 어두워졌다.

"우리 영국은 14년 동안 특허권을 인정하고 있습니다."

영국은 3년 전인 1624년에 세계 최초로 성문화된 특허법인 전매조례(The Statute Monopolies)를 제정해 발명자에게 14년간 권리를 인정해 주고 있었다. 그나마 다른 국가들은 고작 10년에 불과하다는 제임스의 말은 기대를 걸었던 혁을 허탈하게 했다.

특허권의 역사를 살펴보면 인류 최초의 지적재산권 개념은 기원전 600년경 그리스의 '시바리스' 요리의 고안자에게 1년간 독점권을 부여한 것이었고, 15세기에 접어들어 당시 빼어난 솜씨를 바탕으로 수출을 통해 막대한 수익을 올리던 베니스의 유리 제조 기술을 보호하기 위해 1474년 베니스에서 근대 최초의 특허법이 탄생하였다.

이것이 16세기에 독일, 프랑스, 네덜란드, 영국 등 전 유럽으로 전파되었으며, 이 법에 의한 특허 기간은 10년이었다.

오늘날과 같이 급속도로 기술이 발전하는 사회라면 10년이나 14년이 의미 있는 기간이겠지만 조그만 것 하나를 만들려 해도 많은 시간이 걸릴 수밖에 없는 17세기 초반임을 감안하면 너무도 짧은 기간이었다.

'어쩔 수 없다. 10년이라도 벌어야 한다.'

조선이 증기기관을 만드는 데 만 3년이 걸렸으니 저들이 언제 덜컥 증기기관을 내놓을지 모르는 상황이다. 이에 10년이라는 시간이나마 건져야 되겠다고 혁은 마음을 먹었다.

하지만 그게 혁이 결정을 했다고 해서 전 유럽의 나라들이 '예, 잘 알겠습니다' 하고 순순히 특허권을 인정해 줄 리는 만무하다. 그렇다면 그 여러 나라를 일일이 방문해 특허권 신청을 해야 하는데 도대체 누가, 어떻게 한단 말인가.

'그래, 좀 아깝기는 하지만 그 방법밖에는 없어.'

좀처럼 인상을 펴지 못하고 있던 혁은 희뿜한 새벽빛이 창가에 어릴 때가 되어서야 천천히 고개를 끄덕였다.

"영국인 제임서(諸任西)에게 정7품 봉무랑(奉務郎) 벼슬을 하사한다."

조선의 특허 신청을 도와줄 인물로는 혁과 여러 가지로 인연을 맺은 제임스만 한 이가 없었다.

이에 혁은 제임스에게 벼슬을 줄 것을 청했고, 혁으로부터 자초지종을 들은 광해는 기꺼이 이를 수락했다.

정7품이면 하급 관리에 불과하지만 어차피 실제 근무를 하는 게 아니니 벼슬이 높거나 낮거나 별 상관이 없다.

"성은이 망극하미다."

혁을 처음 만났을 때부터 익히기 시작한 제임스의 우리말 솜씨는 이제 상당한 수준이 되었다.

감투와 함께 관복까지 하사받은 제임스의 입이 광주리마냥 벌어졌다. 오늘날에도 명예박사 학위 같은 걸 주면 다들 좋아하지 않는가.

이제 제임스와 함께 유럽으로 가서 증기기관과 조선의 사정을 설명할 인물을 선정해야 한다.

그렇지만 현재 조선의 인지도를 감안했을 때 유럽 여러 나라를 돌며 특허를 신청하고 인정받는 것은 불가능에 가까운 일이다.

이를 가능케 하는 유일한 방법은 유럽 전체에 강력한 영향력을 행사할 수 있는 인물을 통해야만 된다는 것이 혁이 고심 끝에 내린 결론이다.

'교황'이라면 할 수 있지 않겠는가.

사절로는 증기기관을 발명한 천효준이 적격이지만 그는 연구소장으로 증기기관 개량과 여타의 발명 때문에 자리를 비울 수 없다.

'누구를 보내야 하나.'

과학적 지식이 풍부하고 의식이 깨어 있는 인물이어야 한다.

"내의원에 가서 어의 배명국을 불러오라."

오랜 숙고 끝에 혁은 스스로 현미경까지 만든 배명국을 적임자로 선정했다.

"어의께서 수고를 좀 해주셔야 되겠습니다."

"그런 임무를 맡겨주시니 오히려 제가 영감께 감사를 드리고 싶은 마음입니다."

유럽까지의 먼 여정에다가 어려운 임무를 완수해야 하는 배명국이 뜻밖에도 반기듯이 답했다.

이리하여 로마 교황청에 가서 교황을 설득해야 하는 중차대한 임무가 배명국과 직접 증기기관 발명에 몸담았던 장인 손현채에게 떨어졌다.

개나리가 꽃망울을 피어 올리는 따뜻한 봄날에 이들은 광해의 서찰을 가슴에 품고 제임스와 함께 네덜란드 상선 갤더랜드호에 몸을 실었다.

"조선? 조선이 어디에 있는 나라인가?"

교황 우르바노 8세는 조선에서 사절이 왔다는 말에 옆에 있는 추기경에게 물었다.

"카타이(중국)의 동쪽 끝에 있는 자그마한 나라입니다."

사전 조사를 한 추기경이 간략하게 대답했다.

"우리 신부들이 가서 복음을 전하고 있는 나라이겠지?"

우르바노 8세는 사절까지 파견한 만큼 당연히 선교의 자유가 있고 포교 중인 나라이겠거니 짐작을 했다.

"그게… 아직 천주님의 말씀을 받아들이고 있지 않습니다."

"저런, 그런 이교도 나라에서 어찌하여 사절을 보냈으며 내가 그따위 야만인들을 직접 만날 이유가 무엇이란 말인가?"

우르바노 8세는 추기경의 대답에 즉시 이맛살을 찌푸렸다.

그러자 주위의 시동들이 들을세라 추기경은 교황 곁으로 다가가 넌지시 귀엣말을 전했다.

"비록 이교도인 것은 맞지만 저들이 가져온 예물이 적지 않습니다. 한번 만나보는 게 좋을 듯싶습니다."

"험, 험 그렇다면 잠깐만 보도록 할까."

눈알을 잠시 굴리던 교황이 접견을 허락했다.

본명이 마페오 바르베리니(Maffeo Barberini)인 교황 우르바노 8세는 이미 중세 시대가 끝나고 근대가 시작된 이 마당에도 과도한 족벌주의에 빠져 교회에 상당한 부담을 안겨주고 있었다.

가까운 친척들을 돌보기 위해 막대한 재정을 지출했던 것이다. 동생 안토니오를 추기경에 임명해 교회의 요직에 앉혔으며, 지금 옆에서 거들고 있는 추기경 역시 조카인 프란체스코였다.

"성하(聖下)를 뵙게 되어 영광입니다."

바티칸 궁전의 화려함에 잠시 얼이 빠져 있던 배명국이 정신을 차리고 교황에게 인사를 올렸고, 이를 제임스가 라틴어로 옮겼다.

잠시 의례적인 인사말이 오가고 나자 사절이 가져온 예물이 상당한 것으로 보아 틀림없이 어떤 부탁이 있을 것으로 짐작한 우르바노 8세가 거만한 표정으로 물었다.

"그래, 그대들이 내게 할 말이 무언가?"

배명국이 조선에서 발명한 증기기관의 특허 문제에 대해 설명을 하자 교황이 다시 입을 열었다.

"허나 조선은 아직 천주님의 말씀을 믿지 않는 이교도의 나라가 아닌가. 그런 나라의 부탁을 내가 어찌 들어줄 수 있단 말인가?"

배명국은 출발에 앞서 혁이 주의를 기울려 당부하던 말을 떠올리고는 지체 없이 대답했다.

"조선이 지금은 비록 기독교를 받아들이지 않고 있지만 20년 정도의 시간만 있으면 기꺼이 신부들의 포교를 허락할 것입니다."

물론 이런 중대한 사항을 혁이 독단적으로 결정할 수는 없는 일이다.

앞으로 전 세계와 교역을 함에 있어 기독교의 전파가 필연적이고, 조선 사회의 개혁이 어느 정도 이루어진 시점에는 과감히 이를 수용해야 한다고 혁은 광해에게 역설을 하였다.

세월이 한참 흐른 후, 만약 조선의 많은 어리석은 왕처럼 또 한 명의 암군이 보위에 오르고, 성리학에 찌든 사대부들의 반동(反動)이 일어났을 때 기독교가 전래된다면 조선 말에 있었던 피의 숙청이 재연될 가능성이 높다.

혁은 광해가 백성들의 전폭적인 지지를 받고 있으며, 조선의 개혁이 급속도로 이루어지는 현 상황을 활용하는 것이 기독교 전파의 충격을 최대한 줄이는 길이라 여겼다.

성리학의 교조화에 치를 떨고 있던 광해가 혁의 건의를 받아들이기로 하고 머지않은 장래에 조선은 기독교를 개방하기로 내부적으로 결정하였다.

"흐음~ 20년 후에는 포교를 받아들이겠다고……."

우르바노 8세는 외국 선교에 많은 관심을 가진 교황이었다.

재정적인 지원은 물론이고, 1627년에는 선교사들의 양성을 위하여 우르바노 대학교까지 세운 인물이다.

"좋다. 그 증기기관인가 뭔가 하는 것에 대해 상세히 설명해 보라."

드디어 흥미가 동한 우르바노 8세의 명이 떨어지자 준비하고 있던 손현채가 설계도를 펼쳐서 알아듣기 쉽게 설명을 해 나갔다.

손현채의 말이 끝나자 혁신적인 발명품이 분명한 이 기계에 대해 특허권을 주는 것이 당연하다는 생각이 든 우르바노 8세였지만 선뜻 허락하는 것이 왠지 내키지 않았다.

저들이 바친 예물이 비록 꽤 된다고는 하지만 영국을 제외한 전 유럽에 영향력을 행사하는 일인데 뭔가 좀 부족하다는 느낌이 들었던 것이다.

"이것은 우리 조선이 자랑하는 세상에 단 하나밖에 없는 귀물입니다."

턱을 괴고 있는 교황의 눈동자가 복잡하게 구르는 것을 본 배명국이 품속에서 자그맣고 길쭉하게 생긴 향나무 상자를 꺼냈다.

혁이 결정적인 순간에 내놓으라고 일러줬던 물품이다.

상자를 열어본 우르바노 8세의 눈이 커졌다.

"그 펜을 만든 조선 최고의 장인은 그것 하나만을 남긴 채 죽어버려 앞으로 그런 귀물은 영원히 나올 수가 없습니다."

향나무 상자 안에는 광택이 반짝반짝 나는 동그스름하고 검은 몸체의 물건이 들어 있었다.

수첩과 함께 혁이 현대에서 지녔던 볼펜이다.

양복 상의 안주머니에 흰색 모나미 사무용 볼펜을 꽂고 다니는 사람은 거의 없다.

비싼 돈을 주고 구입한 것이고, 조선에 와서도 가끔씩 꼭 필요한 사항을 수첩에 필기해 가며 조심스럽게 보관해서 그런지 많은 시간이 흘렀는데도 아직 잘 써지고 있었다.

종이에 이것저것 글자를 써본 우르바노 8세의 입에서 저절로 감탄사가 흘러나왔다.

"허어~ 이것 참, 어떻게 이리 부드럽게 써질 수가 있단 말인가."

잉크를 묻히지 않고도 매끄럽게 써지는 볼펜에 연신 경탄을 하는 우르바노 8세는 귀에 배명국의 한마디가 들어오자 입이 더욱 벌어졌다.

"그것으로 쓴 글씨는 물이 묻어도 번지는 일이 없습니다."

세상에 물에 젖어도 번지지 않는다니!

이 선물은 자신의 노력을 가상히 여겨 전지전능하신 신께서 내려주신 게 아닌가, 하는 생각마저 든 우르바노 8세는 속으로 '판타스티코(fantástico)'를 연발했다.

앞으로 이 볼펜은 대대로 교황의 상징물이 될 것이 틀림없다.

"내 기꺼이 그대들의 바람이 이루어지도록 도와주겠노라."

헛기침을 두어 번 한 우르바노 8세의 장담이 떨어졌고, 배명국 일행은 임무를 완수한 데 대한 안도의 한숨을 내쉬며 로마 교황청을 나왔다.

그렇지만 이것으로 모든 게 다 해결된 것은 아니다. 신교를 믿는 나라들에도 교황의 영향력은 상당하였으나 전혀 입김이 통하지 않는 나라가 한 군데 있었으니 바로 영국이었다.

아내인 캐서린과의 이혼이 당시 교황이었던 클레멘트 7세에 의해 거부당하자 영국 왕 헨리 8세는 로마 교황청과 결별하고 성공회를 수립, 영국의 국교로 삼는다. 이후 1570년, 교황 비오 5세가 영국의 엘리자베스 1세 여왕을 파문함으로써 영국은 교황과 완전히 결별하게 된다.

영국으로 이동한 배명국 일행은 여러 가지 복잡한 과정을 거쳐 조선의 관리로 임명된 제임스가 조선 조정의 대리인이 됨으로써 어렵게 특허를 획득, 가장 신경이 쓰이는 영국에서 귀중한 14년을 버는 데 성공한다.

여기에는 홍차의 수출로 인해 조선이란 이름이 그리 낯설지 않았고, 일찍이 수석총과 지도의 교환으로 쌓은 양국의 우호 관계가 크게 작용하였다.

이제 교황의 강력한 협조를 등에 업고 나머지 몇 나라를 돌며 특허 출원을 하면 된다.

배명국은 이 와중에도 보물 같은 의학서를 챙겼으니, 바로 『인체 구조에 관한 7권의 책(De humani corporis fabrica libri septem)』—파브리카(Fabrica)로 알려져 있다—이었다.

이 파브리카는 외과 의사인 베살리우스(Andreas Vesalius)가 저술한 획기적인 해부학서로 의학계에 엄청난 충격을 주었을 뿐 아니라 같은 해에 발간된 코페르니쿠스의 『천구의 회전에 관하여』와 함께 과학혁명의 단초 역할을 한 책이다.

머지않아 조선도 인체의 해부가 허용되겠지만 이 책이 조선의학 발전에 큰 도움이 되리라는 것은 의문의 여지가 없었다.

이렇듯 배명국이 유럽에서 열심히 임무 수행을 하는 동안 혁은 또 하나의 큼지막한 사업 계획을 내놓았다. 전국의 도로를 넓히고 새 길을 내자는 안이다.

이는 오늘날로 치면 경부고속도로와 호남고속도로를 동시에 건설하자는 것과 마찬가지다.

이 당시 조선에는 열 개의 큰 도로가 있었다. 제1로는 한양에서 평양을 거쳐 의주로 가는 사행로이며, 제2로는 한양에서 원산을 거쳐 두만 강변까지 가는 길로서 이 두 개만이 북쪽으로 났고, 나머지는 모두 옆이나 아래쪽으로 뻗은 길이다.

문제는 말이 큰 도로이지 조금만 산 쪽으로 접어들면 금방 좁아져 겨우 두어 사람이 지나갈 수 있을 정도밖에 되지 않았고 그나마도 포장이 전혀 되어 있지 않아 비만 오면 진창으로 변하곤 했다.

세계 제국인 로마는 어느 지역을 점령하든 가장 먼저 한 일이 도로를 닦는 것이었다.

포장된 이 도로를 타고 물자가 교류되고 보급이 신속하게 이루어졌다. '모든 길은 로마로 통한다'는 말이 괜히 나온 게 아니다.

길이 좁은 조선은 수레를 이용하지 못했고, 지역 간 물자 교역이라고는 보부상들에 의한 등짐이 고작이었다.

국토의 고른 발전과 상업의 흥성을 위해서는 도로의 확장과 개설이 시급했다.

"아니 되옵니다."

당연히 빠른 시일 내로 추진해야 할 일인데 갑자기 튀어나온 안 된다는 말에 흠칫한 광해의 눈에 반보 앞으로 나온 영의정 박승종의 모습이 들어왔다.

"곧 있으면 날도 추워져 땅이 꽁꽁 얼어붙을 터인데 그런대 역사를 벌이면 끌려 나온 수많은 백성의 원성이 하늘을 찌를 것이옵니다. 백성을 귀히 여기는 군주라면 마땅히 삼가야할 일이옵니다."

박승종은 일찍이 이이첨을 견제하기 위해 광해가 영의정으로 임명한 자다. 그런 박승종이 시대에 뒤떨어진 이유를 대며 반대하는 데는 다른 속셈이 있었다.

기득권을 가진 자의 불만과 수구 보수 세력으로서의 불안이다.

이미 가진 것이 많은 자들 입장에서는 이런 도로 공사를 통해 얻는 이익이 하나도 없다. 아니, 반대로 물화의 소통이 원활해지면 지금같이 대형 상단과 손을 잡고 매점매석으로 쉽게 돈을 벌던 일이 어렵게 된다.

양반들이 상업에 종사하는 것은 천한 일이라고 입으로는 떠들면서 뒤로는 상재가 있는 아랫것들을 동원해 장사를 하거나 고리채를 놓는 것은 공공연한 일이었다.

또 한 가지는 경쟁자였던 이이첨이 제거되어 자신의 세력을 넓힐 절호의 기회라 여기던 박승종으로서는 개혁 정책이 자꾸 시행되면 입지가 도리어 좁아지게 된다. 따라서 그 정책이 나라에 보탬이 되든 말든 무조건 반대하고 나서는 것이다.

예전의 지지리 궁색했던 조선이라면 백성들에게 부담이 된다는 박승종의 말이 맞다. 하지만 지금은 일당을 지급하기 때문에 오히려 일이 없는 농한기 백성의 상당한 부수입이 되고 있는 실정이다.

박승종의 반대에 '도대체 일국의 영의정이란 사람이 현실을 제대로 알고나 하는 소린가' 하고 속으로 혀를 차던 광해가 이어져 나온 이정귀의 말에 드디어 눈꼬리가 치켜 올라갔다.

"신 예조판서 이정귀 아뢰옵니다. 만약 북쪽 오랑캐나 남쪽의 왜구가 침략해 와 넓혀진 길을 타고 한양까지 한달음에 쳐 올라오면 어찌하옵니까. 그러한 위험을 자초하는 일을 벌여서는 아니 되옵니다. 통촉하시옵소서, 폐하."

적이 쳐들어오면 싸울 생각은 안 하고 오로지 도망갈 생각만 하는 양반들의 막연한 불안을 대변한 말이다. 이정귀는 문장력만 뛰어났지 나약해 빠진 양반 사대부에 불과했다.

"그러면 임진왜란 때는 길이 넓어서 왜적들이 열이레 만에 한양에 당도했단 말이오?"

왜적들은 그 좁은 산길과 험지를 전투를 하면서도 불과 17일 만에 한양에 도달하지 않았는가.

임금의 질책을 듣고서야 이정귀는 자신이 한 말이 얼마나 헛소리인지를 깨닫고 붉어진 얼굴을 숙였다.

"그렇긴 하오나 그런 공사를 하려면 정밀한 지도가 필요하옵니다. 아쉽게도 우리나라에는 아직 그런 지도가 전무한 실정이옵니다. 따라서 이 일은 불가하옵⋯⋯."

미처 말을 끝맺지 못한 박승종의 두 눈이 신기루라도 본 듯 갑자기 커졌다 작아졌다를 되풀이했다.

그의 눈앞에 광해가 협탁에서 집어 든 우리나라 전도가 떡하니 펼쳐진 것이었다.

"자, 영상이 말한 지도가 여기 있소. 이제 되었소?"

어떻게 해서든 공사를 막고자 하는 박승종이 댄 핑계도 틀린 말은 아니다. 정확한 지리도 모르는 채 어떻게 새로운 길을 내겠는가.

그의 말마따나 이때까지 조선에는 변변한 지도 하나가 없었다. 나라에서 그런 일에는 전혀 신경을 안 썼던 탓이다.

김정호의 대동여지도가 나오려면 아직 230년이나 더 있어야 했다. 그러나 이 모든 것은 혁의 수첩에서 나온 현대 지도 한 장에 의해 해결되었다.

간척 사업 때문에 서해안 일부가 약간 다를 뿐 이것보다 정확한 지도는 있을 수 없다.

눈꺼풀이 쳐진 눈을 치켜뜨고 아직도 지도를 쳐다보는 박승종을 향해 광해의 싸늘한 한마디가 이어졌다.

"일인지하 만인지상(一人之下 萬人之上)이라는 영상이 백성들에게 진정으로 도움이 되는 것이 무엇인지에 대해 그렇게 생각이 없으시오?"

박승종은 고개를 떨궜고 그를 비롯해 이 자리에 있던 모든 신료는 조만간 영의정이 교체되리라는 것을 직감할 수 있었다.

광해의 시선이 호조판서 김신국을 향했다.

"공사를 시행할 예산은 충분하오?"

이런 대형 공사에는 막대한 돈이 들어간다.

"예, 쌀 교역과 소금 교역으로 들어오는 돈으로 충분히 소요 자금을 댈 수 있사옵니다."

쌀 교역이라면 물론 베트남에서 산 쌀을 후금에 넘기는 것을 말함이고, 소금 교역이란 작년부터 시행하고 있는 것으로 소금 생산자들의 제 살 깎아먹기식의 덤핑 수출을 막고 나라에서 세운 소금청으로 창구를 일원화하여 수출에서만큼은 전매 제도를 시행하고 있는 교역을 말한다.

일찍이 능양군의 소금을 가지고 경상이 벌인 행태를 지켜봤던 혁은 나라 안에서야 경쟁을 하든 말든 상관할 일이 아니지만 수출마저 그래서는 안 된다는 판단에 이 기구의 설치를 강력히 주장하였다.

조선이 소금을 수출하는 나라는 후금과 일본, 그리고 인도네시아다.

태종 대부터 조와국(爪蛙國)이라 불리던 인도네시아는 그 당시에는 세력이 융성하고 무역도 활발하여 조선에도 사절을 보냈었다.

인도네시아는 일본과 마찬가지로 화산 폭발로 이루어진 섬이라 개펄이 없어 바닷물을 끓여서 소금을 만들어야 한다.

후금, 일본, 인도네시아의 인구를 합쳐놓으면 조선의 몇 배가 된다. 이런 나라들의 소금 시장 90%를 조선이 장악했다.

끓여서 만드는 소금과 천일염과는 가격 경쟁이 되질 않는다.

서해안 일대에는 수많은 염전이 지어졌고 노비 해방으로 양인이 된 자들이 대거 이곳으로 몰려들어 비지땀을 흘리고 있는 실정이다.

천일염 제조법을 처음 개발한 수련당도 역모에 가담한 능양군의 염전을 불하받아 소금을 생산하여 상당한 수익을 올리고 있다.

"예산이 충분하다면 더 이상 무엇을 망설이겠는가. 즉각 시행토록 하라."

이제는 황제의 권위가 느껴지는 광해의 단호한 영이 떨어졌다.

어설픈 이유를 들어 반대를 했던 박승종은 누레진 얼굴로 식은땀만 흘리고 있었다.

다음 날로 공조 산하에 교통청이 신설되어 도로 건설을 전담하게 되었고, 이곳에서는 길이 넓혀진 후 물자 운반을 담당할 수레의 개발도 맡게 되었다.

수레를 사용하면 사람은 말할 필요도 없고, 소나 말에 그냥 싣는 것보다 몇 배 많은 양을 수송할 수 있다는 사실을 알고 있었지만 도로 사정이 열악했던 조선은 수레를 도입하질 못했었다.

우리나라에 풍부한 석회석을 이용해 모래와 자갈을 섞어 시멘트 보도블록을 만드는 작업 역시 교통청 소관이었다.

석회석을 이용해 시멘트를 처음 제조한 게 B.C. 5,000년경의 이집트이며, 그리스나 로마도 그 웅장한 건축물을 지을 때 시멘트를 이용하였다.

이제 도로 공사가 완료되면 넓혀진 길을 비가 와도 아무런 걱정 없이 소나 말이 끄는 수레들이 거침없이 오고 갈 것이다.

"아니, 이것은 돝고기가 아닌가?"

"그러게 말일세. 명절 때도 잘 못 먹는 걸 공사장에서 먹게 되다니……."

도로 공사를 하던 백성들이 점심식사에 나온 돼지고기를 보고 놀라고 있었다.

광해는 닷새에 한 번씩은 닭이든 돼지든 고기를 내라고 지시했던 것이다.

"허~ 저번에는 선짓국을 줘서 놀래키더니 오늘은 아주 고기를 주네. 사람은 역시 오래 살고 봐야 해."

관리들의 녹봉도 제대로 지급하지 못하던 조선이 일당을 주며 노역을 시키는 백성들의 점심으로 고기를 낼 정도가 되었다.

고기를 씹으며 백성들은 뿌듯해했다. 만약 이런 고깃값을 떼먹는 지방 수령이 있다면 유배형에 처해져 평생 돼지고기는 커녕 멸치 대가리 하나 구경 못 하게 될 것은 확실했다.

삼천리강토에 곡괭이질 하는 소리가 힘차게 울려 퍼졌다.

42.
신조선

선정전으로 조용히 올라온 혁이 임금이 있는 방문 앞에 섰다.

"폐하, 정보부 판서 입시이옵니다."

"들라 하라."

굵은 목소리가 울려 나오자 방문이 좌우로 열리며 보료에 비스듬하게 기대고 있는 광해의 모습이 보였다.

올해로 일흔이 된 광해의 머리칼과 수염은 온통 서리를 맞은 듯 새하얗게 변했지만 부리부리한 눈이 내쏘는 안광은 젊은 시절과 그다지 다를 바가 없었고, 오히려 세월의 연륜으로 그 깊이를 더하고 있었다.

십 년째 정보부를 맡고 있는 혁 역시 머리가 반백이다. 어느덧 조선이라는 시대에 와서 37년이란 세월이 흘렀다.

암행어사만 관장했던 어사부는 혁이 맡음과 동시에 정보부로 이름을 바꾸고 외형과 업무 분야를 대폭 확대했다.

어사 파견을 통한 국내 부정부패 소탕뿐만 아니라 외국에 파견한 간자들을 이용해 정보를 수집, 분석하는 업무는 기본이고 고위 관료와 장군들에 대한 동향 파악까지 겸하였다.

오늘날의 국정원과 기무사의 역할을 동시에 수행하는 것으로, 엄청난 권한이라 할 수 있다.

"폐하, 대순(大順)이 망하고, 이자성(李自成)은 자결하였다고 합니다."

혁의 보고에 광해가 천천히 몸을 일으켰다.

"음~ 결국 그리되었구나."

별로 놀랄 일도 아니었다. 이미 그렇게 될 줄 혁이나 광해는 예상하고 있었다.

작년(1644년)에 명나라가 망했다. 다만 혁이 수십 년 전에 말한 것처럼 청나라에 의해 멸망한 게 아니라 민란에 의해 16대 277년 만에 왕조가 그 끝을 보았다는 사실이 달랐을 뿐이다.

몰락해 가던 명나라의 학정을 못 참고 일어난 농민군을 이끌고 역졸 출신인 이자성이 난을 일으켜 자금성을 점령하자 마지막 황제인 숭정제가 목을 매는 것으로 오랜 시간 조선의 상국으로 군림했던 명나라는 허망하게 종을 치고 말았다.

그리고 국호를 대순이라 짓고 황제 행세를 하던 이자성 역시 2년이 채 안 되어 청나라에 의해 또 멸망해 버렸다.

역사를 전공하지 않은 혁이 이런 자세한 내용까지는 몰랐던 것이다.

"축하 사절을 보내는 것이 옳겠지?"

"폐하, 그 전에 하실 일이 있습니다."

혁의 담담한 대답에 광해가 궁금한 눈길을 보냈다.

"이제 황제의 자리에 오르실 때가 되었다고 사료됩니다."

"황제!"

내부적으로만이 아니라 세계 만방에 조선이 황제국이 되었다는 선언을 하라는 혁의 말에 광해가 숨을 크게 들이마셨다.

못 할 것도 없었지만 지금까지 애써 참아오던 일이다.

"흐음~ 칭제라……."

왕과 황제는 대내외적으로 그 권위에 있어서 차원이 다르다.

코딱지만 한 섬나라를 다스리면서 황제라 칭하면 남들의 비웃음만 살 뿐이다.

황제는 거기에 걸맞은 실력을 갖추어야 한다. 아무런 힘도 없었던 대한제국의 고종황제나 순종황제는 허깨비에 불과했다.

수염을 천천히 쓰다듬으며 광해가 생각에 잠겼다. 황제가 된다고 생각하니 만감이 교차하며 지난날의 기억들이 파도처럼 밀려왔다.

이이첨의 역모를 제압하고 사대주의를 척결한 이후 조선의 발전은 눈부셨다.

혁의 주장을 받아들여 건설한 전국의 도로에는 수많은 마차와 수레가 오가며 사람과 물자를 나라 구석구석으로 실어 날랐고, 제물포항은 아시아 최대의 항구가 되어 이곳을 통해 조선은 대량의 화물을 전 세계로 수출하고 있다.

조선의 주요 수출품으로는 기존의 소금뿐만이 아니라 증기기관으로 돌아가는 방적기로 대량생산한 면포가 있다.

전국 각지에서 생산된 목화와 인도에서 싼값에 수입한 것을 가지고 도시의 공장에서 자동 방적기를 이용하여 면포를 짰으며, 생산 직원은 대부분 부녀자였다.

힘을 많이 써야 하는 논밭일과 군역, 그리고 여러 가지 국가 공사에 남자들이 필요했기에 고된 길쌈에서 해방된 여성 인력을 공장에서 활용했고, 이는 조선 사회에 새로운 변화를 가져왔다.

자고로 경제권을 가진 자가 큰소리를 치게 마련이다.

남편보다 돈을 많이 버는 아내가 늘어남에 따라 전통적인 유교 사상에 의한 여성 차별은 급격히 완화되어 갔다.

여자는 어려서는 아버지께 순종하고, 시집가서는 남편에게 순종해야 하며, 남편이 죽은 후에는 아들을 따라야 한다는 것이 이른바 삼종지도(三從之道)다.

이제 이런 유교가 강요하던 덕목이 시집 잘 가는 것이 유일한 지상 과제인 일부 양반들의 여식을 제외하고는 더 이상 먹혀들지 않게 되었다는 말이다.

"개똥이댁, 목욕이나 하고 들어가자."

"아유, 성님 맴이 지 맴이네유. 안 그래도 하루 종일 서 있었더니 다리가 묵직혔어유."

두 여인이 들어간 곳은 도시에 다시 문을 연 목욕탕으로 무역을 통해 향상된 백성들의 생활 여건으로 이제 각 도시의 목욕탕은 손님들로 북적이고 있었다.

여럿이 들어가는 대중탕을 꺼리는 양반들과 부자들을 위한 개인 탕도 생겨서 이용료는 비싸지만 씻겨주고 시중드는 직원이 따로 있었으니 이로써 우리나라 때밀이의 역사는 엄청 소급되었다.

공장에서 대량생산된 면포는 가까운 청나라와 일본, 유구국은 물론 아시아를 넘어 전 세계로 팔려 나갔다.

원래 100년쯤 후에 영국이 인도를 지배하며 했던 일을 조선이 하고 있는 것이다. 다른 점이 있다면 점령과 착취가 아닌 공존공영에 입각한 정상적인 무역이라는 점이다.

앞으로 인도가 조선과의 무역으로 세상에 눈을 뜨고 조금씩 힘을 기른다면 역사가 바뀌어 영국의 식민지가 되는 아픈 시련을 안 겪을지도 모른다.

왜 서양의 제국들이 19세기에 접어들어 앞다퉈 식민지 경영에 나섰다는 사실을 알고 있는 혁이 똑같은 방향으로 추진을 하지 않았을까?

이유는 그런 열강들의 제국주의가 결국 인류 역사에 크나큰 해만 끼치고 종말을 고했다는 사실을 혁은 이미 잘 알고 있었다는 데에 있다.

사상자 수가 6,000만 명에 가까운 제1차 세계대전이 바로 제국주의에 의한 식민지 쟁탈 때문에 일어났고, 이 전쟁을 종결지은 베르사유 조약은 다시 제2차 세계대전의 불씨가 되었다. 그 불씨는 결국 사망자 수만 5,000만 명에 달하는 인류 역사상 최대의 참사인 제2차 세계대전으로 불타올랐다.

만약 조선이 우수한 해군력과 수석총을 앞세워 열강들처럼 다른 나라를 침략하여 식민지로 삼는 방식을 택한다면 엄청난 군사력을 보유하기 위한 백성들의 고충과 어마어마한 군대 유지비가 필요하게 된다.

영국은 차 수입 대금과 인도의 지배에 필요한 막대한 군사비를 충당하기 위해 역사상 가장 더럽고 추악하다고 일컬어지는 아편전쟁을 일으키고 말았다.

공업이 발달한 조선은 평화롭게 무역을 통해서도 얼마든지 부강한 나라가 될 수 있는데, 굳이 전쟁을 할 하등의 이유가 없다.

물론 조선의 무역을 방해하는 세력이 나타난다면 그때는 일전도 불사할 것이다.

그 대상이 영국이든 네덜란드든 스페인이든 상관이 없다. 어차피 강력한 대양 함대를 구축한 조선에 일대일로 필적할 만한 나라는 현재로서는 없는 상태다.

값싼 조선의 면포를 수입함으로써 가장 기뻐한 나라는 바로 유구국이다.

실제 역사에서는 사쓰마 번의 침략을 받고 벌써 일본의 속국이 되었을 유구국은 혁의 등장으로 인해 지금도 어엿한 독립국을 유지하고 있다.

이 유구국은 목화의 전래가 늦었다. 그러던 차에 조선으로부터 들어온 싼 무명은 유구국 백성들의 의생활을 한 단계 올려놓았다.

유구국의 상풍왕(尙豊王, 1590~1640)은 조선이 명나라와 관계를 끊었다는 소식을 듣자마자 사신을 보내왔다. 1627년의 일이다.

"폐하의 신민이 되고자 저희 유구국 백성들은 모두 앙망하고 있사오니 부디 이 소원을 가납해 주시기를 머리 숙여 비옵니다."

조공국이 되어 신하로서 받들겠다는 말이다.

유구국 입장에서는 이리되면 언제 있을지 모를 일본의 침략으로부터 마음을 놓을 수가 있다.

예전에는 조선이 명의 속국 처지였기에 곤란했지만 이제는 마다할 이유가 없다.

"그리하도록 하라."

광해의 위엄에 찬 음성이 떨어지자 사신의 귀에는 유구국 백성들의 환호에 찬 함성 소리가 들려오는 듯했다.

그날 이후 유구국에서는 매년 새해 첫날에는 왕을 비롯한 모든 신하가 만좌모(万座毛)에 나아가 일렁이는 푸른 파도를 바라보며 멀리 있을 조선을 향해 아홉 번 절을 하는 것으로 한 해를 시작한다.

오키나와 섬 중부의 서쪽에 위치하며 코끼리 형상을 한 절벽 위의 이 편평한 공터는 만 명이 능히 앉을 수 있다고 하여 만좌모라 불리었고 그 바다 너머에 바로 조선이 있다.

유구국의 궁궐인 슈리성(首里城)은 붉은색 오동나무로 지어져 있다. 여기 왕의 집무실 정면에는 광해의 어진(御眞: 초상화)이 걸려 있어 매월 초하루에 유구국 왕은 이 초상화에 절을 하며 충성을 맹세한다.

유구국 다음으로 조공국이 되겠다고 간청한 나라는 안남국의 응웬가다. 이들 역시 북쪽의 강성한 찡가에 대항하기 위해 조선의 보호가 필요했다.

명나라에 조공을 하고 있던 찡가를 따라잡기 위해 전력을 기울여야 하는 응웬 왕으로서는 조선과의 조공 무역을 통한 무기의 확보가 무엇보다 시급한 문제였다.

조선의 조공국이 된 이후 응웬가는 계속된 열세를 만회하고 이제는 오히려 찡가를 압박하여 북쪽으로 몰아붙이고 있는 실정이다.

조선 또한 안남국에서 바치는 쌀로 인해 예전 같은 보릿고개는 더 이상 겪지 않게 되었다.

"청이 가만히 있을까?"

누르하치가 세운 후금은 1636년 홍타이지에 의해 청(清)으로 국호가 바뀌었다.

역시 조선으로서는 중국을 통일한 청나라를 신경 쓸 수밖에 없다. 물론 이제 청의 공격을 어렵지 않게 막아낼 수 있는 조선이지만 가능한 한 전쟁은 안 하는 게 좋다.

"청은 조선이 황제국이 됨을 인정할 것입니다."

혁이 모든 정보를 바탕으로 몇 날 며칠을 고민한 끝에 내린 결론이다.

이런 결론에 다다른 데는 2대 황제인 홍타이지의 죽음이 큰 이유가 되었다. 청을 세우고 명을 거의 무너뜨린 홍타이지는 재작년(1643년) 52세의 나이로 급사했다.

서민적이며 실용적인 성격의 홍타이지는 궁중의 풍경을 완전히 바꾸어놓았다.

명나라에서 9,000명에 달하던 궁녀를 500명으로 줄였을 뿐만 아니라 이들에게 지급하던 풍족한 생활비도 확 줄이는 바람에 청의 궁녀들은 항상 허기진 배를 붙잡고 생활해야 했다.

명을 멸망으로 이끌었던 주요 원인인 10만에 달하던 내시를 500명만 둔 것도 함께 행한 일이다.

이렇게 그는 청나라를 반석 위에 올려놓았다.

홍타이지의 뒤를 이어 그의 아홉째 아들인 푸린(福臨)이 6살의 나이에 순치제로 등극한다.

청나라의 실권은 형사취수제에 따라 과부가 된 홍타이지의 아내와 결혼한 숙부 도르곤(多尔衰)의 손아귀로 들어갔고, 예친왕이 된 그가 베이징으로 입성하여 중국을 통일하였다.

혁의˙예견을 신뢰한 광해는 며칠 후 있은 어전회의에서 황제국임을 선언한다.

"짐은 황제의 위(位)에 오를 것이며 조선은 황제국임을 만방에 널리 선언하노라."

광해의 말이 떨어지자 신료들은 상기된 얼굴로 일제히 허리를 굽혔다.

"황은이 하해와 같사옵니다, 황제 폐하."

명나라의 내시 앞에서도 쩔쩔매던 조선이 황제국이 된 순간이다.

조선의 모든 백성은 길거리로 쏟아져 나와 서로 부둥켜안고 만세를 불렀다. 백성들의 얼굴은 세상을 호령하는 강대국이 되었다는 흥분으로 뜨겁게 달아올라 있었다.

이 소식은 즉시 청나라로 전해졌다.

"감히 조선 따위가 칭제를 하다니. 이는 우리 대청을 업신 여기는 행위입니다."

"그렇습니다. 명에게 조공이나 바치던 조선이 황제국이라니, 어처구니가 없습니다."

"하늘에는 두 개의 해가 있을 수 없습니다, 폐하."

역시 청 조정의 신하들은 중국의 자존심에 상처를 입힌 조선을 응징해야 한다며 침을 튀기고 거품을 물었다.

어린 황제는 순진한 눈망울로 옆에 앉은 작은아버지 도르곤을 쳐다봤다.

조카이자 아들이 된 어린 황제의 시선을 느낀 도르곤이 헛기침을 하자 실내가 조용해졌다.

"조선이 칭제를 한 것은 분명 불쾌하고 우려할 만한 일이오. 허나 그렇다고 조선을 친다는 것은 불가하다는 것을 알아야 하오."

도르곤의 뜻밖의 말에 다시 여기저기서 술렁거림이 일다가 그의 손이 번쩍 올라가자 멈췄다.

"우리는 지금까지 명을 무너뜨리느라 대단히 지친 상태요. 게다가 남쪽으로 내려간 잔당들을 소탕해야 할 일도 남아 있는 실정이란 말이오. 이런 상태에서 최신 무기로 무장한 조선의 총병을 어떻게 이길 수 있겠소. 거기다 조선 수군이 전선을 동원해 우리 배후를 공격한다면 아직 안정되지 않은 강남에서 혼란을 틈탄 반란 세력이 나타날 가능성도 없지 않소. 따라서 우리로서는 안타깝지만 조선의 칭제를 인정할 수밖에 없는 상황이오."

그의 뇌리에는 일찍이 홍타이지와 함께 조선이 베트남에서 수입한 쌀을 하역하는 것을 보러 갔던 대련항의 모습이 떠올랐다.

그때 보았던 조선의 대선단의 위용은 홍타이지뿐만 아니라 평생을 전장에서 보냈던 자신의 가슴 역시 서늘하게 만들지 않았던가.

"조선은 결코 쉽게 볼 수 있는 상대가 아니다. 절대 경거망동하지 말고 항상 화친에 신경을 쓰도록 하라."

2대 황제 홍타이지가 죽으면서 자신의 손을 부여잡고 남긴 유언이 아직도 귓가에 생생하다.

도르곤의 현실 파악은 정확했다.

청나라와 조선의 국경 지대에는 수많은 요새가 만들어져 조선군 총병들이 지키고 있었다.

주력이 기마병인 청군이 이 요새를 통과해 조선 내로 진격하기는 장대로 하늘의 별을 따는 것만큼이나 어려운 일이었다. 수군 쪽은 전무한 청나라이니 이쪽은 말할 필요도 없다.

조카를 몰아내고 자신이 황제가 될 수도 있었지만 이를 마다하고 신하가 되어 어린 3대 황제를 보필하고 있는 도르곤이다. 그는 사심이 없고 충직한 군인이었다.

이리하여 혁의 예상대로 청은 조선을 황제국으로 인정하였고, 광해의 우려와는 달리 축하 사절까지 보냈다. 어차피 주는 거 화끈하게 주자는 의미다.

순치제가 보낸 국서에는 '형제의 예에 따라 사이좋게 지내자'고 쓰여 있었지만 누가 형인지는 불분명했다. 청은 청대로, 조선은 조선대로 자기가 형이라 생각할 뿐이었다.

조선이 황제국이 되고 청나라가 이를 인정하자 그동안 눈치를 보던 샴 왕국(태국)을 비롯하여 오늘날의 미얀마에 있던 통구(Toungoo) 왕조와 라오스의 란상(Lan Xang) 왕국이 일제히 조공을 자처해 왔다.

"어찌 왜국은 조공은커녕 축하 사절조차 없단 말인가."

연일 계속된 외국 사신 접견에 피로를 느끼는 광해였지만 일본을 생각하자 노여움이 끓어올랐다.

가장 가까이 있으면서 가타부타 말도 없이 입을 닫고 있는 왜국의 행태에 그동안 쌓였던 감정까지 더해져 광해의 희게 변한 눈썹이 한껏 치켜 올라갔다.

"이는 우리 조선이 황제국이 되고 짐이 황제가 되었다는 사실을 인정할 수 없다는 태도가 아닌가. 참으로 괘씸한 일이로다. 짐은 칙서를 보내 저들의 잘못을 꾸짖겠노라."

지금이야말로 뜨거운 맛을 보여줄 때라 광해는 직감했다.

황제국이 된 후 조직 개편으로 예부판서가 된 김석균을 불러 이제껏 왜국이 저지른 죄를 낱낱이 받아 적도록 했다.

1. 우리나라는 전조(고려) 때부터 계속된 왜구의 침탈로 수많은 고통을 겪었다.

2. 임진왜란을 일으킨 죄는 무엇과도 비교할 수 없을 정도로 크다.

3. 조선이 통신사를 파견하였음에도 왜국은 무기 금수 조치를 시행하여 선의를 악의로 갚았다.

4. 대마도주는 감히 국서를 위조하여 조선의 명예를 실추시켰다.

5. 조선이 황제국이 되었음에도 불구하고 이를 인정치 않는 행태

를 보이고 있다.

광해의 준엄한 힐문을 담은 칙서를 병부판서가 된 방덕수가 들고 에도를 향해 출발하였으니 그가 탄 배까지 모두 20척에 이르는 대함대였다.

병부의 수장은 강홍립이 맡은 이후로 무반이 담당하는 것이 정례화되었고, 고위 무반직을 문반 관료가 겸직하는 병폐는 이제 조선에서 완전히 사라졌다.

한편 일본에서도 조선의 칭제에 대해 논의가 분분했다.

"청나라가 인정한 상황에서 우리만 계속 모른 척하면 조선의 미움을 살 우려가 있습니다. 그리고……."

"그대는 어찌 그런 나약한 말을 한단 말이오. 허면 우리도 조선에 조공이라도 바치자, 이거요?"

유하게 대처하자는 한 중신의 말에 호통치듯이 말을 자르고 나선 이는 조선으로의 유황 수출을 금지하자는 안을 냈던 가토 기요카스였다.

가토 기요마사의 동생인 그는 칠십이 넘은 노구인데도 여전히 바늘같이 날카로운 눈매로 좌중을 훑어보며 강경 발언을 이어갔다.

"조선이 비록 황제국이 되었다고 하나 우리 일본은 이미 진무 덴노(神武天皇) 이래 2,000년 이상을 황제국이었다는 사실을 그대들은 잊었소? 조선이 군비를 강화했다고 하지만 우리 역시 수석총을 생산하고 있는 마당에 무엇이 두렵다고 그런 겁쟁이 같은 짓을 한단 말이오."

가토가 나이에 어울리지 않게 사자후를 토해내며 여타 중신들을 질타했으나 이는 현실과 전혀 맞지 않는 노인의 망발에 가까운 말이었다.

그가 황제라고 표현한 진무 덴노는 기원전 7세기에 살았다고 하는 일본의 초대 천황으로, 소위 태양신 아마테라스의 직계 자손이라 일본인 스스로 일컫는 인물이다. 이는 우리로 치면 단군왕검쯤 되는 이로 신화 속의 존재에 불과했다. 그리고 무엇보다도 아무런 실권이 없이 상징성만 가진 덴노를 황제로 치부한 것은 어처구니없는 소리였다.

대부분의 중신들이 고개를 돌렸고, 몇몇은 혀를 찼다.

또 한 가지 가토가 몰랐던 사항이 있었으니 일본이 수없이 뜯었다, 붙였다를 반복한 끝에 겨우 따라 만들 수 있게 된 수석총과 현재 조선의 병사들이 소지한 수석총은 질적으로 다르다는 점이다.

"강선? 그게 뭐꼬?"

"음~ 그게 뭐냐 하면……."

강선(腔線: Rifling)이란 총신 안쪽에 탄환이 회전하도록 판 나선형 홈을 말한다.

보통 4조로 파는데 이것이 있고 없고의 차이는 엄청나다. 사거리, 정확도, 파괴력에 있어 비교가 되질 않는다. 이는 군대를 갔다 온 대한민국 남자라면 모르는 사람이 없다.

혁으로부터 강선에 대해 설명을 들은 방덕수는 즉시 화기도감의 김충선을 찾아갔고, 증기기관을 이용해 어렵지 않게 강선을 새길 수 있게 된 조선의 수석총은 막강한 위력을 갖게 되었다.

김충선은 총검에 이어 강선을 발명한 방덕수를 총에 관해서는 타고난 천재로 알고 있다.

물론 오래전의 일이다. 그리고 어디 전쟁을 총만 가지고 하는가.

가토가 비록 말도 안 되는 소리를 하고 있지만 무인으로서의 집안 내력이나 오랜 기간 막부의 군사 담당관을 지낸 그의 무게감은 적지 않았던지라 오늘의 회의도 결론을 내지 못하고 흐지부지되고 말았는데 이때는 아무도 다음 날 일어날 기절초풍할 일을 알지 못했다.

"크… 크… 큰일 났습니다. 배가… 배가……."

숨이 턱에까지 닿은 시종이 막부 회의장으로 뛰어든 것은 다음 날 재차 회의를 시작하려고 할 때였다.

"네 이놈, 무엄하다."

당장에라도 칼을 빼서 베어버릴 것 같은 표정의 호위 무사 앞에 털썩 주저앉은 시종은 숨을 몰아쉬었다.

"우라가(浦賀)에 구로후네(黑船: 검은 배)가 나타났습니다. 무려… 무려 20척이나요!"

우라가라면 에도만 어귀로서 바로 코앞에 막부가 있는 에도 성이 위치하고 있었다.

방덕수를 태운 조선의 기범선 함대였다.

그동안 조선이 전력을 기울여 제조한 이 기범선들은 상대가 공포심을 갖도록 선체를 검게 칠해 흑조(黑鳥)라 이름 붙여졌다.

돛과 증기기관을 동시에 사용해 새처럼 빠르기 때문이다.

일본이 보유한 노후한 전선과 흑조를 비교하면 연안 경비정 대(對) 항공모함이다.

그런 초대형 전선이 한두 척도 아닌 20척이 몰려와서 만을 가득 메우고 있으니 이를 본 모든 일본 백성은 삽시간에 공포에 휩싸이고 말았다.

경상우수영과 전라좌수영 소속의 이 전함들을 지휘하는 이는 아버지의 뒤를 이어 삼도수군통제사가 된 이순신 장군의 서자 이신(李藎)이다.

원래 정묘호란 때 적과 용감히 싸우다 종형인 이완(李莞)과 함께 전사하였는데 역사가 바뀌는 바람에 멀쩡히 살아 삼도수군통제사가 된 것이다.

왜적이라면 이를 부득부득 가는 이신은 명령만 내리면 에도성을 불바다로 만들 준비를 완료한 상태다.

1853년 7월 8일, 이곳 우라가에 4척의 검은 배가 나타난다. 바로 페리(Perry) 제독이 이끄는 미국 동인도 함대 소속의 군함이었다.

그 단 네 척의 군함에 의해 쇄국 정책을 고수하던 일본은 백기를 들고 개항을 하게 된다.

그런데 그런 배 20척이 200년이나 앞서 들이닥쳤으니 일본 백성들이 놀라움 단계를 넘어서 공황 상태에 빠지게 된 것은 너무나도 당연한 일이었다.

모든 상가가 철시하였으며, 백성들은 집안에 꽁꽁 틀어박힌 채 방 안에서 떨고 있었고, 인적이 끊긴 황량한 거리에는 휘몰아치는 바람 속에 비루먹은 강아지만이 먹을 것을 찾아 이리저리 헤매고 다녔다.

막부가 발칵 뒤집힌 것 역시 어쩔 수 없는 일. 조선의 칙서를 앞에 놓고 중신들은 며칠째 머리를 맞대고 수습책을 논의하느라 진땀을 흘리고 있었다.

"저들을 물리칠 방법이 없단 말인가?"

1632년 20세의 젊은 나이에 제3대 쇼군에 취임한 도쿠가와 이에미츠(德川家光)는 묵묵부답인 신하들을 바라보며 속이 바싹바싹 타들어가는 걸 느꼈다.

조선 함대를 물리칠 능력이 전혀 없다는 사실을 누구보다 잘 알고 있는 그로서는 묻는다기보다는 스스로 한탄하고 있다는 표현이 맞을 것이다.

약 100년에 걸쳐 국내에서 서로 치고받던 전국시대를 거쳐 조선을 침공한 원정 전쟁에 이르기까지 오랜 시간을 싸움질에만 몰두하던 일본은 에도막부 이후 실로 오랜만에 평화 시대를 맞아 귀족이든 백성들이든 전쟁이라면 넌더리를 내고 있었다.

병장기는 녹이 슬어갔고 전함의 건조는 외면되었으니 임진왜란 직전의 조선의 모습이었다.

새로 쇼군이 된 도쿠가와 이에미츠는 다이묘의 처자를 에도에 살게 함으로써 다이묘가 1년마다 에도와 영지를 왕래하도록 하는 제도인 참근교대제(參勤交代制)를 실시하여 지방 영주들의 힘을 꺾는 데 열중하고 있었다.

"어찌 아무 말도 없는가. 그대들은 정녕 내가 조선까지 가서 사과를 하고 오기를 바라고 있단 말인가?"

다시 한 번 쇼군의 노기 띤 목소리가 울렸지만 중신들은 고개만 숙인 채 말이 없었다.

며칠 전 막부를 찾은 칙사 방덕수의 말이 모두의 머리에 떠올랐다.

"황제 폐하께서는 쇼군이 직접 조선으로 와가 진정한 사과를 하기를 원하신다 캤소."

통사에 의해 이 말이 전해지자 쇼군을 비롯한 막부의 신하들은 하마터면 전부 기절할 뻔했다.

옛날 같으면 일본도를 빼 들고 죽인다고 설쳤겠지만 지금은 눈앞에 수백 문의 대포로 에도성을 겨누고 있는 대함대가 보이는 상황이다.

기분 내키는 대로 했다가는 삽시간에 에도성은 불바다로 변할 것이다.

그렇다고 조선의 요구를 들어주자니 그것도 문제였다.

남의 나라까지 가서 반성문 쓰고 온 자를 누가 통치자로 모시겠는가 말이다. 조선으로 간 사이 새로운 쇼군이 취임할지도 모를 일이다.

이러지도 저러지도 못하는 도쿠가와 이에미츠는 밉살스러운 눈길로 가토 기요카스를 흘겨봤다.

진작에 축하 사절이라도 보냈다면 이런 일이 생기지 않았을 것이 아닌가.

"쇼군, 이렇게 하는 것이 어떻겠습니까?"

평소에 자신의 심기를 가장 잘 헤아려 외교 담당관에 임명한 사카다 모리마사의 말에 도쿠가와는 얼른 눈길을 그에게로 돌렸다.

"1항과 2항은 이미 오래전의 일이고, 또 쇼군과는 직접 연관이 없는 것이니만큼 쇼군께서 유감 표현 정도만 하시면 될 듯싶습니다. 그리고 제3항의 무기 금수 조치는 당사자가 직접 사과문을 보낸다면 조선 황제께서 이해하시리라 사료되옵니다."

여기까지 얘기한 사카다는 힐끗 가토를 돌아봤다. 바로 그가 3항의 문제를 일으킨 장본인인 까닭이다.

자신에게 쏠린 모든 중신들의 못마땅해 하는 눈초리를 느낀 가토는 예의 날카로운 시선으로 맞받더니 자리에서 벌떡 일어났다.

"우리 일본이 자랑하던 야마토 다마시(大和魂)는 어디로 갔단 말인가!"

그는 그 한마디를 토해내고는 숨도 안 쉬고 회의장을 나가 버렸다.

노인네가 아직도 정신을 못 차렸다며 한참을 성토하느라 술렁이던 회의장에 다시 사카다의 말이 이어졌다.

"네 번째 조항이 문제인데 이를 해결할 방법이 제게 있습니다."

대마도주가 국서를 위조했다는 광해의 질책을 살펴보면 그 내용은 이렇다.

옛날부터 일본 막부와 조선 조정 사이의 외교와 무역을 중개하던 대마도주가 여러 가지 이익을 도모하고자 무려 14개의 모조 도장을 파서 수십 년 동안 사용한 사실이 1635년에 발각되었다.

이것이 한동안 막부를 시끄럽게 했던 야나가와(柳川) 사건이다. 그런데 문제는 이 가짜 도장 중에 조선의 옥새를 위조한 것도 있어서 조선 조정도 큰 충격을 받았던 것이다.

"무언가, 그것이?"

도쿠가와가 침을 꿀꺽 삼켰다.

"쓰시마(대마도)를 조선에 줘버리면 됩니다."

"에잉?"

떫은 감을 씹은 표정의 도쿠가와다.

통치자 입장에서 자기 땅을 남에게 주자는 것을 좋아할 이는 없다.

"쓰시마는 땅이 황폐하고 산이 많아 사람이 살기에 적당하질 않습니다. 그래서 일찍부터 해적질로 연명해 왔으며 주민도 고작 3만 명에 불과합니다. 우리 일본에게 계륵 같은 이 섬을 조선에 줘버리고 조공을 약속한다면 황제의 노여움이 풀려 쇼군께서 직접 가서 사과하지 않아도 될 것입니다."

사카다의 말처럼 대마도는 토질이 좋지 않고 섬의 대부분이 산지라 농사를 지을 수 있는 땅이 고작 전체의 2%에 불과했다. 그래서 이곳은 옛날 옛적부터 해적 소굴이었고 세종대왕때 이종무가 정벌에 나섰던 것이다. 오늘날에도 대마도의 인구는 32,000명으로 이때와 다를 바 없다.

사카다의 설명에 얼굴에 화색이 돌아온 쇼군은 이런 회의 내용을 가토에게 알리라는 명령을 내렸다. 선대 때부터 막부의 군사 담당관으로 종사해 온 그의 영향력은 아직 컸던 탓이다.

이것을 보며 사카다는 속으로 회심의 미소를 지었다.

지금까지 말이 외교 담당이지 가장 비중이 큰 조선과의 외교 문제는 대마도주가 맡았기에 별로 실권이랄 것이 없었는데, 이제 대마도가 조선으로 넘어가면 자신은 모든 외교 관계를 총괄하는 명실상부한 외교 담당관이 된다.

"이제 죽어서도 형님을 볼 면목이 없구나. 쇼군께 가서 이 가토 기요카스, 한을 품고 죽었다고 이르라."

쓰시마를 조선에 넘기기로 했다는 소식을 들은 가토는 피를 토하듯이 울부짖고는 할복자살하고 만다. 그로서는 거의 정복할 뻔한 조선에 땅을 바쳐가며 머리를 숙이는 것을 도저히 용납할 수 없었다.

반대하던 유일한 인물이 사라짐으로써 회의는 일사천리로 진행되어 1645년을 기해 일본은 대마도를 바치고 조선의 조공국이 되기로 결정한다.

"그거 가꼬는 황제 폐하의 노여움이 안 풀릴 낀데."

방덕수의 말에 일제히 얼굴이 일그러진 쇼군 이하 중신들은 다시 머리를 맞대고 숙의 끝에 추가로 매년 10만 근의 유황과 50만 근의 동(銅)을 공물로 바치기로 하였다.

이런 내용을 담은 국서를 가슴에 품은 방덕수는 흐뭇한 웃음을 지으며 회정길에 올랐고, 그 뒤를 다시 이신이 이끄는 대함대가 위풍도 당당하게 호위하며 따랐다.

이 소식이 대마도에 전해지자 난리가 났다.

집을 나온 주민들은 전부 와니우라(鰐浦) 마을을 향해 앞서거니 뒤서거니 하며 걷기 시작했다.

대마도는 일본에서의 거리가 147㎞인 데 반해 우리나라에서는 49.5㎞에 불과하다.

한반도와 가장 가까운 거리에 있는 마을이 바로 와니우라다. 오늘날에는 한국 전망대가 세워진 곳으로 맑은 날 밤이면 부산이나 충무 등 우리나라 남해안의 불빛이 훤히 보일 정도다.

와니우라 마을에 도착한 대마도 주민들은 북쪽을 바라보며 일제히 하늘로 두 팔을 뻗었다.

"황제 폐하 만세."

"황제 폐하 만만세."

이제 자신들은 후진국 일본의 주민이 아닌 아시아 최강국이자 세계 최강국으로 발돋움하고 있는 조선의 백성이 된 것이다.

홍콩에서 온 사람 보고 어느 나라 사람이냐고 물어보면 열이면 열 'I'm from Hongkong'이라 하지 절대 'China'라 하지 않는다. 자신은 못사는 중국 사람이 아니라 영국의 치하에서 우아하고 풍요롭게 살았던 홍콩인이라는 말이다.

앞으로 대마도 주민들은 조선의 백성이 된 이날을 최고의 명절로 삼을 것이 틀림없다.

제물포가 국제 무역항이 되었고 특별한 제재를 하지 않았기 때문에 한양 거리에서 유럽인들을 보는 것도 흔한 일이 되었다. 그리고 일찍이 교황에게 약속했듯이 광해는 기독교의 포교를 허용했다.

"돈만 알고 거룩하신 아버님의 복음을 모르는 어리석은 조선 백성들을 개종하는 데 이 한 몸 기꺼이 바치겠나이다."

스페인의 선교사인 디에고는 조선까지의 먼 뱃길 동안 다짐하고 다짐했던 맹세를 다시 한 번 되뇌었다.

그가 보기에 오래된 나무 앞에서 굽실거리거나 번쩍번쩍하는 불상을 바라보며 우상 숭배를 하고, 심지어는 무당이 덩실덩실 칼춤을 추고 있는 조선의 모습은 어리석기 짝이 없었고, 황제라는 작자는 이런 백성들의 행태를 바로잡으려 하지 않고 오로지 돈 벌 궁리만 하고 있다는 생각에 분노가 치밀어 올랐다.

비록 조선이 아시아 최고의 부국이라는 점은 인정하지만 복음을 모르는 조선 백성들은 아프리카 원주민과 똑같은 미개한 족속일 뿐이었다.

"주님 앞에서는 황제든 무지렁이 백성이든 모두 종일 따름입니다. 부자는 천국에 못 들어갑니다. 천국은 가난한 자들의 것이며, 그곳은 황제든 백성이든 모두 평등합니다."

어렵게 배운 조선말로 목청 높여 떠들어대는 디에고의 말에 주막거리의 사람들의 시선이 일제히 모아졌다. 경상도에서 장사 차 올라온 덕구와 삼돌이도 그들 중의 하나였다.

"절마 저거 머라 카노. 황제 폐하가 저거 종이라꼬?"

"허, 완~ 전히 돌은 놈 아이가. 가만있어 바라, 내 이노무 자슥을 그냥……."

덩치가 좋은 삼돌이가 소매를 걷어붙이고 다가가더니 디에고의 멱살을 움켜잡았다.

"니 방금 머라 캤노? 우리 황제 폐하께서 너거 주인 종이라

캤제?"

"쾩, 쾩, 이거… 이거 놓고 말하시오."

"야, 이눔아야. 니놈이 가난을 겪어봤나? 봤나 말이다, 이 문디 자슥아. 황제 폐하 덕분에 인자 겨우 먹고살 만해졌는데, 머 가난해야 한다꼬? 에라이, 이 미친놈아."

집어 던져진 디에고가 일어서며 무식한 대중들에게 다시 열변을 토하려다가 멈칫했다.

모든 백성이 자신을 쏘아보는데 그 눈초리가 보통 살벌한 게 아니다. 주막집 개까지도 디에고를 노려보고 있다.

한마디만 더 했다가는 누가 칼이라도 들고 올 것 같은 분위기였다.

생명에 위협을 느낀 디에고는 슬금슬금 뒷걸음을 쳤다.

황제도 주님의 종일뿐이라는 선교사들의 설교는 광해가 만백성의 우러름을 받고 있는 현 상황에서는 '귀신 씻나락 까먹는 소리'에 불과했으니 기독교가 조선에 뿌리를 내리려면 아무래도 시간이 좀 많이 필요할 듯했다.

조선이 주변 나라들의 종주국이 되고 조선의 화폐인 만인통보가 아시아 지역의 기축통화가 되는 등 경사만 이어지던 상황에서 광해가 덜컥 자리에 누운 것은 산과 들의 나무들이 잎을 떨구고 짐승들도 겨울잠을 잘 채비로 분주한 늦가을의 어느 날이었다.

의도한 대로 모든 일이 순조롭게 이루어지자 방심한 탓이었을까, 광해가 병명도 모른 채 도무지 차도를 보이지 않자 어의인 배명국은 발을 동동 굴렀다.

감기니, 뭐니 해가면서 자잘한 병을 달고 사는 사람이 의외로 오래 사는 데 반해 평소 아주 건강하던 사람이 갑자기 쓰러지면 못 일어나는 경우가 많다. 광해가 바로 그런 경우였다.

배명국과 어의녀 은비가 잠시도 광해의 머리맡을 떠나지 않았지만 한 달이 지나도록 전혀 호전될 기미를 보이지 않더니 급기야는 이삼 일씩 혼수상태에 빠지는 등 백약이 무효인 상태에 이르고 말았다.

온 나라는 벌써 초상집 분위기가 되어 음주가무가 끊긴 지는 오래되었고, 백성들은 숨소리마저도 크게 내지 않으려 조심했다.

사흘 동안 의식을 잃었던 광해가 정신을 차린 것은 인시(寅時)인 오경(새벽 3시) 무렵이었다.

어느 때보다 정신이 맑음을 느낀 광해가 이것이 촛불이 꺼지기 직전의 밝음이란 것을 예감했다.

"정보부 유 판서를 데려오라."

힘차고 낭랑하던 예전의 음성은 어디 가고 가래 섞인 병자의 가느다란 목소리에 이제는 대전내관이 된 박삼구가 눈물을 뿌리며 어둠 속으로 내달렸고, 급히 의관을 정제한 혁이 비스듬하게 베개를 받치고 누운 광해의 옆에 앉았다.

"내 마지막으로 그대에게 할 말이 있어서 불렀네."

'마지막'이란 말이 아프게 혁의 귓속으로 파고들었다. 조선으로 온 이래로 혁을 감싸고 살펴준 이가 둘인데 그중 한 사람인 허균은 벌써 10년 전에 세상을 떠났다.

이제 혁의 정체를 알고 있는 유일한 이가 마지막을 얘기하고 있다.

"그대가 승상을 맡아 태자를 보좌해 주게. 그러면 내가 안심하고 갈 수가 있겠어."

예전의 영의정 벼슬은 조선이 황제국이 되면서 더욱 권한이 강화된 승상으로 바뀌었다. 지금까지 공석으로 두었던 그 자리를 광해는 혁에게 맡아달라고 말하고 있는 것이다.

"폐하……."

혁은 목이 메어왔다.

힘이 부친 듯 잠시 말을 끊었던 광해가 슬며시 미소를 피워 올렸다.

"그동안 참 많은 일이 있었지, 도자기며, 인삼이며… 이제야 하는 말이네만 그대가 인삼이 안 된다고 했을 때 사실 너무 안타까워서 도무지 잠을 이룰 수가 없더군. 여튼 잘되어서 참 다행이야."

개성을 다녀온 혁이 이미 송상에서 인삼을 재배하고 있다는 맥 빠진 보고를 올렸을 때를 회상한 것이다. 그 후 홍삼이 개발되었고, 인삼은 현재 전 아시아는 물론 유럽까지 수출하는 조선의 대표적인 상품이 되었다.

"아버지(선조)에 대한 평을 들은 날 역시 한잠도 못 잤지. 그래, 그대가 보기에 후세 사람들의 나에 대한 평은 어떨 것 같나? 허허허, 아무렴 어떻겠냐마는."

담담히 옛일을 떠올리는 광해의 모습에 혁은 드디어 눈물이 맺혔다. 역사가 완전히 뒤바뀐 이 마당에 후세의 평을 혁인들

알 수가 있겠는가. 다만 한 가지만큼은 분명했다.

"폐하께서는 성군 중의 성군이십니다, 흐흐흑."

고개를 떨군 혁의 눈에서 흘러내린 눈물이 방바닥에 조그만 자국을 만들었다.

"그리 말해주니 참으로 고맙구먼. 그대가 조선에 온 것은 나에게나 이 나라 백성들을 위해서나 크나큰 축복이었네."

광해는 '짐'이라 하지 않고, 계속 '나'라는 표현을 쓰고 있었다. 이는 사적으로 모든 것을 털어놓고 있다는 말이다.

"손을 잡아보고 싶네."

혁이 내민 두 손을 꼭 잡은 광해의 급격히 여윈 손이 가볍게 떨리고 있었다.

"이제 됐으이, 내관은 태자와 황후를 들라 하라."

눈빛으로 박삼구를 찾은 광해의 명이었다. 마지막 유언을 남길 모양이다.

조용히 일어서 읍하는 혁에게 광해가 보일 듯 말 듯 턱을 끄덕였다.

대조전을 나온 혁이 천 근 같은 발걸음을 옮겨 담을 끼고 돌아 아무도 없는 곳에 이르자 울음 섞인 한숨이 저절로 비적비적 올라왔다.

사방은 희미하게 밝아오고 있었다. 혁이 눈을 들어 붉게 물들고 있는 동쪽 하늘을 바라보았을 때, 멀지 않은 곳에서 곡성이 터져 나왔다.

전쟁으로 폐허가 된 이 땅에서 헐벗은 백성들을 이끌고 오늘날 전 세계가 우러러보는 새로운 조선을 건설한 위대한 이가 숨을 거둔 것이다.

터져 버릴 것 같은 슬픔으로 목에서는 절로 끅끅 소리가 나는데, 이에 아랑곳하지 않고 누렇고 붉은 태양은 제 자태를 드러냈고 사방은 순식간에 환해졌다.

잠시 홀린 듯 해를 쳐다보던 혁이 허리춤의 작은 주머니에서 무언가를 끄집어냈다.

영롱한 빛을 반사하고 있는 그것은 혁의 손때가 묻은 옥가락지 한 짝이었다.

나머지 한 짝은 나미의 손가락에 끼워진 채 오랜 잠을 자고 있다.

나미를 보낸 후 한시도 몸에서 떼놓지 않았던 가락지를 바라보며 혁이 중얼거렸다.

"나미야, 찬란히 빛나는 저 해를 봐. 폐하께서는 결코 가신 게 아니야. 바로 저 해가 되어 이 강산을 비추실 거야, 영원히."

혁의 볼에 흐른 두 줄기 눈물이 햇빛을 받아 반짝이고 있었다.

『신조선: 개혁의 파도』 완결